अर्थार्थ

AF622422

अर्थार्थ

अंशुमान तिवारी

प्रभात
प्रकाशन

प्रकाशक • **प्रभात प्रकाशन प्रा. लि.**
4/19 आसफ अली रोड,
नई दिल्ली-110002
सर्वाधिकार • सुरक्षित
संस्करण • 2025
मूल्य • पाँच सौ रुपए
मुद्रक • नरुला प्रिंटर्स, दिल्ली

ARTHARTH

by Shri Anshuman Tiwari ₹ 500.00
Published by Prabhat Prakashan Pvt. Ltd., 4/19 Asaf Ali Road, New Delhi-2
e-mail: prabhatbooks@gmail.com ISBN 978-93-5048-281-0

अनुज अनुभव की स्मृति को
जिसके जाने के बाद 'अर्थार्थ' बहुत गहरे
कहीं निरर्थक सा हो गया।

जे रोऊँ तो बल घटै, हँसौं तो राम रिसाइ।
मन ही माहि बिसूरणा ज्यो घुण काठहि खाइ॥

भूमिका

सहजता का आग्रह बेहद कठिन होता है। दैनिक जागरण में अर्थार्थ की शुरुआत सहजता के आग्रह से हुई थी। 1996 में देश उदारीकरण की जबान में तुतलाने लगा था। बड़े बड़े बोझिल शब्द व सिद्धांत अंग्रेजी अखबारों से उठकर बहसों में तैरते थे। भारतीय संस्कृति की पोर-पोर में व्यापार भिदा है। कबीर गोरख के पदों में चोखो बनिज व्यापार करीजे गूँजता है। लेकिन मार्केट इकोनॉमी नई थी। इसका लब-ओ-लहजा नया था। अंदाजे-बयाँ अनोखा था। मुहावरे-पहेलियाँ अनोखी थीं। गणित में फर्क था। सिद्धांत पछाँही थे। खिलाड़ी नए थे। नतीजे अनजाने थे। लाभ-हानि पेचीदा थी। हिंदी के लिए यह पूरा विमर्श ही कुछ टटका सा था। अर्थार्थ की चुनौती इस आर्थिक विमर्श को देशज बनाने की थी। आर्थिकी के आँकड़े बोझिल विवेचन से अलग हटकर नए ढंग से कहने का दबाव था। संप्रेषणीयता बड़ी उलझन थी। हिंदी के ललित निबंध और अंग्रेजी कॉमिक ट्रैजिक शैली सधते ही सबकुछ बेहद सहज हो गया।

सोलह साल में हर सप्ताह एक नया विषय। एक नया विश्लेषण। 'ग्रोथ से गरीबी तक', 'बैकिंग से लेकर बजट तक', 'बुनियादी ढाँचे से सामाजिक विकास तक', 'महँगाई से मौद्रिक नीति तक', 'निर्यात से निवेश तक', 'भ्रष्टाचार से लेकर गवर्नेंस तक', 'विदेशी से लेकर स्वदेशी तक', 'माँग से मंदी तक', 'शेयरों से सोने तक', 'रुपए से डॉलर तक', 'गुजरात से ग्रीस तक', 'उत्तर प्रदेश से अमेरिका तक', 'चीन से चिली तक', 'आतंक से अमन तक', 'सियासत से समन्वय तक' सबका अर्थशास्त्र, प्रति सप्ताह अर्थार्थ का विषय-विस्तार अब मुझे भी चौंकाता है।

पुस्तक की सूझ पाठकों ने दी। पत्रकारिता का पेशा यात्रा बहुल है। अर्थार्थ के पाठक घरों से लेकर हवाई अड्डों तक और बैंकों से लेकर विद्यालयों तक मिल जाते हैं। आग्रह बढ़ते गए। ब्लॉग बना तो पाठक परिवार का विस्तार हो गया। स्तंभों को पुस्तकाकार पढ़ने की अपेक्षाएँ, अनुरोध, उलाहने और आदेश बढ़ते गए। 2012 में तय हुआ कि अब पुस्तक।

2011 और 12 सबसे घटनाबहुल वर्ष रहे हैं। विश्व ने आर्थिक परिदृश्य में इतना कुछ देखा है कि जिस पर सदियाँ न्योछावर। अमेरिका की साख, ग्रीस की तबाही, ग्लोबल बैंकिंग की बरबादी, तानाशाहों का पतन, सपनीले यूरोप के दुर्दिन, चीन की मुसीबतें, आतंक और हिंसा… ऐसा सबकुछ हुआ जो आर्थिक दुनिया को दशकों तक सीधे नहीं चलने देगा। देश भी इन दो साल में दशकों बराबर जी लिया। अकूत भ्रष्टाचार, नए आंदोलन, मंदी और चुनौतियाँ। चयनित लेख इन दो वर्षों के कालखंड को समेटते हैं।

पुस्तक पूरी तरह लोकल है। अर्थार्थ स्तंभ भी ग्लोबल और लोकल ही है। ग्लोबल इकोनॉमी का देशी स्वर। पुस्तक में नौ उपखंड हैं। ग्रोथ और मंदी का विवेचन भारतीय संदर्भ और ग्लोबल नजरिया पहले खंड का विषय है। जटिल भारतीय महँगाई की जिद्दी कथा भी है कुछ अंतरराष्ट्रीय गंध के साथ। कतिपय निबंध भारतीय ग्रोथ के भ्रष्टाचार और कालिख का कांड पर हैं, जिनमें काले धन का भूमंडलीय धतकरम भी खुलता है। सच बोलने के ग्लोबल साहस को समर्पित निबंधों का एक खंड कुछ अलग तरह का पाठ है। अमेरिका और यूरोप के आर्थिक रोग सभी वित्तीय मुसीबतों के सुल्तान हैं। एक बड़ा खंड दिग्गजों की जटिल बहुआयामी और अनदेखी चुनौतियों पर। कुछ बात भारतीय बजटों के दिलचस्प शास्त्र की। एक खंड में फुटकर निबंध, और अंत में आनंद का अर्थशास्त्र।

इतिहास रुचि बढ़ाता है। वर्तमान को समझने की दृष्टि देता है। इसलिए निबंध के साथ किस्से, कहानी और तथ्य भी। ताकि आर्थिक पाठ रोचक रहे और क्वचिदन्यतोपि।

कबीर से बड़ा अपनापा रहा है। उपखंडों के शीर्षकों में कबीर खुद आकर बैठ गए। पाठक अर्थार्थ को दो टूक कहते हैं। ऐसे में कबीर की छाया ही सुहाती है।

साँईं मेरा बानिया सहज करै व्यापार।

शब्द प्रणाम

प्रेरणा

अर्थार्थ 1996 में शुरू हुआ दैनिक जागरण में। पाँच-छह साल के तजुरबेवाले एक सिक्खड़ पत्रकार पर एक बड़े अखबार में साप्ताहिक स्तंभ लिखने का दायित्व डालना और वह भी आर्थिक विषयों पर। गहरे विश्वास से भरपूर कोई संपादक ही यह साहस दिखाएगा। दैनिक जागरण के संपादक श्री संजय गुप्त के विश्वास और प्रेरणा से शुरू हुई थी अर्थार्थ की यात्रा। जो सोलह वर्ष से जारी है—प्रति सप्ताह, सोमवार को, अनवरत।

आशीर्वाद

अंग्रेजीवाला कड़ियल अर्थशास्त्र ठेठ देशी हिंदी में सध गया। सूर-कबीर-निराला के संस्कारोंवाले हिंदीसेवी परिवार परिवार के गझिन भाषाई संस्कारों के सहारे। पूज्य पिता रमेश तिवारी विराम और माँ उमा तिवारी के आशीर्वाद से। गुरुजनों के ज्ञानाशीष से। बहन अपूर्वा, भाई (दिवंगत) अनुभव, पत्नी दिव्या, अनुज वधू पूनम और बच्चों आद्या, आस्था, विशेष के अपरिमित स्नेह से। अग्रजों और सम्मान्यों की शुभकामनाओं से। अर्थार्थ अब सबकी आदत है। फिर भी प्रति सोमवार आनेवाला आशीर्वाद नया टटका सा होता है। लगातार सोलह साल से।

स्नेह

अर्थार्थ का स्नेह कुल अपरिमित है। विस्तीर्ण भी। दैनिक जागरण का तो पूरा संपादकीय परिवार ही अर्थार्थ को अपने स्नेह का नियमित संबल देता है। कितने ही नाम स्मृतियों में कौंधते हैं, जिनके स्नेहिल मैसेज से सप्ताह शुरू होता है। समाचार-पत्रों, पत्रिकाओं, टी.वी. चैनलों से लेकर कंपनियों में पदासीन आत्मीय भी इस स्नेह परिवार को भरापूरा बनाते हैं। सुजन समाज सकल गुन खानी।

प्रोत्साहन

न्याय नहीं कर सकता। अर्थार्थ के सुधी व नियमित पाठकों का परिवार इतना वृहद जो है। खूब पढ़ते हैं और खूब प्रतिक्रिया करते हैं। बड़ा संवाद सरस है—अर्थार्थ का पाठक परिवार। इ-मेल में रिस्पांस का फोल्डर हर सप्ताह बढ़ता जाता है। नाम लिखूँ तो एक सप्ताह का अर्थार्थ कम पड़ेगा। पूर्वांचल के एक गाँव में शिक्षक हैं। उनका अंतर्देशीय पत्र आता है वाया कोलकाता। मेल से स्कैन होकर। उनके बेटे के मेल के जरिए। करऊ प्रनाम सप्रेम सुबानी।

अवदान

कोई पुस्तक अकेले की नहीं होती। अनिंद्य सेनगुप्ता और अपूर्वा ने अपनत्व और संदर्भों से अर्थार्थ पुस्तक को उर्वर किया है। स्नेही मित्र के.ए. बदरीनाथ ने प्रेरित किया। अपराजिता ने इसे सँवारा-संयोजित किया। शशि की टीम ने फेसबुक पेज सँभाल लिया और अर्थार्थ की पुस्तक आ गई। शब्द में सुरत समावै शब्द प्रणाम!

गणेश चतुर्थी, 2012

—अंशुमान तिवारी

अनुक्रम

अकथ कहानी ग्रोथ की

कहु सखि साजन नहिं महँगाई

यहु ठग ठगत सकल जग डोलै

साँच कहो तो मारन धावै

संतो, देखत जग बौराना

बुरा न मानो बजट है

मैं कहता तू जागत रहियो...

इस घट अंतर सात समंदर

मन मस्त हुआ अब...

अकथ कहानी ग्रोथ की

(आर्थिक विकास, मंदी, माँग, खर्च, उपभोक्ता, संसाधन)

ग्रोथ की सोन चिड़िया

(तेज विकास पश्चिम का संग छोड़ चुका है, बचत की आदत छूट गई है और आबादी बुढ़ा रही है। दूसरी तरफ भारत ग्रोथ, यूथ और बचत के अद्‌भुत रसायन को लेकर उदारीकरण के तीसरे दशक में प्रवेश कर रहा था कि···)

दुनिया अपने कंधे सिकोड़कर और भौहें नचाकर अगर हमसे यह पूछे कि हमारे पास डॉलर है! यूरो है! विकसित होने का दर्जा है! बहुराष्ट्रीय कंपनियाँ हैं! ताकत है! हथियार है! दबदबा है!!···तुम्हारे पास क्या है???···तो भारत क्या कहेगा? यही न कि हमारे पास ग्रोथ है!!! भारत के इस जवाब पर दुनिया बगलें झाँकेगी, क्योंकि हमारा यह संजीदा फख्र और सकुचाता हुआ आत्मविश्वास बहुत ठोस है। ग्रोथ यानी आर्थिक विकास नाम की बेशकीमती और नायाब सोन चिड़िया अब भारत के आँगन में फुदक रही है। यह बेहद दुर्लभ पक्षी भारत की जवान (युवा कार्यशील आबादी) आबो-हवा और भरपूर बचत के स्वादिष्ट चुग्गे पर लट्टू है। विकास, युवा आबादी और बचत की यह रोशनी अगर ताजा दुनिया पर डाली जाए तो एक अनोखी उम्मीद चमक जाती है। अमेरिका, यूरोप और जापान इसके लिए ही तो सबकुछ लुटाने को तैयार हैं; क्योंकि तेज विकास उनका संग छोड़ चुका है, बचत की आदत छूट गई है और आबादी बुढ़ा (खासतौर पर यूरोप) रही है। दूसरी तरफ भारत ग्रोथ, यूथ और बचत के अद्‌भुत रसायन को लेकर उदारीकरण के तीसरे दशक में प्रवेश कर रहा है। यह संयोग बड़ी मुश्किल से बनता है। इस उपलब्धि और इससे जुड़ी उम्मीदों पर न्योछावर हुआ जा सकता है।

बचत बहादुर

हम (और चीन भी) अपनी बचत से दुनिया को बचाने वाले हैं। दुनिया के कुछ बड़ों ने बचत नहीं की, इसलिए ही यह संकट आया है। विकसित देश बचत-शून्य हैं। अमेरिकी लोग दशकों पहले बचत छोड़कर चार्वाकी बन गए थे और कर्ज पर खाने उड़ाने लगे थे। बाद में जापान और यूरोप को भी यही लत लग गई। इसलिए वहाँ बाजारों में 'इसकी टोपी उसके सिर' वाला एक तंत्र खड़ा हो गया। व्यक्तिगत कर्ज व क्रेडिट कार्डों से लेकर बैंकों के बॉण्ड और सरकारों के कर्ज तक फैला यह पेचीदा नेटवर्क उपभोक्ता खर्च से लेकर निवेश तक सबको चलाता है, जबकि इसके पास खुद के पाँव (लोगों की बचत) नहीं थे। इसलिए यह आमो-खास सबको ले डूबा। दुनिया सौ रुपए के आर्थिक उत्पादन में औसतन 24 रुपए (जीडीपी के अनुपात में राष्ट्रीय बचत दर) बचाती है, मगर अमेरिका केवल 11 फीसदी और यूरो जोन 18 फीसदी। हम 33 फीसदी बचा रहे हैं। अमेरिका-यूरोप का यह आँकड़ा भी आधा सच है। इसमें कंपनियों की बचत शामिल है। आम लोगों की बचत दर तो अमेरिका में शून्य के करीब है और यूरोप में 3 फीसदी के इर्द-गिर्द। जबकि हमारे यहाँ एक बड़ी आबादी कमा और बचा रही है। भारत की अधिकांश बचत (जीडीपी के अनुपात में 24 फीसदी) आम लोगों की देन है। इसलिए हमारे पास निवेश के लिए अपनी पूँजी व संसाधन हैं। विकास के लिए विदेशी पूँजी व संसाधनों की जरूरत महज 3 फीसदी (चालू खाते का घाटा) है और विदेशी कर्ज न के बराबर। यकीन मानिए, विश्व के मौजूदा सूरते हाल में यह एक अद्भुत और बहुत बड़ी उपलब्धि है। अगर हम बचाते रहे तो ग्रोथ की सोन चिड़िया चहकती रहेगी।

ग्रोथ—दशक दर दशक

दशक	ग्रोथ
1900-1950	1.0
1950-1980	3.5
1980-2002	6.0
2002-2006	8.0
2006-2010	9.0

स्रोत : एंगस मैडिसन—मॉनीटरिंग ऑफ वर्ल्ड इकोनॉमी (1995)/ भारत का सेंसस/आर्थिक समीक्षा (2001), 2010-2011, वित्त मंत्रालय

यंगिस्तान की शान

यूरोप, अमेरिका, जापान संकटों से भले ही उबर जाएँ, लेकिन अपनी कामकाजी

आबादी की उम्र का पहिया उलटा नहीं घुमा सकते। वहाँ अब काम करनेवाले एक आदमी पर चार पेंशनयाफ्ता हैं। काम करनेवालों की कमी है और पेंशन लेनेवालों की संख्या बढ़ रही है। सरकारें कर्ज लेकर पेंशन दे रही हैं और काम के लिए विदेशियों पर आश्रित हैं। जबकि भारत में यंगिस्तान का जलवा है। हालाँकि आबादी के फायदे अब उतने नहीं हैं जितने कि उदारीकरण शुरू होते हुए थे, लेकिन फिर एक बहुत बड़ी आबादी युवा और कार्यक्षम है। इसने लागत कम करने और नए कारोबारों को उभरने में मदद की है। भारत में ज्यादा लोग कामकाजी हैं और पेंशनवाले कम, इसलिए गाड़ी मजे से चल रही है। भारतीयों को अपने यहाँ काम के लिए बुलाना दुनिया की मजबूरी बनने वाला है। युवा आबादी के फायदे अभी कम-से-कम तीन दशक तक यानी कि ग्रोथ की सोन चिड़िया इसी यंगिस्तान के कंधे पर बैठेगी, जो इसके लिए बचत भी कर रहा है और खर्च भी।

नायाब नेमत

अमेरिका में उपभोक्ता खर्च बढ़ने का एक मासिक आँकड़ा जरा सी उम्मीद दिखाता है तो अमेरिका का शेयर बाजार नाच उठता है। यूरो जोन में अकेला जर्मनी अपनी ग्रोथ के सहारे पूरे यूरोप से अपने नाज-नखरे उठवा रहा है। तेज विकास दर यानी ग्रोथ बहुत कीमती है। जापान पिछले एक दशक में इसके लिए हर तरह की कसरत कर चुका है। अमेरिका सिर्फ ग्रोथ के लिए नोट छाप रहा है और मुद्रास्फीति का खतरा उठा रहा है। यूरोप के देश जनता को टैक्स मशीन में निचोड़कर घाटा पूरा करना चाहते हैं, ताकि तेज विकास की गाड़ी चलाने के लिए सरकारों के पास पैसा आ सके, यानी कि दुनिया जिसके लिए बेचैन है, वही ग्रोथ तमाम बाधाओं के बावजूद भारत में फल-फूल रही है। भारत की ऊँची बचत ने उद्योगों को प्रति कर्मचारी ज्यादा पूँजी निवेश का मौका दिया है। उत्पादकता बढ़ाने के लिए सुविधाएँ बढ़ रही हैं, जो उपभोग खर्च को प्रेरित करती हैं और नतीजतन माँग बढ़ती है। इसलिए दुनियावी मंदी और घरेलू महँगाई के बावजूद भारतीय उपभोक्ताओं ने अपने खर्च से अर्थव्यवस्था को दौड़ाए रखा है और यह खर्च कर्ज पर नहीं, बल्कि अतिरिक्त आय पर आधारित है। **अच्छी बचत और बढ़ता उपभोक्ता खर्च! ग्रोथ की सोन चिड़िया और कहाँ जाएगी?**

- हैम्बर्गर का हिसाब–प्रति व्यक्ति आय (पर्चेजिंग पॉवर) के हिसाब से भारत दुनिया की चौथी सबसे बड़ी अर्थव्यवस्था है। इस पैमाने पर वर्ष 2012 में भारत जापान से आगे होगा। खर्च करने की क्षमता (पर्चेजिंग पॉवर पैरिटी के आधार पर अमीरी नापने की जुगत बड़ी अनोखी है। 1986 में अर्थशास्त्रियों ने इस

गणित के लिए मैकडोनॉल्ड के बिग मैक हैम्बर्गर को, जो पूरी दुनिया में बिकता है। बिग मैक हैम्बर्गर का चुनाव मजाक में ही हुआ था, लेकिन गणित मजबूत थी। इस एक उत्पाद के जरिए पूरी दुनिया के अलग-अलग मुद्राओं व विनिमय दरों का जटिल हिसाब-किताब तकरीबन सही बैठ गया। 25 वर्षों में यह बिग मैक इंडेक्स स्थापित हो गया और बाद में तमाम आर्थिक आकलनों का आधार बना। यानी दुनिया बर्गर के अर्थशास्त्र पर टिकी है।

पूँजी, माँग और श्रम के तीन कंधों पर आर्थिक विकास खड़ा होता है। उदारीकरण के तीसरे दशक की शुरुआत पर भारत के पास ये तीनों तत्त्व प्रचुर मात्रा में हैं और तीनों पूर्णत: देशी हों तो फिर क्या कहना! हम पूँजी, श्रम और माँग के लिए दुनिया के मोहताज नहीं हैं, इसलिए भारत में बना यह संयोग एक पर एक ग्यारह का नहीं बल्कि एक सौ ग्यारह का है। उदारीकरण के पहले दशक में हमने तेज विकास को न्योता था और दूसरे दशक में जड़ें दे दीं। हम अब ग्रोथ का अमृत छक रहे हैं, जबकि विकसित देश इसी के लिए दुनिया मथने को तैयार हैं। तेज आर्थिक विकास के इस सफर में कुछ अँधेरे कोने और जोखिम के गर्त भी हैं, लेकिन उन पर निगाह फिर कभी। फिलहाल तो वर्ष व दशक को शुरू करते हुए ग्रोथ की सोन चिड़िया की राई-नोन उतारिए। दुआ कीजिए कि इसे जालिम दुनिया की नजर न लगे और यह हमेशा हमारे आँगन में चहकती रहे। **यही स्वर्ण पक्षी इस दशक में हमें समृद्धि की मंजिल तक ले जाएगा।**

दिशा दीप्त हो उठी प्राप्त कर पुण्य प्रकाश तुम्हारा,
लिखा जा चुका अनल अक्षरों में इतिहास तुम्हारा।
वह प्रदीप जो दीख रहा है झिलमिल दूर नहीं है,
थककर बैठ गए क्या भाई! मंजिल दूर नहीं है। (दिनकर)

□

(जनवरी 2011)

ये ग्रोथ किसने मारी ?

(भारत की ग्रोथ स्टोरी इसलिए नहीं ढहने लगी कि लोग खर्च करने से हिचक गए थे, बल्कि सरकार ने ग्रोथ को गंभीरता से नहीं लिया। वर्ष 2011 में भारत में फुदक रही ग्रोथ की चिड़िया 2012 में निढाल होकर बैठ गई।)

पहली तिमाही 8 फीसदी, दूसरी तिमाही 6.3, तीसरी तिमाही 6.1 और चौथी तिमाही 5.3!!! इसे आर्थिक ग्रोथ का गिरना नहीं बल्कि ढहना कहते हैं। सिर्फ एक साल (2011-12) में इतनी तेज गिरावट यकीनन अनदेखी है। ऐसे तो ग्रीस भी नहीं ढहा, जिसकी त्रासदी को सरकार अपनी आर्थिक कुप्रबंध कॉमेडी का हिस्सा बना रही है। औद्योगिक उत्पादन की बढ़ोतरी 15 साल में दूसरी बार शून्य से नीचे! 41 साल में पहली बार खनन क्षेत्र में उत्पादन वृद्धि शून्य! 6 साल बाद बैंक जमा दर में पहली गिरावट! यह सब अभूतपूर्व कारनामे हैं, जो भला ग्रीस या स्पेन की देन कैसे हुए? देशी नीतिगत गलतियों के ठीकरे के लिए जब सरकार ग्लोबल सिरों की तलाश करती है तब यह शक करने का हक बनता है कि क्या टीम मनमोहन हकीकत में देश को आर्थिक संकट से उबारने के लिए बेचैन है? बेचैनी अगर सच है तो सरकार को वापसी के वे सूत्र क्यों नहीं दिखते, जो उन्हीं फाइलों के नीचे चमक रहे हैं जिन पर बैठकर प्रधानमंत्री मीटिंग-मीटिंग खेल रहे हैं। भारतीय अर्थव्यवस्था की ताजा मुसीबतें जिन दरवाजों से आई हैं, बचने के रास्ते भी वहीं से खुलते हैं। इन रास्तों को गठबंधन का कोई घटक नहीं रोक रहा है। अर्थव्यवस्था की चिंचियाती मशीन में थोड़ा तेल-पानी डालने के लिए सुधारों के कोई बड़े तीर नहीं मारने हैं।

वापसी के रास्ते

नजारे बड़े चौंकानेवाले हैं। देश की कंपनियाँ नकदी के पहाड़ पर बैठी हैं और निवेश बंद है। बीते साल की आखिरी तिमाही में प्रमुख कंपनियों (निजी व सरकारी) के पास 4,56,700 करोड़ रुपए की नकदी थी, जो इससे पिछले साल के मुकाबले 21 फीसदी ज्यादा थी। अगर निवेश स्कीमों (लिक्विड फंड) में कंपनियों के निवेश को जोड़ लिया जाए तो नकदी के पर्वत की ऊँचाई 5,70,700 करोड़ रुपए हो जाती है। इनमें भी जब दस शीर्ष सरकारी कंपनियाँ 1,37,576 करोड़ रुपए की नकदी लिये सो रही हों तो सरकार के काम करने के तरीके पर खीझ आना लाजिमी है। इस जनवरी में प्रधानमंत्री के प्रमुख सचिव पुलक चटर्जी ने सार्वजनिक उपक्रमों की बैठक बुलाकर उन्हें नकदी के निवेश के लिए कहा था, मगर पत्ता तक नहीं खड़का। देश में कोयले व बिजली की कमी जिम्मेदार सार्वजनिक कंपनी कोल इंडिया 53,600 करोड़ रुपए के बैंक बैलेंस पर बैठी हो और 5,000 करोड़ का निवेश करने को भी तैयार नहीं दिखती। बीते सप्ताह प्रधानमंत्री की बैठक से एक दिन पहले कोल इंडिया ने ऊर्जा मंत्रालय से कह दिया कि वह कोयले का उत्पादन (जो लक्ष्य से पीछे है) नहीं बढ़ा सकती और बिजली कंपनियों को पर्याप्त कोयला नहीं दे सकती। हीरो मोटोकॉर्प (2,575 करोड़ रुपए) और रिलायंस (1,00,000 करोड़ रुपए) की ताजा निवेश घोषणाएँ बताती हैं, बाजार में माँग मौजूद है, इसलिए निवेश करना कंपनियों की कारोबारी मजबूरी है। उपभोक्ता माँग पर आधारित गैर-ऊर्जा कंपनियों के मुनाफे वर्ष 2011-12 में औसतन 15 फीसदी (कोटक सिक्योरिटीज का अध्ययन) बढ़े हैं। खराब माहौल के बावजूद ऑटो, फार्मा, उपभोक्ता उत्पाद कंपनियाँ बेहतर कर रही हैं यानी कि कंपनियों से निवेश कराने के लिए सुधारों के किसी बड़े कर्मकांड की नहीं, बल्कि एक रीढ़दार सरकार की जरूरत है, जो कोल इंडिया जैसी सार्वजनिक कंपनियों से निवेश करा सके और निजी कंपनियों को निवेश करने का भरोसा दे सके।

देशी खर्च का जादू

- भारत के बाजार की 60 फीसदी माँग खालिस देशी खपत से निकलती है। मार्च 2010 में उपभोग फिर खर्च 4 से 4.5 फीसदी की गति दिखा रहा था। खासतौर पर निजी उपभोग खर्च तो मार्च में 10.4 फीसदी पर पहुँच गया। इसी के बूते रिजर्व बैंक ने 9 फीसदी की आर्थिक विकास दर की उम्मीद बाँधी थी। करीब 36 फीसदी निर्धन आबादी के बावजूद भारत का 55-60 करोड़ आबादीवाला मध्य वर्ग इतना खर्च कर रहा था कि अर्थव्यवस्था आराम से दौड़ जाए। आर्थिक सर्वेक्षण तो बताता है कि हाल की मंदी से पहले के वर्ष (2008-09) में तो प्रति

व्यक्ति खर्च प्रति व्यक्ति आय की वृद्धि से ज्यादा तेज दौड़ रहा था। अर्थात् लोगों ने कर्ज के सहारे खर्च किया। वह दौर भी भारत में उपभोक्ता कर्जों में रिकॉर्ड वृद्धि का था। अंतरराष्ट्रीय कंसल्टेंट मैकेंजी मानती है कि एक दशक में भारत का निजी उपभोग खर्च 1,500 अरब डॉलर तक हो जाएगा। अर्थात् खर्च का जादू जारी रह सकता था।

वाया आर्थिक (भूल) सुधार

अर्थव्यवस्था में निवेश का भरोसा बड़े सुधार करने से ज्यादा उन कामों को न करने से लौटेगा, जो पिछले कुछ वर्षों में किए गए हैं। राजकोषीय घाटा ग्रोथ का पहला खलनायक है। यह घाटा बुनियादी ढाँचे में निवेश से नहीं बल्कि कर्ज माफी, मनरेगा, सब्सिडी जैसे खर्च-बढ़ाऊ कर्मकांड से आया। इनक्लूसिव ग्रोथ नामक इस राजकोषीय जोखिम का मकसद था राजनीतिक लाभ, मगर कांग्रेस को मिला चुनावी पराजयों का सिलसिला। इनक्लूसिव ग्रोथ की सूझ खजाने की ताकत और असली ग्रोथ को चाट गई। अब मंदी व नौकरियों की कमी कांग्रेस का राजनीतिक अभिशाप बन गई हैं। अगर कांग्रेस यकीनन गंभीर है तो उसे खजाना खानेवाली स्कीमों व सब्सिडी से तौबा का ऐलान करना चाहिए, निवेशकों का भरोसा लौटते देर नहीं लगेगी। भारत की ग्रोथ का दूसरा शिकारी आयात असंतुलन (चालू खाते का घाटा, रुपए में गिरावट) है, जो तेल आयात से उपजा। फिर भी तेल कीमतों को लेकर कॉमेडी चल रही है। पेट्रोल कीमत बढ़ी, फिर घटी, मगर डीजल रह गया। जो सबसे ज्यादा सब्सिडी खा रहा है, उसे छोड़ दिया गया, क्योंकि कांग्रेस का राष्ट्रपति डीजल की गाड़ी में बैठकर रायसीना हिल्स जाएगा। विदेशी मुद्रा के मोरचे पर इतने गंभीर हालात के बावजूद ईंधन की कीमतों को लेकर गंभीरता न होना हैरतअंगेज है। ग्रोथ को सबसे जोरदार टँगड़ी ब्याज दरों ने मारी, जो महँगाई रोकने के लिए बढ़ी थीं। रिजर्व बैंक ने जनवरी 2011 से लेकर मार्च 2012 के बीच रेपो रेट 225 प्रतिशतांक बढ़ाई और सीआरआर 125 अंक। हासिल यह हुआ कि आर्थिक विकास दर नौ साल के सबसे नीचे स्तर पर आ गई, मगर महँगाई अभी भी 10 फीसदी पर नाच रही है। महँगाई प्रशासनिक कुप्रबंध, आपूर्ति की समस्याओं से उपजी थी, लेकिन रिजर्व बैंक ने ब्याज दरें बढ़ाकर उपभोक्ता खर्च व ग्रोथ की टाँगें काट दीं। शुक्र है कि रिजर्व बैंक की समझ वापस आ रही है। अगर ब्याज दर घटे (चीन ने यही किया) तो निवेश की उम्मीद लौट सकती है।

हिंदुओं वाली ग्रोथ

➢ वर्ष 1950 से 1991 के बीच भारत की अर्थव्यवस्था की विकास दर बेहद सुस्त

थी। 1950 से 1980 के बीच यह 3.5 फीसदी की गति से बढ़ी। इसे व्यंग्य में हिंदू ग्रोथ रेट कहा जाता है। इस विशेषण का प्रयोग पहली बार शायद प्रसिद्ध अर्थशास्त्री प्रो. राज कृष्ण ने किया था।

सियासी नेतृत्व की डाँट खाकर प्रधानमंत्री ने बुनियादी ढाँचे पर बैठक का जो कर्मकांड किया, उस पर इतराने से कोई फायदा नहीं है। बुनियादी ढाँचे पर मंत्री-समूह और सचिवों की समितियाँ पिछले कई वर्षों से यही कर रही हैं। अगर प्रधानमंत्री सच में हमें डूबने से बचाना चाहते हैं तो उन्हें मालूम होगा कि हवाई अड्डों, सड़कों, बिजली घरों के लिए जमीन चाहिए, जो भूमि अधिग्रहण कानून की तसवीर साफ हुए बिना कैसे मिलेगी। निवेश के लिए पर्यावरण मंजूरियों में तेजी चाहिए, जिनके बारे में पीएम की हाई प्रोफाइल बैठक में कुछ हुआ ही नहीं। बिजली के लिए कोयला चाहिए, जिसके कुप्रबंध में सरकार बुरी तरह काली हो गई है। शुक्र है कि इस नीतिगत अपंगता के बावजूद तेल की घटती अंतरराष्ट्रीय कीमतें, सोने के आयात में कुछ कमी, यूरोप में सरकारों की निवेश योजनाएँ, देश में बेहतर कृषि पैदावार, कंपनियों के पास नकदी और सरकार को हकीकत का इलहाम!…उम्मीदों को सहारा देने के लिए काफी कुछ अब भी मौजूद है। सबसे बड़ी बात यह कि हमें अगर सुधरने लिए एक संकट चाहिए तो वह भी अब सिर पर खड़ा है। भारत के पास सिर्फ यही एक साल है, जिसकी पहली तिमाही बीत गई है। अगले नौ माह बता देंगे कि सरकार ने हमें बचाया या डुबो दिया। भारतीय अर्थव्यवस्था के लिए उलटी गिनती शुरू हो चुकी है।

□

(जून 2012)

इक्यानबे का प्रेत

(रिजर्व बैंक से लेकर सरकार के आँकड़ों से निकल इक्यानबे हमें फिर डरा रहा है। रुपए के भयानक अवमूल्यनवाला इक्यानबे। सोने को गिरवी रखकर विदेश से पैसे के जुगाड़वाला इक्यानबे)

यशवंत सिन्हा देश को बता रहे हैं कि भारत का विदेशी मुद्रा भंडार खाली है। सोना गिरवी रखा जाएगा। विदेशी मुद्रा कोष (आईएमएफ) से कर्ज लिया जा रहा है। रुपया बुरी तरह गिरा है।...वह युवा निवेशक पसीने लथपथ होकर जाग गया! कितना बुरा सपना था! 1991 वाला। अचानक उसे याद आया कि उसने कल ही तो रिजर्व बैंक के ताजे आँकड़े पलटे थे और यह भी पढ़ा था कि गवर्नर सुब्बाराव वर्ष 1991 के दुर्दिन की याद कर रहे हैं। विदेशी मुद्रा भंडार का तेजी से गिरना, व्यापार घाटे (आयात-निर्यात का अंतर) में अभूतपूर्व उछाल, रुपए पर दबाव, छोटी अवधि के विदेशी कर्जों का विस्फोटक स्तर और साथ में ऊँचा राजकोषीय घाटा यानी कि जुड़वाँ घाटों की विपत्ति। तकरीबन ऐसा ही तो था 1991। बस, अंतर सिर्फ यह है कि तब भारत 11 लाख करोड़ की (जीडीपी) अर्थव्यवस्था था और जो आज 50 लाख करोड़ की है। अर्थव्यवस्था बड़ी होने से संकट छोटा नहीं हो जाता, इसलिए विदेशी मुद्रा बाजार से लेकर बैंकों के गलियारों तक खौफ की ठंडी लहरें दौड़ रही हैं। मगर दिल्ली के राजनीतिक कानों पर रेंगने के लिए शायद हाथी जैसी जूँ चाहिए, इसलिए दिल्ली बेफिक्र ऊँघ रही है।

विस्फोटक आँकड़े

यादादाश्त इतनी भी कमजोर नहीं होनी चाहिए कि संकट ही याद न रहे। हमारा सबसे ताजा संकट सिर्फ 21 साल पुराना है, जब सोना गिरवी रखकर और आईएमएफ

के कर्ज से हम उबर सके थे। यह खौफनाक अतीत जिस परिस्थिति से निकला था, आज के आँकड़े उससे ज्यादा खराब हैं। रिजर्व बैंक के आँकड़े बताते हैं कि भारत का भुगतान संतुलन (विदेशी देनदारियों और विदेशी पूँजी की आवक के बीच का अंतर) पिछले तीन साल में पहली बार घाटे में आया है, यानी कि भारत के विदेशी मुद्रा भंडार में पैसा कम है और देनदारियाँ ज्यादा। अक्तूबर से दिसंबर के दौरान घाटा 12.8 अरब डॉलर रहा, जबकि इससे पहले तिमाही में यह सरप्लस में था। चालू खाते का घाटा (करेंट अकाउंट डेफशिट) सबसे अहम संकेत है, जो कि व्यापार (उत्पाद व सेवाओं के आयात-निर्यात) और निवेश आदि से विदेशी मुद्रा की आवक व निकासी में अंतर दिखाता है। चालू खाते का घाटा जीडीपी के अनुपात में 4 फीसदी पर है, जो कि 1991 से भी ऊँचा स्तर है। भारत के लिए इस खाते की लक्ष्मण रेखा 3 फीसदी (जीडीपी के अनुपात में) पर है। दिसंबर की तिमाही में यह घाटा 20 अरब डॉलर पर पहुँच गया, जो 2010 में 9.6 अरब डॉलर था। इस घाटे की परतों के भीतर 185 अरब डॉलर का रिकॉर्ड विदेश व्यापार घाटा है। साथ ही भारत में विदेशी पूँजी की आवक अक्तूबर-दिसंबर 2011 के दौरान 14 अरब डॉलर से 8 अरब डॉलर पर आ गई, जबकि इस दौरान विदेशी मुद्रा की देश से निकासी बढ़ गई। इसलिए रिजर्व बैंक गवर्नर दुवुरी सुब्बाराव को यह कहना पड़ा कि भुगतान संतुलन की तसवीर बेहद जटिल है। मगर वर्ष 1991 को दोहराए जाने का खतरा नहीं है। सुब्बाराव ने इक्यानबे की याद करते हुए बहुत कुछ कह दिया है।

1991 की दास्ताँ

- जून 1991 में विदेशी मुद्रा भंडार 1 अरब डॉलर से भी कम रह गया, यानी बस केवल तीन हफ्ते के आयात का जुगाड़ बचा था। रिजर्व बैंक ने विदेशी मुद्रा देना बंद कर दिया। निर्यातों को प्रतिस्पर्धात्मक बनाने के लिए तीन दिन में रुपए का 24 फीसदी अवमूल्यन हुआ। आईएमएफ से 2.2 अरब डॉलर का कर्ज लिया गया और 67 टन सोना बैंक ऑफ इंग्लैंड व यूनियन बैंक ऑफ स्विट्जरलैंड के पास गिरवी रखकर 60 करोड़ डॉलर उठाए गए, तब आफत टली। 1991 में भारत का राजकोषीय घाटा 38,475 करोड़ रुपए था, जो अब 5,13,590 करोड़ (2012-13) करोड़ रुपए है।

पलीतों का सिलसिला

कुछ मुसीबतें पेट्रोल की आग से ज्यादा ज्वलनशील होती हैं। भुगतान संतुलन के घाटे में आते ही एक जटिल दुश्चक्र शुरू हो जाता है, इसलिए दुनिया अब भारत के

विदेशी मुद्रा भंडार से निकलनेवाला एक-एक डॉलर गिन रही है। केवल व्यापार घाटा ही नहीं, बल्कि विदेशी कर्ज भी तेजी से बढ़ा है। मार्च 2011 में विदेशी कर्ज और विदेशी मुद्रा भंडार का संतुलन ठीक था, लेकिन दिसंबर में 88 फीसदी कर्ज चुकाने लायक विदेशी मुद्रा ही हमारे पास बची। मार्च से दिसंबर के बीच विदेशी मुद्रा भंडार औसतन 3 फीसदी घटा, जबकि विदेशी कर्ज करीब नौ फीसदी बढ़ गया। विदेशी कर्ज में छोटी अवधि (एक साल से कम की देनदारी) का कर्ज वर्ष 2008 के बाद सबसे ऊँचे स्तर (कुल कर्ज का 23 फीसदी) पर है। सबसे बड़ा खतरा यह है कि 43 फीसदी विदेशी कर्ज अगले एक साल में देनदारी के लिए आने वाला है। विदेशी मुद्रा भंडार इस समय दो माह के सबसे निचले स्तर (293 अरब डॉलर) पर है, जो कि एक साल के आयात की लागत (2011 में कुल आयात 488 अरब डॉलर) से कम है। यानी अगर विदेशी पूँजी का प्रवाह नहीं बढ़ा तो देश का विदेशी मुद्रा भंडार अगले एक साल में चुक जाएगा। ये हालात रुपए पर दबाव यानी तेज अवमूल्यन की तरफ इशारा कर रहे हैं। रिजर्व बैंक चाहे जो करे, मगर अब बाजार में डॉलर छोड़कर वह रुपए में गिरावट को नहीं रोक सकता। कमजोर रुपए का मतलब विदेशी निवेश में और कमी, महँगा तेल आयात, ज्यादा महँगाई और मंदी। 1991 में यहीं खड़े थे।

1991 जैसा और भी बहुत कुछ है, तब खाड़ी युद्ध ने तेल की कीमतें उछाल दी थीं, जिससे भारत का विदेशी मुद्रा भंडार खाली हुआ था और महँगाई बढ़ी थी। अब भी ईरान से सीरिया तक खाड़ी तनाव से तप रही है और तेल कीमतें 111 डॉलर प्रति बैरल (फ्यूचर्स) पर पहुँच रही हैं और महँगाई पहले से मौजूद है। यह सही है कि भारत की अर्थव्यवस्था 1991 की तुलना में बहुत बड़ी है, लेकिन हम ज्यादा खतरे में हैं; क्योंकि हमारी आयात जरूरतें कई गुना ज्यादा बढ़ चुकी हैं। यकीनन भारत दुनिया से जुड़ चुका है, लेकिन ग्लोबल जुड़ाव संकट में भारी पड़ता है, क्योंकि बाजार की प्रतिक्रियाएँ तूफानी होती हैं। दिल्ली की सियासत को इस बात का भान भी नहीं है कि अर्थव्यवस्था अब एक टाइम बम पर बैठ गई है। किसी भी आर्थिक गणित को लगा लीजिए, यह स्थिति अभूतपूर्व और बेहद खतरनाक है। एक तरफ ऊँचा राजकोषीय घाटा, दूसरी तरफ और विदेशी मुद्रा खातों का घाटा, हम दोहरे घाटे की क्लासिक आफत में फँस गए हैं। इस सूरते हाल से ऐसे बहुआयामी संकट निकलते हैं, जिनसे निबटने का हमारे पास कोई तजुरबा नहीं है। इधर लुंज-पुंज सरकार, सुधारों का मातम और नीतियों का सन्नाटा मिलकर आग को बारूद तक पहुँचाने के लिए बेताब है। क्या इतिहास यह लिखेगा कि भारत को संकट से निकालकर सुधार देनेवाले एक प्रधानमंत्री ने ही अंततः देश को संकट में धँसा दिया? आँकड़े देखिए, वर्ष 2012 में आपको 1991 का प्रेत डोलता नजर आएगा। □

(अप्रैल 2012)

संकटों का पावर हाउस

(ऊर्जा नीति भारत की भव्य विफलता है। एनरॉन जैसे ध्वस्त प्रयोग, दो दशक से लंबित बिजली सुधार, नाभिकीय ऊर्जा की कोशिशों में असफलता, तेल व गैस नीतियों की गफलत– पूरा ऊर्जा परिदृश्य मानो गलतियों का अजायबघर है।)

एक थी अर्थव्यवस्था। बाशिंदे थे मेहनती, ग्रोथ की कृपा हो गई। मगर आर्थिक ग्रोथ ठहरी कई मुँहवाली देवी। ऊर्जा, ईंधन उसकी सबसे बड़ी खुराक। वह माँगती गई, लोग ईंधन देते गए। देश में न मिला तो बाहर से मँगाने लगे। ईंधन महँगा होने लगा, मगर किसको फिक्र थी। फिर इस देवी ने पहली डकार ली। तब पता चला कि ग्रोथ का पेट भरने में महँगाई आ जमी है। ईंधन के लिए मुल्क पूरी तरह विदेश का मोहताज हो गया है। आयात का ढाँचा बिगड़ गया है, इसलिए देश की मुद्रा ढह गई है। और अंततः जब तक देश सँभलता, ग्रोथ पलटकर खुद को ही खाने लगी। यह डरावनी कथा भारत की ही है। अचरज है कि पिछले दो दशक भारत के सभी प्रमुख आर्थिक भूकंपों का केंद्र ईंधन और बिजली की कमी में मिलता है। मसलन, महँगाई की जड़ में महँगी (पेट्रो उत्पाद व बिजली) ऊर्जा! रुपए की तबाही के पीछे भारी ऊर्जा (पेट्रो कोयला) आयात! बजटों की मुसीबत की वजह बिजली बोर्डों के घाटे! बैंकों के संकट का कारण बिजली कंपनियों की देनदारी! पर्यावरण के मरण की जिम्मेदार डीजल बिजली और अंततः ऊर्जा की किल्लत की वजह से ग्रोथ की कुरबानी!...ऊर्जा संकट का बड़ा व खतरनाक भँवर अर्थव्यवस्था की सभी ताकतों को एक-एक कर निगल रहा है। और कारणों की छोड़िए, हम तो अब लक्षणों का इलाज भी नहीं कर पा रहे हैं।

कितने शिकार

वर्ष 2016 में कच्चा तेल ही नहीं, बल्कि कोयले की दुनियावी कीमत बढ़ने पर भी हमारा दिल बैठने लगेगा। बारहवीं पंचवर्षीय योजना का मसौदा तथा ताजा आर्थिक सर्वेक्षण कहता है कि चार साल बाद भारत (246 अरब टन के घरेलू भंडार के बावजूद) अपनी जरूरत का एक-चौथाई (करीब 23 फीसदी) कोयला, 80 फीसदी तेल और 28 फीसदी गैस के लिए आयात पर निर्भर हो चुका होगा। इस कदर आयात के बाद रुपए के मजबूत होने का मुगालता पालना बेकार है। महँगाई का ताजा जिद्दी दौर भी बिजली कमी की पीठ पर सवार है। पिछले दो साल की महँगाई में सबसे ज्यादा कीमतें बिजली व पेट्रोल की ही बढ़ी हैं। महँगाई के थोक मूल्य सूचकांक में ईंधन का हिस्सा पिछले एक साल में 19 से बढ़कर 23 फीसदी हो गया। इसमें पेट्रो ही नहीं, कोयला और बिजली की बेतहाशा महँगाई शामिल है। आयात पर निर्भरता के कारण ईंधन व बिजली की महँगाई पर अब हमारा नियंत्रण नहीं रहा है। राज्यों के बजटों पर भी बिजली गिरी है, जो पलटकर बैंकों को मार रही है। बिजली क्षेत्र पर सरकारी रिपोर्टें कहती हैं कि करीब 1 लाख करोड़ रुपए घाटे पर बैठी राज्यों की बिजली कंपनियाँ (ताजा आँकड़ों में) 80,000 करोड़ रुपए के बैंक कर्ज में डूबी हैं। बिजली बोर्डों के डिफॉल्ट होने का खतरा पुख्ता है, इसलिए बैंक कर्ज देने से तौबा कर चुके हैं। डीजल बिजली से आबोहवा को नुकसान के आँकड़े का मोहताज नहीं है। एक उदाहरण काफी है कि इसी अप्रैल में तमिलनाडु में जब बिजली की कमी करीब 24 फीसदी थी तो वहाँ डीजल की बिक्री 28 फीसदी (पेट्रो प्लानिंग सेल-पेट्रोलियम मंत्रालय) बढ़ गई। लेकिन इतना सब गँवाने के बावजूद 15 से 17,000 मेगावाट की बिजली की मासिक किल्लत कायम है और आर्थिक विकास को खा रही है।

ग्रोथ की रीढ़

- भारत में ऊर्जा की खपत को लेकर कोई मुगालता पालने की जरूरत नहीं है। विश्व बैंक के (इंडीकेटर्स 2012) मुताबिक, भारत में प्रति व्यक्ति ऊर्जा खपत दुनिया में सबसे कम (560 किग्रा तेल के बराबर) है। चीन में यह आँकड़ा भारत का तीन गुना है। भारत में बिजली की प्रति व्यक्ति खपत केवल 571 किलोवाट प्रति घंटा है, जो अफ्रीकी जांबिया से भी कम है। विश्व बैंक बताता है कि भारत में 57 फीसदी ग्रामीण और 12 फीसदी शहरी आबादी के पास बिजली नहीं है। इधर डीजल की माँग (यानी पेट्रो सब्सिडी का बोझ) के खलनायक कार या ट्रक नहीं बल्कि डीजल जेनरेटर हैं, जो विभिन्न स्वतंत्र अनुमानों के मुताबिक सालाना करीब 25 से 35,000 मेगावाट बिजली बनाते हैं।

नीम अँधेरा

सत्रह माह (2011-2012) में दूसरा मौका है, जब बिजली घरों के पास चार दिन का कोयला बचा और 5,000 मेगावाट उत्पादन ठप होनेवाला है। पिछले साल फरवरी में भी 18 बिजलीघरों का यही हाल था। मगर इस घोर संकट के बाद भी प्रधानमंत्री बीते सप्ताह की बैठक में कोल इंडिया को कोयले का उत्पादन बढ़ाने पर राजी नहीं कर सके। नकदी में देश की सबसे अमीर कंपनी (54,980 करोड़ रुपए) कोल इंडिया 39 करोड़ टन के लक्ष्य के मुकाबले केवल 36 करोड़ टन कोयला निकाल पाती है, नतीजतन 42,000 मेगावाट की तैयार परियोजनाएँ कोयले की कमी के कारण उत्पादन शुरू नहीं कर पातीं। कोयले की किल्लत के कारण ताप बिजली घरों की उत्पादन क्षमता (प्लांट लोड फैक्टर) 79 फीसदी से घटकर 74 फीसदी रह गया है। कोयला उत्पादन बढ़ाने की राह में पर्यावरण मंत्रालय तनकर खड़ा हो गया। नतीजतन 6 करोड़ टन कोयला उत्पादन की उम्मीद दफन हो गई। अब अगर कोयला आयात हो तो रुपया भुगतेगा और बिजली न बने तो जनता। इस सबके बावजूद कोई निजी कंपनी विदेश से कोयला लाकर बिजली बनाना चाहे तो उसे निरंतर घाटे के लिए तैयार रहना होगा। बिजली कीमतें सियासतपरस्त हैं और हर बिजली कंपनी 80 पैसे से 1.93 रुपए प्रति यूनिट का नुकसान उठाती है। एनटीपीसी का हाल नहीं सुना आपने! देश की सबसे बड़ी बिजली कंपनी का मुनाफा केवल 1 फीसदी (2010-11) बढ़ा। बिजली क्षेत्र में पहले उत्पादन क्षमताओं में निवेश की कमी थी, कुछ निवेश आया तो कोयले की कमी पड़ गई। इसलिए देश में बिजली उत्पादन क्षमता बढ़ाने की मंजिल कभी नहीं मिलती। इस मार्च में निबटी ग्यारहवीं योजना में 78,700 मेगावाट की उत्पादन क्षमता जुड़नी थी। बीच योजना में लक्ष्य घटाकर 62,374 मेगावाट किया गया है, अंततः केवल 46,000 मेगावाट की क्षमता तैयार हो सकी। अब जिसे जरूरत होगी वह सस्ते डीजल से जेनरेटर दौड़ाएगा। पिछले एक दशक की ग्रोथ का बहुत बड़ा हिस्सा इसी डीजल बिजली से आया है। और डीजल तो सस्ता ही रहेगा, क्योंकि प्रणव मुखर्जी के राष्ट्रपति भवन में विराजने के बाद भी कई चुनाव आने हैं। दरअसल भारत में पेट्रो उत्पादों की माँग में कमी और बिजली की आपूर्ति बढ़ोतरी की जरूरत है। मगर ऊर्जा क्षेत्र में तो नीतियों का तमाशा देखिए कि डीजल व डीजल की कारों की कीमत कम और बिजली की कमी बनाए रखकर पेट्रो उत्पादों की माँग बढ़ाई जाती है, जबकि बिजली की माँग को घटाने के लिए शाम को बाजार बंद (उत्तर प्रदेश) कराने जैसे अहमक फैसले होते हैं।

नियति के देवता ने अमेरिका व यूरोप की किस्मत में शायद जब अमीरी के साथ कर्ज लिखा था या अफ्रीका को खनिजों के खजाने के साथ अराजकता की विपत्ति भी बख्शी थी तो ठीक उसी समय भारत की किस्मत में भी उद्यमिता के साथ ऊर्जा संकट

दर्ज हो गया था। भारत का ऊर्जा क्षेत्र शायद बुनियादी रूप से बदकिस्मत है। बहुत कुछ बदल गया, लेकिन ऊर्जा क्षेत्र में सब्सिडी, सियासतपरस्त नीतियाँ, नौकरशाही, भ्रष्टाचार, सार्वजनिक उपक्रमों का एकाधिकार आदि सभी पुराने आर्थिक धतकरम आज भी बेखटके धमाचौकड़ी करते हैं। पेट्रो कीमत और बिजली सुधारों की शुरुआत को दो दशक बीत रहे हैं, मगर सारी मुसीबतें जस-की-तस हैं। भरोसा करना मुश्किल है कि दुनिया की आर्थिक ताकतों में शुमार होने को बेताब एक मुल्क सिर्फ ऊर्जा नीतियों की विफलता के कारण विदेशी मुद्रा की कमी और महँगाई से लेकर बैंकों के कर्ज तक, इतने बहुआयामी संकटवाला रहा है। उद्यमिता के धनी भारत को बड़ा बनने के लिए बहुत बड़े सुधारों की जरूरत नहीं है और डूबने के लिए बहुत जटिल संकट भी नहीं चाहिए। सिर्फ चौबीस घंटे की बिजली हमें तरक्की की रोशनी दे सकती है और ऊर्जा की किल्लत का नीम अँधेरा हमें किसी भी सीमा तक डुबो सकता है। कहीं इतिहास यह न लिखे कि 1.5 अरब की आबादी के मुल्क की आर्थिक सुरक्षा सिर्फ इसलिए जोखिम में पड़ गई कि उसके पास बिजली नहीं थी?

□

(जून 2012)

रुपए के मुजरिम

(विदेशी मुद्रा प्रबंधन भारत की सबसे कमजोर नस है, लेकिन पिछले संकटों से शायद कुछ नहीं सीखा गया। इसलिए विदेशी मुद्रा का संतुलन भारत का सर्वाधिक कमजोर और असुरक्षित मोरचा साबित हुआ है।)

उस्तादजी, रुपया ही क्यों खेत रहा? भोले निवेशक ने चतुर ब्रोकर से पूछा। दलाल बोला, चुप रहो जी, हमारी पुरानी पोल फिर खुल गई। और बहुत सतर्क रहो, क्योंकि इस बार मामला कुछ ज्यादा ही संगीन है। बाजार की नब्ज थामे वह ब्रोकर बिलकुल ठीक समझ रहा है। रुपए का मामला यकीनन संगीन है। विकलांग सरकार की संकट न्योता नीति रुपए को ही ले डूबी, क्योंकि रुपया भारत के आर्थिक शरीर की सबसे कमजोर नस है। विदेशी मुद्रा प्रबंधन में इतना लोचा है कि 1991 के संकट से लेकर आज तक ज्यादा वित्तीय मुसीबतें इसी दरवाजे से आई हैं और रुपए ने ही तबाही की कहानी बनाई है। शेयर बाजार में विदेशी निवेश कमी को मत कोसिए, विदेशी मुद्रा बाजार और भंडार के प्रबंधन की दरारें तो पिछले कई वर्षों से संकट का स्वागत करने को आतुर हैं। आत्मनिर्भरता की कमी, महँगाई, प्राकृतिक संसाधनों का घरेलू उत्पादन, विदेशी मुद्रा की आवक, निकासी के असंतुलन, रुपए की बदहाली के लिए जिम्मेदारों की फेहरिस्त छोटी नहीं है। विदेशी मुद्रा का मोरचा सबसे संवेदनशील होता है। इसे तो सबसे ज्यादा मजबूत होना चाहिए था, मगर यही भारत का सर्वाधिक कमजोर और असुरक्षित मोरचा साबित हुआ है। रुपया ही सबसे गिरा और बेसहारा है।

कुप्रबंध का विनिमय

रुपए की तोहमत बेचारे ग्रीस के सिर क्यों? यह त्रासदी यूरोजोन ने नहीं, हमने

खुद लिखी है। ऐतिहासिक गलतियों से लेकर किस्म-किस्म के घाटे और सरकार की नीतिगत निष्क्रियता तक सबने रुपए को तोड़ने में बखूबी काम किया है। रिजर्व बैंक से लेकर वित्त मंत्रालय तक सबको यह खबर थी कि रुपए पर हमला होना तय है, क्योंकि भारतीय अर्थव्यवस्था दोहरे घाटे (राजकोषीय और चालू खाता) के दुश्चक्र में फँस गई है। भुगतान संतुलन (विदेशी देनदारियों और विदेशी पूँजी की आवक के बीच का अंतर) के तीन साल में पहली बार घाटे में आने की खबर बाजार को पिछले साल ही मिल गई थी और इसलिए अक्तूबर-नवंबर से रुपए की बुरी गत बननी शुरू हो गई थी। इसके बाद से बाजार को विदेशी मुद्रा प्रबंधन के मोरचे पर कुछ भी अच्छा नहीं हुआ। चालू खाते का घाटा (करेंट अकाउंट डेफशिट) रुपए की सेहत का सबसे अहम संकेत है। यह घाटा व्यापार (उत्पाद व सेवाओं के आयात-निर्यात) और निवेश आदि से विदेशी मुद्रा की देश में आवक व निकासी का अंतर दिखाता है। जीडीपी के अनुपात में यह घाटा 4 फीसदी पर पहुँच चुका है, जबकि भारत में इसके 3 फीसदी तक पहुँचते ही धड़कनें बढ़ने लगती थीं। यह स्तर 1991 से भी ऊँचा है, जब भारत भुगतान संतुलन के संकट में फँसा था और सोने को गिरवी रखकर काम चला था। अब भारत के विदेशी मुद्रा भंडार में पैसा कम है और देनदारियाँ ज्यादा। रिजर्व बैंक कह चुका है कि कई मामलों में हालात 1991 से ज्यादा *(इक्यानबे का साया)* बुरे हैं। भारतीय रुपया अमेरिकी डॉलर के मुकाबले दुनिया की सबसे बदहाल मुद्राओं में एक है। म्याँमार, मलावी, नेपाल, स्विट्जरलैंड, नामीबिया, भूटान और लेसोथो की मुद्राएँ ही रुपए से ज्यादा बुरी हालत में हैं। भारत जैसी स्थिति केवल दक्षिण अफ्रीका में है, जहाँ आर्थिक पैमाने कमजोर हैं। भारतीय मुद्रा पिछले सत्रह माह में करीब 31 फीसदी टूटी है। ताजा गिरावट तो दरअसल रुपए की तबाही का दूसरा चरण है, जो भारत की साख पर अंतरराष्ट्रीय रेटिंग एजेंसी (एस ऐंड पी) के फैसला आने के बाद शुरू हुई। एस ऐंड पी की मुहर लगने के बाद रुपए को ही निशाने पर आना था, क्योंकि वही आजमाई हुई स्थायी कमजोरी है।

इम्वोर्टेड ग्रोथ

- भारत ग्रोथ का एक पहलू बेहद असंतुलित है। ग्रोथ की आत्मनिर्भरता खतरे में है। दरअसल भारत के कुल विकास में विदेशी व्यापार और विदेश से आने तथा विदेश को जानेवाली पूँजी का हिस्सा बहुत तेजी से बढ़ा है। विदेशों से दुतरफा पूँजी प्रवाह, जो 1987 में जीडीपी के अनुपात में करीब 24 फीसदी पर थे, अब 100 फीसदी से ऊपर हो गए हैं। जीडीपी के अनुपात में व्यापार का हिस्सा (ट्रेड इंटेंसिटी) अब 36 फीसदी से ऊपर है, जो 1987 में केवल 11 फीसदी थी। भारत

बहुत तेजी से ग्लोबलाइज हुआ है। विश्लेषण का एक नजरिया यह भी है कि अगर भारत की ताजा ग्रोथ में विदेशी कारकों (व्यापार और पूँजी प्रवाह) को निकाल दिया जाए तो वास्तविक ग्रोथ का हिस्सा 3-4 फीसदी बचता है, जो कि हिंदू ग्रोथ के करीब है। वैसे, इससे यह भी सिद्ध होता है कि भारत की वास्तविक (विदेशी कारकों के अलावा) ग्रोथ यदि बढ़े तो 10 फीसदी की रफ्तार भी कम नहीं है।

गलतियों की मुद्रा

भारत के विदेशी मुद्रा प्रबंधन की असलियत और रुपए के ग्रह–नक्षत्र हर निवेशक को मालूम हैं। रुपया एक बहुआयामी व लंबे कुप्रबंध का शिकार है। पिछले वर्षों में कई जरूरी कच्चे माल (कोयला, कच्चे तेल) का देशी उत्पादन नहीं बढ़ा, जबकि ग्रोथ और उपभोग पर आधारित अर्थव्यवस्था आयात पर निर्भर होती गई। नतीजा था रिकॉर्ड आयात और सीमित निर्यात, इसलिए 185 अरब डॉलर का रिकॉर्ड विदेश व्यापार घाटा हमारे पास है। इस साल की शुरुआत से निर्यात गिर रहे हैं, मगर आयात कम करने की कोई सूरत नहीं है। देश में विदेशी मुद्रा की आवक घरेलू मुद्रा की स्थिरता तय करती है। भारत में डॉलरों की आवक या तो निर्यात से होती है या फिर शेयर बाजार में विदेशी पूँजी (एफआईआई) से। दुर्भाग्य से डॉलर लाने की दोनों पाइप लाइनें हमारे काबू से बाहर हैं। निर्यात विश्व बाजार की माँग पर चलते हैं और शेयर बाजार के निवेशक घंटों में फैसला बदलते हैं। ऐसी स्थिति में दुनिया के देश आयात पर निर्भरता को सीमित करते हैं, ताकि भंडार अचानक खाली न हों। पिछले दस माह में दुनियावी मुसीबतों से यह डॉलर की आवक के स्रोत सूख गए, जबकि आयात की माँग बढ़ती रही। यह ढाँचागत कमजोरी थी, जिसके कारण विदेशी मुद्रा का पूरा प्रबंधन टूट गया है। विदेशी मुद्रा भंडार अक्तूबर 2011 से अब तक 30 अरब डॉलर गिर चुका है। बढ़ोतरी कोई नहीं है। रिजर्व बैंक के पास रुपए की गिरावट रोकने का रास्ता नहीं है। वह दरअसल रोकना भी नहीं चाहता, क्योंकि रुपए का अवमूल्यन यानी डॉलर की महँगाई ही देश में आयात की बाढ़ रोक सकती है। अपनी मुद्रा तोड़कर आयात रोकना कोई अच्छा तरीका नहीं है। देश में कोयले व कच्चे तेल आदि का उत्पादन ठप है, जिसे बढ़ाकर आयात कम किया जा सकता है, क्योंकि आयात की सबसे बड़ी मदें तो यही हैं। लेकिन सरकार की नीति–निष्क्रियता के चलते देश रुक गया है, इसलिए रुपए का खून बहाकर आयात घटाने की कोशिश चल रही है।

अचानक संकट आना और उसमें फँस जाना! ओल्ड आइडिया! संकट गढ़ना और उसमें डूबना—नया आइडिया है, रोमांचक और यूपीए–2 मार्का। तभी तो न कर्ज की

मार, न बैंकों की तबाही, न कुदरत का कहर और न सरकार की अस्थिरता···सबकुछ ठीक था, मगर रफ्ता-रफ्ता हम भी डूबने लगे हैं। बीते मंगलवार को सरकार के तीन साल की रिपोर्ट पढ़ते प्रधानमंत्री डॉ. मनमोहन सिंह में बहुतों को वह रोमन सम्राट् दीख रहा था, जिसे बाँसुरी बजाने का शौक था। प्रधानमंत्री उपलब्धियाँ गिना रहे थे और देश की साख, ग्रोथ, लोगों का भरोसा और रुपया एक साथ डूब रहे थे। रुपए के मुजरिम ग्रीस और स्पेन हैं ही नहीं। यह तो हमारा आजमाया हुआ आत्मघात है। विदेशी मुद्रा प्रबंधन का दरवाजा संकट का स्वागत करने को फिर तैयार है। 1991 की मुसीबत इसी रास्ते से आई थी।

□

(मई 2012)

दोहरी मंदी की दस्तक

(पिछले साल की शुरुआत से ही विश्व बाजार नकारने की कोशिश में लगा था कि ग्रोथ दोहरा गोता नहीं लगाएगी। मगर अब डबल डिप सच लग रहा है। अर्थात् मंदी के कुछ और साल। क्या एक पूरा दशक बरबाद होनेवाला है?)

स्पेनी डुएंडे ने अमरिकी ब्लैकबियर्ड घोस्ट (दोनों मिथकीय प्रेत) से कहा, अब करो दोहरी ड्यूटी। ये दुनियावाले चार साल में एक मंदी खत्म नहीं कर सके और दूसरी आने वाली है।'''यह प्रेत वार्त्ता जिस निवेशक के सपने में आई वह शेयर बाजार की बुरी दशा से ऊबकर अब हॉरर फिल्में देखने लगा था। चौंककर जागा तो सामने टीवी चीख रहा था कि 37 सालों में पहली बार ब्रिटेन में डबल डिप (ग्रोथ में लगातार गिरावट) हुआ है। स्पेन यूरोजोन की नई विपत्ति है। यूरोप की विकास दर और नीचे जा रही है। अमेरिका में ग्रोथ गायब है। यानी कि देखते-देखते चार साल (2008 से) बीत गए। सारी तकनीक, पूँजी और सूझ के बावजूद दुनिया एक मंदी से निकल नहीं सकी और दूसरी दस्तक दे रही है। पिछले साल की शुरुआत से ही विश्व बाजार यह सोचने और भूल जाने की कोशिश में लगा था कि ग्रोथ दोहरा गोता नहीं लगाएगी। मगर अब डबल डिप सच लग रहा है। अर्थात् मंदी के कुछ और साल। क्या एक पूरा दशक बरबाद होने वाला है?

महँगाई के बाद मंदी

- 1953 में अमेरिकी केंद्रीय बैंक ने महँगाई को थामने के लिए लगातार ब्याज दरें बढ़ाईं और अमेरिका एक साल आर्थिक सुस्ती में चला गया। 1973 के तेल संकट के कारण दुनिया को दो साल की मंदी मिली। जबकि 2001 से 2003 की

अमेरिकी मंदी भी ब्याज दरें बढ़ने और बाजार में पूँजी महँगी होने से उपजी थी।

स्पेन में कई आयरलैंड

स्पेन की हकीकत सबको मालूम थी, मगर कहे कौन कि यूरोजोन की चौथी सबसे बड़ी अर्थव्यवस्था दरक रही है। इसलिए संकट के संदेशवाहकों (स्टैंडर्ड ऐंड पुअर रेटिंग डाउनग्रेड) का इंतजार किया गया। स्पेन मंदी का बहुत बड़ा शिकार है। ग्रीस, पुर्तगाल और आयरलैंड की अर्थव्यवस्थाओं को मिलाइए और फिर उन्हें दोगुना कीजिए। इससे जो हासिल होगा वह स्पेन है। इसलिए सब मान रहे थे कि कुछ तो ऐसा होगा जिससे ग्रीस और आयरलैंड स्पेन में नहीं दोहराए जाएँगे। मगर अब यह साबित हो गया कि प्रॉपर्टी, बैंक और कर्ज की कॉकटेल में स्पेन दरअसल आयरलैंड का सहोदर ही नहीं है वरन् वहाँ तो कई आयरलैंड कर्ज देनेवाले बैंक डूब रहे हैं। यूरोप का सबसे बड़े मछलीघर (एक्वेरियम) और सिडनी जैसा ऑपेरा हाउस से लेकर हॉलीवुड की तर्ज पर मूवी स्टूडियो सजा स्पेनी शहर वेलेंशिया देश पर बोझ बन गया है। वेलेंशिया में 150 मिलियन यूरो की लागतवाले एक एयरपोर्ट को लोग बाबा का हवाई अड्डा (ग्रैंड पा एयरपोर्ट) कहते हैं। बताते हैं कि स्पेन के कैस्टेलोन क्षेत्र के नेता कार्लोस फाबरा ने इसे उद्घाटन के वक्त अपने नाती-पोतों से पूछा था कि बाबा का हवाई अड्डा कैसा लगा? भ्रष्टाचार के आरोपों में घिरे फाबरा के इस हवाई अड्डे पर अब तक वाणिज्यिक उड़ानें शुरू नहीं हुई हैं। बैंक, प्रॉपर्टी, राजनीति की तिकड़ी स्पेन को डुबा रही है। प्रॉपर्टी बाजार पर झूमनेवाले कई और दूसरे शहरों में भी दुबई और ग्रेट डबलिन (आयरलैंड) की बुरी आत्माएँ दौड़ रही हैं। स्पेन सरकार पर बोझ बने इन शहरों के पास खर्चा चलाने तक का पैसा नहीं है। नए हवाई अड्डों व शॉपिंग कॉम्प्लेक्स और 20 लाख से ज्यादा मकान खाली पड़े हैं। यूरोपीय केंद्रीय बैंक से स्पेनी बैंकों को जो मदद मिली थी, वह भी गले में फँस गई है। अगर स्पेन अपने बैंकों को उबारता है तो खुद डूब जाएगा, क्योंकि देश पर 807 अरब यूरो का कर्ज है, जो देश के जीडीपी का 74 फीसदी है। युवाओं में 52 फीसदी की बेरोजगारी दर वाला स्पेन बीते सप्ताह स्पष्ट रूप से मंदी में चला गया है। पिछले 150 वर्षों में करीब 18 बड़े आर्थिक संकट (इनमें सबसे ज्यादा बैंकिंग संकट) देखनेवाला स्पेन आर्थिक मुसीबतों का अजायबघर है। प्रसिद्ध स्पेनी कवि गार्सिया लोर्का ने कहा था कि दुनिया के किसी भी देश से ज्यादा मुर्दे स्पेन में जीवित हैं। इसलिए स्पेन की खबर सुनकर यूरोप में दोहरी मंदी की आशंका को नकारनेवाले पस्त हो गए हैं। स्पेन में प्रॉपर्टी का बुलबुला फूट गया है।

मंदी के खूबसूरत होंठ

➤ ग्रोथ के मुकाबले मंदी नापनेवाला इंडेक्स अनोखा है। इसे लिपस्टिक इंडेक्स कहते हैं। जन्मदाता थे अमेरिकी कॉस्मेटिक कंपनी एस्टी लॉडर के चेयरमैन लेनॉर्ड लॉडर। वर्ष 2001 की अमेरिकी आर्थिक सुस्ती के दौरान ढेर सारे अध्ययनों से यह साबित हुआ कि जब लिपस्टिक की बिक्री बढ़ती है तो मंदी आती है। मगर जब आर्थिक माहौल अच्छा होता है तो महिलाएँ कपड़े ज्यादा खरीदती हैं। इसलिए अगर लिपस्टिक ज्यादा बिक रही है तो मंदी करीब है। लोग इसे 1930 की महामंदी से जोड़ते हैं। जब सौंदर्य प्रसाधनों की बिक्री में तेज इजाफा हुआ था। यानी कि लिपस्टिक इंडेक्स सिर्फ चुहलबाजी नहीं है। 1914 से अब तक दुनिया में आठ मंदी आ चुकी हैं, जिनमें तीन की उम्र एक साल (1953, 1957, 1990) रहीं। पाँच मंदी एक साल से लंबी थीं। सबसे लंबी 1929 से 1939 की महामंदी थी।)

स्रोत : इकोनॉमिस्ट, जनवरी 2009

डबल डिप

जी20 की कोशिशें, नेताओं की कवायद, बैंकों का सस्ता कर्ज कुछ भी काम नहीं आया। यूरोप में डबल डिप यानी दोहरी मंदी के प्रमाण चीखने लगे हैं। एक मंदी ने चार साल में जितना मारा है उसका दोहराव कितना मारक होगा, सोचकर दुनिया काँप उठी है। पूरे यूरोप का जीडीपी इस साल करीब 0.3 फीसदी घटेगा। ब्रिटेन 1975 के बाद पहली बार दोहरी मंदी में गया है। स्पेन की ग्रोथ में लगातार दूसरी गिरावट हुई है। ग्रीस की ग्रोथ करीब 4.4 फीसदी घटेगी। जर्मनी और फ्रांस में भी गिरावट तय है, यानी कि यूरोप डबल डिप में घिर चुका है। यूरोपीय आयोग ने बड़े दो टूक लहजे में कहा कि संप्रभु कर्ज, कमजोर वित्तीय बाजार और उत्पादन में कमी का दुश्चक्र टूट नहीं पा रहा है। दुनिया के अर्थशास्त्री दूसरी मंदी को कुछ दूसरी ही निराशा के साथ देख रहे हैं। तकनीक, पूँजी और तमाम उपायों के बावजूद अब लगभग चार साल बीत गए हैं और मंदी थमी नहीं है, बल्कि यह बेहद जटिल और लंबी हो चली है। वर्ष 2008 की शुरुआत में सरकारों ने बाजार में पैसा झोंका, ताकि माँग पैदा हो सके; मगर उससे घाटे बढ़ गए तो यूरोप से लेकर अमेरिका तक खर्च काटे जा रहे हैं। सरकारों को लग रहा है, मुसीबत वित्तीय तंत्र से बाहर कहीं है; क्योंकि दुनिया की कई अर्थव्यवस्थाओं में माँग खत्म हुए करीब पाँच साल बीते हैं, मगर वापसी का रास्ता नहीं दिखता।···दुनिया को उबारने के लिए विकल्पों की इतनी किल्लत अभूतपूर्व है।

सेल्टिक टाइगर का सबक

> आर्थिक सुस्ती, बैंक और प्रॉपर्टी बाजार ने मिलकर आयरलैंड के ताजे संकट को गढ़ा है। तेज ग्रोथ की वजह से 'सेल्टिक टाइगर' के नाम से मशहूर आयरिश अर्थव्यवस्था में 2008 में उत्पादन घटा। फिर प्रॉपर्टी बाजार डूबा, जिसमें बैंक डूब गए और अंततः देश भयानक संकट में फँस गया तथा यूरोप के सबसे मुश्किल भरे देशों में शुमार हो रहा है।

वर्ष 2008 से 2012 के बीच यकीनन कुछ नहीं बदला है। तब का अमेरिका और दुबई, 2010 का आयरलैंड और आज का स्पेन लगभग एक जैसे हैं। प्रॉपर्टी बाजार, सस्ती पूँजी, लालची बैंक और राजनीतिक भ्रष्टाचार का व्यंजन तब से लगातार मंदी की आँच पर पक रहा है। मंदी की लपटें भी 2008 जैसी ही हैं। दुनिया अपने सबसे शानदार हथियारों के साथ 2008 में मंदी के चक्रव्यूह में उतरी थी। बड़े बैंक, ढेर सारी पूँजी, हजार तरह की तकनीक, कई संस्थाएँ मिलकर यह कह रही थीं कि मंदी बस यूँ जाएगी। लेकिन बैंक बचाने के बजाय डुबाने लगे। तकनीक काम नहीं आई। संस्थाएँ भटकाने लगीं और नेता नाकारा साबित हुए। 1930 जैसे हालात याद करते हुए आर्थिक प्रबंधन के मॉडल को बदलने की बहस (अर्थशास्त्री पॉल कुर्गमान की नई किताब—ऐंड दिस डिप्रेशन नाउ) शुरू हो रही है। ग्रोथ और माँग की चिंता घाटे व महँगाई के सिद्धांतों पर भारी पड़ रही है। दुनिया की सरकारें फिर अर्थव्यवस्था में पैसा झोंककर माँग बढ़ाने की जुगत में हैं। दोहरी मंदी से निबटने के लिए सोच का डिब्बा तोड़ने की हाँक लगने लगी है। मगर भारत तो सियासत की अफीम पीकर सुन्न पड़ा है। दौड़ती ग्रोथ को सरकार ने ही टँगड़ी मार दी है। गठबंधन की मजबूरियाँ हमारा राष्ट्रीय विपत्ति गीत हैं। आर्थिक संकट तो नीतिगत बहस से ही बाहर है। पूरी विकसित दुनिया जब नई मंदी में घिरेगी तो क्या हम बचे रहेंगे?

□

इंक्लूसिव बोझ

(देश को रोजगार गारंटियों व मुफ्त अनाज के नशे में डुबा कर कांग्रेस व यूपीए को क्या मिला, यह तो पता नहीं, लेकिन इतना जरूर पता है कि तरक्की तोड़ने की कोशिश में समावेशी परियोजना में हमारी पिछले एक दशक की मेहनत के फायदे खर्च हो गए हैं।)

अतीत कभी वापस नहीं लौटता। जिस ज्ञानी गुणी ने यह सिद्धांत दिया होगा, उसे यह अंदाज नहीं होगा कि भारत की सरकारें ऐसा बजट बना सकती हैं, जो अतीत को खींचकर वापस वर्तमान में खड़ा कर दें। भारी सब्सिडी, फिजूल की स्कीमें, बेसिर-पैर के खर्चवाला पुराना समाजवादी नुस्खा। भारी टैक्स व मनमानी रियायतों का बोदा फॉर्मूला। वही भयानक घाटा, कर्जदार सरकार, बरबाद होते बैंक। कुछ खास लोगों को सबकुछ देनेवाला पुराना भ्रष्ट लाइसेंस राज। लगता है, जैसे आर्थिक सुधारों से पहलेवाला बंद, अँधेरा, सीलन भरा, लिजलिजा सरकारी दौर जी उठा है। समावेशी विकास यानी इन्क्लूसिव ग्रोथ की कांग्रेसी सियासत ने हमें उलटी गाड़ी में चढ़ा दिया है। यूपीए की दो सरकारों के कथित समावेशी विकास की नीतियों ने पूरे बजटीय अनुशासन का श्राद्ध कर दिया और ग्रोथ लानेवाले खर्च का गला घोंट दिया। अद्‌भुत स्कीम-प्रेम में आर्थिक सुधारों की फाइलें बंद हो गईं, जबकि गाँवों तक भ्रष्टाचार की दुकानें खुल गईं। इन्क्लूसिव ग्रोथ की सूझ अब सबसे बड़ा बोझ बन गई है।

समावेशी संकट

बजट को आँकड़ा दर आँकड़ा खँगालते हुए कोई भी एक अजीब किस्म के डर से भर जाएगा। समावेशी विकास की अंधी सूझ हम पर बहुत भारी पड़ी। समस्याओं की

शुरुआत आर्थिक नीतियों में उस करवट से हुई है, जहाँ सरकार की नीतियों का फोकस बदला और समावेशी विकास के नाम पर सबकुछ मुफ्त बाँटने की पुरानी सियासत शुरू हो गई। वर्ष 2005-06 में बजट का कुल खर्च 5 लाख करोड़ रुपए था, जो छह साल के भीतर करीब 15 लाख करोड़ (इस बजट में) हो गया। (छठे वेतन आयोग के अलावा) इतना अधिक खर्च किस पर बढ़ा? पिछले आठ वर्षों में सरकार ने देश में कोई नई परियोजनाएँ नहीं लगाईं। सरकार के खर्च से कोई बड़ा बुनियादी ढाँचा नहीं बना। यह बढ़ा हुआ खर्च दरअसल उस नए राजनीतिक अर्थशास्त्र से निकला है, जिसे यूपीए की सरकार अपने साथ सत्ता में ले आकर आई थी। पिछले पाँच-छह साल में सिर्फ कुछ खास मदों में खर्च पर एक सरसरी निगाह डालने से पता चल जाएगा कि समावेशी विकास का बिल कितना बड़ा है। वर्ष 2005-06 में सब्सिडी का बिल केवल 44,000 करोड़ रुपए था, जो सिर्फ पाँच साल में 2.16 लाख करोड़ रुपए पर पहुँच गई है। ज्यादातर बढ़ोतरी उन्हीं तीन पुराने मदों (खाद्य, उर्वरक, पेट्रो उत्पाद) में हुई, जहाँ सुधारों की बात 1991 में शुरू हुई थी और अब तक कुछ नहीं हुआ। बजट में खर्च के चैंपियन कुछ मंत्रालय चमकते हैं जिनमें मनरेगा, स्वास्थ्य मिशन जैसी स्कीमें शुरू हुईं। इनकी सफलता सिरे से संदिग्ध है, मगर बजट की बदहाली बढ़ाने में इनकी भूमिका पर कोई संदेह नहीं है। इस पर भी कोई शक नहीं है कि इन स्कीमों की कीमत पर पिछले सात साल में आर्थिक सेवाओं मसलन ऊर्जा, शहरी विकास आदि में निवेश नहीं बढ़ा। इसलिए असली विकास हमें छोड़ भागा। बचा यह समावेशी विकास, तो इस पर सिर्फ खर्च दिखता है, देश पर इसका असर नहीं दिखता।

खर्च घटाने का घोषणा-पत्र

- दिलचस्प है कि कांग्रेस पार्टी ने 1991 में अपने चुनाव घोषणा-पत्र में सरकार का गैर-विकास खर्च 10 फीसदी घटाने का वादा किया था। डॉ. मनमोहन सिंह ने अपने पहले सुधार बजट में इसे पूरा भी किया। 1991 से क्रांतिकारी बजट में भी खाद की कीमत 40 फीसदी और केरोसिन सहित सभी पेट्रो उत्पादों की कीमतें 10 से 20 फीसदी बढ़ी थीं। 1991 में दस साल बाद पहली बार खाद की कीमत बढ़ाने की हिम्मत दिखाई गई थी। लेकिन इसके बाद सब्सिडी घटाने को लेकर कोई ठोस रणनीति नहीं बन सकी। पिछले करीब 23 साल में कई रिपोर्टों और श्वेत-पत्रों के बावजूद सब्सिडी की गठरी भारी होती चली गई। 2012 एक ऐतिहासिक वर्ष था, जब भारत का सब्सिडी बिल दस साल के सबसे ऊँचे स्तर पर यानी 2,23,000 करोड़ रुपए पर पहुँच गया, जो भारत के कुल जीडीपी का 2.5 फीसदी है। भारत का जीडीपी वर्ष 2012 में 89,12,178 करोड़ रुपए था।

सामूहिक खोट

गरीबी खत्म करने की चिंता और कोशिशों को सुधारों के खिलाफ समझना गलत है। यह तो सामाजिक विकास पर खर्च का पुराना और सुधार-विरोधी तरीका है, जो पैर में पत्थर की तरह बँध गया है। समावेशी विकास की पूरी सोच में पारदर्शिता, प्रामाणिकता (लाभार्थियों की पहचान), मॉनीटरिंग जैसी कई बुनियादी खामियाँ हैं, इसलिए पाँच साल के भीतर ही यह समस्या बन गई है। भारी बजटवाली नई स्कीमों (मनरेगा, स्वास्थ्य मिशन, संभावित खाद्य सुरक्षा) की शुरुआत से पहले अगर सरकार लाभार्थियों की पहचान कर लेती तो यह सुधारों का नया चरण माना जाता। मगर ऐसा नहीं हुआ। इसलिए गरीबों तक लाभ तो पहुँचा ही नहीं, उलटे स्कीमों की लूट ने सरकार की साख को कचरा कर दिया। हर स्कीम में घोटाला हुआ और समावेशी विकास दरअसल सामूहिक भ्रष्टाचार बन गया। आज सरकार इन स्कीमों की सफलता को तथ्यों के साथ साबित नहीं कर सकती। गरीबी कम होने के आँकड़ों का श्रेय भी इन स्कीमों के हक में नहीं जाता। हाल में जारी एनएसएसओ (विवादित) आँकड़े भी यही बताते हैं कि मध्य प्रदेश, महाराष्ट्र, उड़ीसा जैसे राज्यों में गरीबी तेजी से घटी है, जहाँ आर्थिक ग्रोथ अच्छी थी। वर्ष 2009 में लोकसभा के चुनाव के साथ इन स्कीमों का क्रियान्वयन पूरे देश में हो गया और असफलता व भ्रष्टाचार सामने आने लगे। इसलिए तब से कांग्रेस लगातार सियासी जमीन गँवाती चली गई है। किस्सा यह कि खजाना लुटाकर भी राजनीतिक फायदा नहीं मिला। समावेशी विकास का मॉडल पूरी तरह ग्रामीण रहा, जबकि ग्रोथ, शिक्षा व रोजगार के लिए लोगों की अपेक्षाएँ शहरी थीं। इन्क्लूसिव ग्रोथ की पूरी सोच अगर बदलते जनसांख्यिकी ढाँचे और विकास के पैटर्न से तालमेल करती तो शहरी विकास को बराबरी में वरीयता मिलनी चाहिए थी। जबकि ग्रामीण विकास का मॉडल खेती और उत्पादक रोजगार पर केंद्रित होता, न कि कच्चे काम के बदले पैसा बाँटनेवाली लगभग अनुत्पादक मनरेगा जैसी स्कीमों पर। इन्क्लूसिव ग्रोथ पाँच साल में ही संकट ले आई। वित्त मंत्री ने इस बजट में समावेशी विकास से हाथ जोड़ लिये। मनरेगा का बजट घटा, खाद्य सुरक्षा टल गई और सरकार को सब्सिडी पर कुल्हाड़ी चलानी पड़ी। मगर नुकसान हो गया है। वास्तविक ग्रोथ, बजट के संतुलन और सरकार की साख सब डूब गए हैं।

आज से करीब दस साल पहले सरकार के कुल बजट का जितना आकार होता था, आज सरकार उतना कर्ज ले रही है। 15 लाख करोड़ के ताजे बजट में सरकार कुल 5.13 लाख करोड़ रुपए का कर्ज उठाएगी। यह एक अभूतपूर्व राजकोषीय समस्या की शुरुआत है। सुधारों की नामौजूदगी, सरकार के खर्च, घाटे, नीति शून्यता के पैमानों पर 1991 से पहले के दौर को महसूस किया जा सकता है। शुक्र है कि अर्थव्यवस्था कुछ

उदार हो चुकी है, उपभोक्ता खर्च कर रहे हैं, विदेशी मुद्रा भंडार ठीक है और पिछली ग्रोथ के फायदे का कुछ हिस्सा हमारे पास है, नहीं तो हमें भयानक संकट में फँसते देर नहीं लगती। मनमोहन सिंह के वित्त मंत्रित्व दौर के भाषण पढ़िए। देश को बिगाड़नेवाले जितने कदम उन्होंने तब गिनाए थे वे सभी कदम पिछले पाँच साल में उठा लिये गए हैं। एक फलते-फूलते उद्यमी देश को रोजगार गारंटियों व मुफ्त अनाज के नशे में डुबोकर कांग्रेस व यूपीए को क्या मिला, यह तो पता नहीं, लेकिन इतना जरूर पता है कि तरक्की तोड़ने की कोशिश में समावेशी परियोजना में हमारी पिछले एक दशक की मेहनत के फायदे खर्च हो गए हैं। हो सकता है, हमें ग्रोथ का पहाड़ा अब नए सिरे से पढ़ना पड़े।

□

(मार्च 2012)

जीत की हार

(अदूरदर्शी नीतियाँ पक्षवाती, दागी और तदर्थ हो गईं; जबकि प्रतिस्पर्धा की राजनीति ने कानून बनने और बदलने की प्रक्रिया को रोक दिया। हम बूढ़े कानूनोंवाला युवा देश बन गए हैं, जहाँ कमजोर कानून लूट की छूट दे रहे हैं।)

कुछ लालची नेताओं का भ्रष्टाचार, चालाक कंपनियों की मौकापरस्ती और गठबंधन के सामने बेबस सरकार की निष्क्रियता!!! क्या इतने से हो गया विशाल 2जी घोटाला??? शायद नहीं। इस घोटाले का स्पेक्ट्रम (दायरा) इस कदर छोटा नहीं है। यह घोटाला एक ऐसे घाटे से उपजा है, जो किसी भी देश को व्यवस्था से अराजकता में पहुँचा देता है। आधुनिक कानूनों की अनुपस्थिति (लेजिस्लेटिव डेफशिट) ने देश की अनमोल साख को मुसीबत में फँसा दिया है। आकाश (स्पेक्ट्रम) और जमीन जैसे प्राकृतिक संसाधनों सहित कई क्षेत्रों में उचित कानूनों के शून्य के कारण घोटालेबाजों को लूट के भरपूर मौके मिल रहे हैं, जिसके नतीजे उपभोक्ता, रोजगार व निवेशक चुकाते हैं। इसलिए अब सवाल घोटाले के दोषियों या बदहवास सरकार से नहीं, बल्कि लोकतंत्र की सर्वशक्तिमान संसद् से पूछा जाना चाहिए कि वह कानून बनाने या बदलने का असली काम आखिर कब शुरू करेगी, जिसके लिए वह बनी है? यकीनन 2जी लाइसेंस रद्द होने से पारदर्शिता और इनसाफ की भारी जीत हुई है, मगर व्यवस्था की साख हार गई है।

साख का स्पेक्ट्रम

निवेशकों की बेचैनी (122 दूरसंचार लाइसेंस रद्द होने पर) बेजोड़ है। उनके लिए तय करना मुश्किल है कि वे भारत के लोकतंत्र की जय बोलें और कानून के राज को सराहें या फिर सरकार को सराहें, जिसकी दागी नीतियों के कारण उनकी दुर्दशा होने वाली है। अदालत से सरकारों को हिदायत, सुझाव, झिड़की और निर्देश मिलना नया

नहीं है, मगर इस अदालती इनकार ने लोकतंत्र की सर्वोच्च विधायिका और ताकतवर कार्यपालिका की साख को विसंगतियों से भर दिया है। देश ने अपने इतिहास में पहली बार आर्थिक क्षेत्र में किसी बड़ी नीति की इतनी बड़ी हार देखी है और वह भी जब अदालत ने भ्रष्टाचार के कारण किसी नीति को खारिज किया हो तो समझा जा सकता है कि पूरे नीति निर्माण तंत्र की इज्जत क्या बचेगी। 122 लाइसेंस रद्द होने का असर मोबाइल की दरें महँगी होने या कंपनियों का निवेश से कहीं दूर तक जाता है। एक विकसित होती अर्थव्यवस्था जब नीतियों में निरंतरता और स्थायित्व की उम्मीद कर रही हो तब सरकार की नीतियाँ सुप्रीम कोर्ट से खारिज हो रही हैं, जो बेहद दुर्भाग्यपूर्ण है। कारोबार की दुनिया में किसी सरकार से मिला लाइसेंस एक संप्रभु सरकार की गारंटी है, जिसके आधार पर निवेशक जोखिम उठाते हैं, निवेश करते हैं। कारोबार शुरू होने के तीन साल बाद कारोबार के आधार में ही भ्रष्टाचार साबित हो और पूरी नीति ही अदालत में खारिज हो जाए तो किसका भरोसा जमेगा। 2जी का पाप दूरसंचार को ही नहीं, पूरी सरकारी नीति प्रक्रिया को प्रभावित कर रहा है। अब सरकार के किसी फैसले पर भरोसा करने से पहले निवेशक सौ बार सोचेंगे, क्योंकि पता नहीं कब, कहाँ वह नीति दागी साबित हो और निवेशकों को अपना सामान समेटना पड़े। मगर इसके लिए अदालती फैसले को क्या बिसूरना, उसने तो कानूनों का गड्ढा दिखा दिया है।

जुर्माना या मजाक

➢ भारत में खाने में मिलावट पर सिर्फ 1,000 रुपए पेनाल्टी है, जो 1860 की भारतीय दंड संहिता के तहत तय की गई है। 150 साल पहले के 1,000 रुपए आज के 15.5 लाख रुपए के बराबर हैं। धोखे से किसी को घायल करने पर भी केवल 2,000 रुपए का दंड या दो साल की कैद मिलती है, जो 1860 के इसी कानून के तहत है। हम वक्त के मुताबिक अपने कानून नहीं बदल सके।

—सुप्रीम कोर्ट के पूर्व न्यायाधीश जस्टिस रवींद्रन

—जी.एन. सबाहित मेमोरियल लेक्चर, बंगलौर, फरवरी 2012

कानूनों का नेटवर्क

लाइसेंस रद्द होने का फैसला दरअसल कानून के खतरनाक शून्य से उपजा है। तेज दौड़ती अर्थव्यवस्था में कानूनों का शून्य या पुरानापन सबसे ज्यादा उन क्षेत्रों को मार रहा है, जहाँ प्राकृतिक संसाधनों (स्पेक्ट्रम, जमीन, पानी, पर्यावरण, खनिज) कारोबारी इस्तेमाल होता है। पिछले साल नवंबर में ग्रेटर नोएडा को किसानों को न्याय आवास परियोजनाओं में मकान खरीदनेवालों के लिए आफत बन गया था। सरकार ने निवेशकों को जमीन बेची। निवेशकों ने लोगों को मकान बेचे और लोगों ने उन मकानों पर कर्ज ले

लिये। मगर जब अदालत ने जमीन के सरकारी अधिग्रहण को खारिज कर दिया तो पूरी नीति ही सिर के बल खड़ी हो गई। लगभग ऐसा ही 2जी के ताजे फैसले में हुआ है। तरह-तरह के सरकारी लाइसेंसों के परिवार में दूरसंचार सेवा का लाइसेंस कुछ अलग है। यह एक प्राकृतिक संसाधन यानी स्पेक्ट्रम (एयर वेव्स) के कारोबारी इस्तेमाल (लोगों को फोन सेवा देने) के लिए है। यह प्राकृतिक संसाधन ही पूरे कारोबार का आधार है। भ्रष्ट नेता और लालची कंपनियों को इसकी मनचाही बंदर-बाँट का मौका इसलिए मिला, क्योंकि हमारे पास स्पेक्ट्रम जैसे प्राकृतिक संसाधनों को बाँटने और इस्तेमाल करने का पारदर्शी कानून नहीं था। पिछले बीस साल में मंत्रियों ने मन-मुताबिक स्पेक्ट्रम बाँटा और कुछ कंपनियाँ अमीर से महाअमीर हो गईं। यह घोटाला खुलने के बाद सरकार को सुध आई कि अरे, हमने दूरसंचार में ग्रोथ के झंडे गाड़ लिये मगर हमारे पास तो एक स्पेक्ट्रम कानून तक नहीं है। अब कानून बनेगा, मगर बहुत कुछ गँवाया जा चुका है। हमारी मुसीबत यह है कि अर्थव्यवस्था जितनी तेज रफ्तार से दौड़ी, कानूनों को बनाने की, बदलने की गति उतनी धीमी रही। हमारे आसपास तमाम ऐसे कारोबार फैले हैं, जहाँ कानूनों का शून्य राज कर रहा है और भ्रष्टाचारी मौज कर रहे हैं। ये गुब्बारे जब फूटेंगे तो देश की सक्रिय अदालतें सजा देंगी, मगर यह सजा जीत होते हुए बहुतों के लिए हार बन जाएगी, जैसे कि 2जी पर अदालती फैसले में फँसकर लोग रोजगार, निवेश और संभावनाएँ गँवा रहे हैं।

किसी देश की सरकारों पर भरोसे के दो ही आधार होते हैं—एक, कोई सरकार अपेक्षाओं के मुताबिक नीतियाँ बनाने और संशोधित करने में कितनी पारदर्शी और सजग है और दूसरा, उन नीतियों को लागू कराने के लिए देश के पास कितने मजबूत कानून हैं। अफसोस, हम दोनों ही मोरचों पर खेत रहे। अदूरदर्शी, कुटिल और भ्रष्ट सियासत के कारण नीतियाँ पक्षपाती, दागी और तदर्थ हो गईं; जबकि प्रतिस्पर्धा की राजनीति ने कानून बनने और बदलने की प्रक्रिया को रोक दिया। जब संसद् चलती ही नहीं तो कानून बनें या बदलें कैसे। हम बूढ़े कानूनोंवाला युवा देश बन गए हैं, जहाँ कमजोर कानून लूट की छूट दे रहे हैं। सियासी भ्रष्टाचार के कारण हम पारदर्शिता की बहुत बड़ी कीमत चुका रहे हैं। भारत का हर एक क्षेत्र अब पहले घोटालों के कीचड़ में लिपटकर बदनाम होता है और फिर अदालतें उसे साफ करने का इनसाफ सुनाती हैं। इस स्वच्छता अभियान में बहुतों का बहुत कुछ साफ हो जाता है। साख को गँवाकर पाक-साफ होने का यह एक अनोखा तरीका है। हमें इस अपनी भयानक सूझ को पेटेंट कराना चाहिए, क्योंकि यह क्रम अभी और चलेगा। सुना नहीं आपने, प्रधानमंत्री ने बीते सप्ताह ही तो कहा (राज्यों के मुख्य सचिवों का सम्मेलन) है कि सार्वजनिक जीवन में पारदर्शिता आने में अभी वक्त लगेगा। □

(फरवरी 2012)

सुधारों की समाधि

(वर्ष 2011 भारत के आर्थिक सुधारों का बीसवाँ बरस था और सुधारों के सूत्रधार ही गद्दीनशीन थे, मगर उनके निजाम ने ही ग्रोथ के पाँव काटकर उसे अपाहिज बना दिया।)

मंदी से जूझने की तैयारी कर रहे हैं न, भारत के आर्थिक सुधारों की समाधि पर दो फूल चढ़ा दीजिए, शांति मिलेगी। अब हम दुनिया की सबसे तेज दौड़ती अर्थव्यवस्था नहीं, बल्कि सबसे तेजी से गिरती अर्थव्यवस्था हैं। सिर्फ तीन माह में भारत का औद्योगिक उत्पादन सिर के बल जमीन में उलटा धँस गया है। है कोई दुनिया की उभरती अर्थव्यवस्था, जो इतनी तेज गिरावट में हमसे मुकाबला कर सके। हमारे पास ग्रोथ में गिरावट, घरेलू मुद्रा का टूटना और महँगाई : तीनों एक साथ मौजूद हैं। इस आर्थिक सत्यानाश के लिए ग्रीस, इटली (संप्रभु कर्ज संकट) या अमेरिका (रेटिंग में गिरावट) को मत कोसिए। हम पर कर्ज का पहाड़ नहीं लदा था, कोई बैंक नहीं डूबा, बाढ़, भूकंप नहीं फट पड़े, सरकारें नहीं गिरीं। हमारी मुसीबतों की महागाथा तो आर्थिक सुधारों के शून्य, बहुमतवाली लुंज-पुंज सरकार और अप्रतिम भ्रष्टाचार ने लिखी है। पिछले दो साल में भारत के आर्थिक सुधारों को भयानक लकवा लगा है, इसलिए जरा मौसम बिगड़ते ही पूरी अर्थव्यवस्था के कई पहिए एक साथ रुकने लगे। दुर्भाग्य देखिए कि 2011 भारत के आर्थिक सुधारों का बीसवाँ बरस था और सुधारों के सूत्रधार ही गद्दीनशीन थे, मगर उनके निजाम ने ही ग्रोथ के पाँव काटकर उसे अपाहिज बना दिया।

उम्मीदों का गर्भपात

ग्रोथ तो पिछली छह तिमाही से तिल-तिलकर मर रही है, कोई देखे तब न। संसद् स्थायी शून्यकाल में है और मनमोहन सरकार दो साल से आर्थिक सुधारों का शोक गीत

गा रही है। इस सरकार के पाँच आर्थिक सुधार गिनाना मुश्किल है, अलबत्ता सुधारों के गर्भपात की सूची आनन-फानन में बन सकती है। कुछ बड़ी दुर्घटनाएँ इस प्रकार हैं—सरकार ने कभी एक मैन्युफैक्चरिंग पॉलिसी बनाई थी। इरादा नेक था, क्योंकि देशी कारखानों की सप्लाई लाइन चीन के पास पहुँच चुकी है और नए रोजगारों का जुगाड़ जरूरी था। लेकिन सरकार के सहयोगियों ने इस नीति की गरदन मरोड़कर उसे फाइलों में दफना दिया और उद्योग की उम्मीदों का आधा दम निकल गया। बीमा और बैंकिंग क्षेत्र में सुधारों के नए दौर की फाइल ही नहीं खुली, उलटे संसदीय समितियों की ताजा रिपोर्टों ने उम्मीदों की गरदन मरोड़ दी। राहुल गांधी चाहते थे तो भूमि अधिग्रहण कानून का मसौदा तुरत-फुरत बन गया। लेकिन राहुल अपनी आदत के मुताबिक मुद्दा छेड़कर उससे कट लिये तो सरकार ने भी संसदीय समिति को मसौदा थमाकर छुट्टी पा ली। इसके साथ पुनर्वास नीति भी लटक गई। जब यही पता नहीं कि जमीन लेने का कानून कैसा होगा, तब यही पता नहीं कि कारखाना, सड़क, पुल और मकान बनाने में निवेश कौन करेगा? दूरसंचार घोटाले के कारण नई स्पेक्ट्रम नीति और कानून की फाइल खुली थी, मगर जब लगा कि घोटाले से जान नहीं बचनी तो सिब्बल साहब स्पेक्ट्रम छोड़ गूगल फेसबुक को कानून पढ़ाने लगे। नाभिकीय ऊर्जा के लिए प्रधानमंत्री का सपना कुडनकुलम और जैतापुर में दम तोड़ रहा है। रिटेल में विदेशी निवेश खोलना और फिर पीछे हटना सुधारों के शोक गीत का अंतिम छंद था। यूपीए दो की सरकार अब तक की सबसे बड़ी सुधार-शून्य सरकार बन गई है।

लाइसेंस-परमिट राज

- दुनिया के निवेशक और विशेषज्ञ मानते हैं कि सन् 1991 में भारत में जो लाइसेंस-परमिट राज खत्म हुआ वह तो सिर्फ दिखावा था। पिछले एक दशक में जिस तरह दूरसंचार स्पेक्ट्रम, खदानें, जमीनें, तेल फील्ड्स, बड़ी परियोजनाएँ बाँटी गईं, वह असली लाइसेंस-परमिट राज है, जो पूरी ठसक के साथ कायम है और सुधारों की रीढ़ तोड़ रहा है। भारत के नियंत्रक व महालेखा परीक्षक की रिपोर्टें (कोयला, हवाई अड्डे, स्पेक्ट्रम, उर्वरक) इसे सामने लाई हैं। लाइसेंस राज का दूसरा पहलू और भी मजबूत है। आज भी कोयला, बिजली सहित कई जरूरी क्षेत्र पूरी तरह सरकार के नियंत्रण में हैं। यदि इस परमिट शासन में कंपनियों को निवेश के लिए मिलनेवाली मंजूरियों में देरी, राज्यों की नौकरशाही की बाधाओं को जोड़ लिया जाए तो शायद यह कहनेवाले निवेशक गलत नहीं हैं कि भारत में सिर्फ लोग बदले हैं, सरकारें और नौकरशाही नहीं।

संकटों का सूत्रपात

सुधारों की अनुपस्थिति और फैसलों में सुस्ती संकट की जमीन तैयार करती है। भारत के कई क्षेत्र संकट की तरफ बढ़ चले हैं और पिछले एक दशक की सभी सफल कथाएँ त्रासदी में बदल रही हैं। दूरसंचार क्रांति के बाद यह पहला मौका है, जब पिछले तीन महीनों में टेलीकॉम कंपनियों के नए ग्राहकों की संख्या में कोई बढ़ोतरी नहीं हुई, अलबत्ता मोबाइल सेवा की दरें बढ़ने लगी हैं। 3जी क्रांति का उद्घाटन एक घोटाले (रोमिंग) ने किया है। उड्डयन क्षेत्र में सफलता को हड़तालों, महँगे ईंधन और एयर इंडिया के कुप्रबंधन ने दागी कर दिया। मगर सरकार इस मंत्रालय के जरिए चुनावी सौदे (अजित सिंह को उड्डयन मंत्रालय) कर रही है। ऊर्जा क्षेत्र सुधारों का कसाईखाना है। पिछले बीस साल में बिजली की हालत नहीं सुधरी। उपभोक्ता व उद्योग दोनों डीजल फूँककर तमाशा देख रहे हैं। कोयला, नाभिकीय ऊर्जा, ताप और पनबिजली सभी में एक साथ खतरे के बल्ब जल रहे हैं। 2 लाख करोड़ के घाटे में दबे राज्य बिजली बोर्ड अब कई बैंकों को बरबाद करने वाले हैं, जिनसे उन्होंने कर्ज ले रखा है। बैंकों में फँसे हुए कर्जों (एनपीए) का संकट गहरा रहा है, ब्याज दरें उपभोक्ताओं को करंट मार रही हैं और बैंकों के मार्जिन घट रहे हैं। सरकार के पास बैंकों को उबारने के लिए पूँजी भी नहीं है। बैंकिंग, दूरसंचार, भवन निर्माण और रिटेल नए रोजगारों के सबसे बड़े स्रोत हैं, लेकिन सब में एक साथ डरावना सन्नाटा पसर गया है। खेती शुरू से सरकार की नीतियों में वरीयता पर है नहीं, इसलिए खाद्य उत्पादों की महँगाई भारतीय खेतों की सबसे बड़ी पैदावार है।

चुनाव की बात

सरकार और विपक्ष को अंदाज नहीं होगा कि मंदी के बीच मध्यावधि चुनाव की बात सुनकर अर्थव्यवस्था का दिल किस तरह बैठ जाता है। पिछले दो साल में इस देश में केवल सियासत हुई है। संसद् बंद रही है और भ्रष्टाचार के कीर्तिमानी प्रकरणों से सरकार की साख मिट्‍टी में मिल गई है। हम अनोखे देश हैं, जहाँ देश के प्रधानमंत्री को यह बताना (उद्योगपतियों, कानूनविदों की सरकार को चिट्‍ठी) पड़ा कि महोदय, सरकार नजर नहीं आती। हालात सुधरने को लेकर वित्तमंत्री की दिलासा 100 फीसदी खोखली है। ग्रोथ में यह गिरावट और नीतियों का यह शून्य अगले तीन साल तक खत्म नहीं होने वाला, क्योंकि केंद्र से लेकर राज्यों तक केवल सियासत होगी, सुधारों की फिक्र कौन करेगा। वर्ष 2012 से लेकर 2014 तक भारत में सिर्फ चुनाव (एक दर्जन प्रमुख राज्यों और फिर लोकसभा) होने हैं। इस बीच अगर मध्यावधि की नौबत आ गई तो फिर क्या कहना। बदकिस्मती से मंदी ने हमें उस समय पकड़ा, जब चुनाव का कैलेंडर खुलने

वाला है, इसलिए गवर्नेंस का घाटा और नीतियों का शून्य बढ़ता जाएगा।

भारत की ग्रोथ का सफर वर्ष 1991 में नहीं, 2003 में शुरू हुआ था। '91 से लेकर 2000 तक सुधारों की जो खुराक अर्थव्यवस्था को मिली, उसके बूते हम करीब आठ साल तक चल गए। इस ईंधन का चुकना और दुनिया की आबोहवा का बिगड़ना एक साथ हुआ, इसलिए गाड़ी चिंचियाकर अचानक रुक गई। उदारीकरण के साथ फला-फूला भ्रष्टाचार भी इसी दौरान उभर आया और हर क्षेत्र में घोटालों ने हमारी सफलताओं को शर्मिंदगी से भर दिया। अब हमारे पास एक बिखरी, बदहवास और साख-शून्य सरकार है, जिसे दूर का नहीं सूझता और विपक्ष को विघ्न में मजा आता है। इसलिए जो न हो जाए, सो कम है। हमारे रहनुमाओं ने हमें ग्रोथ के शिखर से उतारकर मंदी के चौराहे पर खड़ा कर दिया है। जब तक वे जागेंगे तब तक हम बहुत कुछ गँवा चुके होंगे।

□

(दिसंबर 2011)

जमीन से जुड़े सवाल

(हमारी जमीनों पर विकास कम विवाद और भ्रष्टाचार ज्यादा उगे हैं। भारत जमीन के मुकदमों का महासागर बन गया है।)

अधिग्रहण-पीड़ित ग्रेटर नोएडा के किसानों का दर्द बड़ा है या कर्ज लेकर छत जुगाड़ रहे लोगों की पीड़ा, अदालत के फैसले के बाद जिनके आशियाने की उम्मीद ध्वस्त हो गई। फैलते शहरों के लिए जमीन की जरूरत ज्यादा बड़ी है या सिकुड़ते गाँवों के लिए।···विकास के गणित में इन सवालों के दो-टूक जवाब लगभग असंभव हैं। भारत की आर्थिक प्रगति का कारवाँ अब अपनी सबसे जटिल चुनौती से मुकाबिल है। हम प्राकृतिक संसाधनों पर हक की कठिन गुत्थी से गुँथ गए हैं। जमीनों के मामले में कानूनों का अँधेरा, चरम मुकदमेबाजी और कीर्तिमानी भ्रष्टाचार पहले ही निचोड़ रहे थे, अब अदूरदर्शी सरकारों व नव-दौलतिए निवेशकों ने संपत्ति के अधिकारों के सवाल को हमलावर कर दिया है। विकास की जरूरतें जब मुँह बाए जमीन माँग रही हैं तो भू-प्रबंधन पर लापरवाह सरकारों ने हमें अभूतपूर्व संकट में फँसा दिया है। हमने अपने सबसे कीमती संसाधन, यानी जमीन को कभी कायदे से नहीं सँभाला, जिसकी जरूरत गरीबी मिटाने से लेकर विकास और अमीरी लाने तक हर जगह है। हमारे विकास का रथ विवादों की जमीन में धँस सकता है।

कुप्रबंध की जमीन

भू-संसाधन की दुर्व्यवस्था रिकॉर्ड-तोड़ है। करीब 80.76 करोड़ एकड़ जमीनवाला यह मुल्क सैटेलाइट व टेराबाइट के जमाने में भू संसाधन को ब्रितानी कानूनों (रजिस्टरी की व्यवस्था 1882 से और भूमि अधिग्रहण कानून 1894 का) से सँभाल रहा है। अंग्रेज हमें राजस्व विभाग और भू पंजीकरण की दोहरी व्यवस्था देकर गए थे, जिसका मकसद

राजस्व जुटाना था। तमाम खामियों से भरा यह तंत्र अब बोझ बन गया है। भू उपयोग के वर्गीकरण का फॉर्मूला भी 1950 के बाद नहीं बदला। इसलिए भारत जमीन के मुकदमों का महासागर बन गया है। करीब 11 लाख एकड़ जमीन मुकदमों (सेंटर फॉर पॉलिसी रिसर्च, कोच्चि का अध्ययन) में उलझी है, जो कुल जमीन का करीब 0.14 फीसदी है। बड़े शहरों के सीमांत की तो करीब 28 फीसदी जमीन मुकदमेबाजी में है। पश्चिम बंगाल, बिहार, आंध्र प्रदेश, कर्नाटक में प्रति राज्य 1.5 से 2 लाख एकड़ भूमि कानूनी विवाद में फँसी है। मुकदमों में फँसी 50 फीसदी जमीन भी मिल जाए तो आवास व बुनियादी ढाँचे की खुराक पूरी हो जाएगी। लेकिन मिले कैसे? भारत का भू-प्रबंधन घटिया नक्शों, हस्तलिखित भू रिकॉर्ड व खसरा खतौनी में फैला है, जो कानूनी विवादों व भ्रष्टाचार की जड़ है। तभी भारत के भू प्रशासन महकमे सालाना 70 करोड़ डॉलर की रिश्वत (ट्रांसपेरेंसी इंटरनेशनल रिपोर्ट) बटोरते हैं। भू-प्रबंधन की फिक्र किसे होगी जब राज्यों के पास सरकारी जमीन का लैंड बैंक तक नहीं है और केंद्र सरकार व सेना को घोटालों के बाद अपनी जमीन का ब्योरा जुटाने की सुध आई है। इसलिए जमीन के रिकॉर्डों का कंप्यूटरीकरण भी तदर्थ ही है। दूसरी तरफ घाना, नामीबिया, तंजानिया जैसे अफ्रीकी देश दुनिया को भू-प्रबंधन की नई राह दिखा रहे हैं। भारत में जमीनों के मुकदमे और भ्रष्टाचार जमीन की कृत्रिम किल्लत उपजाते हैं और सरकारों का मनमाना अधिग्रहण जमीनों को बारूदी बना देता है।

अंग्रेज बेहतर या फ्रेंच?

- भारत में जमीन के अधिकारों, रिकॉर्ड, पंजीकरण और हिसाब को लेकर फ्रांसीसी काफी चुस्त थे, 1699 में तत्कालीन पांडिचेरी (अब पुदुच्चेरि) पर काबिज होने के बाद फ्रांसीसियों ने नोटरी (जिन्हें 'टैबेलियन' कहा जाता था) की व्यवस्था बनाई और 1826 में रॉयल ऑर्डिनेंस के जरिए जमीनों का वर्गीकरण, हस्तांतरण, इस्तेमाल के नियम तय किए गए। सरकारी नोटरी की यह कानूनन जिम्मेदारी थी कि वह जमीन के मालिक व खरीदनेवाले की पड़ताल कर जमीन का हस्तांतरण करे। यह जमीन सौदे पर सरकारी गारंटी जैसा था। रो डि हाइवोथिके नामक एजेंसी जमीनों का हिसाब रखती थी। अंग्रेज भारत में सेल डीड रजिस्ट्रेशन की प्रणाली लेकर आए, जिसके अनुसार हस्तांतरण और जमीन पर अधिकार साबित करने की जिम्मेदारी जमीन खरीदनेवाले की है, यानी कि जमीन पर अधिकार की सरकारी गारंटी नहीं है। अंग्रेजों की यही व्यवस्था आज प्रचलित है।

स्रोत : लैंड रिसोर्स मैनेजमेंट इन फ्रेंच इंडिया—
अ पुदुच्चेरि एक्सपीरियंस— जी थेवा नीतिदास

विवादों की जमीन

पिछले एक दशक में निजी निवेशकों को सबसे बड़ी मात्रा में जमीनें सरकारी एजेंसियों के जरिए मिली हैं। लोगों को पता ही नहीं चला और विकास के तर्क के सहारे सरकार निजी निवेशकों के लिए प्रॉपर्टी डीलर बन गई। शहरों के करीब जमीन की किल्लत ज्यादा है और ऐसे ही इलाकों में निजी निवेशकों के हक में सरकारी ताकत के बेजा इस्तेमाल के मामले सामने आ रहे हैं। एक ईमानदार जाँच यह बता देगी कि आवास विकास परिषदों, विकास प्राधिकरणों, इंडस्ट्रियल जोन और एसईजेड किस तरह जमीनें लेकर किन लोगों को दी हैं। हैरत यह है कि जमींदारी व नक्सल के अतीत से वाकिफ भारतीय राजनेता भी यह भूल गए कि संपत्ति का अधिकार लोगों की जिंदगी से जुड़ा है। वे यह भी भूल गए कि भारत में 60 फीसदी खेतिहर जमीन 20 फीसदी लोगों के पास है, यानी असमानता का दर्द पुराना है। दरअसल जमीन के आपात अधिग्रहण का सरकारी अधिकार पूरी दुनिया में विवादित है। संपत्ति पर हक मानवाधिकार (अंतरराष्ट्रीय मानवाधिकार घोषणा) की श्रेणी में आता है और गरीबी हटाने का प्रभावी माध्यम मानते हुए संयुक्त राष्ट्र ने इसे अपने सहस्राब्दी विकास लक्ष्यों से जोड़ा है। यूएन हैबिटेट व संयुक्त राष्ट्र खाद्य संगठन नागरिकों के लिए संपत्ति के अधिकारों को पुख्ता करने की मुहिम चलाते हैं, लेकिन भारत में मुआवजे व पारदर्शिता की अनदेखी करते हुए सरकारें यह अधिकार छीन लेती हैं। दुनिया की कई सरकारें आपात अधिग्रहण को लेकर ग्लानि में भरी हैं और खुद को तरह-तरह की शर्तों में बाँध रही हैं। दक्षिण अफ्रीका व पोलैंड ने अधिक-से-अधिक मुआवजे को कानूनी शक्ल दे दी है, जबकि ब्रिटेन व कॉमनवेल्थ देश संपत्ति के साथ जीविका का मुआवजा भी दे रहे हैं।

संकट की जमीन

जमीनों को लेकर ताजा संकट विचित्र है। ग्रेटर नोएडा में किसानों को मिला न्याय आवास परियोजनाओं में मकान खरीदनेवालों के लिए आफत बन गया है। यह एक अप्रत्याशित संकट की शुरुआत है। सरकारी मुहर के साथ मिली जमीन निवेश या कर्ज की गारंटी बन जाती है; लेकिन जब सरकार के फैसले ही गैर-कानूनी हों तो व्यवस्था ही ध्वस्त हो जाती है। भारत के तेज विकास को बहुत बड़ी मात्रा में भू संसाधन चाहिए। वर्ष 2030 तक देश की 41 फीसदी आबादी शहरों में रहेगी, जिसे हर पाँच साल में करीब 2.5 करोड़ मकान देने होंगे। नए औद्योगिक निवेश की तामीर भी जमीन पर ही होगी और सिकुड़ती खेती को भी भरपूर जमीन चाहिए। जमीन की जरूरत में कई गुना बढ़ोतरी के बीच सरकारों की गलतियों ने इसी की आपूर्ति को पेचीदा विवादों में फँसा दिया है। आनेवाले वर्षों में हमें महँगी अचल संपत्ति और जटिल विवादों के लिए तैयार रहना चाहिए।

जमीन का सवाल बेहद संवेदनशील है। अफ्रीका में रवांडा से चीन तक (जमीन को लेकर दर्जनों दंगे) संपत्ति के अधिकारों का विवाद हर जगह उबल रहा है। असमानताओं के चलते लोग बुनियादी आर्थिक अधिकारों के लिए उग्र हो रहे हैं। हमारे पास जमीन कम नहीं है, मगर हमें उसे सँभालना नहीं आता। इसलिए हमारी जमीनों में विकास कम, विवाद और भ्रष्टाचार ज्यादा उगे हैं। जमीन को लेकर संपत्ति के हक और विकास की जरूरत का संतुलन बहुत नाजुक है, जिसे साधने के लिए नीतियों में पारदर्शी बदलाव जरूरी हैं। भू-संसाधन का न्यायसंगत इस्तेमाल न हुआ तो विकास के पैरों तले जमीन खिसक जाएगी। सरकारों की समझदारी का सबसे बड़ा इम्तहान अब शुरू हो रहा है।

□

(जुलाई 2011)

कहु सखि साजन नहिं, महँगाई

सरकार वही, जो दर्द घटाए

(सरकारें कभी भी विकल्पहीन नहीं होतीं, लेकिन संकल्पहीन जरूर होती हैं। संकल्पहीन सरकारें मुश्किल वक्त में बहुत तकलीफ देती हैं।)

अमेरिका ने फ्रांस को कुछ समझाया। फ्रांस ने स्पेन व इटली को हमराज बनाया। जापान और कोरिया भी आ जुटे। गोपनीय बैठकें, मजबूत पेशबंदी और फिर ताबडतोड़ काररवाई।''' पेट्रोल के सुल्तान यानी तेल उत्पादक मुल्क (ओपेक) जब तक कुछ समझ पाते तब तक दुनिया के तेल बाजार में एक्शन हो चुका था। बात बीते सप्ताह की है, जब अमेरिका, जापान, फ्रांस, जर्मनी के रणनीतिक भंडारों से 6 करोड़ बैरल कच्चा तेल बाजार में पहुँच गया। तेल की कीमतें औंधे मुँह गिरीं और ओपेक देश, अपनी जड़ें हिलती देखकर हिल गए। तेल कारोबार की दुनिया ने करीब 20 साल बाद आर-पार की किस्मवाली यह काररवाई देखी थी। तेल कीमतों में तेजी तोड़ने की यह आक्रामक मुहिम उन देशों की थी, जो महँगाई में पिसती जनता का दर्द देखकर सिहर उठे हैं। पिघल तो चीन भी रहा है। वहाँ मुक्त बाजार में मूल्य नियंत्रण लागू है, यानी कंपनियों के लिए मूल्य-वृद्धि की सीमा तय कर दी गई है। जाहिर है, सरकार होने का एक दूसरा मतलब दर्दमंद, फिक्रमंद और संवेदनशील होना भी है। मगर अपनी मत कहिए, यहाँ तो महँगाई के मारों पर चाबुक चल रहा है। जख्मों पर डीजल व पेट्रोल मलने के बाद प्रधानमंत्री ने महँगाई घटने की अगली तारीख मार्च 2012 लगाई है।

पेट्रो सुल्तानों से आर-पार

वाणिज्यिक बाजार के लिए रणनीतिक भंडारों से तेल! यानी आपातकाल के लिए तैयार बचत का रोजमर्रा में इस्तेमाल। तेल बाजार का थरथरा जाना लाजिमी था। विकसित

देशों के रणनीतिक भंडारों से यह अब तक की सबसे बड़ी निकासी थी। नतीजतन बीते सप्ताह तेल की कीमतें 7 फीसदी तक गिर गईं। बाजार में ऐसा ऑपरेशन आखिरी बार सन् 1991 में हुआ था। यह तेल उत्पादक (ओपेक) देशों की जिद को सबक व चुनौती थी। मुहिम अंतरराष्ट्रीय ऊर्जा एजेंसी की थी और गठन (1974) के बाद। उसकी यह तीसरी ऐसी काररवाई है। ओपेक के खिलाफ यह पेशबंदी मार्च में लीबिया पर मित्र देशों के हमले के बाद शुरू हुई थी। दुनिया में सबसे अच्छे तेल (कम सल्फरवाला क्रूड जिसकी रिफाइनिंग सस्ती होती है) के उत्पादक लीबिया में उत्पादन औंधे मुँह गिरने (16 लाख बैरल से 2 लाख बैरल प्रतिदिन) से तेल कीमतें 100 डॉलर प्रति बैरल से ऊपर निकल गईं। लीबिया की समस्या का लंबा खिंचना और उत्पादन न बढ़ाने की ओपेक की जिद का अंदाज सबको था, इसलिए अमेरिका, फ्रांस, जर्मनी, स्पेन, इटली, जापान और दक्षिण कोरिया इस साल मई से निर्णायक मुहिम की तैयारी में जुट गए। रणनीति राष्ट्राध्यक्षों के स्तर से बनी और करीब तीन महीने तक तैयारी चली। 8 जून को ओपेक की बैठक बेनतीजा निबटी और 23 जून को कई बड़े मुल्कों के रणनीतिक भंडारों ने 6 करोड़ बैरल तेल बाजार में उगल दिया। इस बात पर बहस है कि क्या रणनीतिक भंडारों का इस्तेमाल तेल बाजार को शांत करने के लिए होना चाहिए? लेकिन अंतरराष्ट्रीय ऊर्जा एजेंसी और उसके पीछे खड़े देश मानते हैं कि महँगाई को रोकने के लिए अगर बाजार का शास्त्र भी बदलना हो तो फिक्र नहीं है। दुनिया के रणनीतिक तेल भंडारों में करीब 4.1 अरब बैरल तेल है, जो बाजार को दबाव में रखने के लिए पर्याप्त है। इशारा साफ है कि महँगाई से पीड़ित करोड़ों लोगों का दर्द ओपेक की जिद से बड़ा है।

ओपेक और कार्लोस द जैकाल

- ओपेक दिसंबर 1975 को नहीं भूल सकता, जब कुख्यात आतंकी कार्लोस द जैकाल ने विएना में ओपेक की बैठक पर हमला किया और ओपेक मंत्रियों सहित 42 लोगों को बंधक बना लिया तथा उन्हें जहाज से अल्जीरिया ले गया, जहाँ बंधक रिहा हुए। दरअसल दुनिया के करीब 44 फीसदी कच्चे तेल उत्पादन और 79 फीसदी भंडारों पर काबिज ओपेक को बनाने की पहल अरब देशों ने नहीं, बल्कि वेनेजुएला ने 1970 में की थी। ईरान उस पहल के साथ था। पश्चिमी देशों को अलास्का, मेक्सिको की खाड़ी, कनाडा में तेल मिलने के बावजूद ओपेक आज भी तेल बाजार पर राज करता है।

महँगाई पर सीधा वार

चीन के नेशनल डेवलपमेंट ऐंड रिफॉर्म कमीशन (एनडीआरसी) की तरफ से सभी उद्योग संगठनों के लिए हाजिरी का परवाना! सबसे ताकतवर सरकारी एजेंसी के दरबार में पहुँची कंपनियों को दो टूक आदेश मिला कि जरूरी चीजों की कीमतें किसी भी स्थिति में 5 फीसदी से ज्यादा नहीं बढ़ेंगी। मुक्त बाजार के दौर में सीधे-सीधे मूल्य नियंत्रण? मगर महँगाई थामने के लिए चीन ने किसी सिद्धांत की फिक्र नहीं की। महँगाई से निबटने में सरकार ने अपनी ताकत का पूरा इस्तेमाल किया है। कृषि, फार्मा, फिशरीज, उपभोक्ता सामान, फल व सब्जी के उत्पादन से जुड़े सरकारी व अर्ध-सरकारी विभागों का हरावल दस्ता महँगाई रोकने के मोरचे पर है। आटा व खाद्य तेल के निर्माताओं को तो 5 फीसदी मूल्य-वृद्धि की भी छूट नहीं है। ज्यादातर कंपनियों ने कोई जोखिम भी नहीं लिया। यूनिलीवर ने खतरा उठाया तो 20 लाख युआन के जुर्माने की नोटिस पहुँच गई। नतीजा यह कि चीन में महँगाई अब काबू में आने लगी है। चीन के राष्ट्रपति वेन जियाबाओ ने बीते सप्ताह 'फाइनेंशियल टाइम्स' में लेख लिखकर महँगाई पर चीन की जीत का ऐलान कर दिया है।

और हमारी हार

भारत की सरकार महँगाई के सामने पिछले साल ही हार गई थी। न अनाज उत्पादन में बढ़ोतरी काम आई और न मौद्रिक कोशिशें। अब सरकार खुद महँगाई बढ़ाने लगी है। मौद्रिक नियंत्रण के तहत नौ बार बढ़ी ब्याज दरें कारोबारी लागत बढ़ाकर उत्पादों को महँगा कर रही हैं। प्रशासनिक नियंत्रण सिरे से नदारद है, केंद्र बेसुध और राज्य बेफिक्र हैं। कीमतों की मॉनीटरिंग का दिखावा तक नहीं होता। महँगाई से हारी सरकार निष्ठुर भी हो चली है। पेट्रो कीमतों में ताजा बढ़ोतरी प्रमाण है कि सरकार तेल कंपनियों (जो कहीं से घाटे में नहीं हैं) के लिए आम लोगों से कुरबानी माँग रही है। हजारों करोड़ की सब्सिडी बाँटनेवाली सरकार अगर चाहती तो यह नश्तर कुछ समय के लिए टल सकता था। महँगाई की आग के बीच चीनी व अनाज का निर्यात खोलने की कोशिशें मंत्रियों के स्तर पर होने लगी हैं। भारत इस समय कर्ज, ऊर्जा और कच्चे माल तीनों ही मोरचों पर दुनिया की सबसे महँगी अर्थव्यवस्था हो गई है और महँगी अर्थव्यवस्थाएँ हमेशा महँगाई ही पैदा करती हैं। महँगाई रोकना अब सरकार की वरीयताओं में कहीं नहीं है।

सरकारों के हाथ बँधे होने का तर्क बोदा और खोखला है। सरकारों के पास अकूत ताकत और अनंत रास्ते होते हैं। चुनाव के करीब महँगाई थामना हो तो केंद्र सरकार किसी तेल कंपनी के घाटे या अपने राजस्व की फिक्र नहीं करती। अगर सियासत सधे

तो राज्य सरकारें मुफ्त बिजली बाँटकर खुशी-खुशी दिवालिया भी हो सकती हैं, लेकिन सियासी फायदा न हो तो वही सरकारें पेट्रो उत्पादों पर टैक्स थोपकर जनता को आठ-आठ आँसू रुला सकती हैं। दरअसल सरकारें कभी भी विकल्पहीन नहीं होतीं, लेकिन संकल्पहीन जरूर होती हैं। संकल्पहीन सरकारें, मुश्किल वक्त में, बहुत तकलीफ देती हैं। इसलिए ताजा महँगाई अब सरकारी नीतियों के कारखाने से निकल रही है। पुराने लोग कहते हैं कि अच्छी सरकार किस्मत से मिलती है। शायद हम ही बदकिस्मत हैं! □

(जुलाई 2011)

कुरबानी का मौसम

(सुधारों के सारे संकल्प जनता के हैं, इसलिए पेट्रो सुधारों के ठीकरे हमारे सिर फूट रहे हैं। एक दशक पहले तक महँगाई एक राजनीतिक जोखिम हुआ करता था, मगर सरकारें अब इससे नहीं डरतीं।)

जरा देखिए तो कि पेट्रो कीमतों के फफोले भूलकर आप दुनियावी बाजार के सामने सरकार की लाचारी पर किस तरह पिघल गए? जरा गौर तो करिए कि तेल कंपनियों की बैलेंस शीट ठीक रखने के लिए कितने फख्र के साथ बलिदानी चोला पहन लिया। महसूस तो करिए, सब्सिडीखोर होने की तोहमत से बचने के लिए आप सरकार के पेट्रो सुधारों पर किस अदा के साथ फिदा हो गए।...गलती आपकी नहीं है, दरअसल यह मौसम ही कुरबानी का है। बैंकों से लेकर बाजार तक और तेल कंपनियों से लेकर सरकार तक सब आम लोगों से ही कुरबानी माँग रहे हैं और हम भी कभी मजबूरी में तो कभी मौज में बहादुरी दिखाए जा रहे हैं। मगर इससे पहले कि शहादत का नया परवाना (पेट्रो कीमतों में अगली बढ़ोतरी) आपके पास पहुँचे, सभी सिक्कों के दूसरे पहलू देख लेने में कोई हर्ज नहीं है। पेट्रो उत्पादों पर टैक्स और सब्सिडी के तंत्र को सिरे से परखने की जरूरत बनती है, क्योंकि पेट्रो कीमतों में दुनिया के अन्य देश भी हमारे जैसे ही हैं। इस असंगति से मगजमारी करने में कोई हर्ज नहीं है कि हजारों करोड़ की सब्सिडी बाबुओं की जेब में डालनेवाली सरकार सब्सिडी को महापाप बताकर हमें महँगे पेट्रोल-डीजल की आग में झोंक देती है। यह गुत्थी खोलने की कोशिश जरूरी है कि लोक-कल्याणकारी राज्य के तहत बाजार में सरकार के हस्तक्षेप की जरूरत कब और क्यों होती है। यह सवाल उठाने में हिचक

कैसी कि देश की कथित जनप्रिय सरकारों को पेट्रोल पर टैक्स कम करने से किसने रोका है? और यह तलाशना भी आवश्यक है कि भारत में पेट्रो उत्पादों की माँग अन्य ऊर्जा स्रोतों की किल्लत के कारण बढ़ी है या सिर्फ ग्रोथ के कारण।

सब्सिडी का हमाम

पेट्रो सब्सिडी की हिमायत और हिकारत पर बहस से बेहतर है कि इसकी असलियत देखी जाए। पेट्रो सब्सिडी पर शर्मिंदा होने की जरूरत तो कतई नहीं है, क्योंकि इस पृथ्वी तल पर हम अनोखे नहीं हैं, जहाँ सरकारें अंतरराष्ट्रीय पेट्रो कीमतों की आग पर सब्सिडी का पानी डालती हैं। आईएमएफ का शोध बताता है कि वर्ष 2003 में पूरी दुनिया में पेट्रोलियम उत्पादों पर उपभोक्ता सब्सिडी केवल 60 अरब डॉलर थी, जो 2010 में 250 अरब डॉलर पर पहुँच गई। 2007 से दुनिया की तेल कीमतों में आए उछाल के बाद सब्सिडी घटाने की मुहिम हाँफने लगी और पूरी दुनिया अपनी जनता को सब्सिडी का मलहम लगाने लगी। मगर यह अंतरराष्ट्रीय पेट्रो सब्सिडी का आधा सच है। कर की दर कम रखकर भी सब्सिडी या राहत दी जाती है। इसे मिलाने के बाद पेट्रो उत्पादों पर अंतरराष्ट्रीय सब्सिडी पिछले साल 740 अरब डॉलर थी, जो कि दुनिया के जीडीपी का 1 फीसदी है। पेट्रो सब्सिडी के इस साम्राज्य की अगुआई भी अमीर देश (जी 20) करते हैं, जो सब्सिडी को लेकर नसीहतें बाँटते हैं। हमारी सरकारें हमें सब्सिडी का आईना दिखाकर शर्मिंदा करती हैं, लेकिन पिछले एक दशक में दुनिया के करीब 155 प्रमुख देशों में से दो-तिहाई देशों ने पूरी पेट्रो मूल्य-वृद्धि उपभोक्ताओं के सिर नहीं मढ़ी। जबकि करीब आधे देशों ने डीजल के मामले में भी ऐसा ही किया। यह उदारता दिखानेवाले देशों में कई ऐसे हैं, जहाँ ऊर्जा क्षेत्र विकसित है और महँगाई नियंत्रित रहती है। इनकी तुलना में हमारी जलन ज्यादा गहरी व भयानक है, मगर हम राहत की जगह सब्सिडीखोर होने की तोहमत झेल रहे हैं।

राहत की रोशनी

- *पेट्रो कीमतों की मार से अपने नागरिकों को बचाने के लिए दुनिया के देश तरह-तरह से कोशिशें कर रहे हैं। मोजांबिक ने वर्ष 2008 में पेट्रो मूल्य बढ़ाने के बदले सामाजिक योजनाओं पर खर्च बढ़ाया और गरीबों को मिलनेवाली नकद सहायता में इजाफा किया। इंडोनेशिया भी इसी राह पर चला। जॉर्डन ने अपने यहाँ कम आयवाले कर्मचारियों के वेतन बढ़ा दिए और बिजली की दरों*

को न्यूनतम रखते हुए सभी को बिजली मुहैया कराई। इसके अलावा गरीबों को नकद सहायता की राशि में भी बढ़ोतरी की गई।

स्रोत : पेट्रोलियम प्रोडक्ट सब्सिडी— कॉस्टली, इनइक्विटेबल ऐंड राइजिंग— आईएमफ स्टाफ पोजीशन नोट (2010)

टैक्स के धुरंधर

भारत पेट्रोल पर टैक्स लगाने में धुरंधर है। इतना टैक्स कि दुनिया के अमीर देश जलन से मर जाएँ। केंद्र सरकार के लिए अन्य उत्पाद एक तरफ हैं और अकेला पेट्रोल-डीजल एक तरफ। कुल राजस्व का 40-45 फीसदी तेल से निकल आता है। पेट्रोल-डीजल महँगा तो (एडवैलोरम-मूल्यानुसार) टैक्स भी ज्यादा। राज्य सरकारों के बीच तो महँगाई बढ़ानेवाले इस उत्पाद को टैक्स से दुहने की होड़ है। केंद्र और राज्यों के टैक्स विभाग कर जुटाने के नए प्रयोगों में मुफलिस हैं, इसलिए भारत में उपभोक्ता विश्व बाजार (महँगे कच्चे तेल) नहीं बल्कि सरकार की वजह से तेल की आधी कीमत टैक्स के तौर पर देते हैं। हम कॉलर ऊँचा कर उन देशों की कतार में शामिल हो गए हैं, जो बकौल विश्व बैंक, पेट्रोल-डीजल को ओवरटैक्स करते हैं। भारत के साथ इस सूची में ब्रिटेन, इटली, ऑस्ट्रेलिया, जर्मनी जैसे विकसित देश भी हैं; मगर हैरत में डालनेवाली सूची उन देशों की है जहाँ सरकारें पेट्रोल को टैक्स से कम निचोड़ती हैं। उस सूची में अमेरिका, चीन, रूस, ब्राजील, मेक्सिको व कनाडा हैं। अमेरिका जैसा विकसित और चीन व ब्राजील जैसे विकासशील देश कम टैक्स लगाकर अपने-अपने उपभोक्ताओं पर रहम करते हैं और अपनी अर्थव्यवस्थाओं को महँगा होने से बचाते हैं, मगर भारत के सरकारी राजस्व बहादुर तेल महँगा कर लोगों की जेब व ग्रोथ का शिकार कर रहे हैं।

किल्लत की माँग

पेट्रो उत्पादों की माँग थामने के लिए कीमतें बढ़ाने का तर्क ठहाके के लायक है। मोटर ईंधन को महँगा रखने की पूरी अंतरराष्ट्रीय बहस पर्यावरण की फिक्र से उपजी है। ग्रीन हाउस गैसों का उत्सर्जन घटाने के लिए निजी वाहन कम और सार्वजनिक परिवहन ज्यादा इस्तेमाल करने का दर्शन इसके पीछे है। मगर भारत में तो डीजल परिवहन का नहीं, बल्कि रोशनी और ऊर्जा का ईंधन है। सरकारों ने देश को पर्याप्त बिजली नहीं दी तो दैत्याकार मेगावाटी जेनरेटर, शॉपिंग मॉलों से लेकर आवासीय परिसरों तक को उजाला और ठंडक दे रहे हैं। देश के अधिकांश हिस्सों में उद्योगों की ताजा ग्रोथ स्टोरी डीजल से निकली है, ग्रिड की बिजली से नहीं। कार व बाइक कंपनियों की कामयाबी की कहानियाँ भी सार्वजनिक परिवहन की शहादत से उपजी हैं। अगर देश को अबाधित

और अच्छी क्वालिटी की बिजली मिल जाए तो डीजल की खपत कम-से-कम पंद्रह फीसदी घट जाएगी और अगर हर शहर दिल्ली की तर्ज पर अच्छी बसों या मेट्रो से धन्य हो जाएँ तो महँगे पेट्रोल में हाथ कौन जलाएगा। भारत में पेट्रो उत्पादों की माँग का चरित्र दुनिया से निराला है। हम तापीय, जल, नाभिकीय जैसे ऊर्जा स्रोतों के मामले में अफ्रीका से ज्यादा बेहतर नहीं हैं; मगर शॉपिंग मॉल व कारों के मामले में यूरोप से होड़ कर सकते हैं। भारत में आय बढ़ने के कारण पेट्रो उत्पादों की खपत नहीं बढ़ी है, बल्कि ग्रोथ को पेट्रोल-डीजल पिलाकर पाला जा रहा है।

कुरबानी तो हमारी मजबूरी है, 1.5 लाख करोड़ की सब्सिडी हर साल लुटानेवाली सरकार कैसे मजबूर हो सकती है। हजार किस्मों के फालतू खर्चों से लदी-फँदी तेल कंपनियों को स्वस्थ रखना हमारी ड्यूटी है। सरकार का काम तो महँगाई के नाखूनों को टैक्स के जहर में डुबोना है। महँगाई स्वीकार कर माँग घटाना हमारी जिम्मेदारी है। बिजली उत्पादन बढ़ाकर डीजली बिजली को रोकना सरकार की कृपा पर है। सुधारों के सारे संकल्प हमारे हैं, इसलिए पेट्रो सुधारों के ठीकरे हमारे सिर फूट रहे हैं। एक दशक पहले तक महँगाई एक राजनीतिक जोखिम हुआ करता था, मगर सरकारें अब इससे नहीं डरतीं, क्योंकि हमें अब इसकी आदत पड़ गई। पेट्रो सुधारों को लेकर हमारी कुरबानी से सरकार बहुत खुश है। वह जल्द ही हमें महँगी एलपीजी व केरोसिन का नया तोहफा देने वाली है।⋯वीर तुम बढ़े चलो!!

□

(मई 2011)

तख्ता-पलट महँगाई

(दुनिया देर से यह जान पाई कि मिस्र, ट्यूनीशिया और यमन की राजनीतिक बगावतें दरअसल महँगे खाद्य उत्पादों के खिलाफ लोगों के गुस्से से शुरू हुई थीं। अंतरराष्ट्रीय मुद्रा कोष ने बताया कि कम आयवाले देशों में खाद्य उत्पाद अगर 10 फीसदी महँगे होते हैं तो राजनीतिक आंदोलन करीब 0.5 फीसदी बढ़ जाते हैं।)

एक सरकार ने दूसरी से खुसफुसाकर पूछा कि क्या मिस्र की बगावत यकीनन खाद्य उत्पादों की महँगाई से शुरू हुई थी? अंतरराष्ट्रीय मुद्रा कोष (आईएमएफ) तो कह रहा है कि यमन व ट्यूनीशिया की चिनगारी भी महँगाई से भड़की थी।...जरा देखो तो, महँगे ईंधन के कारण गुस्साए शंघाई के हड़ताली ट्रकवालों को सख्त चीन ने कैसे पुचकारकर शांत किया।... महँगाई के असर से तख्ता-पलट सरकारों में खौफ और बेचैनी उफान पर है। लाजिमी भी है, एक तरफ ताजे जन-विप्लवों की जड़ें महँगाई में मिल रही हैं तो दूसरी तरफ बढ़ती कीमतों का नया प्रकोप ऑस्ट्रेलिया से लेकर अमेरिका तक, चिली से चीन तक और रूस से अफ्रीका तक पूरी दुनिया को लपेट रहा है। पिछले छह माह में महँगाई एक अभूतपूर्व सार्वभौमिक आपदा बन गई है। मुद्रास्फीति से डरे अमेरिकी फेड रिजर्व के मुखिया बेन बर्नांके (सौ साल पुरानी परंपरा तोड़कर) को बीते सप्ताह मीडिया को सफाई देने आना पड़ा। यूरोप में सस्ते कर्ज की दुकानें बंद हो गईं और चीन कीमतों व महँगाई को रोकने के लिए ग्रोथ गँवाने को तैयार है। भारत में तो अब महँगाई की आदत पड़ गई है। भूमंडलीय महँगाई की हाल-फिलहाल में यह सबसे डरावनी नुमाइश है। बढ़ती कीमतें यूरोप व अमेरिका में बेहतरी की उम्मीदों की बलि माँग रही हैं, जबकि उभरती अर्थव्यवस्थाओं को अपनी तेज ग्रोथ का एक हिस्सा इसे भेंट करना होगा। फिर भी राजनीतिक खतरे टलने की गारंटी नहीं है।

सबकी जेब में छेद

मंदी व संकटों से छिली दुनिया के जख्मों पर महँगाई का अभूतपूर्व नमक बरसने लगा है। महँगाई अब अंतरराष्ट्रीय मुसीबत है। पूरा आसियान क्षेत्र मूल्य-वृद्धि से तप रहा है। वियतनाम, थाइलैंड, इंडोनेशिया, सिंगापुर में महँगाई 3 से 10 फीसदी तक है। चीन में जब उपभोक्ता उत्पाद 5 फीसदी से ज्यादा महँगे हुए तो सरकार ने कीमतें बढ़ाने पर पाबंदी लगा दी। महँगाई से डरा चीन अपने युआन को मजबूत करने अर्थात् निर्यात वृद्धि से समझौते को तैयार है। भारत दो साल से 13 फीसदी महँगाई से जूझ रहा है। रूस 8 फीसदी, यूरोजोन 2 फीसदी, ब्रिटेन 3.3 फीसदी, पोलैंड 3 फीसदी की महँगाई के साथ मुश्किलों के नए दौर से मुकाबिल हैं। सरकारी घाटे और ऋण संकट के बाद मुद्रास्फीति पूरे यूरोप का बेहद बुरा हाल कर सकती है। दक्षिण अमेरिका में ब्राजील, मेक्सिको और चिली महँगाई से झुलस रहे हैं। ब्राजील शेयर बाजारों में विदेशी निवेश पर रोक कर और बैंकों पर सख्ती कर मुद्रा आपूर्ति रोक रहा है। अमेरिकी फेड रिजर्व के मुखिया बेन बर्नांके पिछले सौ साल के इतिहास में पहली बार बीते सप्ताह प्रेस से मुखातिब हुए तो यह बताने के लिए कि अगले साल तक अमेरिका में महँगाई की दर 3 फीसदी हो जाएगी। अमेरिका में 3 फीसदी की महँगाई भारत की 13 फीसदी के बराबर है। मुद्रास्फीति का इतना व्यापक भौगोलिक विस्तार अनोखा व पेचीदगी से भरा है।

सियासत की साँसत

पिछले चौंसठ साल में भारत की अधिकांश अहम राजनीतिक करवटों की बुनियाद जनता को निचोड़नेवाली महँगाई ने ही तैयार की है। महँगाई के दीर्घकालीन आँकड़ों की रोशनी में देश का राजनीतिक इतिहास एक दिलचस्प कहानी बताता है। प्रणव मुखर्जी लिखित कांग्रेस का इतिहास इस कहानी को प्रमाणित करता है।

भारत—महँगाई और राजनीतिक उथल-पुथल

वर्ष	महँगाई दर (उपभोक्ता मूल्य सूचकांक)	राजनीतिक असर व परिवर्तन
1967	1964-65 औसतन 15 फीसदी	चौथी लोकसभा के चुनाव में कांग्रेस को झटका, आठ राज्यों में हार, लोकसभा में ताकत घटी, वोट प्रतिशत में गिरावट
1974-75	औसत दर 25 से 30 फीसदी	सरकार के खिलाफ व्यापक आंदोलन, 1975 में आपातकाल, 1977 के चुनावों में कांग्रेस की जबरदस्त हार
1991	औसत दर 12 से 15 फीसदी	औसत दर 12 से 15 फीसदी आर्थिक संकट, सुधारों की शुरुआत, फिर भी 1996 के चुनावों में कांग्रेस की हार
1996 से 1999	औसत दर 10 से 11 फीसदी	राजनीतिक अस्थिरता, गठजोड़ की सरकारें, दो साल में दो चुनाव
2011	औसत 10 से 12 फीसदी महँगाई	औसत 10 से 12 फीसदी महँगाई, भ्रष्टाचार के खिलाफ देशव्यापी जनांदोलन

स्रोत : आर्थिक समीक्षा/कांग्रेस का इतिहास—प्रणव मुखर्जी

सभी मोरचे एक साथ

महँगाई बढ़ानेवाले सभी कारक मानो एक-दूसरे से होड़ कर रहे हैं। खाद्य उत्पादों की कीमतें विस्फोटक हैं। एशिया में पिछले पाँच-छह माह में खाद्य उत्पाद 10 फीसदी महँगे हुए हैं। संयुक्त राष्ट्र खाद्य व कृषि संगठन (एफएओ) के मुताबिक अनाजों के अंतरराष्ट्रीय दाम पिछले एक साल में 70 फीसदी बढ़ चुके हैं। खाने की चीजों में तेजी की वजहों से मौसम के असर से लेकर सट्टेबाजी और बढ़ती माँग सभी कुछ शामिल हैं। अन्य जिंसों की कीमतों में (आईएमएफ के मुताबिक) 33 फीसदी का उछाल आया है। धातुएँ 40 फीसदी, ऊर्जा 30 फीसदी और कच्चा तेल 40 फीसदी बढ़ा है। अरब देशों में राजनीतिक संकट के कारण महँगा कच्चा तेल अब नियति बन गया है। जापान में सुनामी के कारण इलेक्ट्रॉनिक पुरजों की सप्लाई में कमी ने बची हुई कसर पूरी कर दी है। अर्थात् आपूर्ति के मोरचे से महँगाई को भरपूर ऊर्जा मिल रही है। इधर भारत, चीन, ब्राजील में बढ़ती माँग आपूर्ति में कमी से मिलकर महँगाई की कॉकटेल बना रही है। मौद्रिक मोरचा भी महँगाई की पीठ थपथपा रहा है। वर्ष 2008 की मंदी के बाद यूरोप व अमेरिका ने अपनी अर्थव्यवस्थाओं में सस्ते कर्ज का पाइप खोल दिया था। अमेरिकी फेडरल रिजर्व का 600 अरब डॉलर मुद्रा प्रवाह कार्यक्रम (क्वांटीटिव ईजिंग)

इस साल जून में पूरा होगा। यानी कि आपूर्ति की कमी और बाजार में भरपूर पैसा, महँगाई के लिए इससे अच्छा माहौल और कौन सा होगा।

रोटी की कीमत

- यूरोप व मध्य-पूर्व के देशों में ब्रेड यानी रोटी की कीमत महँगाई को जाँचने का जन-सुलभ पैमाना है। इसलिए क्रूरतम तानाशाह भी खाने-पीने के सामानों की कीमत कम-से-कम रखते हैं। इजिप्ट की ताजा क्रांति के पीछे भी रोटी ही है। इजिप्ट में सरकार ने ब्रेड की कीमत बहुत कम रखी थी, जिसे हाल में ही बढ़ाया गया। महँगी ब्रेड वहाँ भड़के गुस्से का एक अहम कारण थी।

सबके इलाज एक जैसे

सार्वभौमिक मुद्रास्फीति अजीब किस्म की समस्या है। मुद्रास्फीति के इलाजों की एक ही किताब सबसे पास है। महँगाई अगर अलग देशों में अलग-अलग मौके पर आए तो आयात-निर्यात के जरिए माँग व आपूर्ति सँभल जाती है और पूँजी के प्रवाह के जरिए वित्तीय तंत्र समायोजित हो जाता है; लेकिन अब सब जगह एक साथ ब्याज दरें बढ़ने से इलाज बीमारी बन रहा है। भारत में ब्याज दरें दो साल से बढ़त पर हैं। महँगाई की चपेट के बाद चीन में बैंकों का रिजर्व रेशियो (सीआरआर) करीब 3 फीसदी बढ़ने से कर्ज महँगे हो गए। यूरोपीय सेंट्रल बैंक ने भी उदार मौद्रिक नीति से तौबा करते हुए ब्याज दर बढ़ा दी। अर्थात् दुनिया के तीन बड़े आर्थिक केंद्र मुद्रा प्रवाह रोककर और महँगे कर्ज से महँगाई का इलाज कर रहे हैं। घरेलू मुद्रा को मजबूत करते हुए सस्ते आयात का नुस्खा भी आजमाया जाएगा, जो खासतौर पर चीन को महँगा करेगा। चीन में उत्पादन महँगा होना दुनिया के लिए खतरनाक है, क्योंकि चीन की फैक्ट्रियों पर दुनिया के बाजार चलते हैं। एशियाई विकास बैंक कहता है कि महँगाई एशिया में कम-से-कम 1.5 फीसदी आर्थिक विकास दर चाट जाएगी। भारत को भी अपनी कम-से-कम 2 फीसदी की वृद्धि नजराने में देनी होगी। जबकि यूरोप व अमेरिका के लिए यह आपत्ति पर विपत्ति है। पूरी दुनिया ब्याज दरों की तेज बढ़ोतरी, महँगी पूँजी, शेयर बाजारों में स्थिरता, डॉलर पर दबाव जैसी चुनौतियों की आहट सुन रही है।

दुनिया देर से यह जान पाई कि इजिप्ट, ट्यूनीशिया और यमन की राजनीतिक बगावतें दरअसल महँगे खाद्य उत्पादों के खिलाफ लोगों के गुस्से से शुरू हुई थीं। मुद्रा कोष के कुछ अर्थशास्त्रियों की पड़ताल ने तो यह भी बता दिया कि कम आयवाले देशों में खाद्य उत्पाद अगर 10 फीसदी महँगे होते हैं तो उसके अगले साल वहाँ राजनीतिक आंदोलन करीब 0.5 फीसदी बढ़ जाते हैं। यकीनन महँगाई के इस मारक प्रभाव से

सरकारें कुछ बेफिक्र थीं। चीन की हवा में जास्मिन (इजिप्ट की तर्ज पर आंदोलन की कोशिश) की गंध अभी भी तैर रही है। अरब देशों में आंदोलनों की लपटें बुझी नहीं हैं। सख्त वित्तीय अनुशासन लागू कर रही यूरोपीय सरकारें जनता के गुस्से से हलाकान हैं। आंदोलनों के इस मौसम में महँगाई की धमक बहुत जोखिम भरी है। और जब महँगाई का नया मतलब या बगावत या तख्ता-पलट भी हो तो सरकारों के लिए महँगाई से डरना बहुत जरूरी है।

□

(मई 2011)

हमने कमाई महँगाई ?

(हाड़-तोड़ मेहनत के बाद जरा सी बढ़ी कमाई ने अब हमें अपनी ही नजरों में गिरा दिया है। हमने आय नहीं बढ़ाई बल्कि महँगाई कमाई है।)

आपने खूब कमाया, इसलिए महँगाई ने आपको नोच खाया!!···हजम हुई आपको वित्त मंत्री की सफाई?···नहीं न? हो भी कैसे। हम ताजे इतिहास की सबसे लंबी और जिद्दी महँगाई का तीसरा साल पूरा कर रहे हैं और सरकार हमारे जख्मों पर मिर्च मल रही है। हमारी भी खाल अब दरअसल मोटी जो हो चली है; क्योंकि पिछले दो-ढाई वर्षों में हमने हर रबी-खरीफ, होली-ईद, जाड़ा-गरमी-बरसात, सूखा-बाढ़, आतंक-शांति, चुनाव-घोटाले और मंदी-तेजी महँगाई के काँटों पर बैठकर शांति से काट जो चुके हैं। वैसे हकीकत यह है कि उत्पादन व वितरण का पूरा तंत्र अब पीछे से आई महँगाई को आगे बाँटने की आदत डाल चुका है। उत्पादक, निर्माता, व्यापारी और विक्रेता महँगाई से मुनाफे पर लट्टू हैं, नतीजतन बेतहाशा मूल्य-वृद्धि अब भारत के कारोबार का स्थायी भाव है। यह सब इसलिए हुआ है, क्योंकि पिछले दो वर्षों में अर्थव्यवस्था के हर अहम व नाजुक पहलू पर बारीकी और नफासत के साथ महँगाई रोप दी गई है। कहीं यह काम सरकारों ने जानबूझकर किया और कहीं इसे बस चुपचाप हो जाने दिया है। लद गए वे दिन, जब महँगाई मौसमी, आकस्मिक या आयातित (पेट्रो मूल्य) होती थी। अब महँगाई स्थायी, स्वाभाविक, सुगठित और व्यवस्थागत है। 36 करोड़ अति निर्धनों, इतने ही निर्धनों और 20 करोड़ निम्न-मध्यम वर्गवाले इस देश में कमाई से महँगाई बढ़ने का रहस्य तो सरकार ही बता सकती है। आम लोग तो बस यही जानते हैं कि महँगाई उनकी कमाई खा रही है और लालची व्यापारियों व संवेदनहीन सत्ता तंत्र की कमाई को बढ़ाने के काम आ रही है।

कीमत बढ़ाने का कारोबार

महँगाई की सूक्ष्म कलाकारी को देखना जरूरी है, क्योंकि निर्माता, व्यापारी और उपभोक्ता इसके टिकाऊ होने पर मुतमईन हैं। जिंस या उत्पाद को कुछ बेहतर कर उसका मूल्य यानी वैल्यू एडीशन आर्थिक खूबी या सद्‌गुण है, लेकिन किल्लतवाली अर्थव्यवस्थाओं में यह बुनियादी जिंसों की कमी कर देता है। भारत में खाद्य उत्पाद इसी दुश्चक्र के शिकार हो चले हैं, क्योंकि बुनियादी जिंसों की पैदावार पहले ही माँग से बहुत कम है। संगठित रिटेल ने बहुतों को रोजगार और साफ-सुथरी शॉपिंग का मौका भले ही दिया हो, लेकिन वह इसके बदले बाजार से गेहूँ, चावल व तेल की एक बहुत बड़ी मात्रा सोख लेता है। संगठित रिटेल के वैल्यू एडीशन का फायदा बहुत छोटी आबादी को मिलता है। दाल और चने की उपज में उतनी बढ़ोतरी जहाँ-की-तहाँ थमी है, लेकिन इनसे बने स्नैक्स का बाजार बल्लियों उछल रहा है। मगर साथ ही इन जिंसों की कीमत भी उछल रही है। चीनी के उत्पादन में कमी का असर शीतल पेय व चॉकलेट की आपूर्ति पर नहीं पड़ता है और न ही गेहूँ महँगा होने से बिस्किट उद्योग को पसीना आता है। भारत का पैक्ड खाद्य व रिटेल क्षेत्र अनाज, दाल, तेल का बड़ा संगठित उपभोक्ता है और परोक्ष रूप से कीमतों को संचालित करता है। इस क्षेत्र ने वैल्यू एडीशन के जरिए नई माँग पैदा की है; लेकिन बुनियादी कच्चे माल की आपूर्ति जस-की-तस है।

महँगाई और कमाई

- वर्ष 1920 से 1940 के बीच लगभग अधिकांश यूरोप में महँगाई ने लोगों का जीना मुहाल कर दिया था। सबसे ज्यादा बरबाद हुए वेतनभोगी लोग। दूसरे विश्व युद्ध के बाद यूरोप की सरकारों ने यह तय किया कि वेतन में बढ़ोतरी को महँगाई से जोड़ा जाए और तब महँगाई भत्ता (डिएरनेस अलाउंस) शुरू हुआ। आज भारत की सरकारी वेतन प्रणाली में भी डीए एक अहम हिस्सा है।

नीतियाँ मददगार

सरकारें अब महँगाई से नहीं डरतीं, इसलिए नीतियाँ या नीतिगत उपेक्षा महँगाई में सहायक हैं। माँग व आपूर्ति के मौसमी असंतुलन को बढ़ाकर सरकारें मुनाफाखोरों की दोस्त बन जाती हैं। हाल ही में प्याज की कीमतें अस्सी-नब्बे रुपए तक जाने से एक पखवाड़ा पहले तक सरकार निर्यात के लाइसेंस दे रही थी। चीनी की कीमतें बढ़ने के ठीक एक सप्ताह पहले सरकार ने चीनी के निर्यात की छूट दी थी। सब्जी मंडी के व्यापारी को प्याज की किल्लत की सूचना एक माह पहले मिल जाती है, लेकिन सरकार

का डायनासोरी तंत्र कीमतों में तेजी विस्फोटक होने तक सोता रहता है। सरकारें अब चिल्ला-चिल्लाकर पहले किसी जरूरी चीज की कमी का ऐलान करती हैं और फिर बाद में कई दिनों तक उस कमी को दूर करने पर मगजमारी करती हैं, तब तक बाजार के खिलाड़ी महँगाई को कसकर जमा देते हैं। सरकार अंततः आयात को खोलकर महँगाई आयात कर लेती है, क्योंकि दुनिया का बाजार भारत में कृषि जिंसों की कमी देखते ही कीमतें सिर पर उठाकर खुशी से नाच उठता है। हम भी बौड़म हैं, इसलिए प्याज और लहसुन जैसी प्रतीकात्मक महँगाई पर उबल जाते हैं, जबकि सरकारों ने चुपचाप महँगाई खेत से निकल कारखानों तक फैल जाने दिया है। कपास का निर्यात गरीबों की रजाई महँगी कर देता है और चुनिंदा उत्पादकों के कार्टेल मिलकर पूरे कपड़ा बाजार में महँगाई की आग लगा देते हैं। सहकारी दूध संघ सुनियोजित ढंग से हर तीसरे-चौथे माह दूध महँगा कर देते हैं और दुग्ध पाउडर के निर्यात से कमाई बढ़ा लेते हैं। उदाहरणों की कोई कमी नहीं है, क्योंकि सरकार-प्रेरित महँगाई अब हमारी नियति बन चुकी है।

कमाई पर मार

लोगों की कमाई से महँगाई बढ़ने का तर्क बहुत बोदा है। सबसे बड़ा और प्रतिष्ठित सरकारी सर्वेक्षण (एनएसएसओ सर्वे) तो कहता है कि ग्रामीण आबादी में लगभग आधे परिवार (औसतन चार सदस्य) बमुश्किल 3,000 रुपए का मासिक खर्च (प्रति व्यक्ति औसत मासिक उपभोग खर्च 649 रुपए) कर पाते हैं। शहरों में यह खर्च 5,000 रुपए प्रति परिवार से कम है। इसमें भी केवल 40-45 फीसदी हिस्सा भोजन पर खर्च का है। सर्वे बताता है कि शहर में प्रति व्यक्ति अनाज की मासिक खपत 10 किलो और गाँवों में 11.7 किलो है और वह भी घट रही है। यानी कि अधिकांश लोगों के लिए तो 700 से 1,000 रुपए प्रति माह का खर्च मुश्किल है। पता नहीं वित्त मंत्री को किसकी कमाई व खर्च से महँगाई बढ़ती दिख गई है। अलबत्ता यदि 100 करोड़ के देश में समृद्धि के शिखरों पर बैठे सिर्फ कुछ लोगों की कमाई और उपभोग में वृद्धि से आम लोगों के लिए महँगाई बढ़ रही है तो फिर तो यह उपभोग एक किस्म के संगठित अपराध जैसा ही है।

बचतखोर महँगाई

- लगातार मुद्रास्फीति से परेशान जर्मनी को सन् 1923 में अपनी मुद्रा का जबरदस्त अवमूल्यन करना पड़ा। इससे मुद्रा की कीमत लगभग शून्य हो गई। सरकार के इस फैसले से लोगों की जीवन भर की बचत कुछ मिनटों में खत्म हो गई। यह महँगाई का सबसे भयानक असर था। इसलिए यूरोप की सरकारें पारंपरिक

रूप से महँगाई से बुरी तरह डरती हैं और वहाँ के केंद्रीय बैंक महँगाई को लेकर बेहद सख्त रुख अपनाते हैं।

यह सच है कि भारत में आय बढ़ी है, क्योंकि तेज आर्थिक विकास का पूरा उपक्रम ही आय बढ़ाने और जीवन-स्तर बेहतर करने के लिए है। दुनिया की हर विकसित होती अर्थव्यवस्था में महँगाई अकसर माँग के कंधों पर बैठ जाती है; लेकिन तब सरकारें नीतियाँ बदल जरूरी चीजों की आपूर्ति बढ़ाती हैं, ताकि माँग व आय बढ़ती रहे, मगर महँगाई न बढ़े। हम तो यही सुनते आए थे कि महँगाई समृद्धि की दुश्मन है, महँगाई गरीबी बढ़ाती है, महँगाई बचत का मूल्य घटा देती है और बढ़ी हुई आय को खा जाती है; मगर हमारे यहाँ तो पहाड़ा ही उलट गया है…हाड़-तोड़ मेहनत के बाद जरा सी बढ़ी कमाई ने अब हमें अपनी ही नजरों में गिरा दिया है। हमने आय नहीं बढ़ाई बल्कि महँगाई कमाई है…यही तो कह रहे हैं न वित्त मंत्रीजी!!…जय हो!!!

□

(जनवरी 2011)

भरपूर भंडारों से निकली भूख

(भारत दुनिया को यह सिखा सकता है कि भरे हुए गोदामों के बावजूद भूख को कैसे सँजोया जाता है। करोड़ों की सब्सिडी लुटाकर ऐसी राशन प्रणाली बरसों-बरस कैसे चलाई जा सकती है, जिसे सुप्रीम कोर्ट भ्रष्टाचार वितरण प्रणाली ठहराता हो।)

भारत इस समय पूरी दुनिया को कई बेजोड़ नसीहतें बाँट रहा है। हम दुनिया को सिखा रहे हैं कि भरे हुए गोदामों के बावजूद भूख को कैसे सँजोया जाता है। कैसे 8 करोड़ परिवारों (योजना आयोग के मुताबिक, गरीबी रेखा से नीचे आनेवाले परिवार केवल 6 करोड़ हैं) को गरीब होने का सर्टीफिकेट यानी बीपीएल कार्ड तो मिल जाता है, मगर अनाज नहीं मिलता। करोड़ों की सब्सिडी लुटाकर ऐसी राशन प्रणाली बरसों-बरस कैसे चलाई जा सकती है, जिसे प्रधानमंत्री निराशाजनक कहते हों और सुप्रीम कोर्ट भ्रष्टाचार वितरण प्रणाली ठहराता हो। दरअसल भारत की खाद्य अर्थव्यवस्था खामियों की एक ग्रंथि बन गई है। आनेवाली हर सरकार इस गाँठ में असंगतियों का ताजा एडहेसिव उड़ेल देती है। सस्ता अनाज वितरण प्रणाली यानी टीपीडीएस (लक्षित सार्वजनिक वितरण प्रणाली), बीपीएल-एवीएल, अंत्योदय आदि कई घाटों पर पिछले बीस साल में कई बार डुबकी लगा चुकी है, लेकिन इसका मैल नहीं धुला। गरीबों की रोटी का जुगाड़, महँगाई पर नियंत्रण और अनाज उत्पादन को प्रोत्साहन···यही तो तीन मकसद थे खाद्य सुरक्षा नीति के! इन लक्ष्यों से नीति बार-बार चूकती रही; लेकिन सरकार की नई सूझ तो देखिए, वह इसी प्रणाली के जरिए भूखों को खाने की कानूनी गारंटी दिलाने जा रही है। संकट सिर्फ अभाव से ही नहीं, आदतों से भी आता है। केवल माँग-आपूर्ति का रिश्ता बिगड़ने से ही बाजार महँगाई के पंजे नहीं मारने लगता। कभी-कभी सरकारें भी बाजार को बिगाड़ देती हैं। बाजार में अनाज और अनाज के उत्पादों

की कीमतें काटने दौड़ रही हैं, लेकिन इस समय भारतीय खाद्य निगम के भंडारों में 200 लाख टन गेहूँ और 240 लाख टन चावल है, जो कि खाद्य सुरक्षा के भंडार मानकों का क्रमश: पाँच गुना व दोगुना है। सरकार रबी की ताजा खरीद को तैयार है, जबकि पहले खरीदा गया करीब 100 लाख टन अनाज खुले आसमान के नीचे चिड़ियों व चोरों की हिफाजत में है। इस भरे भंडार से महँगाई को कोई डर नहीं लगता, क्योंकि खुले बाजार में सरकारी हस्तक्षेप का कोई मतलब नहीं बचा है और अनाज के बाजार में माँग व आपूर्ति का गणित सटोरियों की उँगलियों पर है। रही बात गरीबों को राशन से सस्ता अनाज बाँटने की, तो वह न भरपूर भंडार के वक्त मिलता है और न किल्लत के वक्त।

विसंगतियों की खरीद

खाद्य सुरक्षा की बुनियाद ही टेढ़ी हो गई है। समर्थन मूल्य प्रणाली इसलिए बनी थी कि भारी उत्पादन के मौसम में सरकार निर्धारित कीमत पर अनाज खरीदकर एक निश्चित मात्रा में अपने पास रखेगी, जो महँगाई के वक्त बाजार में जारी किया जाएगा। इस भंडार से बेहद निर्धनों को सस्ता राशन भी दिया जाएगा। लेकिन यह तो महँगाई समर्थन मूल्य प्रणाली बन गई। इसने अनाज की कीमतों व आपूर्ति का पूरा ढाँचा ही बिगाड़ दिया है। सरकारें भंडार में पड़े पिछले अनाज की फिक्र किए बगैर हर साल अनाज खरीदती हैं। अनाज की माँग व आपूर्ति से बेखबर समर्थन मूल्य बाजार में अनाज की एक न्यूनतम कीमत तय कर देता है। सटोरियों व बाजार को मालूम है कि कुल उत्पादन का एक बड़ा हिस्सा बफर मानकों के तहत सरकार के गोदामों में चला जाएगा, इसलिए अनाज बाजार में हमेशा महँगाई का माहौल रहता है। मौजूदा वर्ष की तरह 1998 व 2002 में भी सरकारी भंडारों में निर्धारित मानकों का कई गुना अनाज जमा था और लाखों टन अनाज बाद में बाहर सड़ा था। अब सरकार अनाज की भारी खरीद करने वाली है। फिर पिछला भंडार खुले आसमान के नीचे सड़ेगा और सब्सिडी बजट को खोखला करेगी; लेकिन बाजार में अनाज की कीमतें टस से मस नहीं होंगी। रही बात किसानों की, तो उन्हें इस समर्थन मूल्य प्रणाली ने कभी आधुनिक नहीं होने दिया। किसान तो बाजार, माँग व आपूर्ति को देखकर नहीं, सरकार को देखकर अनाज उगाते हैं। सरकार इस प्रणाली से किसानों की आदत और अपना खजाना बिगाड़कर बहुत खुश है और उसका आर्थिक सर्वेक्षण पूरे फख्र के साथ इस विशेषता को स्वीकार करता है।

रोटी पर डाका

- भारत की राशन प्रणाली के तहत जारी आधा अनाज तो चोर-बाजारिए खा जाते हैं। गरीबी रेखा से नीचे आनेवाली आबादी के लिए निर्धारित करीब 55 फीसदी

अनाज राशन प्रणाली से रिस जाता है। खाद्य मंत्रालय राशन प्रणाली में अनाज के आवंटन और उठाव के आँकड़े जारी करता है, जबकि नेशनल सैंपल सर्वे राशन के अनाज की खरीद का सर्वेक्षण कर आँकड़े देता है। इन आँकड़ों के आधार पर रीतिका खेरा, शिखा झा और भारत रामास्वामी के अध्ययन ने साबित किया है कि राशन प्रणाली किस तरह विफल हो चुकी है।

स्रोत : आर्थिक समीक्षा 2010-11, वित्त मंत्रालय, भारत सरकार

बेअसर बिक्री

सरकार अगर आँख पर पट्टी बाँधकर अनाज खरीदती है तो कान पर हाथ रखकर उसे बाजार में बेचती है। हम बात कर रहे हैं अनाज की उस ओपन सेल की, जो खाद्य सुरक्षा नीति का दूसरा पहलू है। बताया जाता है कि सरकार उपभोक्ताओं को महँगाई के दाँतों से बचाने के मकसद से बाजार में अनाज रिलीज करती है। आप जानना चाहेंगे कि महँगाई रोकने के लिए अनाज किसे बेचा जा जाता है? आटा बनानेवाली मिलों को। हाल में सरकार ने करीब 1,240 रुपए क्विंटल की दर से अनाज बेचा, मगर आटा वही 20 रुपए किलो पर मिल रहा है। अनाज दरअसल छोटी मात्रा में खुदरा व्यापारियों या सीधे उपभोक्ताओं को मिलना चाहिए, मगर मिलता है बड़े व्यापारियों को। उस पर तुर्रा यह कि ओपन सेल अकसर बाजार की कीमत पर और कभी-कभी तो उससे ऊपर कीमत पर होती है। इसलिए व्यापारी भी सरकार का अनाज नहीं खरीदते। निष्कर्ष यह कि अनाज की सरकारी खरीद बाजार तो बिगाड़ देती है, मगर अनाज की सरकारी बिक्री से महँगाई का कुछ नहीं बिगड़ता।

फिर भी गरीब भूखा

अनाज की इतनी भारी खरीद, ऊँची लागत के साथ भंडारों का इंतजाम और राशन प्रणाली का विशाल तंत्र अगर देश के गरीबों को दो जून की सस्ती रोटी दे रहे होते तो इस महँगी कवायद को झेला जा सकता था। लेकिन इस प्रणाली से सिर्फ बरबादी व भ्रष्टाचार को नया अर्थ मिला है। हकीकत यह है कि देश में गरीबों की तादाद से ज्यादा बीपीएल कार्डधारक हैं और अनाज फिर भी नहीं बँटता। खाद्य सुरक्षा कानून बना रही सरकार भी यह मान रही है कि देश के जिन इलाकों में राशन प्रणाली होनी चाहिए, वहाँ नहीं है और जहाँ है, वहाँ उपभोक्ताओं को इसकी जरूरत नहीं है। ऊपर से गरीब का कोई चेहरा या पहचान नहीं है। सरकार की एक दर्जन स्कीमें और आधा दर्जन आकलन गरीबों की तादाद अलग-अलग बताते हैं। इसलिए गरीबों की गिनती से लेकर आवंटन तक हर जगह खेल है। नतीजा यह कि एक दशक में खाद्य सब्सिडी 9,000 करोड़ रुपए

से बढ़कर 47,000 करोड़ रुपए हो गई है; लेकिन राशन प्रणाली बिखरकर ध्वस्त हो गई। सरकार इसी ध्वस्त प्रणाली पर खाद्य सुरक्षा की गारंटी का कानून लादना चाहती है। इसमें गरीबों को सस्ता अनाज मिलना उनका कानूनी अधिकार बनाया जाएगा। यह बात अलग है कि गरीबों तक अनाज पहुँचाने की कोई व्यवस्था तब तक सफल नहीं हो सकती जब तक कि उनकी सही पहचान व गिनती न हो। हो सकता है, सरकार खाद्य कूपन देने या सीधी सब्सिडी की तरफ जाए; लेकिन उस प्रणाली में भी पहचान और मॉनीटरिंग का एक तंत्र तो चाहिए ही। ऐसा तंत्र अगर होता तो मौजूदा प्रणाली भी चल सकती थी। रही बात समर्थन मूल्य एवं बाजार में हस्तक्षेप की तो इन नीतियों के मोरचे पर नीम अँधेरा है। दरअसल जब अनाज के भरपूर भंडार और दुनिया के सबसे बड़े राशन वितरण तंत्र के जरिए गरीब के पेट में रोटी नहीं डाली जा सकी और महँगाई नहीं थमी तो खाद्य सुरक्षा कानून से बहुत ज्यादा उम्मीद बेमानी है। यह बात अलग है कि भूख से निजात की कानूनी गारंटी की बहस खासी दिलचस्प है।...भूख है तो सब्र कर, रोटी नहीं तो क्या हुआ, आजकल दिल्ली में है जेरे-बहस यह मुद्दआ।

□

(मार्च 2010)

बोया पेड़ बबूल का

(भारत ने पिछले दो दशकों में अपने खेतों में बदहाली उगाई और बाजार में माँग। आय, खपत व बाजार बढ़ा, मगर पैदावार घट गई। रोटियों की जद्दोजहद तो होनी ही है।)

पच्चीस रुपए किलो का आलू और चालीस रुपए किलो की चीनी खरीदते हुए किसे कोस रहे हैं आप? बेहतर होगा कि खुद को कोसिए! पहले तो इस बात पर कि आप उपभोक्ता हैं और दुनिया में सरकारें बहुसंख्य उपभोक्ताओं के बजाय मुट्ठी भर उत्पादकों की ज्यादा सुनती हैं और दूसरी बात यह कि आपने ही सरकार को वह 'बहुमत' दिया है, जिसमें मस्त नेताओं के लिए महँगाई अब मुद्दा ही नहीं (नॉन इश्यू) है। दरअसल हम वक्त पर कभी सही सवाल करते ही नहीं।...आपने अपने नेता से आखिरी बार कब यह पूछा था कि देश में पिछले चालीस वर्षों में फसलों का रकबा क्यों नहीं बढ़ा, जबकि खानेवाले पेट दोगुने हो गए? या चीन पिछले एक दशक में खेती में 9 फीसदी की विकास दर के साथ कृषि उत्पादों का बड़ा निर्यातक कैसे बन गया और भारत शुद्ध आयातक में कैसे बदल गया? याद कीजिए कि कब और किस चुनाव में उठा था यह सवाल कि भारत में पिछले एक दशक में हर आदमी को कम अनाज (प्रति व्यक्ति अनाज उपलब्धता) क्यों मिलने लगा, जबकि कमाई बढ़ गई है? या गरीब बँगलादेश और रेगिस्तानी इजिप्ट (मिस्र) के खेत भारत से ज्यादा अनाज क्यों देते हैं?...यकीन मानिए, आपको छेद रही महँगाई की बरछियाँ इन्हीं सवालों गे निकली हैं। मंदी आई और गई, शेयर बाजार गिरा और चढ़ा, सरकारें गईं और आईं; मगर इन सबसे बेअसर जिद्दी महँगाई पिछले दो-ढाई साल में हमारे आर्थिक तंत्र में पैबस्त हो गई है। सरकार अब दयनीय विमूढ़ता में है। आयात नामुमकिन है और देश लगभग खाद्य आपातकाल की तरफ मुखातिब है।

सरासर गलत दिलासे

हम आपको आटा-दाल का भाव क्या बताएँ? हम तो आपको उन दिलासों की असलियत बताना चाहते हैं, जो महँगाई की जिम्मेदारी से बचने के लिए दिए जाते हैं। सरकार का चेहरा छिपानेवाली अंतरराष्ट्रीय पेट्रो कीमतें गिर चुकी हैं, मगर महँगाई चढ़ी हुई है। अब तो इस महँगाई से मुद्रा के प्रवाह का भी कोई रिश्ता नहीं रहा। यह अब तक की सबसे पेचीदा और कड़ियल महँगाई है, जिसे कई अहम क्षेत्रों की लंबी उपेक्षा ने गढ़ा है। भारत ने इससे पहले भी महँगाई के दौर देखे हैं। सत्तर, अस्सी, नब्बे के दशक औसतन 7 से 9 फीसदी की महँगाई के थे। वर्ष 1974-75 में महँगाई 25 फीसदी तक गई थी और 1980-81 में 18.2 फीसदी तथा 1991-92 में 13.2 फीसदी तक। लेकिन ताजा महँगाई उनसे अलग है। 1974 की महँगाई सूखे में खरीफ की तबाही से उपजी थी, जबकि '80 की महँगाई को खेती की असफलता व तेल की कीमतों में तेजी ने गढ़ा था। मत भूलिए कि पिछले साल देश में दशक का सबसे अच्छा खाद्यान्न उत्पादन हुआ था, मगर तब भी खाने की कीमतें मार रही थीं और अब जब खरीफ कुछ नरम-गरम रही, तब भी महँगाई का कहर जारी है। भारत में महँगाई अब आम लोगों को मारने के लिए मौसम या दुनिया के बाजार की मोहताज नहीं है। सरकार के नीतिगत अपकर्मों ने उसे बला की ताकत दे दी है।

तब क्या होगा

- वर्ष 2030 में क्या होगा, जब भारत की आबादी 1.6 अरब हो जाएगी, यानी चीन से ज्यादा। 7-8 फीसदी सालाना की दर से बढ़ती आय के कारण खाद्य उत्पादों की माँग कैसे पूरी होगी। खेती के लिए जमीन भी घट जाएगी, क्योंकि शहर जमीन निगल चुके होंगे। खेती को भारी निवेश चाहिए, मगर सरकार कल्याणकारी स्कीमों में खर्च करती है, उत्पादकता बढ़ाने की योजनाओं में नहीं। गरीबों को रोटी की गारंटी देनेवाले प्रस्तावित खाद्य सुरक्षा कानून पर खर्च करीब 1 खरब रुपए होगा यानी देश के जीडीपी का करीब 2 फीसदी। मगर खेती निवेश को तरसती रहेगी, जिससे निर्धनों की सबसे बड़ी आबादी जुड़ी है।

स्रोत : केंद्रीय सांख्यिकी संगठन, भारत सरकार

...आम कहाँ से खाय

भारतीय कृषि की करुण कथा बहुत लंबी है। हम इसे सुनाना भी नहीं चाहते। आप केवल खेती की चर्चा के जरिए ताजा महँगाई के काँटों की जड़ें देखिए, जिनकी तलाश के लिए कोई खुर्दबीन नहीं चाहिए। हिसाब बड़ा साफ है कि पिछले दो दशकों

में देश की आबादी 20 से 24 फीसदी की (वर्ष 1991 में करीब 24 और 2000 में 22 फीसदी) प्रति दशक गति से बढ़ी, मगर अनाज उत्पादन बढ़ने की दर दो दशकों में 11 व 18 फीसदी रही है। भूल जाइए कि अधिकांश सांसद अपना पेशा किसान बताते हैं, भारत में (3,124 किग्रा) एक हेक्टेयर जमीन में तो बँगलादेश (3,904 किग्रा) के बराबर भी धान नहीं पैदा होता। गेहूँ की प्रति हेक्टेयर उपज में मरुस्थलीय इजिप्ट (6,455 किग्रा) हमसे ढाई गुना आगे है। बीस साल में भूखे पेटों की आबादी दोगुना करनेवाले देश में कुल बुआई क्षेत्र तीन दशक से 140 से 141 मिलियन हेक्टेयर पर लटका है। हैरत में पड़ना जरूरी है कि भारत में अनाज की प्रति व्यक्ति वार्षिक उपलब्धता 1991 में 171 किग्रा से घटकर अब 150 किग्रा पर आ गई है। यह बात सिर्फ गेहूँ-चावल की है। दालें तो वर्षों से पतली हैं। 1.3 अरब पेटों को पाल रहे चीन में प्रति व्यक्ति 404 किग्रा अनाज उपलब्ध है। करीब डेढ़ दशक पहले तक विश्व खाद्य कार्यक्रम के तहत अनाज का दान लेनेवाला चीन खेती की सूरत बदलकर दुनिया के अनाज बाजार का बड़ा खिलाड़ी बन गया है और आज अनाज उत्पादन बढ़ाने की प्रयोगशाला है। इसके विपरीत भारत खाने की स्थायी किल्लत का केंद्र बनता जा रहा है। भारत ने पिछले दो दशकों में अपने खेतों में बदहाली उगाई और बाजार में माँग। आय, खपत व बाजार बढ़ा, मगर पैदावार, खेत, अनुसंधान घट गया। रोटियों की जद्दोजहद तो होनी ही है।

महँगाई का उदारीकरण

दो दशकों में देश के कुल आर्थिक उत्पादन में खेती का हिस्सा लगभग तीन गुना (55 फीसदी से 15 फीसदी) घट जाना आपको अचरज में नहीं डालता? उगानेवाले और खानेवाले हाथों के बीच संतुलन अब बिगड़ गया है। असंतुलन पहले भी था, मगर तब आय कम थी। उद्योग व सेवा क्षेत्रों के बूते बढ़ी आय ने लोगों को ताजा क्रय शक्ति दे दी है, जिसे वह किल्लतवाले खाद्य बाजार पर चलाकर माँग व आपूर्ति के संतुलन को कायदे से बिगाड़ रहे हैं। उत्पादन कम हो तो उदार बाजार मुश्किलों का सौदा करता है। खाद्य प्रसंस्करण, स्नैक्स और कृषि उपज-आधारित मूल्य-वर्धित उत्पादों का बाजार अनाज का विशाल व संगठित, नया ग्राहक है। सबको निवाला न दे पानेवाली खेती इन्हें भी आपूर्ति करती है। इन्हें खूब मुनाफा होता है। वक्त के साथ जमाखोरी के ढंग बदल रहे हैं। किल्लत की दुनिया में वायदा बाजार भी खूब चमकता है और मुश्किलें बढ़ाता है। यह महँगाई का उदारीकरण है। खेती में उत्पादक व उपभोक्ता के हितों के बीच संतुलन की बहस अंतरराष्ट्रीय है।

भारत की खाद्य अर्थव्यवस्था में उत्पादक घटे हैं, जबकि उपभोक्ता बढ़ रहे हैं।

आदर्श स्थिति में नीतियाँ उपभोक्ताओं के हित में होनी चाहिए, क्योंकि उत्पादक भी किसी-न-किसी स्तर पर उपभोग करता है। लेकिन यहाँ तो साफ ही नहीं कि खेती की किस्मत लिखनेवाली नीतियाँ किसानों के लिए हैं या उपभोक्ताओं के लिए। अगर पूरी राजनीति खेती के हक में है तो उत्पादकों को बाजार खाद्य सामग्री से भर देने चाहिए। फिर दाल, रोटी, सब्जी की आपूर्ति कम क्यों है? महँगाई क्यों निचोड़ रही है? और अगर खेती का उत्पादन नहीं बढ़ सकता तो फिर आयात खुलना चाहिए, जैसा कि दुनिया के कई मुल्क करते हैं। भारत की खाद्य अर्थव्यवस्था में उपभोक्ता पिसता है और उत्पादक का राजनीतिक इस्तेमाल होता है।...कोई तीसरा है, जो मालामाल होता है? हमने कभी पूछा नहीं कि यह तीसरा आदमी कौन है? बस, शांति के साथ महँगाई सहने की आदत डाल ली है। तो आइए, खुद को शाबाशी तो दीजिए, आनेवाली पीढ़ियाँ आपके त्याग की कथाएँ गाएँगी!

□

(दिसंबर 2009)

पड़ गई न आदत

(महँगाई गरीबी की पक्की दोस्त होती है। गरीबी से निजात मिलने में हमें देर लगेगी, क्योंकि हम स्थायी महँगाई के आदी हो चले हैं।)

भारतीय अर्थव्यवस्था की प्रकृति में सबसे नया परिवर्तन क्या है? मंदी को लेकर दिमागी ऊर्जा मत गँवाइए। इस फ्लू में तो हम पूरी दुनिया के साथ ही छींक-खाँस रहे हैं। बदलाव दरअसल यह है कि भारत अब एक महँगे उपभोक्ता बाजारवाला मुल्क बन गया है। चौंकिए मत! लंबी व स्थायी महँगाई अर्थव्यवस्था का सबसे नया व बड़ा परिवर्तन है। महँगाई अब मौसम के मिजाज पर अपना मूड नहीं बदलती। महँगाई अब माँग व आपूर्ति के समीकरणों पर कान नहीं देती। महँगाई रिजर्व बैंक की मौद्रिक कोशिशों को ठेंगे पर रखती है। उपभोग के बदलते ढंग व बाजार ने महँगाई की गुत्थी को पिछले डेढ़ साल में काफी सख्त कर दिया है। सरकार थककर निढाल हो गई है और हमें महँगाई की आदत पड़ गई है।

…रहे हमेशा संग

महँगाई का यह संग कुछ ज्यादा ही लंबा हो गया है, क्योंकि महँगाई के ताजे चरण मार्च 2008 में पड़े थे। उपभोक्ता मूल्यों की महँगाई पिछले लगातार औसतन 10 फीसदी से ऊपर रही है। यह महँगाई अतीत के मुकाबले अनोखी व वर्तमान से पूरी तरह अप्रभावित है। पिछले साल देश में रिकॉर्ड अनाज उत्पादन हुआ। औद्योगिक उत्पादन भी बढ़ा (वृद्धि दर कम थी), मगर महँगाई रिकॉर्ड बनाती रही। यानी कि आपूर्ति कम हो या ज्यादा, महँगाई के ठेंगे से। पिछला साल मंदी, यानी कि माँग कम होने का था। माँग कम हो तो कीमतें घटती हैं, मगर महँगाई नहीं घटी। अर्थात् न इस

पर माँग कम होने की कला चली और न आपूर्ति बढ़ने की। महँगाई ने अपना मौसमी चरित्र भी छोड़ दिया। अब वह एक रहस्यमय ताकत के साथ जमी है और बढ़ रही है। विद्वान् कहते हैं कि मुद्रास्फीति यानी महँगाई एक मौद्रिक परिदृश्य है। इस जमात का मानना है कि रिजर्व बैंक मुद्रा-आपूर्ति के नल को खोल-बंद कर महँगाई को अपनी उँगलियों पर नचा सकता है। माँग आपूर्ति और मौसमी समीकरण तो बेअसर हुए ही, मुद्रा आपूर्ति के सूत्रधार भी इस महँगाई से हार गए। नवंबर 2007 से लेकर अभी हाल तक रिजर्व बैंक कितनी बार पैंतरा बदल चुका है। महँगाई आती देख बैंक ने नवंबर 2007 में मुद्रा आपूर्ति पर सीआरआर का ढक्कन कसा और यह दर बढ़ते-बढ़ते अगस्त 2008 में 9 फीसदी हो गई। मगर इसके बाद उसने सीआरआर घटाई और अप्रैल 2009 में यह 5 फीसदी पर आ गई। रिजर्व बैंक ने पिछले कुछ माह में अपना पूरा नीतिगत कत्थक कर लिया, मगर महँगाई टस से मस नहीं हुई। अंततः रिजर्व बैंक ने मान लिया कि खाने-पीने की चीजों की महँगाई पर उसके मौद्रिक मंत्रों का कोई असर नहीं होता।

...किंग का फॉर्मूला

- मध्य युगीन यूरोप में लोग अपनी आधी कमाई खाने पर खर्च करते थे, उसमें भी आधी ब्रेड पर। इसलिए कि कमी से कीमत बढ़ने का हिसाब इंग्लैंड में सत्रहवीं सदी से ही शुरू हो गया था। एक ब्रितानी नौकरशाह ग्रेगरी किंग ने एक फॉर्मूला बनाया था, जिसके मुताबिक अगर आपूर्ति करीब 10 फीसदी घटती है तो कीमतों में 30 फीसदी का इजाफा होता है।

स्रोत : फाल्स इकोनॉमी (2009), एलन बिआटी

निवाले के लाले

महँगाई की ताजा प्रकृति हैरतअंगेज है। सारी तेजी मानो निवाले पर फट पड़ी है। क्या आपको पता है कि थोक मूल्योंवाली महँगाई, जो अभी शून्य पर थी, उसमें खाद्य उत्पादों का सूचकांक करीब 15 फीसदी की वृद्धि दिखा रहा था, जो कि इस दशक का सबसे ऊँचा स्तर है। अप्रैल तक बारह माह के दौरान उपभोक्ता मूल्य सूचकांक पर खाने-पीने की चीजों में महँगाई दर 13 फीसदी थी, जो महँगाई की आग मिले सूखे के ईंधन के बाद 26 फीसदी के आसपास पहुँच रही है। अंतरराष्ट्रीय कारक औद्योगिक उत्पादों की महँगाई बढ़ा सकते हैं, क्योंकि कच्चे माल, ईंधन, पूँजी आदि दुनिया के बाजार के इशारे पर नाचते हैं। मगर खाने-पीने की बुनियादी चीजों का स्रोत तो देशी है। सरकार कच्चे तेल की कीमतें बढ़ने जैसे बोदे तर्कों के पीछे खुद को

छिपा लेती है, लेकिन उसके ज्ञानी-गुणवंत यह नहीं बता पाते कि हर कोशिशों के बावजूद खाने-पीने की चीजें सस्ती क्यों नहीं हुईं। जबकि पिछले एक साल के दौरान सरकार अच्छे कृषि उत्पादन, कर दरों में रियायत, उदार आयात आदि का ढोल बजाती रही है।

परदे के पीछे

पिछले अठारह माह में माँग आपूर्ति, मौद्रिक प्रयास, कर रियायतें, उत्पादन आदि लगभग सभी मोरचों पर एक साथ बहुत कुछ ऐसा हुआ है, जिससे महँगाई घटनी चाहिए थी, मगर यह नामुराद कुछ ज्यादा जिद्दी हो गई। आखिर वजह क्या है? दरअसल महँगाई में अब प्रत्यक्ष के बजाय परोक्ष कारक ज्यादा बड़ी भूमिका निभा रहे हैं, जो माँग व आपूर्ति या मौद्रिक चश्मे से महँगाई को देखने पर नजर नहीं आते। पहला कारण—देश में लगभग हर तरह के कारोबार की लागत सेवाओं का बड़ा हिस्सा है और माल ढोने से लेकर पैकिंग, वितरण, फोन तक सेवाएँ भी सैकड़ों किस्म की हैं। उपभोक्ताओं के उपभोग खर्च में अब आधे से ज्यादा पैसा सेवाओं पर जाता है। कीमतें इनकी भी बढ़ी हैं, जो उत्पादों की महँगाई में जुड़ती हैं, मगर हमें नहीं दिखतीं। दूसरा कारण बुनियादी ढाँचे की अपनी एक परोक्ष लागत है, जो महँगी बिजली, खराब सड़कों, ट्रैफिक में ईंधन की खपत आदि से बनती है और जिंसों व उत्पाद की कीमत में जुड़ जाती है। तीसरा कारण—सरकार बाजार से हार गई है। बाजार अब उसकी नहीं सुनता। सूचनाओं के तेज प्रवाह के कारण व्यापारी बाजार को पहले भाँप लेते हैं। जमाखोरी के नए रास्ते व तकनीकें मौजूद हैं। थोक और खुदरा बाजार के बीच की विभाजक रेखा धुँधली हो रही है। रिटेल में प्रतिस्पर्धा और प्रोसेस्ड व पैकेज्ड खाद्य सामग्री के चलन ने मोटी जेबवाले थोक ग्राहकों का एक नया वर्ग खड़ा कर दिया है, जिनके पास सूचना, साधन और सुविधा सबकुछ है।

पुरानी बीमारी

- जमाखोरी की बीमारी पुरानी है। मध्य युगीन इंग्लैंड में फॉरेस्टालिंग नाम का एक कानून था, जो बड़े पैमाने पर खाद्य उत्पाद खरीदकर बाद में महँगी कीमत पर बेचने को प्रतिबंधित करता था। यहाँ तक कि प्राचीन रोम में भी सम्राट् के कारिंदे बाजार में हस्तक्षेप कर कीमतें थामने की कोशिश करते थे। जबकि कारोबारी बाहर के बाजारों में कमाई के मौके तलाशते थे। खाद्य महँगाई के दौरान 1516 में लंदन के लॉर्ड मेयर बंदरगाहों पर अपने एजेंट भेजकर यह पड़ताल कराते थे कि शहर के लिए आया अनाज कहीं बाहर तो नहीं जा रहा है।

सब्जी व फल-फूल जैसी जल्दी खराब होनेवाली सामग्री का कारोबार दुनिया को डच लोगों से मिला, लेकिन कीमतें बढ़ने से व्यापारी सरकार के निशाने पर होते थे।

स्रोत : फाल्स इकोनॉमी (2009), एलन बियाटी

मूल्य–वृद्धि एक पेचीदा आर्थिक तत्त्व है। कमाई व निवेश के लिए इसका होना जरूरी है, मगर बेहाथ होना जोखिम भरा। जिस देश में 30 फीसदी आबादी के लिए दो जून का जुगाड़ ही जिंदगी हो, वहाँ निवाले का लगातार कीमती होते जाना खतरनाक है। बढ़ती कीमतें हमेशा बढ़ी हुई आय के फायदे चाट जाती हैं, इसलिए महँगाई गरीबी की पक्की दोस्त होती है। गरीबी से निजात मिलने में हमें देर लगेगी, क्योंकि हम स्थायी महँगाई के आदी हो चले हैं।

□

(सितंबर 2009)

यहु ठग ठगत सकल जग डोलै

(भ्रष्टाचार, काला धन, टैक्स हैवेन, घोटाले)

अमावस की लक्ष्मी

(कर स्वर्गों के दरवाजे खोलने चले दुनिया के सबसे ताकतवर मुल्क हारकर बैठ गए हैं। खरबों डॉलर की काली कमाई छिपाए ये जन्नतें पूरे विश्व की आँखों में धूल झोंक रही हैं।)

देवी सूक्त कहता है, लक्ष्मी श्वेत परिधान धारण करती हैं। अमृत के साथ, समुद्र से जनमी शुभ व पवित्र लक्ष्मी सबको समृद्धि बाँटती हैं, किंतु यह बेदाग लक्ष्मी मानो दुनिया के आँगन से रूठ ही गई है। यहाँ तो अमावस जैसी काली लक्ष्मी पूरे विश्व में जटा खोले अघोर नृत्य कर रही है। यह लक्ष्मी करों के स्वर्ग (टैक्स हैवेन) में निवास करती है और बड़े-बड़ों के हाथ नहीं आती। काली लक्ष्मी का दीवाली अपडेट यह है कि कर स्वर्गों के दरवाजे खोलने चले दुनिया के सबसे ताकतवर मुल्क हारकर बैठ गए हैं। खरबों डॉलर छिपाए दुनिया के 72 कर स्वर्ग पूरे विश्व को फुलझड़ियाँ दिखाकर बहला रहे हैं। अमेरिका, ब्रिटेन, जर्मनी ने बीते एक साल में इन स्वर्गों को धमका-फुसलाकर अपनी काली लक्ष्मी की कुछ खोज-खबर हासिल भी कर ली, मगर भारत तो बिलकुल गया-बीता है। कर स्वर्गों को दबाने के बजाय हमारी सरकार काले धन की जाँच रोकने के लिए अदालत के सामने गिड़गिड़ा रही है। दीपावली पर शुद्ध और पवित्र लक्ष्मी की आराधना करते हुए काली लक्ष्मी की ताकत बढ़ने की खबरें हमें मायूस करती हैं।

ताकतवर मायाजाल

भारतीय पिछले सप्ताह जब महँगाई में दीवाले का हिसाब लगा रहे थे, तब दुनिया को यह पता चला कि वित्तीय सूचनाएँ छिपानेवाले मुल्कों की संख्या 72 (2009 में 60) हो गई है। प्रतिष्ठित संगठन टैक्स जस्टिस नेटवर्क की ताजा पड़ताल ने यह भ्रम खत्म कर दिया कि कर स्वर्गों के खिलाफ जी20 देशों की दो साल पुरानी मुहिम को कोई

कामयाबी मिली है। कर स्वर्ग में करीब 11.5 ट्रिलियन डॉलर छिपे हैं। काली लक्ष्मी के इन अंत:पुरों में करीब 50 फीसदी।

टैक्स हैवेन के जनक

- 'टैक्स हैवेन' शब्द 1950 से प्रचलन में आया, मगर इस खेल की शुरुआत 1920-30 से हो गई। अमेरिका के न्यूजर्सी और डेलवेयर में 19वीं शताब्दी के अंत में इजी इनकॉरपोरेशन यानी आसानी से कंपनियाँ बनाने या कब्जाने की छूट दी गई। स्विट्जरलैंड ने एक पिछड़े हुए कस्बे जुग (ज्यूरिख के करीब) ने 1920 के करीब कंपनियाँ बनाने के लिए इसी मॉडल को अपनाया था। इसी बीच ब्रिटेन ने अपने यहाँ टैक्स दिए बगैर कंपनी बनाने की छूट दे दी। इजी इनकॉरपोरेशन और टैक्स फ्री कंपनी आज भी पूरी दुनिया के टैक्स हैवेन में सबसे आजमाए गए कानूनी मॉडल हैं। इधर ऑस्ट्रिया व स्विट्जरलैंड के बीच मौजूदा छोटी सी रियासत लीचेंस्टीन 1920 में अपने कानून बदलकर स्वर्ग बन चुकी थी। ज्यूरिख-जुग-लीचेंस्टीन की तिकड़ी को दुनिया का पहला स्थागित टैक्स हैवेन माना जाता है। लक्जमबर्ग पहला देश था, जिसने 1929 में होल्डिंग कंपनी बनाने की छूट दी। फिर क्या था, 1960 से 1990 के बीच केमैन आइलैंड, सिंगापुर, बहरीन, आइल ऑफ मैन सहित करीब 100 टैक्स हैवेन दुनिया में खेलने लगे। टैक्स जस्टिस नेटवर्क के मुताबिक, सभी टैक्स हैवेन छोटे-छोटे द्वीपों में केंद्रित हैं और इसमें 70 के करीब टैक्स हैवेन दुनिया के प्रमुख वित्तीय बाजारों से सीधे जुड़े हैं।

स्रोत : हिस्ट्री ऑफ टैक्स हैवेन्स (2009), रोनेन वैलेन
www.historyandpolicy.org

पैसा (1.6 ट्रिलियन डॉलर—ग्लोबल फाइनेंशियल इंटीग्रिटी रिपोर्ट, 2006) विकासशील देशों से जाता है। इनके कारण विकासशील देश हर साल करीब 1 ट्रिलियन डॉलर का टैक्स गँवाते हैं। पैसा भेजनेवाले पाँच प्रमुख देशों में भारत शामिल है। चीन इनका अगुआ है। टैक्स जस्टिस नेटवर्क का फाइनेंशियल सीक्रेसी इंडेक्स 2011 बताता है कि केमैन आइलैंड फिर फलने-फूलने लगा है, जहाँ अब सूचना सार्वजनिक करना क्या, माँगना भी अपराध है। पारदर्शिता की प्रत्येक कोशिश को अँगूठा दिखाता हुआ स्विट्जरलैंड इस सूचकांक में शिखर पर है। यूरोपीय समुदाय की नाक के नीचे मौजूद लक्जमबर्ग वित्तीय गोपनीयता का दाग है। घाना व बोत्सवाना इस कुनबे के नए सदस्य हैं। मॉरीशस भारत का सिरदर्द है और वर्जिन आइलैंड चीन का। जर्से लंदन के वित्तीय बाजारों से दोस्ती रखता है, जबकि सिंगापुर पश्चिम के कर स्वर्गों का धंधा छीन रहा है।

एनजीओ एक्शन एड ने भी इस सप्ताह बताया कि ब्रिटेन की 98 फीसदी बड़ी कंपनियों ने कर बचाने के लिए टैक्स हैवेन नौ हजार कंपनियाँ बना रखी हैं। चार प्रमुख ब्रितानी बैंकों—बार्कलेज, एचएसबीसी, लॉयड्स और आरबीएस की करीब 1,650 कंपनियाँ कर स्वर्गों में काम कर रही हैं और गूगल ने भी मुनाफे को आयरलैंड, नीदरलैंड, बरमूडा में घुमाते हुए (डबल आयरिश या डबल डच सैंडविच) करीब 1 अरब डॉलर का टैक्स बचाया।

स्वर्गों से दो-दो हाथ

काली लक्ष्मी की बढ़ती ताकत लोगों का गुस्सा बढ़ा रही है। वित्तीय संकटों में इस दौर में अमेरिका, ब्रिटेन, जर्मनी में भी लोग कालिख के खेल पर आंदोलित हैं। सरकारें जबरदस्त दबाव में हैं, इसलिए अमेरिका तो स्विस बैंकों पर चढ़ दौड़ा और 20 अरब डॉलर के एक मुकदमे के साथ अगुआ स्विस बैंक यूबीएस की गरदन दबाकर अमेरिकियों के 2,000 खातों का सच निकाल लिया। अमेरिका का शिकंजा मजबूत है। बैंकों को रास्ते पर लानेवाले नए डॉड-फ्रैंक कानून से अमेरिका दुनिया भर के बैंकों से चोरी जानकारी निचोड़ रहा है। कर स्वर्गों के आँगन में कुछ ताजा आतिशबाजी ब्रिटेन व जर्मनी ने की है। ब्रिटेन ने स्विस सरकार के साथ सीधा समझौता ही कर लिया, जिसके तहत स्विस बैंक अपने यहाँ जमा ब्रितानियों के पैसे पर 34 फीसदी टैक्स लगाएँगे, जिससे ब्रिटेन को 5 अरब पाउंड तक मिलेंगे। कर स्वर्गों से यह समझौता विवादित है, मगर ब्रिटेन ने अपनी जनता को दिखाने के लिए कुछ तो हासिल कर ही लिया है। इस तरह के समझौते की राह जर्मनी ने दिखाई। जर्मन-स्विस करार के तहत स्विस जर्मन खातों पर 26 फीसदी टैक्स लगाएँगे। जर्मनी को 2 अरब स्विस फ्रैंक का अग्रिम कर भुगतान भी मिल रहा है। 50 अरब यूरो का जर्मन काला धन छिपाए लक्जमबर्ग पर जर्मन अधिकारियों का शिकंजा कस गया है। बेल्जियम, गुअनर्से, आइल ऑफ मैन को अपने नियम बदलने पड़े हैं। कुल जमा हिसाब यह कि बड़े देशों ने जब अपनी पूरी ताकत झोंक दी है, तब जाकर काली लक्ष्मी के मायाजाल का एक छोटा हिस्सा खुल सका है।

स्विस बैंक व केमैन आइलैंड

- स्विट्ज़रलैंड ने टैक्स हैवेन का धंधा वर्ष 1930 की मंदी से डरकर शुरू किया था। आज यह मुल्क दुनिया की करीब 2 ट्रिलियन डॉलर की काली कमाई सँभालता है। 1934 में बना स्विस बैंक ऐक्ट वित्तीय गोपनीयता का चरम है जिसमें कोई भी पूछताछ या पड़ताल अपराध है। जीडीपी में करीब 11 फीसदी के हिस्से के

साथ यह काली बैंकिंग आज स्विस अर्थव्यवस्था की जान है। एक दूसरा मशहूर टैक्स हैवेन, केमैन आइलैंड 1960 की शुरुआत में अनजान कस्बा था। कैरेबियन वकील, मिल्टन ग्रुंडी ने 1967 में कैमेन का ट्रस्ट लॉ तैयार किया और जिसके जरिए केमैन टैक्स हैवेन बन गया। ग्रुंडी लिखता है कि तब केमैन में केवल एक बैंक और एक पक्की सड़क थी। फोन तक नहीं थे। लेकिन कुछ ही माह बाद ग्रैंड कैमन के हवाई अड्डों पर प्राइवेट जेट उतरने लगे।

स्रोत : हिस्ट्री ऑफ टैक्स हैवेन्स (2009), रोनेन वैलेन,
www.historyandpolicy.org
ट्रुथ अबाउट टैक्स हैवेन्स, निकोलस सैक्सन— द गार्जियन, जनवरी 2010

हार का उपहार

काली लक्ष्मी को बाँधने की लड़ाई में हम यानी भारत सबसे दरिद्र है। जो देश काले धन की पारदर्शी जाँच से भी डरता हो वहाँ कालिख का अघोर अगर खुलकर न खेले तो और क्या हो। काले धन के खिलाफ दो साल की अंतरराष्ट्रीय मुहिम में अमेरिका, जर्मनी और ब्रिटेन ने कुछ जीत तो दर्ज की है, हमारे पास तो ठोस चौबीस कैरेट की हार है। सुप्रीम कोर्ट ने सख्ती दिखाई तो काले धन के कारोबारी नहीं बल्कि सरकार डर गई। अदालत में किसी सरकार ने कहा कि उसे उच्च स्तरीय जाँच नहीं चाहिए।...कुछ तो है जिसकी परदादारी है!...सुप्रीम कोर्ट की बेंच की राय भी बँट गई और काले धन की जाँच अधर में लटक गई। कर स्वर्गों में दुनिया का पाँचवाँ सबसे बड़ा अवैध निवेशक भारत स्विस बैंकों या अन्य कर स्वर्गों से पैसा या सूचना लेना तो दूर, बाल भी टेढ़ा नहीं कर सका। हाल में स्विस दौरे से लौटीं राष्ट्रपति से लेकर वित्त मंत्री तक सूचना के आदान-प्रदान के सतही समझौतों से खुश हैं, जबकि टैक्स जस्टिस नेटवर्क जैसी पड़तालें यह बताती हैं कि स्विस बैंक, केमैन, वर्जिन आइलैंड आदि कितने ही पारदर्शिता अनुबंध हवा में उड़ाते रहे हैं। उनका गोपनीयता घेरा कई स्तरोंवाला है और भारत जैसों की कोशिशें सिर्फ सतह से सूचनाएँ खुरचकर खुश हो जाती हैं। असली घी निकालने के लिए उँगली टेढ़ी करनी पड़ती है और वह ताकत हमारे पास नहीं है।

लूट जारी है...

- टैक्स हैवेन देशों में भारत से हर साल 56,000 करोड़ रुपए जा रहे हैं, यानी देश से बाहर जानेवाली विदेशी मुद्रा का करीब 20 फीसदी हिस्सा। यह सबसे ताजा आधिकारिक व सनसनीखेज तथ्य है, जो रिजर्व बैंक के विदेशी मुद्रा विनिमय आँकड़ों से निकला है। यह जानकारी 2010 में भारत के सीएजी ने आयकर

विभाग के ऑडिट के जरिए वित्त मंत्रालय को दी। सीएजी की यह पड़ताल हसन अली का मामला खुलने के बाद की है, जो भारत से टैक्स हैवेन को पैसा जाने का पहला अधिकृत मामला है।

स्रोत : अनिवासी भारतीयों पर कर, सीएजी रिपोर्ट (2010)

दीपावली यानी कार्तिक की इस मूढ़ अँधेरी महा अमावस्या के स्वभाव से तो काली लक्ष्मी ही मेल खाती है। यह तंत्र-पूजा की महारात्रि (असम व बंगाल में काली-पूजन की रात्रि) भी है। हमारी पारंपरिक पवित्र, अमृत सहोदरा, अन्न-धनवाली कमला इस रहस्यमय अमावस में फिट नहीं बैठती। कार्तिक की इस अँधेरी अमावस में अगर किसी वैदिक अवधारणा (अंधकार और प्रकाश का एक ही स्रोत) के सहारे लक्ष्मी को सेट भी कर दिया जाए तब भी श्रम से मिली पवित्र लक्ष्मी का पूजन या उत्सव इस महँगाई में बहुत कठिन है। अलबत्ता काली लक्ष्मी का मायाजाल खत्म होने की प्रार्थना करने से किसने रोका है। इस दीपावली यही सही।...शुभकामनाएँ।

□

(दीपावली 2011)

कालिख का फंदा

(हम अब चिंदी चोर तरीकों से लेकर बेहद साफ-सुथरे रास्तों तक से काला धन बनाने में महारथ रखते हैं। काला धन तो कब का अपराध, शर्म या समस्या की जगह सुविधा, स्वभाव, संस्कार और आवश्यकता बन चुका है।)

ब्रह्म को काले धन की भाँति अनुभव करो। अदृश्य, निराकार काला धन हमारे भीतर परम सत्ता की तरह धड़कता है।…जिज्ञासु भक्त बाबा के वचनों से कृतार्थ हुआ और ब्रह्म को छोड़ काले धन के जुगाड़ में लग गया, क्योंकि इस कालिख को जानने लिए किसी तप की जरूरत नहीं है। यह तो सरकार है, जो काला धन तलाशने के लिए समितियाँ छोड़ रही है। हमें खुद पर तरस आना चाहिए कि सरकार उस ऐलानिया सच पर आजादी के चौंसठ साल बाद अब कसमसा रही है, जो नागरिक, प्रशासनिक, राजनीतिक और आर्थिक जीवन के पोर-पोर में भिदकर हमारी लत बन चुका है। मत कोसिए लाइसेंस-परमिट राज को, काले धन की असली ग्रोथ स्टोरी उस बदनाम दौर के बाद लिखी गई है। मत बिसूरिए बंद अर्थव्यवस्था को, उदार आबोहवा ने कालिख को पंख लगा सर्वव्यापी कर दिया है। मत रहिए इस गफलत में कि ग्रोथ और आय बढ़ना हर मुश्किल का हल है, विकास के साथ लूट भी बढ़ती है। भारत में काले धन की पैदावार के लिए तरक्की का मौसम ज्यादा माफिक बैठा है। कानून काला धन पैदा कराते हैं। बाजार इसे छिपाता है और न्याय का तंत्र इसे पोसता है। हम अब चिंदी चोर तरीकों से लेकर बेहद साफ-सुथरे रास्तों तक से काला धन बनाने में महारथ रखते हैं। काला धन तो कब का अपराध, शर्म या समस्या की जगह सुविधा, स्वभाव, संस्कार और आवश्यकता बन चुका है।

किल्लत की कालिख

भारत की 99.5 फीसदी आबादी कोटा, लाइसेंस, परमिट नहीं चाहती। सांसद विधायक, मंत्री, राजदूत बनने की उसे तमन्ना नहीं है। उसे तो सही कीमत व समय पर बुनियादी सुविधाएँ और जीविका व बेहतरी के न्यायसंगत मौके चाहिए, जिनकी सबसे ज्यादा किल्लत है। भारत का अधिकांश भ्रष्टाचार सेवाओं की कमी से उपजता है। उदारीकरण में सुविधाओं और सेवाओं की माँग बढ़ी, आपूर्ति नहीं। रेलवे रिजर्वेशन से लेकर अनापत्ति प्रमाण-पत्र तक, स्कूल दाखिले से लेकर इलाज तक : हर जगह माँग व आपूर्ति में भयानक अंतर है, जो कुछ लोगों के हाथ में देने और कुछ को उसे खरीदने की कूवत दे देता है। हमारी 76 फीसदी रिश्वतें 2.5 लाख रुपए और उससे कम (संदर्भ ब्राइब लाइन रिपोर्ट) की होती हैं। इसमें भी करीब 26 फीसदी रिश्वत 20 डॉलर यानी महज 1,000 रुपए की होती है। भारत में 51 फीसदी रिश्वतें बस, सिर्फ काम को समय पर कराने के लिए दी जाती हैं। काले धन के पिरामिड का यह चौड़ा आधार सुविधाओं और व्यवस्थाओं की कमी से निकला है। वैसे आपूर्ति बढ़ने से भ्रष्टाचार रुकने की कुछ उजली गाथाएँ भी हमारे पास हैं। फोन के लिए अब रिश्वत और सीमेंट खरीदने के लिए नेताजी की पर्ची नहीं चाहिए आदि-आदि। अगर बुनियादी सेवाओं की आपूर्ति पारदर्शी और पर्याप्त हो जाए तो शायद काले धन की सबसे घटिया फैक्ट्रियाँ बंद हो जाएँगी, क्योंकि आम लोगों को 2जी लाइसेंस या कॉमनवेल्थ के ठेकों की जरूरत नहीं है।

ताकत की कालिख

भारत का उदारीकरण चालाकी से हुआ। नीतियाँ बदलीं, कानून नहीं। लाइसेंस-परमिट राज प्रक्रियाओं व अधिकारों में छिप गया। भारत एक चुनिंदा जमात के विवेकाधीन अधिकारों का अभयारण्य है। सड़क के किनारे खड़े पुलिसवाले से लेकर सबसे बड़े नौकरशाह तक सिस्टम को शिकंजा बनाने के अकूत अधिकारों से लैस हैं। सुविधाओं की किल्लत के सहारे उनकी यह ताकत मारक हो जाती है। नीतियों में पेंच और उनके सहारे तरफदारी व उपेक्षा की कला सिखाने के लिए हमारी नौकरशाही स्कूल खोल सकती है। अदना सी सेवा के लिए लोगों को नोचने के नियमों से भरा सरकारी तंत्र मानो काला धन पैदा करने के कानूनी अधिकारों पर चलता है। 121 करोड़ लोगों के इस देश में बेहद सामान्य सुविधाएँ और नागरिक अधिकार देने की ताकत केवल कुछ लाख लोगों के पास है। आँकड़े (ब्राइब लाइन) गवाह हैं कि भारत में कुल रिश्वतों में मोटी रिश्वतें (5 लाख रुपए से ऊपर) केवल 14 फीसदी है, जो हर दफ्तर के महज 1-2 फीसदी बड़े अफसरों को जाती है। हमारे यहाँ 91 फीसदी रिश्वतें सरकारी बाबू लेते हैं और 77 फीसदी रिश्वत काम वक्त पर कराने या कारोबारी नुकसान से बचने के लिए दी

जाती है। राजनेताओं व नीति-निर्माताओं का बहुत छोटा समूह ताकत की इस कालिख का नियंता है, जो बहुत बड़ी कीमत पर थोड़े से लोगों को कुछ स्पेक्ट्रम, कुछ खदानें, कुछ जमीनें, कुछ कंपनियाँ, कुछ ठेके दे देता है। काले धन के पिरामिड का शिखर यही है।

चाय-पानी

- भारत में रिश्वतों के पेचीदा हिसाब को नापने की कुछ कोशिशें हो चुकी हैं। ट्रांसपेरेंसी इंटरनेशनल के एक सर्वेक्षण का निष्कर्ष था कि भारत की करीब ग्यारह प्रमुख सेवाओं के लिए हर साल करीब 26,728 करोड़ रुपए की रिश्वत दी जाती है, जो सरकारी कंपनियों के कर्मचारियों को हर साल मिलनेवाली कुल तनख्वाह के लगभग 10.5 फीसदी के बराबर है। उत्तर भारत रिश्वतों में 39 फीसदी का हिस्सेदार है, जबकि पूर्व 28 फीसदी, दक्षिण 22 फीसदी और पश्चिम 11 फीसदी। महानगरों में 4,932 करोड़ रुपए की रिश्वतें हर साल दी जाती हैं। प्रति व्यक्ति 500 रुपए से ऊपर की रिश्वतवाली सेवाओं में न्यायिक सेवा, टैक्स, बिजली, पुलिस, स्वास्थ्य व शिक्षा सबसे ऊपर हैं।

स्रोत : करप्शन इन इंडिया, ए इन्वीरिकल स्टडी (2002)—
ट्रांसपेरेंसी इंटरनेशनल

हिफाजत की कालिख

काले धन की भारतीय दुनिया जटिल है। छोटे लेन-देन के सहारे बना काला धन मेहनती मध्य वर्ग के बीच एक काला उच्च वर्ग तैयार करता है, जो इस पैसे से दूसरों का हक मारकर सुविधाएँ खरीदते हैं। अंततः यह पूरी कालिख राजनीति, उद्योग, नौकरशाही के शिखरों पर एकत्र हो जाती है; क्योंकि वहाँ इसकी सुरक्षा और निर्यात के रास्ते मौजूद हैं। आय से अधिक संपत्ति के मामले में किसी बड़े नाम को सजा नहीं (सुखराम को छोड़कर—नकद बरामद होने के कारण) होती। काला धन के पीछे भ्रष्टाचार, जरायम, हकमारी की कई पर्तें हैं; जबकि जाँच तंत्र बोदा और भ्रष्टाचार रोकने के कानून रू.ग़ही व बौने हैं। काले धन के निवेश के दर्जनों घोषित और प्रामाणिक ठिकानों, मसलन जमीन-जायदाद, वित्तीय कारोबार और कंपनियों के मकड़जाल को रोकने का कानूनी ढाँचा हमारे पास नहीं है। काला धन न तो अब अपराध के तौर पर तलाशा जाता है और न ही शर्मिंदगी का बायस है। इसका उत्पादन स्वाभाविक और इस्तेमाल सुरक्षित है। कालिख के कलाकार पूरी ठसक के साथ बच निकलते हैं।

सरकार जागी कहाँ है? समितियाँ तो सरकार की उबासियाँ हैं। हाकिमों को कब

समझ में आएगा कि हम जाँच समितियों के लिए नहीं, किल्लत दूर करनेवाले सिस्टम, विवेकाधीन अधिकारों को सीमित करनेवाली नीतियों और सजा दिलानेवाले कानूनों के लिए तरस रहे हैं। अर्थव्यवस्था के फैलते आकार के सामने वैध वित्तीय तंत्र छोटा पड़ गया है। काले धन की असंख्य अदृश्य पाइप लाइनें हमारे आसपास हैं। सिस्टम से भयभीत और किल्लत के मारों से लेकर बड़े-छोटे तक सब इनका इस्तेमाल करते हैं। वैसे तो हर अर्थव्यवस्था एक छोटी-मोटी समानांतर अर्थव्यवस्था को पचाने की कुव्वत रखती है, क्योंकि पैसे का प्रवाह ही इसकी हिफाजत है। मगर हम तो अपनी खपत से कई गुना ज्यादा काला धन बना रहे हैं और विदेश में छिपा रहे हैं। हम स्याह पसंद कारोबारियों, प्रॉफिट सेंटरों जैसे सरकारी दफ्तरों, बेफिक्र नेताओं और मौलिक अधिकार खरीदते आम लोगों का मुल्क हो गए हैं। हम दुनिया की सबसे तेज बढ़ती अर्थव्यवस्था ही नहीं बल्कि सबसे तेज बढ़ती काली अर्थव्यवस्था भी हैं। यह हमारी उद्यमिता पर लगा सबसे बड़ा कलंक है। हमारी ग्रोथ स्टोरी दागदार है।

□

(जून 2011)

हसन अली की जन्नत

(हसन अली ने काले धन, कर चोरी, हथियारों की दलाली और वित्तीय जरायम से निबटने की हमारी क्षमताओं का नंगा सच उघाड़ दिया। हसन अलियों के लिए भारत स्वर्ग यूँ ही नहीं बन गया है।)

मुंबई की अदालत में मिंट चबा रहा हसन अली दरअसल भारत के कानून को चबा रहा था। हसन अली को जमानत देते हुए अदालत पूरी दुनिया को बता रही थी कि भारत की जाँच एजेंसियों का डायनासोरी तंत्र अपने सबसे पुराने और मशहूर कर चोर व काले धन के सरगना के खिलाफ एक कायदे का मुकदमा भी नहीं बना सकता। दो माह पहले वित्त मंत्री बड़े भोलेपन के साथ विश्व को बता चुके हैं कि हसन अली के स्विस बैंक खाते तो खाली हैं। होने भी चाहिए, काले धन पर इतनी चिल्ल-पों के बाद कोई अहमक ही खातों में पैसा रखेगा। हसन अली हमारी व्यवस्था की शर्मिंदगी का शानदार प्रतीक है। स्विस बैंक की गरदन दबाकर अमेरिका अपने 2,000 हसन अलियों का सच उगलवा लेता है और प्रख्यात टैक्स हैवेन केमैन आइलैंड का धंधा ही बंद करा देता है। फ्रांस, जर्मनी और ब्रिटेन के डपटने पर लीचेंस्टीन, वर्जिन आइलैंड पैसा व जानकारी समर्पित कर देते हैं; लेकिन हसन अली का देश यानी भारत तो दुनिया में उन देशों में शुमार है, भ्रष्टाचार के खिलाफ लड़ाई में जिनका रिकॉर्ड संदिग्ध है, क्योंकि भारत ने आज तक भ्रष्टाचार के खिलाफ संयुक्त राष्ट्र की अंतरराष्ट्रीय संधि पर दस्तखत नहीं किए हैं। इस संधि के बिना किसी कर स्वर्ग से जानकारी कैसे मिलेगी। दरअसल हसन अली ने जो छिपाया है उससे ज्यादा खोल दिया है। वह काले धन, कर चोरी, हथियारों की दलाली और वित्तीय जरायम से निबटने की हमारी क्षमताओं का नंगा सच उघाड़ रहा है। हसन अलियों के लिए भारत स्वर्ग यूँ ही नहीं बन गया है।

काले धन का निर्यात

➢ सरकारी आँकड़ों के मुताबिक वर्ष 2008-09 से 2010-11 के बीच भारत से बहामा को निर्यात 22 लाख डॉलर से 2.2 अरब डॉलर हो गया यानी कि 1,000 गुना बढ़ोतरी। बहामा एक टैक्स हैवेन है; जबकि बहामा की आबादी सिर्फ 3.5 लाख है और अर्थव्यवस्था केवल 8 अरब डॉलर की है। ठीक इसी तरह कई कहानियाँ अनिवासी कराधान पर सीएजी की 2010 की रिपोर्ट में हैं। गुअर्नसे को दुनिया के नक्शे पर तलाशना मुश्किल है। मगर वर्ष 2008-09 गुअनर्से को तकनीक आयात के 1.5 करोड़ रुपए का भुगतान किया। चैनल आइलैंड का हिस्सा गुअनर्से फ्रांस के उत्तर-पश्चिम तट के करीब है और एक पुराना टैक्स हैवेन है।

स्रोत : इकोनॉमिक टाइम्स, नवंबर (2011), सीएजी रिपोर्ट (2010)

हसन अली के मौके

एक्साइज इंस्पेक्टर का बेटा हसन अली भारत में सर्वसुलभ रास्तों पर चलकर काले धन की दुनिया का सितारा बना है। काले धन के उत्पादन पर उपलब्ध टनों शोध व अध्ययनों के मुताबिक कर चोरी काले धन की पैदावार का सबसे बड़ा जरिया है। याद कीजिए, भारत में तस्करी की दंतकथाएँ कर कानूनों के कारण ही बनी थीं। कर नियमों में स्थिरता और पारदर्शिता कर चोरी रोकती है। मगर भारत में तो हर वित्त मंत्री अपने हर बजट में कर व्यवस्था मनचाहे ढंग से कहीं भी मोड़ देता है। इसलिए भारत में कंपनियाँ व करदाता कर की दीर्घकालीन नहीं बल्कि सालाना योजना बनाते हैं और अगले साल कर कानूनों के बदलाव के बाद बचने के रास्ते तलाशते हैं। दुनिया के देश कर कानूनों को विरले ही बदलते हैं। उनके कर प्रशासन अपनी ऊर्जा काले धन की फैक्ट्रियों को बंद करने पर लगाते हैं और हमारे कर अधिकारी खुद को बेचने पर मेहनत करते हैं। दरअसल भारत की कालिख शेष दुनिया से अलग है। अन्य मुल्कों में काला धन विशुद्ध आपराधिक गतिविधियों मसलन नशीली दवाओं या हथियारों के कारोबार से उपजता है, लेकिन भारत में कालिख सार्वजनिक और कानूनी कारोबारों को अवैध ढंग से करने से उपजती है। हमारे काले धन की फैक्ट्रियाँ कानून तोड़कर नहीं, कानूनों से डरकर बनी हैं। भारत की काली इकोनॉमी खुदरा है, कर से बचने के लिए वह आधिकारिक वित्तीय तंत्र (बैंकिंग) से बाहर हाथोंहाथ चलती है और अंतत: मुट्ठी भर लोगों के पास पहुँचकर थोक में बदल जाती है, जो कि नीतियाँ बनाने, बदलने या प्रभावित करने की क्षमता रखते हैं। भारत मे काले धन का यह तंत्र स्पष्ट, आधिकारिक और क्रिकेट व फिल्म की तरह दैनिक जीवन का हिस्सा है। हसन अली इसी तंत्र से सीखकर अपनी मेहनत बूते काले धन के थोक डीलरों की पाँत में पहुँच गया, जिन पर कोई कानून नहीं चलता।

हसन अली की ढाल

हसन अली को हिरासत की जगह जमानत मिल गई या कहिए कि कमजोर जाँच की हिफाजत मिल गई। अदालत कहती है कि अली पर मनी लॉण्ड्रिंग का मामला भी नहीं बनता, क्योंकि इसके खेल तो भारत में मनी लॉण्ड्रिंग कानून (2005) के जन्म से पहले के हैं। समझ सकते हैं कि हसन अली कितना पुराना खिलाड़ी है, लेकिन आज तक अभियोजन के पास उसे घेरने के साक्ष्य नहीं हैं। वह तो खुद स्विस बैंक (यूबीएस) ने अगर हसन अली को संदेश (जाँच एजेंसियों के हाथ यह मैसेज लगा था) भेजकर न बताया होता तो हम जान भी न पाते कि एक कबाड़ी (स्क्रैप डीलर—हसन अली का आधिकारिक कारोबार) स्विस बैंकों में 9 अरब डॉलर रखता है। सरकारें संसद् से लेकर अदालत तक को बताती रही हैं कि हसन अली हर बड़े जरायम में शामिल है। हथियार व्यापारी अदनान खशोगी का फंड मैनेजर हसन अली की सेवा में रहा है और दाऊद से उसके रिश्ते रहे हैं। मगर इतने नायाब हसन अली को जेल भेजने के लिए हमारी जाँच एजेंसियों के पास कोई सबूत नहीं है। हसन अली को नोटिस जारी करते-करते भारत में आय कर अधिकारियों की एक पीढ़ी इंस्पेक्टर से कमिश्नर हो गई है। आय कर का ताजा नोटिस 75,000 करोड़ रुपए की वसूली का है। भारत की जाँच एजेंसियाँ और कर प्रशासन उदार हैं। उनकी जाँच अपराधियों को बचाती है। भारत का जाँच तंत्र अभियोजन की कमजोरी के लिए कुख्यात है। हमारा राजस्व विभाग अदालती लड़ाई में कनाडा की क्रिकेट टीम है। इसलिए हसन अली जमानत पर बाहर है। अब सरकार किस मुँह से स्विस बैंकों से जानकारी माँगेगी, जब हमारा अपना कानून उस पर अभियोजन तक नहीं बना पाता।

मेयर लैंस्की और एन्स्टैल्ट

➢ महशूर टैक्स हैवेन लीचेंस्टीन की आबादी केवल 28,000 है, मगर 60,000 एन्स्टैल्ट हैं। एन्सटैल्ट एक ऐसी कंपनी है, जिसमें केवल एक शेयर धारकवाली होता है। ऐसी कंपनियाँ बनाकर ही टैक्स हैवेन में पैसा रखा जाता है। कुख्यात अमेरिकी माफिया मेयर लैंस्की ने ऐसी कंपनी का इस्तेमाल किया था। लैंस्की को अमेरिका से क्यूबा तक गैंबलिंग के साम्राज्य का निर्माता माना जाता है। लैंस्की सूटकेस में पैसा भरकर स्विस बैंकों व लीचेंस्टीन के एन्स्टैल्ट में लाता था। बाद में यही पैसा लैंस्की को कर्ज के तौर पर मिल जाता था। लैंस्की का पूरा खेल सरकारों के सामने चला और वह वर्षों तक मनी लॉण्ड्रिंग के जरिए अपनी काली कमाई साफ-सुथरी करता रहा।

स्रोत : ट्रुथ अबाउट टैक्स हैवेन्स, निकोलस सैक्सन, द गार्जियन, जनवरी 2010/
स्रोत : ऑफशोर मैनुअल डॉट कॉम

हसन अली की सुविधा

अमेरिका की इंटरनल रेवेन्यू सर्विस (आईआरएस) को अपने करीब 4,450 हसन अलियों (टैक्स हैवेन में पैसा रखनेवालों) की जानकारी चाहिए थी। उसने 780 मिलियन डॉलर के जुर्मानेवाले एक मुकदमे के साथ वर्ष 2009 में सबसे बड़े निजी स्विस बैंक यूबीएस की गरदन दबाई और बैंक ने पिछले साल 2,000 अमेरिकियों का सच सौंप दिया। बचे अमेरिकियों की जानकारी देने का जिम्मा स्विस सरकार ने अपने सिर ले लिया है। इसी दशक की शुरुआत तक केमैन आइलैंड दुनिया का पाँचवाँ सबसे बड़ा वित्तीय केंद्र था—न्यूयॉर्क, लंदन, हांगकांग, टोकियो के बाद। टैक्स हैवेन की दुनिया का नया सितारा। अमेरिका ने केमैन को सूचना के आदान-प्रदान के समझौते में फँसाकर इसके परदे नोच दिए और केमैन का खेल लगभग खत्म हो गया। फ्रांस, ब्रिटेन और जर्मनी ने कर स्वर्गों को अपनी ताकत दिखाकर रिकवरी शुरू कर दी है। इधर अपने वित्त मंत्री सिर्फ इसी में (बजट भाषण) खुश हैं कि भारत ने सूचना आदान-प्रदान के लिए दुतरफा समझौते किए हैं और फत्फ (मनी लॉण्ड्रिंग के खिलाफ अंतरराष्ट्रीय समूह) की सदस्यता मिल गई है। किसी मुगालते में मत रहिए, भारत की ये कोशिशें दरअसल आतंक के खिलाफ अंतरराष्ट्रीय सहमति और आतंकवाद का वित्त पोषण रोकने के लिए हैं। भ्रष्टाचार व विदेश में जमा काले धन की वापसी इस इंतजाम का लक्ष्य नहीं है। कर स्वर्गों से सच उगलवाने के लिए तो भारत को भ्रष्टाचार के खिलाफ संयुक्त राष्ट्र संघ की अंतरराष्ट्रीय सहमति का हिस्सा बनना पड़ेगा और अपने देश के कानून बदलने होंगे। हसन हली की सबसे बड़ी सुविधा यही है कि भारत अमेरिका या यूरोप नहीं है। हमारी सरकार काला धन वापस लाने के लिए ऐसा कोई जोखिम नहीं लेगी जिससे बड़े चेहरों से नकाब उतर जाए।

भ्रष्टाचार, काले धन और कर स्वर्गों से पैसे की वापसी भारत के नीतिगत एजेंडे में कभी भी किसी वरीयता पर नहीं रही । न हमारे पास दमदार कानून है, न प्रभावी जाँच, न अचूक अभियोजन और न ही इतनी ताकत कि हम भारत से चुराई गई पूँजी वापस ला सकें। सुप्रीम कोर्ट फालतू में मगजमारी करता है तो सरकार भी पूरी गंभीरता के साथ नाटक करती है। अंततः हमें पता चलता है कि हसन अली के विदेशी खाते खाली हैं और हैदराबादी घोड़ेवाला (मुंबई रेसकोर्स में हसन अली का नाम) देश के कानून को मिंट की तरह चबाता हुआ जमानत पर बाहर आ जाता है। काले धन के खिलाफ भारत की लड़ाई सिर्फ एक कॉमेडी है और हसन अली इस ड्रामे का हीरो है। हसन अली ने भले ही दुनिया के किसी भी कर स्वर्ग में अपना पैसा छिपाया हो, लेकिन उसका स्वर्ग कहीं नहीं, बस यहीं है भारत में। भारत में वह पूरी तरह महफूज है।··· *जिओ हसन अली वाहे-वाहे!!*

□

(मार्च 2011)

भ्रष्टाचार का मुक्त बाजार

(उदारीकरण अनंत अवसरों, नियंत्रणों से मुक्ति और पैसे की आँधी लेकर आता है, जिसके सामने लोकतंत्रों का कमजोर विनियमन अकसर बोदा साबित होता है। भारत का मुक्त बाजार लगातार दागी हो रहा है।)

राजाओं, कलमाड़ियों, मधु कोड़ाओं और ललित मोदियों के शर्मनाक संसार को देखकर क्या सोच रहे हैं···यही न कि आर्थिक खुलेपन की हवा भ्रष्टाचार के पुराने इन्फेक्शन को खूब रास आ रही है? वेदांतों, सत्यमों व तमाम वित्तीय कंपनियों के कुकर्मों में आपको एक आर्थिक अराजकता दिखती होगी। कभी-कभी यह कह देने का मन होता होगा कि आर्थिक उदारीकरण ने भारत में भ्रष्टाचार का उदारीकरण कर दिया है!!···माना कि यह ऊब, खीझ और झुँझलाहट है, मगर बेसिर-पैर नहीं है। मान भी लीजिए कि हम मुक्त बाजार की विकृतियों को सँभाल नहीं पा रहे हैं। रिश्वत, कार्टेल, फर्जी एकाउंटिंग, कॉरपोरेट फ्रॉड, लॉबीइंग, नीतियों में मनमाना फेर-बदल, ठेके, निजीकरण का इस्तेमाल···उदार बाजार का हर धतकरम भारत में खुलकर खेल रहा है। राजा व कोड़ा जैसे नेताओं की नई पीढ़ी अब राजनीतिक अवसरों में कमाई की संभावनाओं को चार्टर्ड अकाउंटेंट की तरह आँकती है, इसलिए भ्रष्टाचार भी अब सीधे नीतियों के निर्माण में पैठ गया है। सातवें-आठवें दशक के नेता-अपराधी गठजोड़ की जगह अब नेता-कंपनी गठजोड़ ने ले ली है। यह जोड़ी ज्यादा चालाक, आधुनिक, रणनीतिक, बेफिक्र और सुरक्षित है। मुक्त बाजार में ताली दोनों हाथ से बज रही है।

खुलेपन का साथ

मुट्ठी में दुनिया (मोबाइल) लिये घूम रही भारत की एक बड़ी आबादी को

मालूम होना चाहिए कि यह सुविधा बहुतों की मुट्ठियाँ गरम होने के बाद मिली है। सुखराम से राजा तक दूरसंचार क्षेत्र का उदारीकरण अभूतपूर्व भ्रष्टाचार से दागदार है। सिर्फ यही क्यों, पूँजी बाजार, खनन, अचल संपत्ति व निर्माण, बैंकिंग, वायु परिवहन, सरकारी अनुबंध···हर क्षेत्र में उदारीकरण के बाद बड़े घोटाले दर्ज हुए हैं। उदारीकरण और भ्रष्टाचार के रिश्ते की सबसे बड़ी पेचीदगी यही है कि इस धतकरम पर खुलेपन के फायदे अकसर भारी पड़ जाते हैं। दूरसंचार का उदारीकरण सफल है, मगर भ्रष्ट नेता और लालची कंपनियाँ अरबों कूट ले गए। दुनिया मुक्त बाजार और भ्रष्टाचार के रिश्ते को अब तक सुलझा नहीं पाई है। तथ्य तो यही बताते हैं कि एक की मौजूदगी में दूसरा बढ़ता है। ट्रांसपेरेंसी इंटरनेशनल सहित भ्रष्टाचार को आँकनेवाले सभी भरोसेमंद अध्ययनों में ब्राजील, भारत, रूस, चीन, मलेशिया, इंडोनेशिया, ताइवान आदि भ्रष्टतम देशों के चैंपियन हैं। इन देशों ने बीते दो–तीन दशकों में अपने बाजार खोले हैं। कुछ साल पहले अमेरिका के रोचेस्टैर इंस्टीट्यूट (सामिया ट्रेवर्स का शोध) ने उदारीकरण और भ्रष्टाचार के संबंध को आँकते हुए यह नतीजा निकाला था कि जिन देशों में लोकतंत्र पहले और आर्थिक उदारीकरण बाद में आया है वहाँ मुक्त बाजार ने भ्रष्टाचार को नए आयाम दे दिए हैं। उदारीकरण अनंत अवसरों, नियंत्रणों से मुक्ति और पैसे की आँधी लेकर आता है, जिसके सामने लोकतंत्रों का कमजोर विनियमन अकसर बोदा साबित होता है। यह बात भारत पर भी फिट बैठती है।

निजी हाथ

- ट्रांसपेरेंसी इंटरनेशनल ने अपने सर्वेक्षणों में पाया कि दुनिया के समृद्ध देशों (ओईसीडी) की कंपनियाँ विकासशील देशों में ठेके लेने के लिए निजी रिश्तों व तरह-तरह के प्रलोभनों का इस्तेमाल करती हैं। यह रिश्वत से ज्यादा जटिल समस्या है। ब्रुसेल्स में करीब 2,500 लॉबीइंग संगठन और 15,000 लॉबीइंग एजेंट सक्रिय हैं, जो यूरोपीय समुदाय की नीतियों को प्रभावित करते हैं। रूस में राजनीतिक रसूखवाली कंपनियों का बाजार पूँजीकरण पिछले कुछ वर्षों में 80 फीसदी बढ़ा है। बँगलादेश, मलेशिया, जर्मनी, त्रिनिदाद में अध्ययनों के बाद ट्रांसपेरेंसी इंटरनेशनल ने पाया कि कई जगह कंपनियों व सरकारों के बीच रिश्ते इतने करीबी हैं कि कंपनियाँ लोकतांत्रिक फैसलों को बदल सकती हैं।

स्रोत : ग्लोबल करप्शन रिपोर्ट (2009), ट्रांसपेरेंसी इंटरनेशनल

देनेवाले हाथ

खुली अर्थव्यवस्थाओं में भ्रष्टाचार के लिए ज्यादा खुराक उपलब्ध है। लाभ के

नए अवसर प्रतिस्पर्धा बढ़ाते हैं और रिश्वत देनेवाले हाथों की तादाद भी तेजी से बढ़ती है। तभी तो ब्राजील में बिजली कंपनियों, रूस में खनन कंपनियों या भारत में दूरसंचार सेवा का निजीकरण भ्रष्टाचार की विकट कथाएँ बनाता है। वर्ष 1980 से लेकर अब तक दुनिया में करीब 1 लाख बड़े सार्वजनिक उपक्रमों का निजीकरण हुआ है, जिनकी संपत्तियाँ खरबों डॉलर में हैं। निजीकरण ने राजनेताओं के हाथों में बेचने की अकूत ताकत पहुँचा दी है और मोटी जेबवाली कंपनियाँ कुछ भी करने को तैयार हैं। बोली दस्तावेजों में हेर-फेर, रिश्वत, कानून बदलकर तरफदारी···रास्ते सब जगह एक जैसे ही हैं और नेता-कंपनी की जोड़ी हर जगह काम करती है। कार्टेल का करिश्मा भी मुक्त बाजार में ही होता है। ट्रांसपेरेंसी इंटरनेशनल की रिपोर्ट बताती है कि 1990 से 2005 के दौरान विश्व बाजार में कंपनियों के 283 कार्टेल ने कीमतों को मनमाने ढंग से तय कर उपभोक्ताओं को 300 अरब डॉलर का चूना लगाया। 1997 का एक सैंपल अध्ययन बताता है कि प्रमुख विकासशील देशों ने करीब 55 अरब डॉलर का आयात केवल 19 कंपनियों से किया। नेता नियामकों की कृपा से भारत में सरकारी ठेकों से लेकर दूरसंचार सेवाओं तक कई जगह कार्टेल दिखते हैं। फर्जी कंपनियाँ, निवेशकों से धोखा, खातों में हेर-फेर, काले धन की धुलाई और सैकड़ों किस्म के वित्तीय फर्जीवाड़े भी भारत के मुक्त बाजार की ताजा पहचान हैं। तकनीक हर बुरे खेल में भी मददगार है। नियामक नौसिखुए हैं और कंपनियाँ चालाक व अनुभवी। भारत के नेता इन कंपनियों से भ्रष्टाचार के गुर सीखने को बेताब हैं।

लेनेवाले हाथ

ट्रांसपेरेंसी इंटरनेशनल (टीआई) के ब्राइब वेइंग इंडेक्स में दुनिया की उभरती अर्थव्यवस्थाएँ (भारत, चीन, ब्राजील, रूस व मेक्सिको) रिश्वतखोरी के अभयारण्य के तौर पर दर्ज हैं। भारत में 25 फीसदी रिश्वत सीधे नेताओं को जाती है। पूरी दुनिया पॉलिटिकली एक्सिपोज्ड वर्सन (वेव) मोटे तौर पर नेताओं से परेशान है, जो विकासशील देशों से हर साल मोटी रकम लूटकर विदेश ले जाते हैं। मुक्त बाजार के दौर में राजनीति विरले ही पाक-साफ रह पाती है। चारों तरफ बहता पैसा नेताओं को दीवाना कर देता है। राजनीतिक रसूख कंपनियों की भी धाक बढ़ाता है। सियासत से करीबी रखनेवाली कंपनियाँ लंदन पूँजी बाजार के 40 फीसदी पूँजीकरण पर काबिज हैं। कॉरपोरेट लॉबीइंग यानी नीतियों को अपने पक्ष में मोड़ना अब कंसल्टेंसी है। अंतरराष्ट्रीय सर्वेक्षणों के मुताबिक निर्माण, सरकारी ठेके, निजीकरण, तेल व गैस, अचल संपत्ति, खनन, बैंकिंग व वित्तीय सेवाएँ रिश्वत देने में महारथी हैं और मजा देखिए कि भारत में उदारीकरण का झंडा इन्हीं क्षेत्रों के हाथ है। समस्या दरअसल लेनेवाले हाथों की है, क्योंकि देनेवाले

हाथों को पकड़ने का जिम्मा भी उनका है। मुक्त बाजार की विकृतियों को रोकने के लिए राजनीतिक सुधार और पारदर्शिता के सख्त नियम अनिवार्य हैं; मगर बदकिस्मती देखिए कि इन सुधारों का जिम्मा भी लेनेवाले हाथों पर ही है।

गुलामी की लंबी परंपरा के कारण भारत के राजनीतिक व प्रशासनिक ढाँचे में भ्रष्टाचार अतीत से मौजूद है। बहुदलीय लोकतंत्र, आर्थिक गैर-बराबरी, कमजोर कानूनों और बंद अर्थव्यवस्था ने इसे पुख्ता किया है। खुले बाजार की पीठ पर बैठकर यह अपने पूरे रंग में आ गया है। निजी कंपनियाँ इसकी पालकी उठा रही हैं। दुनिया अब हमें उदार अर्थव्यवस्था, भ्रष्ट राजनीति और लचर कानूनोंवाला देश मानती है। भारत में सबसे बड़ा जोखिम यहाँ की भ्रष्ट सियासत व नौकरशाही है, जिसे कंपनियाँ कारोबारी लागत में बाकायदा शामिल करती हैं। भारत का मुक्त बाजार साल-दर-साल दागदार हो रहा है। इसके फायदे कितनों तक पहुँचे हैं, इस पर बहस हो सकती है, लेकिन इसका फायदा कितनों ने उठाया है, यह किसी से छिपा नहीं है। हम उदारीकरण के फायदों से इस लूट की अदला-बदली नहीं कर सकते, क्योंकि भारत जैसे असमान समाज में इस लूट की हिंसक प्रतिक्रिया दूर कहीं बस्तर और गढ़चिरौली में होती है।

□

(नवंबर 2010)

लूट के सरपरस्त

(गरीब देशों से बाहर जानेवाली काली कमाई से संयुक्त राष्ट्र संघ सहस्राब्दि विकास लक्ष्यों के तहत वर्ष 2015 तक दुनिया से भूख व गरीबी मिटाई जा सकती है।)

पैसा चाहे दान का हो या लूट का, सफेद हो या काला, श्रम से आया हो या धतकरम से, निवेश से मिला हो या उपनिवेश से—पैसा अपना रास्ता तलाश ही लेता है। काले पैसे की दुनिया में अकेले सिर्फ देने, लेने या लूटनेवाले हाथ ही नहीं होते बल्कि इसे सहेजने, सँजोने, निवेश करने और लूट को धोने की लॉण्ड्री चलानेवाले हाथ भी होते हैं। तभी तो राजनीतिक भ्रष्टाचार के जरिए दुनिया में हर साल 1.6 खरब डॉलर की लूट (विश्व बैंक और संयुक्त राष्ट्र संघ का आकलन) होती है, जो कैरेबियन कैमन आइलैंड, अफ्रीका में लाइबेरिया से लेकर यूरोप में लंदन और पूर्व में मकाऊ तक कर बचाने के स्वर्गों में छिप जाती है या फिर शेयर बाजार और अचल संपत्ति के धंधे में खप जाती है। बड़ी दिलचस्प बात है कि लूट के इस खेल में देने-लेनेवाले हाथ भले ही छिपे हों, लेकिन लूट की हिफाजत करनेवाले हाथ सबको दिखते हैं। काली कमाई को धोनेवाले ये हाथ इतने उजले हैं कि इन्हीं के जरिए हर साल 500 से 800 अरब डॉलर यानी प्रतिदिन करीब 2 अरब डॉलर पार हो जाते हैं।

लूट का माल जमीन में डाल

भ्रष्ट राजनेताओं से लेकर चालबाज उद्यमियों तक जमीन सबके कुकर्म को शरण देती है, तभी तो अचल संपत्ति की कीमतों में कोई तुक-तर्क नहीं होता और सत्यम के संकट की पृष्ठभूमि राजू परिवार के अचल संपत्ति निवेशों से जुड़ती है। भारत के उभरते हुए शहर अचल संपत्ति के निवेशकों का स्वर्ग हैं और वित्त मंत्रालय के ताजे आँकड़ों के

मुताबिक वर्ष 2008-09 में करीब 2,000 करोड़ रुपए के कर चोरी मामलों के साथ भारत का अचल संवित्त क्षेत्र काली कमाई की जन्नत है। अंतरराष्ट्रीय संगठन फाइनेंशियल एक्शन टास्क फोर्स की रिपोर्टें अचल संपत्ति और मनी लॉण्ड्रिंग के रिश्ते बखाननेवाले उदाहरणों से भरी पड़ी हैं। अमेरिका में यह माननेवालों की कमी नहीं है कि दुनिया को हिलानेवाला वित्तीय संकट वहाँ की अचल संपत्ति के भ्रष्टाचार से उपजा था। अमेरिकी जनता को अपने अचल संपत्ति डेवलपरों के संगठन नेशनल एसोसिएशन ऑफ रिएलटर्स की ताकत का अंदाजा है। वर्ष 2008 में अमेरिका के राष्ट्रपति चुनावों में यह संगठन चंदा देनेवालों में सबसे ऊपर था। बताते चलें कि अमेरिका में वर्ष 2006 तक दस सालों के दौरान संदेहास्पद वित्तीय गतिविधियों के करीब 260 मामलों में 132 केवल अचल संपत्ति से संबंधित थे। दरअसल अचल संपत्ति के कारोबार में काली कमाई को धोना सबसे आसान है, क्योंकि यहाँ कर्ज, ट्रस्ट, फर्जी कंपनियों सहित दर्जनों ऐसे रास्ते हैं, जहाँ लूट का माल खप जाता है, इसलिए कर चोरी के स्वर्गों की दुनिया में जमा धन भी बड़े पैमाने पर अचल संपत्ति के अंतरराष्ट्रीय खेल में पनाह पाता है।

वित्तीय बाजार में सबका उद्धार

काली कमाई है तो उसे अचल संपत्ति में धोइए और कर स्वर्गों में सँजोइए। बाद में तो सब वित्तीय बाजार में ही आना है, क्योंकि लक्ष्मी चंचला है और दुनिया के वित्तीय बाजार उसका क्रीडांगन हैं। कर स्वर्गों में जमा राशि से दुनिया के वित्तीय बाजार झूमते हैं और हेज फंड मौज करते हैं। दुनिया को 1998 में कनाडा के वाईबीएम मैगेक्स कॉरपोरेशन को नहीं भूलना चाहिए, जिसे अरबों डॉलर की मनी लॉण्ड्रिंग का स्रोत माना गया था और शेयर बाजार से हटा दिया गया था। इस तरह कि पता नहीं कितनी और कंपनियाँ शेयरों से लेकर जिंस बाजारों तक फैली हैं, जिनका अतीत और वर्तमान नहीं परखा जाता। वे तो वित्तीय बाजारों की लहरों पर मौज करती हैं और सफाई के साथ लूट का माल बाजारों में खपा देती हैं। कर स्वर्गों से निकला धन चूँकि उजला होता है, इसलिए इसे पोर्टफोलियो निवेश में गिना जाता है, फिर चाहे वह पैसा अचल संपत्ति की कीमतों में आग लगाए या शेयर और जिंस बाजारों को बेसिर-पैर वजहों से उछाल दे। वित्तीय उपकरणों की इतनी किस्में आ चुकी हैं कि उनके बीच घूमकर सबकुछ साफ हो जाता है। तभी तो अमेरिकी सीनेट समिति ने केवीएमजी की जाँच में यह पाया था कि वह कई तरह के अवैध कर बचत वित्तीय उपकरण बेचती है। मार्टगेज कर्जों से लेकर बीमा उद्योग तक पसरे खरबों डॉलर के पोर्टफोलियो निवेश का कौन सा पैसा कहाँ से आया है, किसी को नहीं मालूम। बस पैसा एक बार इस मशीन में आ जाए तो वह साफ होकर ही निकलता है।

सबसे बड़े लुटेरे

- गैबन के राष्ट्रपति के ओमर बोंगो ओनडिंबा के रिश्तेदारों ने अपने देश की लूट से फ्रांस के समृद्ध इलाकों में 39 अपार्टमेंट खरीदे थे। उनके 70 बैंक खाते और 9 महँगी कारें मिलीं। ऐसी ही लूट-खसोट कांगो-ब्रैजविली के शासक ससाऊ गुएसो एवं गिनी के शासक टिएडोरो बसागो ने की। फ्रेंस कैथोलिक कमेटी अगेंस्ट हंगर ऐंड फॉर डेवलपमेंट का आकलन है कि तानाशाहों ने पिछले कुछ दशकों में 100 से 180 अरब डॉलर की लूट की है। कांगो के पूर्व शासक सीको मोबोतू की लूट कांगो के जीडीपी के बराबर थी, जो टैक्स हैवेन में जमा की गई। नाइजीरिया के पूर्व शासक सानी अबाचा, फिलीपींस के फर्निनांडो मार्कोस, निकारगुआ के शासक अर्नाल्डो अलेमान भी इसी फेहरिस्त के हिस्से रहे हैं।

स्रोत : ट्रांसपेरेंसी इंटरनेशनल वर्किंग पेपर (2011), टीआई रिपोर्ट (2004)

दुनिया को अनाज, रोजगार, मकान, पानी, दवा, सड़कें और बिजली चाहिए। इन्हीं के लिए तो संयुक्त राष्ट्र संघ ने सहस्राब्दि विकास लक्ष्य तय किए, जिनके जरिए 2015 तक दुनिया से भूख व गरीबी मिटाई जानी है। हैरत में पड़ जाएँगे आप कि दुनिया को रहने लायक बनाने के इन लक्ष्यों का अधिकतम लागत 528 अरब डॉलर है, जो विकासशील देशों से हर साल होनेवाली लूट से कम है। दुनिया इस खुली चोरी पर शर्मिंदा है, मगर यह शर्मसार दुनिया गुस्से की नहीं, हमारी दया की पात्र है। क्योंकि देने–लेनेवाले हाथों को बाँधने की बात तो दूर, यह लूट के माल को ठिकाने लगाने के ठिकाने भी बंद नहीं कर पाती। काले धन की खपत रुक जाए तो इसकी पैदावार भी रुक सकती है, मगर लुटनेवालों की बदकिस्मती तो देखिए कि दुनिया में आर्थिक उदारीकरण के बाद वित्तीय मशीन को चिकना करने लगी है। मूरत सँवारने में बिगड़ती चली गई, पहले से हो गया है जहाँ और भी खराब।

□

(नवंबर 2009)

समृद्धि का अभिशाप

(खनिजों से भरपूर धरती के ऊपर अगर कानून ढीले और नेता लालची हों तो वहाँ डेमोक्रेसी या ऑटोक्रेसी नहीं बल्कि क्लेप्टोक्रेसी यानी लूट का राज होता है।)

मधु कोड़ा को तो कोस ही रहे हैं न, लगे हाथ कुदरत को भी कोसिए, कानून को भी और साथ में खुद को भी। कुदरत जहाँ जमीन के नीचे समृद्धि का हिरण्य (सोना) भर देती है वहाँ जमीन के ऊपर हमेशा हिंसा, अपराध और भ्रष्टाचार का महाअरण्य उग आता है। इसलिए ही तो महज एक दशक के राजनीतिक अतीत और तीस माह से भी कम के कार्यकाल में मधु कोड़ा भारत में राजनीतिक भ्रष्टाचार के महा खलनायक बन जाते हैं। चौंकिए मत, मधु कोड़ा दुनिया के उन असंख्य घृणित भ्रष्टाचार प्रसंगों में एक नया संदर्भ हैं, जो खनिजों से भरी धरती के ऊपर जनमते रहे हैं। सीको मोबोतू (जायरे के पूर्व शासक), सानी अबाचा (नाइजीरिया के पूर्व शासक) और युवारो मुसुवेनी (युगांडा के पूर्व शासक) आदि ने जिस तरह खनिज संपत्ति से भरपूर वसुधा पर भ्रष्टाचार के अप्रतिम भवन बनाए थे, मधु कोड़ा ने भी ठीक उसी तरह झारखंड में भ्रष्टाचार के शिखर गढ़े हैं। प्राकृतिक समृद्धि अकसर सत्ता तंत्र को बिगाड़ती है, तभी तो दुनिया के सार्वकालिक दस महाभ्रष्ट नेताओं में से आधे से अधिक का रिश्ता किसी-न-किसी तरह से प्राकृतिक समृद्धि की जमीनों से है। इन्हें देखकर ही आर्थिक दुनिया को समृद्धि के अभिशाप या रिसोर्स कर्स का सिद्धांत गढ़ना पड़ा। खनिजों से भरपूर धरती के ऊपर अगर कानून ढीले और नेता लालची हों तो वहाँ डेमोक्रेसी या ऑटोक्रेसी नहीं बल्कि क्लेप्टोक्रेसी (लूट का शासन) राज करती है, जो सिर्फ लूटना और लुटाना जानती है। दीन-हीन और दरिद्र अधिकांश अफ्रीका आज इसी समृद्धि से शापित और इस प्रणाली से शासित है। झारखंड भारत में इस अभिशाप और शासन की एक ताजा बानगी है।

समृद्ध बेकारी

- खनिज अमीर नहीं होने देते। सऊदी अरब की प्रति व्यक्ति आय 15,000 डॉलर है, यानी दुनिया में तीसरे नंबर पर। मगर सऊदी अरब में बेकारी की दर 25 फीसदी है। आधा सऊदी अरब युवा यानी बीस-बाईस साल का है, जिसके पास काम नहीं है। कट्टरवादी इसलाम को समर्थन जुटाने के लिए और कहीं जाने की जरूरत नहीं है। तेल के सहारे दुनिया पर राज करने के बावजूद सऊदी अरब की अर्थव्यवस्था का आकार पूर्व कम्युनिस्ट शासनवाले चेक व स्लोवाक से भी छोटा है। अमेरिका पर आतंकी हमले के बाद लीबिया के तानाशाह मुअम्मर गद्दाफी ने विदेशी विशेषज्ञ बुलाकर अर्थव्यवस्था को प्रतिस्पर्धात्मक बनाने की कोशिश की थी, लेकिन तेल के धंधे के कारण वहाँ श्रम बाजार इतना बिगड़ गया कि मैन्युफैक्चरिंग शुरू ही नहीं हो सकी।

स्रोत : फाल्स इकोनॉमी (2009), एलन बियाटी

गरीब बनानेवाली अमीरी

झारखंड को अगर कुछ देर के लिए हम एक स्वतंत्र देश मान लें तो अफ्रीका में इसके कई समतुल्य मिल जाएँगे। यहाँ वह सबकुछ है, जो एक रिसोर्स कर्स्ड यानी समृद्धि से शापित किसी मुल्क में होता है। जांबिया, कांगो, नाइजीरिया, सिएरा लिओन, अंगोला, लाइबेरिया हो सकता है कि झारखंड से बदतर हों, लेकिन समृद्धि के अभिशाप के मामले में झारखंड उनके ही जैसा है। अफ्रीका के इन सभी अजीबोगरीब बदकिस्मत मुल्कों में गृह-युद्ध, हथियार-बंद गिरोह, मौत, बीमारी, गरीबी का साम्राज्य वर्षों से है। बहुराष्ट्रीय कंपनियाँ इन देशों को निचोड़ती हैं और भ्रष्ट राजनेता व नौकरशाह सभी सुख भोगते हैं। रक्तपात, भ्रष्टाचार, रिश्वत देनेवाली कंपनियाँ, दरिद्र जनता और कमजोर विकास दर समृद्धि से अभिशप्त किसी भी क्षेत्र की पहचान हैं और झारखंड में यह सब पूरी ठसक के साथ मौजूद है। यहाँ सिएरा लिओन जैसा गृह-युद्ध भले न हो, मगर नक्सलवाद है, जो संगठित पुलिस व सुरक्षा बल पर हमला करता है। गरीबी रेखा के नीचे एक बड़ी आबादी है, तरह-तरह से छले जाते आदिवासी हैं और इन सबके ऊपर मधु कोड़ाओं का भ्रष्ट तंत्र है। समृद्धि के अभिशाप को फलीभूत होने के लिए और क्या चाहिए? इसीलिए तो एक सीमित क्षेत्र में तेल, हीरे, सोने एवं अन्य खनिजों की भरमार को दुनिया के अर्थशास्त्री अवसर कम आफत ज्यादा मानते हैं। क्योंकि प्राकृतिक समृद्धि कुछ ऐसी पेचीदा आर्थिक विसंगतियाँ पैदा कर देती है, जिससे बहुत किस्मतवाले राष्ट्र निकल पाते हैं।

खोदो-खाओ-खिलाओ

भारत की 40 फीसदी खनिज संपदा अपने गर्भ में सँजोए झारखंड की विकास दर आखिर राष्ट्रीय आर्थिक विकास दर या कई अन्य राज्यों से कम क्यों है? क्यों सालाना करीब 6,000 करोड़ रुपए के खनिज उत्पादनवाले इस राज्य में 75 फीसदी लोगों के पेट में दाना खेती से ही पड़ता है? दुनिया भर के अर्थशास्त्री यह गुत्थी नहीं सुलझा पाते कि आखिर प्रकृति से उपकृत देश या राज्य विकास में उन देशों या राज्यों से पीछे क्यों होते हैं, जहाँ प्राकृतिक संसाधनों की इतनी भरमार नहीं है। दरअसल प्राकृतिक समृद्धि जल्दी पैसा कमाने का मौका देती है। खनिज निकालने के लिए उद्योग बिठाने की जरूरत नहीं होती। इसलिए जो देश अकूत खनिजों के धनी हैं वहाँ औद्योगिकीकरण कम होता है और कमाई कुछ लोगों के हाथ में केंद्रित है। अफ्रीकी देश गैबन प्रतिदिन 3 लाख बैरल तेल निकालता है, लेकिन यहाँ सबकुछ आयात होता है। नाइजीरिया दुनिया का दसवाँ सबसे बड़ा तेल भंडार है, लेकिन नाइजर डेल्टा के लोग पाषाण युग में जी रहे हैं। कांगो की कहानी दुनिया जानती है और लाइबेरिया की लकड़ी बेचकर हथियारबंद गुरिल्ला गिरोह एक-दूसरे को मारते हैं। खनन उद्योग सरकारों को अच्छे राजस्व और राजनेताओं को शीघ्र धन-लाभ के नायाब सूत्र देता है और खनन के अधिकार हासिल कर संगठित मैन्युफैक्चरिंग उद्योग पनपने की संभावनाएँ समाप्त कर देता है। समृद्धि के अभिशाप का एक पहलू यह भी है कि एक जगह एक खनिज का बड़ा भंडार मिलने के बाद अन्य स्थानों पर इसे तलाशने की कोशिशें धीमी पड़ जाती हैं। खनिज अपनी खनन लागत से ज्यादा रिटर्न देते हैं, इसलिए यह चोखा धंधा है और खनन उद्योग भ्रष्टाचार के लिए दुनिया में बदनाम है।

कानून की कठपुतलियाँ

ढाई साल में तो कोई मुख्यमंत्री सत्ता व प्रशासन की बारीकियाँ समझ पाता है और वह भी जब उसे पहली बार यह कुरसी मिली हो, लेकिन कोड़ा ने ढाई साल में सबकुछ कर लिया। खनिजों से भरपूर क्षेत्रों में ऐसा होना आम बात है। दरअसल प्राकृतिक समृद्धि, रिश्वत देनेवाली कंपनियाँ और लालची नेता मिलकर एक दुश्चक्र बना देते हैं, जिनके बीच फँसकर कानून कठपुतलियों की तरह नाचते हैं। खनन उद्योग सबसे जल्दी कमाई कराता है, इसलिए यहाँ राजनेता आनन-फानन में कानून बदलते हैं। खनन उद्योग से जुड़े लोग अकसर चुटकी लेते हैं कि इस कारोबार में फाइलें सबसे तेज चलती हैं। कमजोर संस्थाएँ और व्यवस्था तथा निवेश करनेवाले भ्रष्ट मगर बड़े नामों का प्रचार तंत्र राजनेताओं को पूरी मदद देता है। इसलिए खनिज से धनी देशों

में भ्रष्टाचार पूरी तरह संगठित है। बल्कि अब दुनिया की कंपनियाँ तो इस बात पर बहस करती हैं कि राजनीतिक भ्रष्टाचार का सुहार्तो मॉडल उचित है या भारतीय मॉडल। कोरिया या इंडोनेशिया में लेनहार एक ही था, मगर भारत में कई हैं। अगर कानून कमजोर हों तो लोकतंत्र में भ्रष्टाचार किसी अन्य शासन प्रणाली से ज्यादा होता है और सरकारें अस्थिर व कमजोर हों तो फिर क्या कहने! यही वजह है मैनकर ओल्सन (लॉबीइंग या इंटरेस्ट ग्रुप सिद्धांत के प्रणेता) ने शायद भ्रष्टाचार के संदर्भ में कहीं लिखा था कि घुमंतू लुटेरों से तो स्थायी लुटेरे ठीक हैं। अर्थात् भ्रष्ट सरकारें स्थिर हों तो भी राहत है, कम-से-कम कुछ तो तय होता है।

नेताओं के गिरोह

➢ विश्व बैंक राजनीतिक भ्रष्टाचार को ग्रैंड करप्शन कहता है और स्टोलेन एसेट रिकवरी (चोरी गई संपत्तियों की बरामदगी) के नाम एक अभियान चलाता है। पिछले 25 सालों में पूरी दुनिया इन नेताओं (पॉलिटिकली एक्सपोज्ड पर्सन्स्-वेव) के इन गिरोहों की लूट को देख रही है। ये नेता हर साल करीब 20 से 40 अरब डॉलर अपने देश की सीमाओं से बाहर निकाल देते हैं, जो दुनिया के 12 निर्धनतम देशों के जीडीपी के बराबर है, जिनमें करीब 24 करोड़ लोग रहते हैं। पूरी दुनिया में राजनीतिक रिश्वतें करीब 1 खरब डॉलर तक पहुँच गई हैं। इन नेताओं का ही दबाव है कि विश्व के आधे से ज्यादा मुल्क अभी भी मनी लॉण्ड्रिंग के नियमों को लागू करने को तैयार नहीं हैं। भारत भी वर्ष 2010 में फत्फ (मनी लॉण्ड्रिंग रोकने के नियम तय करनेवाली अंतरराष्ट्रीय संस्था) के नियमों का पालन सुनिश्चित कर पाया है।

स्रोत : स्टोलेन एसेट रिकवरी— पॉलिटिकली एक्सपोज्ड पर्सन्स, ए पॉलिसी वेपर ऑन स्ट्रेंथनिंग प्रिवेंटिव मेजर्स (2009), वर्ल्ड बैंक

ऐसा नहीं है कि खनिजों से मालामाल दुनिया के सभी देश अभिशप्त हैं। अफ्रीका में बोत्सवाना, यूरोप में नॉर्वे, उत्तरी अमेरिका में कनाडा, ओशेनिया में ऑस्ट्रेलिया ऐसे देश हैं जिन्होंने समृद्धि के अभिशाप को बेअसर किया है। हीरे जैसे अभिशप्त खनिज से भरपूर बोत्सवाना के ईमानदार राजनेताओं व मजबूत संस्थाओं ने उसे अंगोला या नाइजीरिया नहीं बनने दिया और अपने मुल्क को दुनिया की सबसे तेज विकासवाली अर्थव्यवस्थाओं में शामिल किया। दुनिया के तीसरे सबसे बड़े तेल निर्यातक नॉर्वे ने भी अपनी प्राकृतिक समृद्धि को कायदे से सँभाला है। भारत में झारखंड प्राकृतिक समृद्धि से आनेवाली बीमारियों का बनता हुआ नमूना है। भारत के कुछ अन्य राज्य

भी इससे नसीहत ले सकते हैं, क्योंकि भ्रष्टाचार व हिंसा के रूप में समृद्धि का अभिशाप इस राज्य पर असर करता दिखने लगा है। अगर कोई सबक ले तो संभावनामय झारखंड बोत्सवाना बन सकता है, नहीं तो इसकी हिरण्यगर्भा धरती इसे हथियारबंद गिरोहों और भ्रष्ट नेताओं का अभयारण्य बनाने लगी है।

□

(नवंबर 2009)

देनहार कोई और है

(निजी कंपनियाँ ऐसे कानून बनवाने व बदलवाने में माहिर हैं, जिनसे विकास की जरूरतें भी पूरी होती हों और उनके कारोबारी हित भी सध जाएँ तथा राजनेताओं को बोनस में मेहनताना भी मिल रहा हो तो फिर हिचक किस बात की?)

सिमेंस, बीएई सिस्टम्स, ल्युसेंट, केलाग्स ब्राउन, सन माइक्रोसिस्टम्स और रॉयल डच शेल में क्या समानता है? ये सभी बहुराष्ट्रीय दिग्गज रिश्वत देनेवाली कंपनियों की सूची (अमेरिकी जस्टिस विभाग) के सरताज हैं। फर्डिनांडो मार्कोसो और अल्बर्तो फुजीमोरियो से लेकर मधु कोड़ाओं तक की गिनती लगाते हुए हम यह भूल ही गए कि देनेवाले हाथ भी होते हैं। यह नाम देनेवाले दिग्गज हाथों में से कुछ के हैं, जो यह आर्थिक उदारीकरण के नए और बहुरूप चेहरों से नियंत्रित होते हैं। यह पूरा परिदृश्य भ्रष्टाचार के बड़े राजनीतिक चेहरों के बीच गुम हो जाता है, क्योंकि उदारीकरण के गुण गाते और भ्रष्टाचार को गरियाते हम यह तलाशना भी भूल जाते हैं कि भ्रष्टाचार को कहीं उदारीकरण से पोषण तो नहीं मिलने लगा है। दरअसल अगर लाइसेंस परमिट राज भ्रष्टाचार का पूर्णतः सरकारी और केंद्रित स्वरूप था तो उदारीकरण, कई संदर्भों में, रिश्वतखोरी और भ्रष्टाचार जैसे धतकरमों के विकेंद्रीकृत और अभिनव प्रयोग लेकर आया है। देनेवाले और लेनेवाले हाथ तो वही हैं, लेकिन लेन-देन के ढंग-ढर्रे ज्यादा चुस्त, चतुर और पेचीदा हो गए हैं। पूरी दुनिया वित्तीय कुकर्मों की इस नई पीढ़ी से हलकान है, अलबत्ता लेने-देनेवालों की पौ-बारह है।

गरम मुट्ठी लाख की

ब्रिटेन की हथियार निर्माता बीएई सऊदी अरब में जेट का सौदा हथियाने के लिए

अरबों डॉलर की रिश्वत दे डालती है। मामला ब्रिटेन के सीरियस फ्रॉड ऑफिस के पास है। जर्मन कंपनी औद्योगिक दिग्गज सिमेंस ठेके लेने के लिए दुनिया में 1 अरब डॉलर की रिश्वत बाँट पता नहीं कितनों को भ्रष्ट कर देती है। केलॉग्स नाइजीरियन नौकरशाहों को रिश्वत की लत लगा देती है तो ल्युसेंट चीन के भ्रष्टाचार पोषक माहौल में खुलकर खेलती है। यह सूची बहुत लंबी है और इसमें दर्ज नामों में दिग्गजों की कमी नहीं है। अमेरिका का जस्टिस विभाग ऐसी 120 कंपनियों के खिलाफ जाँच कर रहा है, जिन्होंने दुनिया में बहुतों का ईमान बिगाड़ा है। ओईसीडी हर साल एक रिपोर्ट जारी कर दुनिया को कारोबारी दुनिया में रिश्वतखोरी की डरावनी तसवीर दिखाता है और ट्रांसपेरेंसी इंटरनेशनल हर साल सिर पीटता है; मगर देनेवाले हाथ हमेशा लंबे और मजबूत साबित होते हैं। संभावनामय बाजारों के दरवाजे पर नीतियों की मुहर लेकर बैठे राजनेता और नौकरशाह इनके आसान निशाने हैं। ये राजनेता इन कंपनियों को सिर्फ इसलिए हाथों-हाथ नहीं लेते, क्योंकि यह उनकी समृद्धि की ललक को पूरा करती हैं, बल्कि ये दिग्गज इसलिए भी अपना काम करा ले जाते हैं, क्योंकि यह निवेश, रोजगार, विकास के अग्रदूत बनकर आते हैं। विकास व निवेश के भूखे विकासशील देशों के लिए ये देनेवाले हाथ किसी महादानी के हाथों से कम नहीं होते, इसलिए तीसरी दुनिया के नीति-निर्माता इन दिग्गजों की दागदार दुनिया पर निगाह भी नहीं डालते।

घूस का निजीकरण

➢ ट्रांसपेरेंसी इंटरनेशनल ने अपने 2011 ब्राइब वेयर इंडेक्स में पहली बार यह नापने की कोशिश की कि क्या निजी कंपनियाँ आपस में एक-दूसरे को भी रिश्वत देती हैं? नतीजा चौंकानेवाला था। कंपनियों ने इस रिश्वतखोरी के नए प्रचलन को प्रमाणित किया। निजी कारोबार का यह सबसे अनोखा चेहरा है। ब्रिटेन ने इस निजी घूसखोरी पर लगाम लगाने की कोशिश भी की है। 1 जुलाई, 2011 से लागू हुआ नया यूके ब्राइबरी ऐक्ट निजी कंपनियों के बीच रिश्वतखोरी को भी अपराध मानता है। ट्रांसपेरेंसी इंटरनेशनल का 2011 ब्राइब वेयर इंडेक्स बताता है कि चीनी और रूसी कंपनियाँ रिश्वतें बाँटने में सबसे आगे हैं।

स्रोत : ब्राइब पेयर इंडेक्स (2011), ट्रांसपेरेंसी इंटरनेशनल

और हिचक किस बात की?

पूरी दुनिया में बहुराष्ट्रीय कंपनियों ने ब्राइबिंग के बिजनेस को इतना चुस्त व चतुर कर दिया है कि नेताओं के लिए इनसे डील करना ज्यादा सुरक्षित हो गया है। दर्जनों तरीके हैं, काम कराने से लेकर पैसा देनेवाली एजेंसियों की कई परतें हैं और हित साधने

के साधन पूरी दुनिया में फैले हैं। ओईसीडी परेशान है कि आखिर इन बीच की एजेंसियों का क्या किया जाए, जो कि देनेवाले दिग्गजों और लेनेवाले लालचियों के बीच इतनी सफाई से काम करती हैं कि पकड़ना मुश्किल हो जाता है। दरअसल यह लेन-देन को तरह-तरह के नायाब और वैध आवरण पहनाना अब एक कंसल्टेंसी है, जो बाजार में आसानी से मिलती है। इसीलिए तो विदेश में रिश्वत के खिलाफ दुनिया के जिन देशों में कानून भी हैं वहाँ भी कंपनियों पर शिकंजा कसना मुश्किल होता है। तभी तो एक बहुराष्ट्रीय दिग्गज ने चीन के अधिकारियों को लॉस वेगास की सैर कराकर अपना काम करा लिया और काफी वक्त तक कोई पकड़ नहीं सका। पूरी दुनिया उदारीकरण की दीवानी है। इस दीवानगी में हर देश अपने कानूनों को बदल रहा है, ताकि उसकी जनता को विकास और समृद्धि मिले। यह मिलती भी है, लेकिन इसके साथ देनेवाले हाथों की चालाकी भी आती है। ये हाथ ऐसे कानून बनवाने व बदलवाने में माहिर हैं, जिनसे विकास की जरूरतें भी पूरी होती हों और उनके कारोबारी हित भी सध जाएँ। जाहिर है, जब दोनों काम एक साथ हो रहे हों और राजनेताओं को बोनस में मेहनताना मिल रहा हो तो फिर हिचक किस बात की!

भ्रष्टाचार का उदारीकरण

लाइसेंस-परमिट राज के परम भ्रष्ट दौर को देख चुके लोग उदार नियमों को भ्रष्टाचार का इलाज मानते हैं, मगर जरा भारत पर गौर फरमाइए। जितने बड़े वित्तीय व आर्थिक घोटाले उदारीकरण के पिछले करीब दो दशकों में हुए हैं, उतने पहले के चालीस वर्षों में नहीं हुए। शेयर बाजार, कंपनी प्रबंधन, सरकारी अनुबंध, निवेश कानून, वित्तीय सेवाएँ, अचल संपत्ति, लाइसेंस-परमिट लगभग हर जगह एक न एक बड़ा घोटाला दर्ज हो चुका है। रोचेस्टर इंस्टीट्यूट आफ टेक्नोलॉजी के आर्थिक विभाग ने कुछ वर्ष पहले एक अध्ययन में यह पाया था कि उदारीकरण भ्रष्टाचार दूर करने की दवा नहीं है, बल्कि तीसरी दुनिया के कई देशों में उदारीकरण ने भ्रष्टाचार को खाद-पानी दे दिया है। नियम ढीले हुए हैं, प्रतिस्पर्धा बढ़ी है, नए अवसर आए हैं और निवेशकों ने बाजार की तरफ रुख किया है तो राजनेताओं की मुट्ठियाँ ज्यादा गरम हुई हैं; क्योंकि अब दाँव बड़े हैं और खिलाड़ी कई। कई जगह यह पाया गया है कि जिन देशों में लोकतंत्र और उदारीकरण एक साथ आया, वहाँ भ्रष्टाचार कम पनपा, मगर जिन देशों में लोकतंत्र पहले आया और अर्थव्यवस्थाओं के दरवाजे काफी समय बाद खुले वहाँ उदारीकरण ने लेने और देनेवाले हाथों के लिए चाँदी काटने का इंतजाम कर दिया है। भारत के संदर्भ में अभी इस रिश्ते की पड़ताल होनी है।

भ्रष्टाचार की गुत्थी पहले से कड़ियल है। राजनीति व नौकरशाही ने इसे हमेशा

कसा है और अब दिग्गज कंपनियाँ इसमें एडहेसिव डालकर इसे और सख्त कर रही हैं। दरअसल भारत में लेनेवाले हाथ इतने बड़े हैं कि उनकी ओट में देनेवाले हाथ छिप जाते हैं या फिर बेदाग नजर आते हैं। इसलिए हम इस तंत्र के दूसरे पक्ष की तरफ नहीं देख पाते; मगर दुनिया ने अब कंपनियों पर शिकंजा कसना शुरू कर दिया है। जल्द ही हमें भी इन अपवित्र दानियों की तरफ देखना होगा। तब तक भ्रष्टाचार में फँसे नेता, अच्छे संदर्भों में लिखे गए, रहीम के इस दोहे के सहारे अपना बचाव कर सकते हैं—'देनहार कोई और है भेजत है दिन रैन, लोग भरम हम पर करें तासे नीचे नैन।'

□

(नवंबर 2009)

साँच कहो तो मारन धावै

(पारदर्शिता, सिविल सोसाइटी, फर्जीवाड़ा, अभिव्यक्ति, सच की कीमत)

बड़ी जिद्दी लड़ाई

(भ्रष्टाचार से लड़ाई गुलामी से जंग के मुकाबले ज्यादा कठिन है, क्योंकि इसमें अपनी व्यवस्था के खिलाफ अपने ही लोग लड़ते हैं। पारदर्शिता को रोकने के लिए सरकारों ने संवैधानिक ताकत का अकसर बेजा इस्तेमाल किया है।)

सरकारें क्या ऐसे मान जाती हैं? किस राजनीतिक दल के चुनाव घोषणा-पत्र में आपने भ्रष्टाचार मिटाने की रणनीति पढ़ी है? कब, कहाँ, किस सरकार ने अपनी तरफ से पारदर्शिता की ठोस पहल की है? पारदर्शिता राजनीतिक व प्रशासनिक विशेषाधिकारों का स्वर्ग उजाड़ देती है तो यह 'आ बैल मुझे मार' कौन करेगा? लोकतंत्र में भ्रष्टाचार से जंग तो सिर पटककर पत्थर तोड़ने की कोशिश जैसी है, क्योंकि यहाँ चुनी हुई ही सरकारें पारदर्शिता रोकती हैं और सत्ता पर निगाह जमाए विपक्ष सिर्फ पहलू बदलता है। मगर लोकतंत्र ही इस लड़ाई के लिए सबसे मुफीद माहौल भी देता है। दुनिया गवाह है कि भ्रष्टाचार के खिलाफ लड़ाई हमेशा स्वयंसेवी संगठनों व जनता ने ही शुरू की है। विश्व बैंक, ओईसीडी जैसे अंतरराष्ट्रीय वित्तीय मंचों और संयुक्त राष्ट्र संघ जैसी संस्थाओं ने जब इस लड़ाई का परचम सँभाला है, तब जाकर सरकारें कुछ दबाव में आई हैं। हमें किसी गफलत में नहीं रहना चाहिए। हम बड़ी ही जिद्दी किस्म की लड़ाई में कूद पड़े हैं।

कठिन मोरचा, नए सिपाही

भ्रष्टाचार से अंतरराष्ट्रीय जंग केवल बीस साल पुरानी है। अंतरराष्ट्रीय आर्थिक उदारीकरण व पूर्व-पश्चिम यूरोप के एकीकरण की पृष्ठभूमि में स्वयंसेवी संगठनों ने 1990 की शुरुआत में यह झंडा उठाया था। मुहिम स्थापित राजनीतिक मंचों के बाहर से

शुरू हुई थी। वर्ष 2001 में वोर्तो अलेग्री (ब्राजील) में वर्ल्ड सोशल फोरम मंच पर जुटे। दुनिया भर के स्वयंसेवी संगठन अगले एक दशक में पारदर्शिता के सबसे बड़े पहरुए बन गए। भारतीय सिपाही भी इसी जमात के हैं। ट्रांसपेरेंसी इंटरनेशनल भ्रष्टाचार को लेकर विश्व बैंक की उपेक्षा पर गुस्से से उपजा (1993) था। जो अब भ्रष्ट देशों की अपनी सूची, रिश्वतखोरी सूचकांक और नीतियों की समीक्षा के जरिए सरकारों को दबाव में रखता है। इंटरनेशनल एसोसिएशन ऑफ प्रॉसीक्यूटर्स और इंटरनेशनल चैंबर्स ऑफ कॉमर्स ने मुहिम को तेज किया। तब जाकर वर्ष 1997 में विश्व बैंक ने भ्रष्टाचार के खिलाफ मुहिम की कमान सँभाली, संयुक्त राष्ट्र संघ ने भ्रष्टाचार-विरोधी अंतरराष्ट्रीय संधि (2003) लागू की और यूएन एंटी करप्शन कांपैक्ट बनाया, जिसके तहत 100 से अधिक एनजीओ दुनिया भर में भ्रष्टाचार के खिलाफ लड़ रहे हैं। बर्न डिक्लेयरेशन (स्विस स्वयंसेवी संगठन समूह) ने नाइजीरिया और अंगोला के भ्रष्ट शासकों की लूट को वापस उनके देशों तक पहुँचाकर इस लड़ाई को दूसरा ही अर्थ दे दिया। ठीक ऐसी ही लड़ाई अफ्रीकी एनजीओ शेरवा ने लड़ी थी और कांगो, सिएरा लिओन, गैबन (अफ्रीकी देशों) की लूट को फ्रांस के बैंकों से निकलवाया था। दुनिया में हर जनांदोलन का पट्टा राजनीति के नाम नहीं लिखा है। राजनीति इस लड़ाई को कैसी लड़ेगी, वह तो इसी व्यवस्था को पोसती है।

ताकत के पुराने तरीके

पारदर्शिता की कोशिशों पर सरकारों की चिढ़ नई नहीं है। यह नेताओं व अफसरों के उस खास दर्जे और विशेषाधिकारों को निगल लेती है, जिसके सहारे ही भ्रष्टाचार पनपता है, इसलिए दुनिया के प्रतिष्ठित लोकतांत्रिक देशों में भी इस तरह की कोशिशों के खिलाफ राजनीति हमेशा से आक्रामक रही है। दक्षिण अफीका में चर्चित स्कॉर्पियन कमीशन को दो साल पहले खत्म कर दिया गया। कई बड़े राजनेताओं के खिलाफ जाँच करनेवाले स्कॉर्पियन कमीशन की जाँच के दायरे में वर्तमान राष्ट्रपति जैकब जुमा भी आए थे। यह काम जुमा के राष्ट्रपति बनने से एक साल पहले हुआ और वह भी संसद् के वोट से। इटली के प्रधानमंत्री सिल्वियो बर्लुस्कोनी खर्च घटाने के लिए एंटी करप्शन कमीशन को खत्म करने की पेशकश कर चुके हैं। यहाँ तक कि ब्रिटेन की सरकार ने राष्ट्रीय सुरक्षा की आड़ लेकर ब्रिटिश रक्षा कंपनी बीएई की जाँच रोक दी। सऊदी अरब के अधिकारियों को बीएई से मिली रिश्वत कॉरपोरेट घूसखोरी का सबसे चर्चित प्रसंग है। यही वजह है कि भ्रष्टाचार की लड़ाई में राजनीति पर भरोसा नहीं जमता। सरकारों ने जबरदस्त दबाव के बाद ही भ्रष्टाचार की जाँच के लिए व्यवस्थाएँ की हैं। जैसे जिंबाब्वे के विवादित राष्ट्रपति रॉबर्ट मुगाबे ने हाल में भ्रष्टाचार निरोधक समिति बनाई है। जिन देशों में एंटी करप्शन कमीशन काम कर भी रहे हैं, वहाँ भी जन-दबाव और

स्वयंसेवी संगठनों की मॉनीटरिंग ही उन्हें स्वतंत्र व ताकतवर बनाती है। सरकारें तो उन्हें चलने भी न दें।

आगे और लड़ाई है

हम अभी भ्रष्टाचार से लड़ाई का ककहरा ही पढ़ रहे हैं और हजार आफत हैं। भ्रष्टाचार में देनेवाले हाथों को बाँधना भी जरूरी होता है। विकासशील देशों में कंपनियाँ 20 से 40 अरब डॉलर की रिश्वतें हर साल देती हैं, जो नेताओं व अधिकारियों की जेब में जाती हैं। ट्रांसपेरेंसी इंटरनेशनल ने दुनिया की निजी कंपनियों के 2,700 अधिकारियों के बीच एक सर्वे में पाया था कि भारत, पाकिस्तान, इजिप्ट, नाइजीरिया में करीब 60 फीसदी कंपनियों को रिश्वत देनी होती है। बहुराष्ट्रीय कंपनियों के अधिकारी मानते हैं कि भ्रष्टाचार परियोजनाओं की लागत 10 से 25 फीसदी तक बढ़ा देता है। इथिस्फियर संगठन दुनिया में सबसे साफ-सुथरी कंपनियों की पड़ताल करता है। इसकी सूची में एक भी भारतीय कंपनी नहीं है। यहाँ तक कि दुनिया के तमाम नामचीन ब्रांडों व कंपनियों को कारोबारी पारदर्शिता की रेटिंग में जगह नहीं मिली है। इथिस्फियर ने निष्कर्ष दिया था कि पारदर्शी कंपनियों ने वर्ष 2007 से 2011 तक शेयर बाजार में अन्य कंपनियों के मुकाबले ज्यादा बेहतर प्रदर्शन किया। यानी बाजार पारदर्शिता की कद्र करता है। जब भ्रष्टाचार के खिलाफ मुहिम निजी क्षेत्र की दिशा में बढ़ेगी तो पेचीदगी और चुनौतियाँ नए किस्म की होंगी। यूरोप व अमेरिका इन देनेवाले हाथों की मुश्कें भी कसने लगे हैं।

कठिन कामयाबी

➢ दुनिया में भ्रष्टाचार के खिलाफ लड़ाई अकसर राजनीतिक दबाव में ही शुरू होती है। किसी बड़े मामले के खुलने के बाद सरकारें राजनीतिक नुकसान रोकने के लिए सक्रिय दिखती हैं, मगर बाद में ये लड़ाइयाँ बिखर जातीं, इसलिए भ्रष्टाचार के खिलाफ कामयाबी का ग्राफ पूरी दुनिया में एक साथ नहीं है। सिंगापुर, हांगकांग जैसे सफल मॉडलों के विपरीत भारत, थाईलैंड, ब्राजील, तंजानिया, युगांडा आदि में भ्रष्टाचार के खिलाफ सरकारी लड़ाइयाँ बीच में ही दम तोड़ गईं।

स्रोत : एंटी करप्शन कमीशन, वैनेशिया ऑर रियल मेडिसिन टु फाइट करप्शन— जॉन एस हेइलबर्न (2004), वर्ल्ड बैंक

भ्रष्टाचार से लड़ाई—दुनिया की तसवीर

भ्रष्टाचार रोधी एजेंसी	मामले, जाँच और कारवाई	रोकथाम, संपत्ति घोषणाएँ, जागरूकता, सूचना प्रसार
अर्जेंटीना, एंटी करप्शन ऑर्गेनाइजेशन (1990 से 2002)	–1784 मामलों की जाँच शुरू –81 फीसदी जाँच पूरी –489 मामले अदालतों को सौंपे –अदालती जाँच में 14 फीसदी वृद्धि –44 अभियोजन, 22 मामले बंद	99 फीसदी सरकारी कर्मचारियों ने अपने आय व वित्तीय ब्योरे सार्वजनिक किए
ऑस्ट्रेलिया न्यू साउथ वेल्स आईसैक (2000–01)	–1,509 शिकायतें, 2,058 आरोप –जाँच के बाद सुधारों की 265 सिफारिशें –6 जाँच रिपोर्ट –10 अभियोजन –10 अनुशासनात्मक कारवाई	–4 प्रिपेंशन रिपोर्ट –7 रिसर्च रिपोर्ट –148 सिफारिशों का क्रियान्वयन
बोत्सवाना डीसीईसी (2000)	–1475 शिकायतें –390 मामलों की जाँच –1,085 मामले अन्य एजेंसियों को सौंपे गए या कोई कारवाई नहीं हुई	–सार्वजनिक भ्रष्टाचार पर 145 प्रजेंटेशन
हांगकांग आईसैक (1999) सरकार के कामकाज	मामले दर्ज –216 मामलों की पड़ताल –रिश्वत के शिकायत करनेवाले 98 फीसदी लोगों का बयान 48 घंटे में दर्ज –89 शिकायतों पर एक साल में जाँच पूरी –504 लोगों पर भ्रष्टाचार के मामले –302 पर अभियोग	–रिश्वतखोरी के 3,561 – पर 106 विस्तृत अध्ययन –भ्रष्टाचार दूर करने की सलाह के लिए निजी कंपनियों से 260 अनुरोध –सलाह व प्रशिक्षण के अनुरोधों पर 48 घंटे में जवाब

मलेशिया एसीए (1999)	–413 जाँच –1998 से 213 केस लंबित –360 अभियोजनों की शुरुआत –283 गिरफ्तारियाँ, 18 सरकारी 127 निजी व्यक्ति –152 मुकदमे पूरे –89 अभियोजन, 56 लोग बरी	
फिलीपींस (ओम्बड्समैन) 2000	–9,739 नए मामले –2,209 मामले अदालत में दाखिल –514 मामलों में सरकारी अधिकारियों पर पेनाल्टी लगाई	–भ्रष्टाचार की रोकथाम की सलाह के लिए 10,583 अनुरोध
तंजानिया (पीसीबी) 2000	–1128 मामलों की जाँच जारी –94 अभियोजन	–12 पब्लिक मीटिंग –225 सेमिनार

स्रोत : एंटी करप्शन एजेंसीज (एसीए) ऑफिस ऑफ डेमोक्रेस ऐंड गवर्नेंस एंटी करप्शन प्रोग्राम ब्रीफ (2006) यूसएड

भ्रष्टाचार से लड़ाई गुलामी से जंग के मुकाबले ज्यादा कठिन है, क्योंकि इसमें अपनी व्यवस्था के खिलाफ अपने ही लोग लड़ते हैं। सरकारें विशाल मशीनें हैं, राजनीति जिन्हें चलाती है। लोकतंत्रों में पाँच साल के लिए मिला जन–समर्थन अकसर संविधान के मनमाने इस्तेमाल की गारंटी बन जाता है। पारदर्शिता को रोकने के लिए सरकारों ने अपनी इस संवैधानिक ताकत का अकसर बेजा इस्तेमाल किया है। फिर भी दुनिया भ्रष्टाचार से लड़ रही है, क्योंकि भ्रष्टाचार सबसे संगठित किस्म का मानवाधिकार उल्लंघन है। यह वित्तीय पारदर्शिता को समाप्त करता है और विकास को रोकता है। दुनिया के बहुतेरे देश हमारे साहस पर रश्क कर रहे हैं। हमें फख्र होना चाहिए कि हम दुनिया में बहुतों से पहले जाग गए हैं। और जब जाग गए तो हैं अब सोने का कोई मतलब नहीं है।

□

(अगस्त 2011)

घोटालों की रोशनी

(कलंक की कथाएँ हमें हमारी लोकतांत्रिक संस्थाएँ वापस लौटा रही हैं। यह सौदा महँगा जरूर है, मगर उम्मीद जगाता है।)

घोटालों के कीचड़ के बीच भी क्या हम उम्मीद के कुछ अँखुए तलाश सकते हैं? भ्रष्टाचार के कलंक की आँधी के बीच भी क्या कुछ बनता हुआ मिल सकता है? यह मुमकिन है। जरा गौर से देखिए, घोटालों की धुंध के बीच हमारी संवैधानिक संस्थाओं की ताकत लौट रही है, कानूनों की जंग छूट रही है और आजादी के नए पहरुए नए ढंग से अलख जगा रहे हैं। घोटालों के अँधेरे के किनारों से झाँकती यह रोशनी बहुत भली लगती है। यह रोशनी सिर्फ लोकतंत्र का सौभाग्य है।

संविधान की सत्ता

डॉ. अंबेडकर ने संविधान बनाते समय कैग (नियंत्रक व महालेखा परीक्षक) को देश के वित्तीय अनुशासन की रीढ़ कहा था, मगर व्यावहारिक सच यही है कि पिछले छह दशक के इतिहास में कैग एक उबाऊ, आँकड़ाबाज और हिसाबी किताबी संस्थान के तौर पर दर्ज था। ऑडिट रिपोर्ट बोरिंग औपचारिकता थी और कैग की लंबी ऑडिट टिप्पणियों पर सरकारी विभाग उबासी लेते थे। कारगिल युद्ध के दौरान ताबूत खरीद, विनिवेश पर समीक्षा के कुछ फुटकर उदाहरण छोड़ दिए जाएँ तो देश को यह पता भी नहीं था कि कैग के पास इतने पैने दाँत हैं। एक ऑडिट एजेंसी को मंत्रियों को हटवाते (राजा व देवड़ा), प्रधानमंत्री की कुरसी हिलाते और मुख्यमंत्रियों (सीडब्लूजी) के लिए साँसत बनते हमने कभी नहीं देखा था। कैग अब भ्रष्टाचारियों को सीबीआई की तरह डराता है। घोटालों की अब कैग जाँच की माँग होती है। यह अंबेडकर की

उम्मीदोंवाले कैग का पुनर्जन्म है। याद नहीं पड़ता कि सुप्रीम कोर्ट इतना ताकतवर पहले कब दिखा था। आपातकाल के कुछ प्रसंगों को छोड़ दें तो न्यायपालिका को लोग सिर्फ देर और अँधेर के लिए याद करते थे। भ्रष्टाचार ने अदालत को उसकी संवैधानिक ताकत लौटा दी है। मंत्रियों को जेल भेजता, जाँच एजेंसियों को लताड़ता, अधिकारियों को हटाता, पीएमओ को सवालों में घेरता, राज्य वालों को संविधान सिखाता और जंग लगे कानूनों को नकारता सुप्रीम कोर्ट एक शुभ परिदृश्य है। इसकी सक्रियता से चिढ़नेवाले सिर्फ डरपोक हैं। लोकायुक्तों के नाम अब सरकारी डायरियों में भी लोकायुक्त मुश्किल से मिलते हैं। मगर लोकायुक्त की रिपोर्ट जब एक मुख्यमंत्री (येदुरप्पा) को खा जाए और दूसरे मुख्यमंत्री (शीला दीक्षित) की जान की साँसत बन जाए तो हमें मानना चाहिए कि **कलंक की कथाएँ हमें हमारी लोकतांत्रिक संस्थाएँ वापस लौटा रही हैं। यह सौदा महँगा जरूर है, मगर उम्मीद जगाता है।**

सीएजी यानी दूसरी अदालत

- 'यदि मैं अपनी व्यक्तिगत राय दूँ तो यह अधिकारी (ऑडिटर जनरल) भारत के संविधान का सबसे अहम अधिकारी है और उसका दायित्व न्यायपालिका से कहीं ज्यादा बड़ा है। इसलिए उसे अदालतों की तरह ही स्वतंत्र होना चाहिए।'— डॉ. भीमराव अंबेडकर
- भारत में ऑडिटर जनरल का कार्यालय अंग्रेजी राज के साथ शुरू होनेवाले पहले कार्यालयों में था। ब्रिटेन के सिंहासन ने सन् 1858 में ईस्ट इंडिया कंपनी से भारत का अधिकार ले लिया था। इसी वर्ष नियंत्रक व महालेखा परीक्षक ने काम करना शुरू किया। आजादी के बाद संविधान सभा ने न केवल सीएजी को विशेष दर्जा दिया, बल्कि लंबी बहस के बाद राज्यों के लिए अलग-अलग सीएजी तैनात किए जाने का प्रस्ताव भी खारिज कर दिया। डॉ. अंबेडकर तो सीएजी के स्टाफ को नियुक्त करने का अधिकार भी सरकार को देने के पक्ष में नहीं थे।

स्रोत : कंट्रोलर ऐंड ऑडिटर जनरल ऑफ इंडिया— अ थीमेटिक हिस्टरी (2007) विजय कुमार

कानूनों का पुनरुद्धार

अगर ग्रेटर नोएडा के किसान न भड़कते तो सरकारें सौ साल पुराने जंगी कानून के सहारे जमीन लेकर बिल्डरों को बाँटती रहतीं। कानूनों में बदलाव हर बदलते देश की जरूरत है। यह हमारा दुर्भाग्य है कि हम संकटों के बाद ही सुधार की तरफ बढ़ते हैं। मगर ध्वंस के सहारे ही सही, निर्माण तो शुरू हुआ है। आर्थिक सुधारों के शुरुआती दौर

के बाद देश में कानूनों की नई पीढ़ी लाने का काम बस्तों में बंद हो गया। इसलिए कहीं कानूनों के तहत लूट हुई तो कहीं लूट को रोकनेवाले कानून ही नहीं थे। सुप्रीम कोर्ट में सरकार नहीं बल्कि उसकी विधि व्यवस्था और नीतियों का ढाँचा लताड़ खा रहा है। पारदर्शिता से प्राकृतिक संसाधनों के प्रबंधन तक और ऊर्जा से लेकर दूरसंचार तक कानूनों व नीतियों की पूरी जमात कठघरे में है और सरकार को अब इन्हें नए सिरे से लिखना पड़ेगा। कंपनियों को मनमाने ढंग से स्पेक्ट्रम बाँटकर घोटाले गढ़ने के बाद अब नए स्पेक्ट्रम कानून की तैयारी शुरू हुई है। आर्थिक पारदर्शिता और काले धन पर कानूनों की नई पीढ़ी का खयाल घोटालों की बाढ़ के बाद आया। शिक्षा और चिकित्सा घोटालों के बाद नियामक तंत्र को चुस्त करने की कोशिश शुरू हुई है। सियासत चाहे जो ना-नुकर करे, मगर ताकत दिखाती संवैधानिक संस्थाएँ सरकारों को कई नए कानूनों व नीतियों पर मजबूर कर देंगी। लोकपाल शायद उनमें से एक होगा। कानून अराजकता शुरू होने से पहले ही बनने चाहिए, मगर **कई बार व्यवस्थाएँ ठोकर खाकर सीखती हैं। हम भी उनमें से एक हैं।**

जनता की अदालत

- सुप्रीम कोर्ट में जनहित याचिकाओं की इजाजत भारत में न्यायिक व्यवस्था की एक नई करवट थी। वैसे 1975 में इंदिरा गांधी के चुनाव से जुड़ा अदालत का फैसला ऐतिहासिक था, मगर न्यायिक सक्रियताओं का असली दौर जनहित याचिकाओं (पब्लिक इंट्रेस्ट लिटिगेशन) के साथ शुरू हुआ। 1982 में एस.वी. गुप्ता बनाम यूनियन बैंक ऑफ इंडिया का मुकदमा (1982) जनहित याचिकाओं के संदर्भ में अहम था। श्रमिकों को कम मजदूरी, बँधुआ मजदूर, कैदियों, रेहड़ी-पटरीवाले, भोपाल गैस पीड़ितों पर से लेकर प्रशासनिक तंत्र को जगाने, भ्रष्टाचार के मामलों की निगरानी (विनीत नारायण बनाम भारत सरकार 1996) से राजनीतिक भ्रष्टाचार (कॉमन कॉज बनाम भारत सरकार 1996) से लेकर हाल के 2जी घोटाले तक कई ऐतिहासिक फैसले जनहित याचिकाओं से निकले हैं।

पहरेदारों की ताकत

भ्रष्टाचार की आँधी ने निगहबानी के तरीके बदल दिए हैं। पहरुओं की एक पूरी नई पीढ़ी मैदान में आ जमी है, जो कालिख के खेल को सामने ला रही है और सक्रिय संवैधानिक संस्थाओं की आँख-कान बन गई। उड़ीसा के लांजीगढ़ में निजी कंपनी वेदांत की मनमानी पर अदालत का हथौड़ा चलवाने का काम एक स्वयंसेवी संगठन ने किया था। उसके बाद वन्य भूमि पर आदिवासियों के हक से जुड़े कानूनों का पुनरुद्धार

भी शुरू हुआ। 2 जी घोटाले में केंद्रीय मंत्री और कॉरपोरेट दिग्गजों को जेल पहुँचानेवाली अदालती मुहिम एक स्वयंसेवी संस्था की थी। 'विकीलीक्स' ने दुनिया को सच बताने के एक नए तरीके से परिचित कराया। तरीका इतना बेबाक और असरदार था कि सच के पारंपरिक पहरुओं यानी अखबारों व समाचार चैनलों को अपनी इस नई पीढ़ी को सिर पर उठाकर घूमना पड़ा। घोटालों की कालिख सच बोलने व सुनने के आग्रह बढ़ा रही है और सच बताने के पारंपरिक मॉडल टूट रहे हैं। लोकपाल को लेकर सरकार से जूझते स्वयंसेवी संगठनों की शुरुआती हार पर निराश होने की जरूरत नहीं है। यह एक आदर्श जद्दोजहद है, जो लंबे समय तक और लगातार चलेगी तथा चलनी चाहिए।

बदलाव हमेशा गिफ्ट पैक में बँधकर नहीं आते। संकट, अनिश्चितताएँ व भ्रम अकसर बहुत कीमती तोहफे देकर जाते हैं। बड़े दलों की कमजोरी से उभरी गठजोड़ की राजनीति ने चुनाव आयोग को स्वतंत्र कर दिया और टी.एन. शेषन के जरिए चुनाव सुधर गए। नौवें दशक के आर्थिक संकट ने हमें दूसरी आजादी यानी आर्थिक सुधार दिए थे। भ्रष्टाचार से घिरी नरसिम्हा राव सरकार बस सिर्फ इन्हीं सुधारों के कारण अविस्मरणीय हो गई है। मनमोहन सिंह की सरकार ने भ्रष्टाचार को पाल-पोसकर कैग (CAG) जैसी संवैधानिक संस्थाओं को नई भूमिका और सुप्रीम कोर्ट की सराहनीय सक्रियता का मौका दिया है। इसमें कोई शक नहीं कि सरकारें संवेदनशील, पारदर्शी, जिम्मेदार और दूरदर्शी होनी चाहिए; लेकिन अगर कच्चा माल ही खोटा हो तो आप क्या करेंगे। राजनीतिक सरकारों का कच्चा माल, क्वालिटी बुरी तरह खराब है, जिसे सुधरने में वक्त लगेगा। ऐसे मौकों पर संवैधानिक संस्थाओं की ताकत ही मसीहा बन जाती है। यह ताकत केवल लोकतंत्र की नियामत है।...किस्मत से हमारे पास भरा-पूरा लोकतंत्र है।

□

(अगस्त 2011)

पारदर्शिता का खौफ

(पारदर्शिता की रोशनी से सियासत व सरकारें क्यों डरती हैं? खौफ शायद अपने खास होने का दर्जा छिन जाने का है। सियासत का मतलब है वीआईपी होकर राज करना, जबकि पारदर्शिता इसे नियमों में बँधी ड्यूटी बना देती है।)

डर सबको लगता है, सरकारों को भी। पारदर्शिता के खौफ से सर्वशक्तिमान सरकारें भी ठंडा पसीना छोड़ जाती हैं। पारदर्शिता की एक मुहिम ताकत की तलवारों से लैस और कानूनों के कवच में घिरे सत्ता प्रतिष्ठानों को चूजा बना देती है। भारत में इस समय पारदर्शिता से डरे चेहरों की परेड चल रही है। हमारे पास एक बेचैन सरकार है, जो पारदर्शिता के आग्रहों से घबराकर जंग लगे तर्कों के खोल में घुस गई है और युवा, खुलते व उदार होते देश पर अपनी जिद लाद रही है। पारदर्शिता से मुँह चुराता हुआ एक विपक्ष भी हमें मिला है, जो अजीबोगरीब तर्कों की कलाबाजियों से देश का मन बहला रहा है। यकीनन, पारदर्शिता का खौफ बड़ा विकट है। यह डर लोकपाल का है ही नहीं। राजनेताओं का कुनबा तो दरअसल अपने विशेषाधिकारों, विवेकाधिकारों व कानून से परे दर्जे को बचाने के लिए काँव रहा है, जो पारदर्शिता की ताजा कोशिशों के कारण खतरे में हैं। पूरी सियासत सत्ता के शिखरों (प्रधानमंत्री, सुप्रीम कोर्ट आदि-आदि) से लेकर नीचे तक सबकुछ ढका-छिपा रखना चाहती है। नेताओं पर पारदर्शिता का यह आतंक भूमंडलीय किस्म का है। भ्रष्टाचार-विरोधी कोशिशें पूरी दुनिया में, भारत जैसी ही जिदों से टकरा रही हैं। भारत तो विशेषाधिकारों का जंगल है। इसलिए पारदर्शिता की हाँक लगते ही छिपने-छिपाने के आग्रह हमलावर हो गए हैं। गौर से देखिए, विरोध करनेवालों या जवाब से बचनेवालों की दाढ़ी में बहुत से तिनके हैं।

सीजर की बीवियाँ

पॉम्पेयी को तलाक देते हुए जूलियस सीजर ने यूँ ही नहीं कहा था कि सम्राट् की पत्नी को संदेह से परे *(सीजर्स वाइफ मस्ट बी अबव सस्पिशन)* होना चाहिए। सार्वजनिक जीवन में शुचिता के इस महामंत्र को सीजर की तमाम आधुनिक बीवियाँ यानी राजनेता (अपने प्रधानमंत्री भी) उवाचते रहे हैं। मगर पारदर्शिता का कत्ल इन बड़ों के दफ्तर में ही होता है। दुनिया राजनीतिक भ्रष्टाचार पर देर से जागी है। आठवें दशक के अंत में कुछ बड़े जन आंदोलनों (चीन, ब्राजील, बँगलादेश, फिलीपींस) के बाद भ्रष्टाचार के खिलाफ राष्ट्रीय व बहुपक्षीय मुहिम (इंटर अमेरिकन कन्वेशन अगेंस्ट करप्शन 1996, ओईसीडी कन्वेशन अगेंस्ट ब्राइबरी 1997, यूएन कोड ऑफ कंडक्ट फॉर पब्लिक ऑफिशियल्स 1996) शुरू हुईं, जो दिसंबर 2003 में भ्रष्टाचार पर संयुक्त राष्ट्र की सहमति तक पहुँचीं। मगर इसके बाद की राह राजनेताओं के विशेषाधिकार व कानून से ऊपर दर्जे (प्रिविलजेज ऐंड इम्यूनिटीज) ने रोक ली है। प्रतिष्ठित अंतरराष्ट्रीय गैलव सर्वेक्षण में 63 फीसदी लोगों ने नेताओं के मिले इस खास दर्जे को भ्रष्टाचार की जड़ बताया था, क्योंकि पारदर्शी जाँच के लिए कानून की निगाह में सबका समान होना जरूरी है। जन प्रतिनिधियों को विशेषाधिकारों के ब्रितानी व फ्रांसीसी दोनों मॉडल इस्तेमाल में आते हैं। एक के तहत चुने हुए नुमाइंदों को कानून व अदालत अपनी बात रखने से नहीं रोक सकते। जबकि फ्रांसीसी मॉडल यह आजादी तो देता है, मगर प्रतिनिधि सभा (विधायिका) इसे सीमित कर सकती है। संसदीय और न्यायिक विशेषाधिकारों की हर देश में अपनी व्यवस्था है, जिसमें सांसदों के लिए गिरफ्तारी से बचने का अधिकार तक है। विशेषाधिकारों के तंत्र ने ऐसे लोगों का समूह तैयार कर दिया है, जो कानून से ऊपर और लोकतंत्र पर भारी हैं।

सच का डर

- *सियासत में सच का डर बहुत बड़ा है। यूएसएड ने दुनिया के 118 देशों में राजनीतिक दलों व राजनीतिक नेताओं के लिए पारदर्शिता के नियमों की एक पड़ताल की तो पता चला कि 40 फीसदी देशों में जनता यह नहीं जानती कि उनके नेताओं को पैसा कौन देता है और चुनावों का खर्चा कैसे चलता है। केवल 13 फीसदी देशों के राजनीतिक दल व नेता पारदर्शी ढंग से जनता को सच बताते हैं। 23 फीसदी देशों में राजनीतिक पारदर्शिता का कोई कानून ही नहीं है, जबकि 17 फीसदी में न के बराबर है। इन 17 फीसदी में भारत भी शामिल है।*

स्रोत : ग्लोबल करप्शन रिपोर्ट— पॉलिटिकल करप्शन (2004), ट्रांसपेरेंसी इंटरनेशनल

विरोधियों की जमात

राजनेताओं की यह चालाक और ताकतवर जमात आसानी से मानती कहाँ है, इसलिए भ्रष्टाचार-विरोधी मुहिम के हाथ सफलताएँ देर से लगती हैं और आंदोलन धैर्य की चरम परीक्षा होते हैं। पारदर्शिता का गला घोंटने की कोशिशें हमारे ताजा इतिहास के दागदार किस्से हैं। इटली के प्रधानमंत्री सिल्वियो बर्लुस्कोनी ने वर्ष 2003 में संसद् के कानून के सहारे खुद को अभियोजन से परे कर लिया। पिछले साल अक्तूबर में संसद् ने यह कानून बदला और तब जाकर बर्लो जाँच के दायरे में आए। वर्ष 2000 में कजाकिस्तान का राष्ट्रपति बनते ही नूर सुल्तान नजरबाएव ने खुद को आजीवन अभियोजन से मुक्त घोषित कर दिया। वर्ष 2003 में यही काम किर्गिस्तान के राष्ट्रपति अस्कर अकाएव ने किया। 2003 में फ्रांस के राष्ट्रपति जैक शिराक भ्रष्टाचार के आरोपों और अपने विशेषाधिकार बढ़वाने की कोशिशों के कारण विवाद में घिरे थे। पिछले एक दशक के दौरान दुनिया में कम-से-कम छह ऐसे मामले आए हैं, जब राष्ट्राध्यक्षों या संसद् के स्तर पर विशेषाधिकार बढ़ाए गए हैं। किर्गीज व कजाकिस्तान, फ्रांस, इटली जैसे ही ग्रीस, ग्वाटेमाला और अजरबैजान में सियासत ने इसी तर्ज पर नई ताकत हासिल कर ली और पारदर्शिता की कोशिशों को ठिकाने लगा दिया। कानून से ऊपर रहने के अधिकार बचाने के लिए पक्ष-विपक्ष हमेशा एक हो जाते हैं, इसलिए नीचेवाले राजनीतिक शीर्ष को पारदर्शिता से बचाते हैं और शीर्ष नेतृत्व अपने अनुयायियों को। भारत में यह स्थिति साफ देखी जा सकती है।

उम्मीद की रोशनी

सरकार कहती रहे कि दुनिया में कहीं कुछ नहीं बदला, मगर नेताओं के विशेषाधिकारों को कतरने व छीनने की कोशिशें सफल हो रही हैं। अल्बानिया ने इस फरवरी में पूर्व राष्ट्रपति का विशेषाधिकार छीनकर उन्हें जाँच के सामने धकेल दिया। नेपाल में संसद् की इजाजत के बिना प्रधानमंत्री व सांसदों के खिलाफ जाँच शुरू करने का कानून मंजूर हो चुका है। 2002 में निकारगुआ की संसद् ने पूर्व राष्ट्रपति का विशेषाधिकार खत्म कर दिया और जांबिया की संसद् व सुप्रीम कोर्ट ने मिलकर (2003) राष्ट्रपति चिलुबा का विशेषाधिकार निरस्त कर दिया। आदर्श व्यवस्था की एक थाती नीदरलैंड के पास सन् 1884 से है, जहाँ चुने हुए प्रतिनिधि आपराधिक व कानूनी मामलों में आम नागरिक जैसे हैं, विशेषाधिकार केवल संसद् में कामकाज तक सीमित है। इसे आजमाने की कोशिश कई जगह हो रही है। बेल्जियम में पुलिस सांसदों के यहाँ छापा मारने व जाँच को स्वतंत्र है। स्वीडन व फिनलैंड सांसदों के विशेषाधिकार कम कर रहे हैं। दरअसल जन प्रतिनिधियों को विशेषाधिकार लोकतंत्र की हिफाजत के लिए

मिले थे, जो अब भ्रष्टतंत्र का कवच बन गए हैं। कोई जिंदा समाज आखिर कब तक यह होते देख सकता है।

लोग यह समझ नहीं पाते कि पारदर्शिता की रोशनी से सियासत व सरकारें क्यों डरती हैं। आखिर वे छिपाना क्या चाहती हैं? खौफ दरअसल अपने खास होने का दर्जा छिन जाने का है। सियासत से समाज-सेवा जैसे तर्क बोदे हैं? कानून से ऊपर होना ही सियासत के पेशे का इकलौता आकर्षण है। सियासत वीआईपी होकर राज करने का नाम है, जबकि पारदर्शिता इसे नियमों में बँधी ड्यूटी बना देती है। मगर समस्या यह है कि सत्ता के शिखरों को कानून से परे रखकर मिलनेवाली पारदर्शिता सिर्फ कॉमेडी ही होगी। सीजर की बीवियाँ (जन-सेवक, जन-प्रतिनिधि) अब खुले अपराधों में गले तक धँसी हैं, इसलिए लोग सियासत के परदे नोचने को बेताब हैं। वर्ष 2002 में निकारगुआ में 5 लाख लोगों ने एक जन याचिका के जरिए भ्रष्ट राष्ट्रपति अर्नाल्डो अलेमान पर मुकदमा चलाने के लिए संसद् को बाध्य कर दिया था। आंदोलन, अदालत या वोट का रास्ता कोई भी हो सकता है, लेकिन सीजर की बीवियों को शक से परे होना ही चाहिए। इससे कम में काम नहीं चलेगा।

□

(जून 2011)

परदा जो उठ गया

(गोपनीयता के पैरोकार अकसर यह भूल जाते हैं कि पारदर्शिता समाज पर किया गया कोई अहसान नहीं है। घोटालों की जली दुनिया को अब कोई परदेदारी मंजूर नहीं है।)

जरा देखिए तो, शर्म से लाल हुए चेहरों की कैसी अंतरराष्ट्रीय नुमाइश चल रही है। अमेरिका से अरब तक और भारत से यूरोप तक मुँह छिपा रहे राजनयिकों ने नहीं सोचा था कि विकीलीक्स (एक व्हिसिल ब्लोइंग वेबसाइट) सच की सीटी इतनी तेज बजाएगी कि कूटनीतिक रिश्तों पर बन आएगी। दुनिया के बैंक समझ नहीं पा रहे हैं कि आखिर सब उनकी कारोबारी गोपनीयता को उघाड़ क्यों देना चाहते हैं। कहीं (भारत में) कारोबारी लामबंदी बनाम निजता बहस की गरम है, क्योंकि कुछ फोन टेप कई बड़े लोगों को शर्मिंदा कर रहे हैं। अदालतें सरकारी फाइलों में घुसकर सच खँगाल रही हैं। पूरी दुनिया में पारदर्शिता के आग्रहों की एक नई पीढ़ी सक्रिय है, जो संवेदनशीलता, गोपनीयता व निजता की मान्यताओं को तकनीक के मूसल से कूट रही है और सच बताने के पारंपरिक जिम्मेदारों को पीछे छोड़ रही है। कूटनीति, राजनीति, कारोबार सभी इसके निशाने पर हैं। कहे कोई कुछ भी, मगर घपलों, घोटालों, संस्थागत भ्रष्टाचार और दसियों तरह के झूठ से आजिज आम लोगों को ये दो–टूक तेवर भा रहे हैं। दुनिया सोच रही है कि जब घोटाले इतने उम्दा किस्म के हो चले हैं तो फिर गोपनीयता के पैमाने पत्थर युग के क्यों हैं?

खतरनाक गोपनीयता

ग्रीस की संप्रभु सरकार अपने कानूनों के तहत ही अपनी घाटे की गंदगी छिपा रही

थी। परदा उठा तो ग्रीस ढह गया। ग्रीस के झूठ की कीमत चुकाई लाखों आम लोगों ने, जो पलक झपकते दिवालिया देश के नागरिक बन गए। यूरोप व अमेरिका की वित्तीय संस्थाओं ने नीतियों के परदे में बैठकर तबाही रच दी। अमेरिका से लेकर आयरलैंड तक आम लोग अपने बैंकों के दरवाजे पीटकर यही तो पूछ रहे हैं कि यह कैसी कारोबारी गोपनीयता थी, जिसमें उनका सबकुछ लुट गया। एनरॉन, वर्ल्ड कॉम से लेकर सत्यम और एलआईसी हाउसिंग तक सब इसी किस्म की गोपनीयता की खौफनाक नजीरें हैं। अमेरिका में प्रति सांसद लॉबीइंग का खर्च 2 लाख डॉलर पर पहुँच रहा है। करीब 1,600 लॉबीइंग एजेंसियाँ नीतियों को अपने हिसाब से मोड़ने पर 2.8 अरब डॉलर फूँक डालती हैं। ब्रुसेल्स में 1,500 कंपनियाँ यूरोपीय समुदाय की नीतियों को प्रभावित करने के पेशे में लगी हैं। हमारे यहाँ नीरा राडिया जैसी कई इनकी नुमाइंदगी करते हैं। जनता को यह जानने का हक है कि कारोबारी या नीतिगत गोपनीयता के पीछे क्या है। इसलिए भारत के एक प्रतिष्ठित कॉरपोरेट घराने को जिस टेप से निजता की सीमाएँ टूटती दिखती हैं उसी में अगर जनता को कारोबारी ईमानदारी का जनाजा निकलता दिखे तो क्या बुरा है। भ्रष्ट राजनेताओं, लालची कंपनियों और धोखेबाज बैंकों ने पारदर्शिता बनाम गोपनीयता के पुराने पैमानों को सिर के बल खड़ा कर दिया है। गोपनीयता की मौजूदा परंपरा संकट पालने लगी है। मगर मुश्किल यह है कि इतने कड़े खोल तोड़कर सच बताने के लिए जिद्दी किस्म के नए प्रतिष्ठानों की जरूरत पड़ती है। विकीलीक्स वाकई धमाकेदार है।

पाबंदियों की पेशबंदी

- सियासत को विकीलीक्स का सच पचना मुश्किल है। सरकारों का गुस्सा विकीलीक्स या जूलियन असांजे पर कारवाई तक सीमित नहीं है। सच बताने के इस दौर और सच छिपाने के पैराकारों की लड़ाई नवंबर 2011 में एक नए मुकाम पर पहुँच गई। अमेरिका की एक अदालत ने असांजे की सहयोगी बिरगिटा जॉसडोटिअर के ट्विटर अकाउंट का ब्योरा तलब कर लिया। इससे इंटरनेट पर निजता और बोलने की आजादी को लेकर एक नई बहस की शुरुआत हो गई। इसे सोशल नेटवर्कों पर सरकारी शिकंजा कसने की शुरुआत भी कहा जा सकता है। यानी सच के लिए हजार खतरे हैं।

स्रोत : गार्जियन को यूके (नवंबर 2011)

नए सच, नए प्रवक्ता

उड़ीसा के लांजीगढ़ में खनन कंपनी वेदांत की कारगुजारी स्वयंसेवी संगठनों के

जरिए दुनिया के सामने आई। मंत्री से लेकर प्रधानमंत्री तक सबको कठघरे में खड़ा करनेवाला स्पेक्ट्रम घोटाला अदालत के पास एक एनजीओ के जरिए पहुँचा। एक पुलिसवाले ने छद्म नाम से लिखे अपने ब्लॉग में ब्रिटेन की पुलिस की पोल खोल दी तो ताजा वित्तीय संकट की चेतावनी बाजार के पहरेदारों से नहीं बल्कि अर्थशास्त्रियों के बौद्धिक विमर्श से निकली। यकीनन पूरी दुनिया अपने राजनयिकों से ऐसे दोहरे आचरण की अपेक्षा नहीं रखती जैसा कि विकीलीक्स के केबलगेट में दिखा है। भ्रष्ट और रिश्वतखोर दुनिया का चेहरा अब ट्रांसपेरेंसी इंटरनेशनल जैसे एनजीओ दिखाते हैं। पर्यावरण और आदिवासी हितों से जुड़े सच अब और कोई बोल रहा है। भारत में अदालतें सरकारी फाइलों को खोलकर सच निकलवाती हैं, हालाँकि उनके आँगन में भी बड़ी गंदगी है। इस सबके बीच सच बतानेवाले पारंपरिक प्रतिष्ठानों (मीडिया, नियामक, संवैधानिक पहरुए) का नेपथ्य में चले जाना हैरतअंगेज है। सभी लोकतंत्रों में एक ऐसा तंत्र जरूर है, जो सिर्फ पारदर्शिता तय करने के लिए बना है; मगर इन सैकड़ों किस्म के नियामकों के मुँह से वक्त पर कभी कोई सच्ची चेतावनी नहीं फूटती। सच बोलने के आग्रहों पर अदना समझौते भारी पड़ रहे हैं, इसलिए लोग भी अब सच के नए प्रवक्ताओं की तरफ देखने लगे हैं। सूचना का संसार गजब का लोकतांत्रिक है। अखबारों व टीवी चैनलों की सुर्खियाँ विकीलीक्स से बनती हैं।

अपवाद नहीं आदत

विकीलीक्स या टेवलीक्स या एनजीओ की सक्रियता का स्वागत है, लेकिन इस तरह के उत्साही प्रयोगों के जरिए साफ-सफाई की अपनी सीमा है। पारदर्शिता आंदोलन से नहीं आती, बल्कि यह एक लोकतांत्रिक संस्कार है। हर सिस्टम को इसकी आदत होनी चाहिए और इसे सुनिश्चित करनेवाले प्रतिष्ठानों को अपनी प्रतिष्ठा के मुताबिक चलना चाहिए। अमेरिका में जब वर्ल्डकॉम डूबी तो कंपनियों में साफ-सुथरी अकाउंटिंग के लिए सरबेंस ऑक्सले ऐक्ट बना; मगर बैंक इससे बाहर रह गए, सो उनकी क्रिएटिव अकाउंटिंग ने विभीषिका रच दी। अब अमेरिका सबसे सख्त वित्तीय नियमों में महारत हासिल कर रहा है। यूरोप बैंकों का स्ट्रेस टेस्ट ले रहा है और विभिन्न देशों के बजटों में पेंचदार गलियाँ बंद की जा रही हैं। ब्रिटेन का ऑफिस ऑफ फेयर ट्रेडिंग कंपनियों के कार्टेलों की खुफिया जानकारी जुटाने के लिए लाखों पाउंड इनाम देता है। अमेरिका में फाल्स क्लेम ऐक्ट भी ऐसी कोशिश है। दरअसल झूठ और घोटाले जितने बढ़ते हैं पारदर्शिता के आग्रह उतने सघन होते जाते हैं। हर नया घोटाला गोपनीयता का एक परदा नोच देता है और एक नया कानून या नियामक उस परदे को खुला रखने की ड्यूटी पर तैनात हो जाता है। तभी तो हर बैंक की पूँछ उठाकर (बाजार की भाषा में 'टेल

रिस्क') असलियत जानने का दौर शुरू हो चुका है।

अंतरराष्ट्रीय परमाणु ऊर्जा एजेंसी (आईएईए) दुनिया के परमाणु संयंत्रों में शायद न भी झाँक पाए, मगर एक अंतरराष्ट्रीय नियामक दुनिया के हर देश व उनके बैंकों की बैलेंस शीट में जल्द ही झाँकने लगेगा, ताकि यह पता चले कि वित्तीय विध्वंस के कितने हथियार कहाँ जमा हैं। संप्रभुता का परदा भी तो अब मंजूर नहीं है, क्योंकि एक लेहमैन, ग्रीस या आयरलैंड अपनी संप्रभुता की ओट लेकर पूरी दुनिया को रुला सकते हैं। गोपनीयता के पैरोकार अकसर यह भूल जाते हैं कि पारदर्शिता समाज पर किया गया कोई अहसान नहीं है। यह एक स्वाभाविक व्यवस्था है, जिसमें सब बँधे हैं और जिसके टूटने पर सबको भुगतना पड़ता है। घोटालों की जली दुनिया को कोई परदेदारी मंजूर नहीं है। आम लोग कुछ खतरनाक छिपे रह जाने को लेकर बेचैन हैं। सच के कुछ ज्यादा उघड़ जाने से शायद उन्हें बहुत दिक्कत नहीं है। दअरसल सच का भी तो अपना एक बाजार है, जो आजकल बहुत गरम है। फरेब की आपूर्ति भी तो कितनी बढ़ गई है। है न!

□

(दिसंबर 2010)

जागते रहो

(विकास को लेकर यह नए किस्म की नसीहतों का दौर है। सरकारों को यह इलहाम लगातार होते रहना चाहिए कि विकास को सिर्फ जीडीपी के आँकड़े से नहीं, बल्कि जनता, जंगल, जमीन की हालत से भी नापा जाता है।)

नजर उतारिए सरकार की, बड़ी हिम्मत दिखाई हुजूर ने, वरना लोकतंत्र में सरकारें बुनियादी रूप से दब्बू ही होती हैं। बात अगर बड़ी निजी कंपनियों की हो तो फैसले नहीं, समझौते होते हैं। वेदांत के मामले जैसी तुर्शी और तेजी तो विरले ही दिखती है। नाना प्रकार के दबावों को नकारते हुए सरकार ने जिस तेजी से वेदांत को कानूनी वेदांत पढ़ाया, वह कम-से-कम भारत के लिए तो नया व अनोखा ही है और इस हिम्मत पर सरकार को विकास और विदेशी निवेश के वकीलों से जो तारीफ मिली, वह और भी महत्त्वपूर्ण है। इसे भारत में ऐसे सुधारों की शुरुआत मानिए, जिसका वक्त अब आ गया था। जरा खुद से पूछिए कि अब से एक दशक पहले क्या आप भारत में सरकारों से इस तरह की जाँबाजी की उम्मीद कर सकते थे? तब तो सरकारें विदेशी निवेश की चिंता में साँस भी आहिस्ता से लेती थीं। वेदांत को सबक सरकारी तंत्र के भीतर सोच बदलने का सुबूत है और यह बदलाव सिर्फ वक्त के साथ नहीं हुआ है, बल्कि इसके पीछे जन-अधिकारों के नए पहरुए भी हैं और, माफ कीजिए, दंतेवाड़ा व पलामू भी।

वेदांत से शुरुआत

यूनियन कार्बाइड से लेकर वेदांत तक के कंपनियों के कानून से बड़ा होने की ढेरों नजीरें हमारे इर्द-गिर्द बिखरी हैं। इसलिए वेदांत पर सख्ती भारत के कानूनी मिजाज

से कुछ अलग नजर आती है। उड़ीसा सरकार तो आज भी मानने को तैयार नहीं है कि नियामगिरी में बॉक्साइट खोद रही वेदांत ने वन अधिकार, वन संरक्षण, पर्यावरण संरक्षण और आदिवासी अधिकारों के कानूनों को अपनी खदान में दफन कर दिया। अलुमिना रिफाइनरी की क्षमता (10 लाख टन से 60 लाख टन) हवा में नहीं बढ़ जाती, जैसा कि लांजीगढ़ में वेदांत ने बगैर किसी मंजूरी के कर लिया। यह कैसे हो सकता है कि सरकारों को 26 हेक्टेयर वन भूमि पर अवैध कब्जा, पर्यावरण की बरबादी या आदिवासियों के हकों पर हमला न दिखे। खनन कंपनियाँ तो वैसे भी अपनी मनमानी के लिए पूरी दुनिया में कुख्यात हैं। अमेरिका में इडाहो में बंकर हिल माइनिंग के भयानक प्रदूषण से लेकर ऑस्ट्रेलिया (खनन से पशु-पक्षियों की प्रजातियाँ खतरे में), अफ्रीका, ब्राजील, वेनेजुएला (14 लाख हेक्टेयर जमीन पर खनन कंपनी का अवैध कब्जा) तक यह उद्योग कानून की हदें लाँघने और पर्यावरण को नेस्तनाबूद कर देने का महारथी है। अलुमिना और आयरन ऑर पर्यावरण को बेहद खतरनाक एसिड माइन ड्रैनेज यानी यलोब्वॉय का तोहफा देते हैं, जो सीधे भू-जल के स्रोत में भिद जाता है। पूरी दुनिया में खनन उद्योग भ्रष्टाचार की लंबी कथाओं का महाकोश है। भारत भी खनन कंपनियों से जुड़े विवादों का गढ़ बन रहा है और अदालतों को सक्रिय होना पड़ा है। सुप्रीम कोर्ट ने लाफार्ज को मेघालय की खासी पहाड़ियों में चूना-पत्थर खोदने से रोका। छत्तीसगढ़ के तमनार में जिंदल का थर्मल बिजलीघर विवादों में है। वोस्को, कोंकण तट, ओबलापुरम, उड़ीसा की सुकिंडा घाटी में क्रोमाइट खनन जैसे कई मामले अदालतों से लेकर सरकार की जाँच के तहत हैं। इस पृष्ठभूमि में पहली बार कानून कंपनी से बड़ा नजर आया है। उम्मीद की जानी चाहिए कि वेदांत से हुई शुरुआत दूर तक जाएगी।

चिपको की याद

- माटु हमरु, पानी हमरु, हमरा ही छान यी बौन भी···पितरों ना लगाई बौन, हमुनही ता बचौन भी।···भारत का समाज जब सिविल सोसाइटी के नाम भी नहीं जानता था, उस समय यह गीत गाते हुए महिलाएँ पेड़ों से चिपक जाती थीं और जंगल बचा लेती थीं। 1970 के दशक में चंडी प्रसाद भट्ट ने जंगल बचाने के लिए एक अनोखी मुहिम छेड़ी, जो दुनिया में पर्यावरण को बचाने के सबसे सफल सिविल सोसाइटी आंदोलनों में से गिनी जाती है । चिपको आंदोलन की जड़ें 1730 ईस्वी में राजस्थान के खेजराली में बिश्नोई समाज के एक आंदोलन से जुड़ती हैं, जहाँ महिलाओं ने पेड़ों को बचाने के लिए अपनी जान गँवा दी थीं। गढ़वाल का चिपको न केवल सफल हुआ बल्कि विंध्य और पश्चिमी घाट के

जंगलों को बचाने के अभियान भी इसकी तर्ज पर चले। यह आंदोलन हिमालय क्षेत्र में पेड़ों की कटाई रोकने के आदेश और वनों को लेकर कई कानूनी बदलावों का आधार बना।

स्रोत : विविध चिपको साहित्य

नए पहरुए

इस शुरुआत के दूर तक जाने की पता नहीं कितनी गारंटी है, लेकिन भारतीय लोकतंत्र में एक नए तरह की सजगता का प्रमाण जरूर मिल रहा है। वेदांत, वोस्को, लाफार्ज जैसे मामले राजनीति या मीडिया के मंच से नहीं बल्कि स्वयंसेवी संगठनों की सक्रियता से निकले हैं। भारत सहित पूरी दुनिया की सरकारें और कंपनियाँ अब एक नई निगहबानी में हैं। यह पहरेदारी कई मामलों में बड़े काम की साबित हुई है। विकास की परिभाषा में अब सिर्फ अंधाधुंध निवेश ही केंद्रीय नहीं है, बल्कि कुछ नए तरह की बहसें जन्म ले रही हैं। भारत में उदारीकरण के बाद अपनाया गया विकास का मॉडल आदिवासियों के हक और पर्यावरण की चिंताओं को कोई भाव नहीं देता था; मगर अब दंतेवाड़ा, मलकानगिरि, पलामू, गढ़चिरौली की रोशनी में सरकारें कानूनों की नई पैमाइश कर रही हैं। एक दशक पहले यह सोचना भी मुश्किल था कि खनन कंपनियों को अपना 26 फीसदी मुनाफा स्थानीय समुदाय से बाँटने की शर्त में बाँधने की बात होगी या अवैध खनन रोकने के लिए ताकतवर खनन नियामक बनेंगे। यकीनन अच्छे–बुरे तजुरबों ने बहुत कुछ बदल दिया है, सरकार से लेकर उद्योगों तक अब हर जगह आँखें कुछ दूसरे सच भी देखने लगी हैं।

सोए तो खोए

तीसरी दुनिया खनिजों का नया स्रोत बन रही है। विश्व बैंक की रिपोर्ट कहती है कि वर्ष 2000 के बाद से दुनिया में आयरन ऑर, निकल, एल्युमिनियम और ताँबे का अधिकांश उत्पादन तीसरी दुनिया से आया है। ये सभी खनिज प्रदूषण के चैंपियन हैं। ब्राजील लोहे, चीन एल्युमिनियम व सोने, चिली ताँबे, पेरू चाँदी और दक्षिण अफ्रीका प्लेटिनम के दुनिया में सबसे बड़े नए उत्पादक हैं। दुनिया की शीर्ष 30 खनन कंपनियों में 11 विकासशील देशों की हैं। इनके अलावा वेदांत, एंटोफेगास्ता, कजाखमिक जैसी कंपनियाँ भी हैं, जो विकसित बाजारों में सूचीबद्ध हैं; मगर उनका पूरा कारोबार तीसरी दुनिया में होता है। विकास की भूखी तीसरी दुनिया में ये कंपनियाँ तेजी से उभरी हैं, जहाँ इन्हें संसाधनों पर आसानी से हक मिल जाता है। माँग व आपूर्ति का गणित भी इनके साथ है, क्योंकि नई उत्पादन क्षमताएँ इन्हीं देशों (मसलन चीन) में बन रही हैं।

इसलिए तीसरी दुनिया में खनन सबसे तेजी से उभरता उद्योग है। कानून कमजोर हैं और भ्रष्ट सत्ता तंत्र इनका काम आसान कर देता है। विकास को लेकर यह नए किस्म की नसीहतों का दौर है।

आर्थिक प्रगति की तसवीरों में जन-अधिकारों के चेहरे तलाशे जाने लगे हैं। पर्यावरण के हरे रंग मुखर हो रहे हैं। काफी कुछ गँवाने के बाद भारत में भी अब नींद टूटी है। वेदांत से हुई शुरुआत प्रमाण है कि खनन क्षेत्र में कानून के राज की बहस को जड़ें मिल गई हैं। इसलिए दुआ कीजिए कि अब आँख न लगे और देश का कानून इसे तोड़नेवालों के साथ नहीं बल्कि टूटनेवालों के साथ खड़ा नजर आए। सरकारों को यह इलहाम लगातार होते रहना चाहिए कि विकास को सिर्फ जीडीपी के आँकड़े से नहीं, बल्कि जंगल, जमीन और पहाड़ की हालत से भी नापा जाता है और कानून को सिर्फ निवेश की ही नहीं, बल्कि नियामगिरी और नक्सल की फिक्र भी करनी है। जागते रहो!

□

(अगस्त 2010)

झूठ के पाँव

(ग्रीस से लेकर अमेरिका तक क्रिएटिव अकाउंटिंग का एक ही अर्थ है—खातों में खेल और सच पर परदा। आम लोगों ने बड़े और खूबसूरत झूठ पर हमेशा भरोसा किया है और बाद में उसकी कीमत भी चुकाई है।)

आईपीएल, ग्रीस, गोल्डमैन सैक्श और आइसलैंड में क्या समानता है? ये सभी बड़े, चमकदार, जटिल और विशाल झूठ व फर्जीवाड़े की ताजा नजीरें हैं जो भारत से लेकर यूरोप व अमेरिका तक फैली हैं। यकीनन इन्हें शानदार कुशलता से गढ़ा गया था, लेकिन मंजिल तक ये भी नहीं पहुँच पाए। रास्ते में ही बिखर गए। झूठ का सबसे बड़ा सच यही है कि यह किसी तरह से नहीं छिपता। न राष्ट्रीय झंडे और सरकारी मुहर की ओट में, न बड़े नाम और ऊँची साख की छाया में और न लोकप्रियता व सितारों की चमक में। यहाँ तक कि आँकड़ों की भूल-भुलैया भी झूठ को ढक नहीं पाती। ग्रीस की सरकार ने अपने कर्ज को छिपाने के लिए जो झूठ बोला था, उसने देश को आर्थिक त्रासदी में झोंक दिया है। दुनिया के सबसे बड़े निवेश बैंक गोल्डमैन सैक्श का झूठ वित्तीय बाजारों को नए सिरे से हिला रहा है। आइसलैंड झूठ बोलकर बरबाद हो चुका है और आईपीएल का झूठ भारत के क्रिकेट धर्म को पाप के पंक में डुबो रहा है। यकीनन यह धतकरम चुनिंदा लोगों ने खातों में खेल, कंपनियों के फर्जीवाड़े, वित्तीय अपारदर्शिता, आँकड़ों के जंजाल के जरिए किया था; लेकिन अब इनके झूठ की कीमत बहुत बड़ी और नतीजा बड़ा शर्मनाक होने वाला है।

सरकारी झूठ की ग्रीक गाथा

सरकारें जब सच छिपाती हैं तो कयामत आती है। ग्रीस के दिवालिएपन और

बदहाली की संकट कथा का निचोड़ यही है। ग्रीस को यूरो मुद्रा अपनानेवाले देशों के संगठन में इस शर्तें पर प्रवेश मिला था कि वह घाटे और कर्ज को निर्धारित स्तर पर रखने की शर्तें (ग्रोथ ऐंड स्टेबिलिटी पैक्ट) पूरी करेगा। ग्रीस ने ये सब शर्तें पूरी करने के लिए सच पर परदा डाल दिया। ताजा आर्थिक संकट आने के बाद दुनिया को पता चला कि ग्रीस ने खातों में खेल किया था। वर्ष 2009 में देश का घाटा जीडीपी के अनुपात में 12.5 फीसदी पाया गया, जबकि सरकार ने अपने पहले आकलन में इसे 3.7 फीसदी माना था। यूरोपीय समुदाय के आधिकारिक आँकड़ा संगठन (यूरोस्टैट) ने ग्रीस के इस फरेब को प्रमाणित कर दिया कि वहाँ की सरकार ने कई तरह के ब्याज भुगतान, कर्जों की माफी, स्वास्थ्य सब्सिडी आदि को अपने नियमित खातों से छिपाया और सब घाटे को नियंत्रित दिखाते हुए बाजार से कर्ज उठाया। यह झूठ बहुत बड़ा था, इसलिए अब ग्रीस की साख खत्म हो गई है। देश पूरी तरह दिवालिया है और यूरोजोन के नियामकों का सिर शर्म से झुक गया है। ग्रीस की जनता इस झूठ की कीमत नए टैक्स, गरीबी, महँगाई और संकट से ठीक उसी तरह चुकाएगी जैसा कि आइसलैंड में हुआ है। बैंकों के झूठ के कारण दुनिया के सबसे समृद्ध देशों में एक आइसलैंड देखते-देखते राहत का भिखारी हो गया। पूरे संकट की जाँच करनेवाले आइसलैंड के ट्रुथ कमीशन की हाल में आई रिपोर्ट बताती है कि केंद्रीय बैंक के पास केवल 1.2 अरब डॉलर का विदेशी मुद्रा भंडार था, लेकिन बैंकों ने 14 अरब डॉलर का विदेशी कर्ज ले डाला। हकीकत खुली तो वित्तीय बाजारों में बैंकों और देश की साख कचरा और प्रतिभूतियाँ मिट्टी हो गईं। इस बरबादी का बिल देश की जनता टैक्स देकर चुका रही है।

फ्रॉड का स्वर्ग : भारत

➢ भारत तरह-तरह की धोखाधड़ी का दुनिया में सबसे बड़ा केंद्र बनकर उभर रहा है। इकोनॉमिक इंटेलीजेंस यूनिट की क्रॉल ग्लोबल फ्रॉड रिपोर्ट 2011 बताती है कि भारत में करीब 85 फीसदी कंपनियाँ धोखाधड़ी में मुठभेड़ करती हैं। क्रॉल के सर्वेक्षण में शामिल 78 फीसदी कंपनियाँ धोखाधड़ी का शिकार हो सकती हैं। इस सर्वे का सबसे अहम निष्कर्ष यह है कि भारत सूचनाओं की चोरी में सबसे ऊपर है। इसलिए भ्रष्टाचार और घूस के बाद सूचनाओं की चोरी भारत में दूसरी सबसे बड़ी धोखाधड़ी बनकर उभरी है।

स्रोत : ग्लोबल फ्रॉड रिपोर्ट (2011), क्रॉल—ईआईयू सर्वे

खातों में खेल की ललित कला

क्रिएटिव अकाउंटिंग???...ग्रीस से लेकर अमेरिका तक इस शब्द का अब एक

ही अर्थ है—खातों में खेल और सच पर परदा। यूरोप में चर्चा है कि ग्रीस की सरकार को खातों में स्याह-सफेद करने की ललित कला गोल्डमैन सैक्श ने सिखाई थी। पता नहीं कि इस प्रतिष्ठित निवेश बैंक ने दुनिया को और क्या-क्या सिखाया है! गोल्डमैन पिछले साल आए वित्तीय संकट पर अपने झूठ को लेकर कठघरे में है। अमेरिकी सरकार और गोल्डमैन सैक्श में ठन चुकी है। अमेरिका में सेबीनुमा और बेहद ताकतवर सरकारी नियामक सिक्योरिटी एक्सचेंज कमीशन ने हाल में गोल्डमैन पर निवेशकों को आनेवाले संकट से धोखे में रखकर प्रतिभूतियाँ बेचने का आरोप लगाया है। ब्रिटेन व जर्मनी के वित्तीय नियामक और अमेरिका की सरकारी बीमा कंपनी एआईजी भी गोल्डमैन को कठघरे में खड़ा करने की तैयारी कर रही है। यह निवेश बैंकिंग उद्योग के लिए नए संकट की शुरुआत है। निवेश बैंकों पर उनका झूठ अब भारी पड़ने लगा है। लेकिन निवेश बैंक ही क्यों, खातों में खेल निजी कंपनियों का भी पुराना शगल रहा है, बीसीसीआई बैंक, जेरॉक्स, एनरॉन, सीआरबी से लेकर सत्यम तक खातों में खेल की कलाओं के तमाम उदाहरण हमारे इर्द-गिर्द हैं। आईपीएल भी इसी वित्तीय झूठ का नमूना है, जिसमें क्रिकेट का खेल मैदान में हो रहा था, मगर असली खेल पेंचदार कंपनियों, बेनामी निवेश, विदेश में लेन-देन और काले धन के निवेश का था।

पहरेदारों की लंबी नींद

अपनी बेईमानी को स्वाभाविक (बकौल मैकियावेली) मानते हुए आदमी ने ही तमाम नियामक बनाए हैं, ताकि वे उसकी बेइमानी पकड़ें और पारदर्शिता तय करें, लेकिन इन नियामकों में भी तो मैकियावेली वाले आदमी ही हैं न। सो इनकी नींद ही नहीं टूटती। दुनिया में ज्यादातर वित्तीय घोटाले, खातों में गफलत और हिसाब-किताब में हेर-फेर या तो किसी संकट के बाद सामने आया है या फिर उस खेल और घोटाले में शामिल किसी खिलाड़ी ने ही परदा उठाया है। अमेरिका के नियामक ऊँघते रहे और मेरिल लिंच जैसे बैंकर झूठ बेचकर पैसा कूटते रहे। ग्रीस व आइसलैंड जब अपने खाते स्याह-सफेद कर रहे थे, तब यूरोपीय नियामक सपनों में तैर रहे थे। वित्तीय फरेब की एनरॉन व सत्यम जैसी कथाएँ प्राइस वाटर हाउस, आर्थर ऐंडरसन जैसे ऑडिटरों की निगहबानी में लिखी गई हैं। आय कर विभाग, कंपनी मामलों के मंत्रालय व तमाम नियामकों के सामने आईपीएल ने एक विराट् झूठ का संसार रच दिया, जो अब ढह रहा है और वित्तीय धोखेबाजी का हर दाँव इसमें चमकता दिख रहा है।

पूरी दुनिया में इस समय बड़े-बड़े झूठ खुलने का मौसम है, लेकिन इससे क्या फर्क पड़ता है। इस समय भी जब आप यह पढ़ रहे हैं, तब भी दुनिया में कहीं-न-कहीं कोई वित्तीय बाजीगरी, खातों में कोई खेल चल रहा होगा और झूठ अपने पाँव जमाने

की कोशिश कर रहा होगा। झूठ रचनेवाले हमेशा हिटलर का यह मंत्र साधते हैं कि झूठ बड़ा हो और बार-बार कहा जाए तो लोग विश्वास कर लेते हैं। हिटलर सच था···आम लोगों ने बड़े झूठ पर हमेशा भरोसा किया है और बाद में उसकी कीमत भी चुकाई है। जब ग्रीस चमक रहा था, आइसलैंड अमीरी दिखा रहा था, गोल्डमैन गरज रहा था और आईपीएल झूम रहा था तब लोग कैसे जान पाते कि ये सब वित्तीय झूठ के करिश्मे हैं। दरअसल फरेब का फैशन बड़ा मायावी है और आम लोग बहुत भोले हैं। ***वह झूठ बोल रहा था इस कदर करीने से, कि मैं ऐतबार न करता तो और क्या करता!***

□

(अप्रैल 2010)

संतो, देखत जग बौराना

(अमेरिका, यूरोप, कर्ज, बैंकिंग, मुद्राएँ, डिफॉल्ट)

यूरोप करे दुनिया भरे

(यूरोजोन में मंदी, कर्ज, घाटे और दिवालियापन एक साथ मौजूद हैं। आबादी बुढ़ा रही है, इसलिए औद्योगिक उत्पादकता व लोगों की बचत बढ़ने की उम्मीद नहीं है।)

अमीर और खुशहाल यूरोप वर्ष 2012 में दुनिया की सबसे बड़ी साझा मुसीबत है। अमेरिका अपनी सियासत, मध्य-पूर्व अपनी खींचतान और एशिया अपनी अफरा-तफरी से मुक्त होकर जब विश्व की तरफ मुखातिब होंगे तब तक यूरोप दुनिया के पैर में बँधे सबसे बड़े पत्थर में तब्दील हो चुका होगा। दुनिया की दहलीज पर यूरोपीय संकट की दूसरी किश्त पहुँच गई है। 2012 में 1 फीसदी से कम ग्रोथवाला यूरोप दुनिया की मंदी का जन्मदाता होगा। कर्ज संकट का ताजा धुआँ अब जर्मनी के पश्चिम व पूर्व से उठ रहा है। ग्रीस की आग बुझाने निकले फ्रांस के फायर टेंडर जलने लगे हैं। ऑस्ट्रिया की वित्तीय साख भी लपेट में आ गई है। कर्ज के अंगारों पर बैठे स्पेन, इटली, पुर्तगाल, आयरलैंड की जलन दोगुनी हो गई है। इन सबके साथ यूरोप के सात छोटे देश भी बाजार में रुतबा गँवा बैठे हैं। रहा ग्रीस, तो वहाँ से तो अब सिर्फ दिवालिएपन की अधिकृत खबर का इंतजार है। यूरोप के कर्जमारों को उबारने की पूरी योजना इन सारी मुसीबतों का एकमुश्त शिकार होने वाली है। यूरोप के पास मुश्किलों से उबरने के लिए पूँजी व संसाधनों की जबरदस्त किल्लत होगी, यानी यूरोप का कर्ज इस साल दुनिया की देनदारी बन जाएगा।

मदद मशीन की मुश्किल

नए साल के पहले पखवाड़े में ही दुनिया की पाँचवीं और यूरोप की दूसरी सबसे बड़ी अर्थव्यवस्था अपनी साख गँवा बैठी। अमेरिका में राजनीतिक विरोध के बावजूद

रेटिंग एजेंसी स्टैंडर्ड ऐंड वुअर ने बेखौफ होकर फ्रांस से ट्रिपल ए रेटिंग छीन ली। यानी कि फ्रांस भी अब निवेशकों के लिए पूरी तरह सुरक्षित नहीं रहा। ऑस्ट्रिया ने भी अपनी तीन इक्कोंवाली साख गँवा दी। फ्रांस व ऑस्ट्रिया की साख गिरने से कर्जमारे पिग्स (पुर्तगाल, इटली, ग्रीस, आयरलैंड, स्पेन) को उबारनेवाली मशीन संकट में फँस गई है। एस ऐंड वी ने सबको चौंकाते हुए यूरोपियन फाइनेंशियल स्टेबिलिटी फैसिलिटी (ईएफएसएफ) की साख भी घटा दी। यह संस्था यूरोजोन के संकट निवारण तंत्र का आधार है। इसे यूरोजोन के ट्रिपल ए रेटिंगवाले देश अपनी गारंटी देते हैं जिसके आधार पर यह बॉण्ड जारी कर बाजार से पूँजी जुटाती है और कर्ज से परेशान देशों को मदद देती है। ईएफएसएफ को असली ताकत (सबसे मजबूत गारंटी) ट्रिपल ए रेटिंगवाले छह देशों—जर्मनी, फ्रांस, फिनलैंड, ऑस्ट्रिया, नीदरलैंड व लक्जमबर्ग से मिलती है। इस संस्था के पास 440 अरब यूरो के आकारवाले इस फंड में फ्रांस व ऑस्ट्रिया की गारंटी क्रमशः 158 अरब और 22 अरब यूरो की है। इन दोनों देशों की साख गिरने से इस वित्तीय संस्था के लिए बाजार से पैसा जुटाना मुश्किल हो जाएगा। ताजा आकलन के मुताबिक, पुर्तगाल व आयरलैंड को मदद देने के बाद फंड के पास 250 अरब यूरो बचेंगे, जबकि स्पेन व इटली कतार में खड़े हैं। यूरोप की राजनीति उलझी है, कर्ज प्रभावित देशों की मदद के लिए हाथ बढ़ने की उम्मीद नहीं है। यूरोजोन को बचाने का बहुत बड़ा दारोमदार यूरोपियन फाइनेंशियल स्टेबिलिटी फैसिलिटी पर था, जिसके मुश्किल में फँसने से बात बिगड़ गई है।

इतिहास में डुबकी

- ब्रुसेल्स की बैठक में यूरोजोन का संकट उबारने को लेकर जब ब्रिटेन व शेष यूरोप अलग-थलग खड़े दिखे तो इतिहासकारों में यूरोप के दिलचस्प इतिहास को नए सिरे से खँगालना पड़ा, क्योंकि यूरो जोन में अब ’30 के दशक की महामंदी जैसी मुश्किल नहीं बल्कि एक राजनीतिक समस्या दिख रही है। ‘फाइनेंशियल टाइम्स’ के कॉलमिस्ट वोल्फगैंग मंकाउ कहते हैं कि यह सन् 1618 से 1648 के दौर जैसी हालत है, जब 30 वर्ष के युद्ध ने यूरोप को तबाह कर दिया था। 1617 से पहले तक रोमन साम्राज्य कैथोलिक व प्रोटेस्टेंट के बीच विभाजित था। मगर 1617 में कैथोलिक राजा फर्डिनांड ने कैथोलिक व प्रोटेस्टेंट के बीच युद्ध की शुरुआत की थी, जिसमें बाद में डेनमार्क, स्वीडन और फ्रेंच भी कूद पड़े। इससे यूरोप का राजनीतिक संतुलन हिल गया। ठीक वैसा ही अब होता लग रहा है, क्योंकि जर्मन व फ्रेंच और ब्रिटेन का यूरोप अलग-अलग खड़े हैं और पूरी दुनिया की साँसें अधर में टँगी हैं।

कर्ज नहीं, नकद

यूरोपीय केंद्रीय बैंक में यूरोप भर के बैंकों का नकद जमा 528 अरब यूरो पर पहुँच गया है। यह अभूतपूर्व नकदी सबूत है कि यूरोप का वित्तीय तंत्र किसी अनहोनी की तैयारी में जुटा है। इसलिए कर्ज रोककर नकदी सुरक्षित की जा रही है। इससे पहले 2008 में लीमैन संकट के मौके पर ही बैंक इस कदर नकद जुटाते दिखे थे। इस साल करीब 650 अरब यूरो का अंतरबैंक कर्ज इस साल चुकाया जाना है, जिसमें 40 फीसदी की देनदारी मार्च के अंत में निकल आएगी। बैंकों को कर्ज डूबने का खतरा है, नए निवेशक मिलना दूभर है, इसलिए अब नकदी जुटाकर देनदारियाँ सुरक्षित की जा रही हैं। यूरोप का डर जायज है। ग्रीस का दिवालियापन करीब है। ग्रीस की सरकार कर्जधारकों से 60 फीसदी तक बकाया गँवाने के लिए मना रही है। कानून के जरिए कर्जदाताओं को वसूली छोड़ने पर बाध्य करने के संकेत भी दिए जा रहे हैं। मगर ऐसा होने पर बाजार में और ज्यादा डर फैलेगा, जिसका असर यूरोप की संकट में घिरी अन्य अर्थव्यवस्थाओं पर भी पड़ेगा। ग्रीस के लिए मार्च के तीसरे सप्ताह में 14.5 अरब यूरो की देनदारी निकल रही है। यदि निवेशक नहीं माने तो 20 मार्च को ग्रीस में संप्रभु दिवालिएपन की तबाही तय है।

नए अमीर

- सिर्फ तीन साल में ही दुनिया के सबसे ताकतवर समूह का शक्ति-संतुलन उलट-पलट गया है। जी20 की कहानी बहुत पुरानी नहीं है। वर्ष 2008 में अमेरिका में पहला शिखर सम्मेलन हुआ था। भारत, चीन, दक्षिण अफ्रीका, ब्राजील, टर्की, मेक्सिको, सऊदी अरब पहली बार इस क्लब में पहुँचे थे। तीन साल के भीतर इस क्लब में अब अमेरिका व यूरोप तीसरी दुनिया के नए सदस्यों से मदद माँगने लगे हैं। लास काबोज की जी20 बैठक में इन नए अमीरों ने पुराने अमीरों की मदद के लिए अंतरराष्ट्रीय मुद्रा कोष को दान दिया है।

ग्रोथ तो गई

यूरोजोन में ग्रोथ के मोरचे पर नीम अँधेरा है। अंतरराष्ट्रीय मुद्रा कोष का ताजा आकलन दो-टूक निराशा से भरा है। मुद्रा कोष के मुताबिक, इस साल यूरोजोन अधिकृत रूप से मंदी में घिर जाएगा। यूरोजोन की ग्रोथ इस साल 1 फीसदी से कम (0.5 फीसदी) रहने की आशंका है। इटली, स्पेन की विकास दर नकारात्मक रहेगी। फ्रांस की विकास दर भी गिरेगी; मगर दुनिया को सबसे ज्यादा डरानेवाले तसवीर जर्मनी से मिल रही है। आईएमएफ ने जर्मनी की ग्रोथ इस साल 1 फीसदी से कम आँकी है।

पिछले दो साल की मुसीबतों में यूरोप को जर्मनी की अर्थव्यवस्था का सहारा था। उसका सुस्त होना न केवल यूरोजोन की ग्रोथ को गिराएगा, बल्कि संकट में फँसे देशों की वित्तीय मदद में भी कमी करेगा। यूरोजोन पूरी दुनिया की ग्रोथ की टाँग खींच रहा है, इसलिए वर्ष 2012 में दुनिया की ग्रोथ केवल 3.2 फीसदी रहेगी, जो 4 फीसदी के पिछले आकलन से बहुत कम है।

यूरोजोन के लिए वर्ष 2012 की शुरुआत अच्छी नहीं होनी थी, मगर यह इतनी बुरी होगी, इसका अंदाज नहीं था। नए साल की शुरुआत में जहाँ अमेरिका व एशिया में ग्रोथ को उम्मीदों की थोड़ी रोशनी मिली वहीं यूरोजोन और गहरी खाई में लुढ़क गया है। इसके विपरीत, सरकारों को बुजुर्ग आबादी पर ज्यादा खर्च करना होगा। अचरज नहीं कि यूरोजोन के कई देश जापान जैसी हालत की तरफ बढ़ चले हैं। लंबी मंदी, माँग में कमी, कर्ज और वृद्ध आबादी के कारण दुनिया में ग्रोथ की गाड़ी से उतरकर जापान दुनिया के फुटपाथ पर खड़ा है। यूरोप की हालत अनोखी है। यहाँ कुछ अर्थव्यवस्थाएँ दौड़ रही हैं, जबकि कुछ जापान जैसी हालत में हैं। रफ्तारों का यह अंतर यूरोजोन को दो हिस्सों में बाँट रहा है। वर्ष 2012 यह तय कर देगा कि यूरो (मुद्रा) रहेगा या फिर यूरोप के दिलचस्प इतिहास का हिस्सा बन जाएगा।

□

विश्व संकट का ग्रीक थिएटर

(अरस्तू ने लिखा था कि त्रासदी के नायक का दुर्भाग्य किसी दैवी सत्ता के श्राप से नहीं बल्कि उसकी अपनी गलती से जनमता है। ग्रीस के लोगों के दुर्भाग्य को उनके अपारदर्शी और भ्रष्ट नायकों यानी सरकार ने लिखा है।)

दिवालिएपन के प्रेतों की बारात ग्रीस में उतर आई है। पंद्रहवीं सदी का फ्रांस, अठारहवीं सदी का स्पेन और पिछली सदी के अर्जेंटीना, मेक्सिको व उरुग्वे आदि एथेंस के मशहूर हेरोडियन थिएटर में खास मेहमान बनकर बैठे हैं और ग्रीस की कर्ज त्रासदी देखने को बेताब हैं। ग्रीक ट्रेजडी का कोरस (पूर्व गान) शुरू हो गया है। थिएटर में रह-रहकर संवाद गूँज रहा है कि उम्मीद व ग्रीस अब एक-दूसरे के विलोम हैं!!!! ···बड़ा भयानक सपना था।···जापानी निवेशक आधी रात में डरकर जग गया। एक संप्रभु मुल्क का दिवालिया होना यानी कर्ज चुकाने में चूकना! देश की साख खत्म होना अर्थात् बैंकों और मुद्रा का डूबना! वित्तीय जगत् की सबसे बड़ी विपत्ति अर्थात् जनता के लिए एक लंबी व दर्दनाक त्रासदी!!···निवेशक का खौफ जायज है। ग्रीस की महात्रासदी अब शुरू ही होने वाली है। दूसरे विश्व युद्ध के बाद पहली बार कोई अमीर मुल्क डूबने वाला है। राजनीतिक व वित्तीय समाधान ढह रहे हैं। निवेशकों ने अपना जी कड़ा कर लिया है। ग्रीस की साख का सूर्य डूबते ही बाजार ग्रीस में निवेश करनेवाले बैंकों, कंपनियों को सूली पर टाँगने लगेगा।···बात यहाँ से निकलकर दूर तलक जाएगी, क्योंकि ग्रीस अकेले नहीं डूबेगा। इस त्रासदी के साथ बहुत कुछ गर्त हो सकता है।

डूबने को तैयार

ग्रीस फिर अपनी हैसियत से बड़ा इतिहास रचने (एक यूरोपीय कहावत) को

तैयार है, क्योंकि सॉपरिन डिफॉल्ट या देश का दिवालियापन छोटी विपत्ति नहीं है। ग्रीस का संकट देश के वित्तीय हिसाब में सरकारी फर्जीवाड़े से निकला है। घाटा छिपाकर कर्ज लेते रहे ग्रीस का सच (जीडीपी के अनुपात में अब 180 फीसदी कर्ज) वर्ष 2009 के अंत में यूरोपीय समुदाय की वित्तीय पड़ताल में खुला था। 110 अरब यूरो के पैकेज और यूरोपीय केंद्रीय बैंक की तरफ से ग्रीस के बॉण्डों की खरीद के साथ ग्रीस को बचने के लिए जो एक साल मिला था, वह अब पूरा हो गया है। ग्रीस सुधरने के बजाय बिगड़ गया और नतीजतन दो सप्ताह पहले आईएमएफ व यूरोपीय समुदाय ने मदद की आखिरी किस्त रोक ली और तब से ग्रीस की साँसें उखड़ने लगी हैं। राजनीतिक संकट ने मुश्किलों के दाँत पैने कर दिए हैं। राष्ट्रपति जॉर्ज ववांद्रेयू को पहले विश्वास मत के लिए और फिर खर्च रोकने के लिए विपक्ष की मदद चाहिए। ग्रीस को 29 जून तक सहायता पैकेज के 12 अरब यूरो चाहिए; मगर उसके बदले ग्रीस को यह दिखाना होगा कि उसके पास अगले एक साल का खर्च चलाने के संसाधन हैं या नया कर्ज लेने की हैसियत है। इन दोनों ही पैमानों पर ग्रीस कंगाल है। ग्रीस की मुक्ति के लिए डिफॉल्ट (कर्ज चुकाने से इनकार) ही एक रास्ता है।

डूबने की दास्तान

- ग्रीस के इतिहास में दिवालिएपन की कथाओं की कमी नहीं है। ग्रीस वर्ष 1826, 1843, 1860, 1894 और 1932 में यानी पाँच बार डिफॉल्ट हो चुका है। 1932 के डिफॉल्ट के बाद ग्रीस '60 के दशक तक अंतरराष्ट्रीय वित्तीय बाजार में वापस नहीं लौट सका। दरअसल ताजा इतिहास में ग्रीस ने करीब 90 साल दिवालिएपन में गुजारे हैं। सबसे दिलचस्प कहानी प्रसिद्ध डेलॉस मंदिर की है, जिसे ग्रीक मिथकीय देवता अपोलो का जन्म-स्थान माना जाता है। 2,400 साल पहले का ग्रीक इतिहास बताता है कि यह बेहद समृद्ध था और तत्कालीन ग्रीक शासक इससे कर्ज लेते थे। कुछ मुश्किलों में फँसकर ग्रीस के शासक दिवालिया हो गए। अंततः मंदिर को ग्रीस सरकार पर बकाया 90 फीसदी कर्ज माफ करना पड़ा है। यानी आज की वित्तीय जबान में हेयरकट। यह हेयरकट सचमुच बहुत बड़ा था।

डूबकर ही उद्धार

वैसे यूरोपीय समुदाय ग्रीस की मुक्ति को रोकने की कवायद में लगा है, अलबत्ता यूरोप की अर्थव्यवस्थाएँ बजट से ग्रीस का कर्ज कीचड़ साफ करने को तैयार नहीं हैं, इसलिए दूसरा सहायता पैकेज अधर में लटका है। दरअसल गड्ढे में गिरने के बाद उसे

खोदना बंद कर देना ही समझदारी है, मगर ग्रीस ने पिछले एक साल में इसका उलटा करते हुए आईएमएफ आदि की सहायता पैकेज से कर्ज बढ़ा लिया। ग्रीस का ताजा घाटा 10.28 अरब यूरो है। मंदी भरपूर है और राजस्व शून्य। ग्रीस को वर्ष 2012 तक बाजार से करीब 30 अरब यूरो जुटाने हैं, लेकिन ग्रीस की साख को कचरे (जंक) की रेटिंग दे चुका बाजार ग्रीस से पहले ही हाथ जोड़ चुका है। ग्रीस पर कुल कर्ज 327 अरब यूरो के करीब है। इतनी बड़ी देनदारी के लिए कोई मदद नहीं आनेवाली। कर्ज इतना ज्यादा है कि ग्रीस को डूबकर यानी कर्जदारों के सामने रो-गिड़गिड़ाकर ही राह मिलेगी। वित्तीय निवेशक कह रहे हैं कि ग्रीस को डूबने दो, ताकि वह कर्ज का हेयरकट (कर्ज और ब्याज माफी) करा सके। यूरोपीय समुदाय को डर है कि ग्रीस भी अर्जेंटीना की राह जा सकता है। कर्ज चुकाने में असफल रहे अर्जेंटीना को आठ साल से वित्तीय बाजार में प्रवेश नहीं मिला है। लेकिन कर्ज की माफी कराए बिना ग्रीस का उद्धार भी तो नहीं है।

डुबाने को तैयार

ग्रीस के लिए डूबकर मुक्ति पाना भी बहुत नहीं है, नतीजे बड़े भयानक हैं। ग्रीस के बैंकों का बरबाद होना उनका राष्ट्रीयकरण, यूरो जोन से ग्रीस की पुरानी मुद्रा (ड्राचा) की वापसी, अशांति, अस्थिरता आदि बहुत कुछ नतीजों में शामिल है। डूबता ग्रीस एक नया अंतरराष्ट्रीय वित्तीय संकट होगा। ग्रीस के बॉण्डों में जापानी बैंक 50 करोड़ डॉलर, स्पेनिश बैंक 60 करोड़ डॉलर, अमेरिकी बैंक 1.8 अरब डॉलर, इतालवी बैंक 2.6 अरब डॉलर, ब्रिटेन 3.2 अरब, फ्रेंच 19.8 अरब, जर्मन बैंक 26.2 अरब और अन्य यूरोपीय बैंक करीब 15.7 अरब डॉलर लगाए बैठे हैं। ग्रीस के डूबते ही इन बैंकों की साख पर निवेशक टनों कीचड़ उलीच देंगे। ग्रीस में सबसे बड़े निवेशक फ्रांस के तीनों प्रमुख बैंकों बीएनपी पारिबा, क्रेडिट एग्रीकोल और सोसाइटी जनरल की रेटिंग घट गई है। बात दूर तक जाएगी, क्योंकि आयरलैंड, स्पेन व पुर्तगाल में कर्ज का हाल ग्रीस से ज्यादा बेहतर नहीं है। ग्रीस का हादसा देखने के बाद वित्तीय बाजार इन देशों से बहुत बुरा व्यवहार करेगा। सबसे बड़ी बात कि डूबता ग्रीस यूरोपीय मौद्रिक एकता यानी यूरो के भविष्य को भी ले डूबेगा।

महात्रासदी का ग्रीक थिएटर तैयार है। वित्तीय बाजार हाँफ रहे हैं। एथेंस की सड़कों पर हिंसा का थिएटर चल रहा है। राजनीतिक गुत्थियाँ उलझ रही हैं। अरस्तू ने कहा था कि ट्रेजडी जटिल नाटकीय विधा है, जो पल-पल पर भय व दया उपजाती है। ग्रीस का सूरते हाल सौ टंच क्लासिकल ट्रेजडी है। मगर बात यहीं पूरी नहीं होती। ग्रीस का संकट बाजार ने नहीं बल्कि वहाँ की सरकार ने बनाया है। ग्रीस भ्रष्टाचार का स्वर्ग

है। पूरी सरकार दागी है और आम लोग हर साल लाखों यूरो की रिश्वत देते हैं। सरकार ने खर्च छिपाने के लिए आँकड़ों में हेर-फेर के जरिए घाटे का सच ढँका था, जिसका खुलासा होते ही ग्रीस की तबाही शुरू हो गई और दुनिया एक नई आपदा के मुहाने पर खड़ी है। अरस्तू ने यह भी लिखा था कि त्रासदी के नायक का दुर्भाग्य किसी दैवी सत्ता के श्राप से नहीं बल्कि उसकी अपनी गलती से जनमता है। ग्रीस की सड़कों पर जलती आग यह बता रही है कि ग्रीस के लोगों के दुर्भाग्य उनके अपारदर्शी और भ्रष्ट नायकों (सरकार) ने लिखा है। ग्रीस के लोगों की त्रासदी उनकी सरकार ने बनाई है। हम ग्रीस को सहानुभूति देकर बदले में ढेर सारी नसीहतें ले सकते हैं।

□

(जून 2011)

घट-घट में घाटा

(बजट घाटे की यह विश्व एकता अभूतपूर्व है। अब इस हमाम में कौन किससे लजाए और कौन किसको चादर ओढ़ाए?)

छिह! इतना घाटा! सँभालो नहीं तो बीमार हो जाओगे। बजट घाटा बड़ा महँगा पड़ता है। टोरंटो की जी 20 की बैठक में दुनिया के बड़ों को कुछ इस अंदाज में नसीहत दे रहे थे भारतीय प्रधानमंत्री। यह दरअसल उन उलाहनों या झिड़कियों की सूद समेत वापसी थी, जो घाटे को लेकर अगड़े देशों ने पिछले दशक में कई बार भारत को दी हैं, लेकिन तब भारत इस मर्ज के चुनिंदा मरीजों में एक था। ताजा दौर तो बिलकुल अलग है। सरकारों के घाटे अब सर्वव्यापी हैं। क्या बड़ा क्या छोटा, क्या अगड़ा और क्या पिछड़ा, हर नामचीन देश की सरकार खाली खजानों और बदसूरत बजट को लेकर हलकान है। अमेरिका के स्थानीय निकाय घाटे को घटाने के लिए पुलिस जैसी जरूरी सेवाएँ भी रोकने लगे हैं। यूरोप में सरकारें पेंशन काटकर अपनी बुढ़ाती आबादी से कुरबानी माँग रही हैं। पहाड़ जैसे घाटे से डरा जापान सरकारी कर्ज की सीमा बाँध रहा है। अगर सिर्फ सरकारों के बजट घाटे के आधार पर दुनिया का कोई नक्शा बनाया जाए तो हर महाद्वीप के हर दिग्गज देश के खजाने पर घाटे का लाल झंडा टँगा दिखेगा। राजकोषीय घाटे का यह साम्यवाद अभूतपूर्व है। अब इस हमाम में कौन किससे लजाए और कौन किसको चादर ओढ़ाए।

तीन साल में यह हाल

भारत जैसों को जाने दीजिए, यहाँ तो बजट घाटे वित्तीय संस्कृति का हिस्सा हैं, मगर यूरोप व अमेरिका तो चुस्त राजकोषीय प्रबंधन की नजीर थे। किसी को भी यह जानकर हैरत होगी कि वर्ष 2007 में विकसित मुल्कों का औसत घाटा जीडीपी के अनुपात में केवल

1.1 फीसदी था, मगर 2010 में यह 8.4 फीसदी हो गया। 2007 में विकसित मुल्कों की सरकारें जीडीपी के अनुपात में 73 फीसदी का औसत कर्ज दिखा रही थीं। अब यह इनके कुल जीडीपी से ज्यादा (100 फीसदी से ऊपर) हो गया है। सिर्फ तीन साल की आर्थिक समस्याओं के फेर में इनके पूरे वित्तीय प्रबंधन का कचूमर निकल गया। इससे यह सिद्ध हुआ है कि इन मुल्कों का ढाँचा कितने नाजुक तारों से बँधा था। इनके बजट अर्थव्यवस्थाओं को नए खर्च की थोड़ी सी खुराक देने में कंगाल हो गए। बची-खुची कसर मंदी के कारण कमाई में कमी ने पूरी कर दी। दुनिया में मुसकराती-इठलाती अर्थव्यवस्थाएँ सिर्फ 36 माह के भीतर घाटे में गले तक धँस गई हैं।

डॉलरवालों की ढाल

अमेरिका में दक्षिण कैलिफोर्निया का शहर मेवुड अपनी पुलिस फोर्स बंद कर रहा है। अधिकांश सरकारी कर्मचारी नौकरी गँवा चुके हैं। मेवुड अमेरिका के भीतर घाटे की भयानक हालत का उदाहरण है। हालाँकि बाहर की दुनिया के लिए अमेरिका के पास अनोखी ढाल है। दरअसल घाटे व कर्ज के जिस स्तर पर ग्रीस डूबा है या यूरोप में हाय-तौबा मची है, उससे कहीं ज्यादा फटी जेब के साथ अमेरिका मुसकरा सकता है, क्योंकि उसके पास डॉलर है, यानी दुनिया के वित्तीय तंत्र की केंद्रीय मुद्रा। यूरो ढहने लगा तो अमेरिका के घाटे को बिसराकर दुनिया डॉलर समेटने लगी। हर मुल्क का विदेशी मुद्रा भंडार डॉलर में है, इसलिए कमजोर वित्तीय हालत के बावजूद अमेरिका के बॉण्ड बिक जाते हैं। यानी कि डॉलर के सहारे अमेरिका घाटे को घटाने की गति धीमी रख सकता है और जीडीपी की तुलना में 100 फीसदी से ज्यादा कर्ज लेकर भी खड़ा रह सकता है। लेकिन नतीजा निकालने से पहले जरा ठहरिए। डॉलर का यह सहारा अमेरिका के भीतर किसी काम का नहीं है। अमेरिकी राज्यों का संयुक्त घाटा अगले साल 112 अरब डॉलर हो जाएगा। कर्ज में डूबे स्थानीय निकाय पुलिस, शिक्षा, अस्पताल जैसी जरूरी सेवाओं पर खर्च रोकने लगे हैं। अमेरिकी व्यवस्था में स्थानीय निकायों पर बहुत कुछ निर्भर है। उनका संकट आम लोगों पर भारी पड़ने लगा है। म्युनिसिपल बॉण्ड मार्केट ध्वस्त है, यानी स्थानीय निकायों के लिए पूँजी का स्रोत बंद है। नतीजतन अमेरिका में सड़क, पुल, पार्किंग आदि में विदेशी निवेश खोलने की बहस शुरू हो गई है। अमेरिका के लिए यह अनोखी स्थिति है। डॉलर की अम्मा भले ही अंतरराष्ट्रीय स्तर पर खैर मना ले, लेकिन देश के भीतर तो घाटा नाक तक आ गया है।

यूरोवालों का कौन पुरसाहाल

यूरोपीय देशों के खजाने पूरी दुनिया की मुश्किल हैं। उनके पास तो डॉलर जैसा,

खोखला ही सही, सहारा भी नहीं है। यूरोप का घाटा यहाँ के देशों व इनकी मुद्रा अर्थात् यूरो दोनों को डुबो रहा है। मगर यूरो से दूरी बनानेवाले ब्रिटेन जैसे भी कम संकट में नहीं हैं। ब्रिटेन की नई सरकार का बजट वहाँ के लोगों पर आफत बनकर टूटा। घाटा जीडीपी का 10.1 फीसदी है। वित्त मंत्री ऑसबोर्न जब सालाना 44 अरब डॉलर का खर्च घटाएँगे, तब भी घाटे की बाढ़ उतरने में पाँच साल लग जाएँगे। जीडीपी के अनुपात में करीब 80 फीसदी कर्ज के साथ ब्रिटेन सबसे ज्यादा खतरे में है। ग्रीस, स्पेन, हंगरी, इटली, पुर्तगाल, जर्मनी, आयरलैंड सबके सब भारतवाली बीमारी के बड़े मरीज हैं। यहाँ घाटों को ठीक करने के दो मॉडल काम कर रहे हैं। जिनकी रीढ़ कुछ मजबूत है वे देश खर्च घटा रहे हैं और जो बुरी तरह बदहाल हैं वे भारी टैक्स लगा रहे हैं।

घाटे की भरमार (जीडीपी के अनुपात में प्रतिशत)

देश	2009	2010	2011	2012 आकलन
फ्रांस	7.5	7.0	5.6	4.6
जर्मनी	3.0	3.3	2.1	1.2
ग्रीस	15.6	10.4	7.5	6.5
आयरलैंड	14.3	32.4	10.1	8.2
इटली	5.3	4.5	3.9	2.6
स्पेन	11.1	9.2	6.3	4.4
यूनाइटेड किंगडम (ब्रिटेन)	11.3	10.6	10.1	9.1
अमेरिका	11.3	10.6	10.1	9.1
यूरो क्षेत्र (15 देश)	6.3	6.0	4.2	3.0
ओईसीडी	8.2	7.7	6.7	5.6

स्रोत : ओईसीडी इकोनॉमिक आउटलुक, जून 2011

मंदी की शुरुआत से पहले तक दुनिया के नीति-निर्माताओं ने लगभग एक दशक का बसंत देखा था, यानी भरे हुए खजाने, नियंत्रण में घाटे, दिल खोलकर कर्ज देता बाजार आदि। मगर एक वित्तीय संकट व छोटी सी मंदी ने बाजी पलट दी और बजटीय घाटों ने सबको धर दबोचा। सरकारों को घाटे से बचाने या उबारने की इस भूमंडलीय

बीमारी का कोई टीका नहीं है, यानी कि हर देश को अपना फटा खुद अपनी तरह से सीना है। इस सूरत में कोई नहीं जानता कि किसका रफू कितना लंबा चलेगा। मसलन जापान ने कर्ज की सीमा तय की है, अलबत्ता सरकार मानती है कि घाटा कम होते-होते पाँच साल लग जाएँगे। दुनिया के ज्यादातर देशों के घाटा नियंत्रण कार्यक्रम पाँच-छह साल बाद ही नतीजे देंगे, क्योंकि घाटे ही इतने बड़े हैं—और वह भी तब, जबकि कोई नया संकट न आ धमके।

दुनिया भर के हाकिम अब अपनी तलवारें बाँधकर घाटे से जंग के लिए मैदान में कूद पड़े हैं। इस अभूतपूर्व समस्या के इलाज के लिए हर पैंतरा इस्तेमाल में है। मगर नतीजों को लेकर असमंजस है। बस, पूरी दुनिया इस बात पर आश्वस्त है कि बजट के गड्ढों को भरने में मंदी से उबरने की उम्मीद काम आ जाएगी। यानी कि घाटे का कचरा साफ होने तक दुनिया की आर्थिक मशीन खिच-खिच करते हुए ही चलेगी। मोटी बात यह कि टैक्स बढ़ेगा, कमाई नहीं और खर्च घटेगा, महँगाई नहीं। यह बात ठीक है कि घाटा काटनेवाली तलवारें अंततः आम लोगों की जेब पर ही चलती हैं; लेकिन सरकारें कहती हैं कि ये तलवारें हमारे भले के लिए ही उठाई जाती हैं। पता नहीं यह दावा कितना सच है। *हाकिम की तलवार मुकद्दस होती है। हाकिम की तलवार के बारे में मत लिक्खो।* (अहमद फराज)

□

(जुलाई 2010)

यूरोप की महासेल

(यूरोजोन की कर्ज कथा का पार्ट टू शुरू हो गया है। कहानी का शीर्षक है—यूरोप बिकता है, बोलो खरीदोगे?)

गरज यूरोप की मौज तीसरी दुनिया के नए अमीरों की! बिकवाल सरकारें और खरीदार भी सरकारें! माल चुनिंदा और बेशकीमती! कीमत बेहद आकर्षक।''यूरोप में दुनिया की सबसे नायाब सेल शुरू हो चुकी है!! बिजली, तेल, गैस कंपनियाँ, वाटर वर्क्स, हवाई अड्डे, द्वीप, बैंक जैसी यूरोपीय संपत्तियों से सजा यह बाजार देखते ही बनता है, जहाँ तीसरी दुनिया के अमीर मुल्क यूरोप के कर्ज मारे देशों की अनमोल संपत्तियाँ खरीद रहे हैं। सॉवरिन डेट (संप्रभु कर्ज) से तबाह यूरोप को एशिया की सॉवरिन वेल्थ उबार रही है। अकूत मुद्रा भंडारों से लैस चीन और अरब देशों के लिए यह दोबारा न मिलनेवाला मौका है, इसलिए इनके सॉवरिन (सरकारी) वेल्थ फंड इन बाजारों से चुन-चुनकर माल उठा रहे हैं। इस खरीद के बाद जो बचेगा, उसे साफ करने के लिए वित्तीय बाजार के गिद्ध तैयार हैं। अमेरिका के तमाम वल्चर फंड भी यूरोप पर मँडरा रहे हैं। परेशान हाल देशों व बैंकों की टोह ली जा रही है, ताकि संपत्तियों को कौड़ियों के मोल खरीदा जा सके। कर्ज की कटार अब यूरोपीय प्रगति की जड़ें काट रही है।

कौड़ी मोल

पुर्तगाल की सबसे बड़ी बिजली कंपनी ईडीपी में 21 फीसदी हिस्सा चीन के पास पहुँच गया है। चीन की सार्वजनिक कंपनी थ्री गॉर्जेस (दुनिया की सबसे बड़ी पनबिजली परियोजना की मालिक) ने पुर्तगाल में यह शानदार हाथ मारने के लिए बीते साल के अंत में करीब 3.5 अरब डॉलर खर्च किए। कर्ज के मारे पुर्तगाल को यूरोपीय समुदाय व

आईएमएफ ने जो मदद दी थी, उसमें यह शर्त शामिल थी कि पुर्तगाल अपनी बिजली कंपनियों में हिस्सेदारी बेचकर पैसे जुटाएगा। पुर्तगाल अपने नेशनल बिजली ग्रिड के 40 फीसदी हिस्से का बिकवाल भी है और चीन की स्टेट ग्रिड कॉरपोरेशन खरीदारों की दौड़ में आगे है। सरकारी संपत्तियों की बिक्री, यूरोपीय कर्ज संकट इलाज का अहम हिस्सा है। इसलिए यूरोप के कई देश अपनी सार्वजनिक कंपनियों, प्रतिष्ठानों, सेवाओं में हिस्सेदारी बेच रहे हैं। कीमतें कम हैं, बिकवालों को तत्काल पैसा चाहिए और संपत्तियाँ शानदार हैं, यानी कि बाजार की जबान में ट्रॉफी एसेट्स। चीन, हांगकांग, सिंगापुर और मध्य-पूर्व के तेल समृद्ध मुल्कों में ही इतनी कुव्वत है कि वे यह खरीदारी कर सकें। इन देशों के सॉवरिन वेल्थ फंड यूरोपीय रत्नों के सबसे बड़े ग्राहक हैं। सॉवरिन वेल्थ फंड सरकारें नियंत्रित करती हैं, जिनमें विदेशी मुद्रा या अन्य कारोबार से जुटाई बचत रखी जाती है, जो सीधे या अपनी सरकारी कंपनियों के जरिए विदेश में निवेश के काम आता है। यूँ तो दुनिया में तीस से अधिक देशों के सॉवरिन वेल्थ फंड सक्रिय हैं, मगर सॉवरिन वेल्थ फंड इंस्टीट्यूट के मुताबिक 75 अरब डॉलर से ऊपर के फंड कुछ ही देशों (चीन, संयुक्त अरब अमीरात, नॉर्वे, सऊदी अरब, सिंगापुर, हांगकांग, कुवैत, रूस, कतर) के हैं। 410 अरब डॉलर के फंड के साथ चीन इस बाजार में सबसे ज्यादा सक्रिय है। सिर्फ पुर्तगाल या ग्रीस ही नहीं, घाटे से परेशान ब्रिटेन को भी अपने जवाहरात बेचने पड़ रहे हैं। चीन के सॉवरिन फंड ने लंदन के वाटर नेटवर्क थेम्स वाटर में हिस्सा खरीद लिया है। ग्रीस अपने गैस नेटवर्क, वोस्टल बैंक, बंदरगाह, आयरलैंड सरकारी कंपनी, स्पेन सरकारी लॉटरी और दो एयरपोर्ट में हिस्सेदारी बेचने वाला है। इस साल के मध्य तक यूरोप को एक और झटका लगेगा, जब बैंकों व सरकारों की कर्ज देनदारियाँ निकलेंगी। इसलिए सॉवरिन वेल्थ फंड नए ईंधन के साथ तैयार हो रहे हैं। हाल में बैंक ऑफ चाइना ने चीन के सॉवरिन फंड (चाइनीज इन्वेस्टमेंट कॉरपोरेशन) में निवेश किया है। कुल मिलाकर इस साल यूरोप में बहुत कुछ बिकेगा और हर बिक्री के साथ दुनिया में अमीर व गरीब की परिभाषा बदलती जाएगी।

तो बिक जाता बीबीसी वर्ल्डवाइड

- घाटे और मंदी से परेशान ब्रिटेन की पिछली सरकार ने बीबीसी वर्ल्डवाइड को बेचने के लिए बाजार में रख दिया था। ब्रिटिश ब्रॉडकास्टिंग कॉरपोरेशन की इस वाणिज्यिक शाखा पर ब्रिटेन की नई सरकार को दया आ गई और यह फिलहाल बिक्री से बच गया है। लेकिन ब्रिटेन की रॉयल मेल ग्रुप का कुछ हिस्सा बिक रहा है। इसी तरह अमेरिका की प्रतिष्ठित यूएसवीएस यानी अमेरिकी डाक सेवा को बेचने की बहस शुरू हो चुकी है। इंटरनेट के दौर में चिट्ठी का काम पुराना

हो गया है। इस साल कंपनी के घाटे 10 अरब डॉलर पर पहुँच रहे हैं। यूएसवीएस के पास अपने कर्मचारियों के रिटायरमेंट फंड के लिए 5.5 अरब डॉलर नहीं हैं। कंपनी अमेरिकी सरकार से मदद की गुहार कर रही है। सब प्राइम मॉर्टगेज में हाथ जलाने के बाद अमेरिका में अब पूरे होम लोन बाजार का निजीकरण करने की बहस शुरू हो गई है। अभी तक आवास ऋणों को सरकारी नियंत्रण वाले बैंक व वित्तीय संस्थाएँ सँभालती हैं।

स्रोत : द गार्जियन (अक्तूबर 2010), रायटर्स अगस्त (2011), रीजन फाउंडेशन एनुअल प्राइवेटाइजेशन रिपोर्ट

गिद्ध भोज

तैयारी कहीं दूसरी जगह भी चल रही है। वित्तीय बाजार के सबसे निर्मम निवेशक यानी वल्चर फंड्स लंदन और पेरिस में सक्रिय हो गए हैं। वल्चर फंड संकट या युद्ध में फँसे देशों या बैंकों का कर्ज कौड़ियों में खरीदते हैं। इन देशों को बाद में जब कर्ज माफी मिलती है और अच्छे दिन लौटते हैं तो वल्चर फंड मोटे ब्याज पर कर्ज की वसूली करते हैं। इनका संचालन निजी निवेशक और वित्तीय संस्थाएँ करती हैं। वसूली गला-दाब होती है, क्योंकि वल्चर फंड लंबी कानूनी लड़ाई के महारथी होते हैं। पिछले कुछ वर्षों में इन फंड्स ने विभिन्न देशों व कंपनियों से कर्ज के बदले करीब 1 अरब डॉलर वसूले हैं। यूरोप में करीब 4,000 अरब डॉलर के कॉरपोरेट कर्ज व बॉण्ड का भुगतान अगले चार वर्षों के दौरान सिर पर खड़ा होगा। बैंकों को अगले कुछ वर्षों में करीब 1,000 अरब डॉलर का कर्ज घटाना है, यानी कि सस्ते मोल पर कर्ज खरीदने का यह सुनहरा मौका है। वल्चर फंड का कुनबा 2010 से तैयारी में लगा है। डिस्ट्रेस डेट (मुश्किल में फँसा कर्ज) को खरीदनेवाले कई फंड पिछले दो साल में करीब 7 अरब डॉलर जुटा चुके हैं और 9 अरब डॉलर और जुटाने की तैयारी है। ग्रीस इनके निशाने पर सबसे पहले है। गरीब अफ्रीकी देशों में वल्चर फंड की कारगुजारियाँ वित्तीय बाजार के लोमहर्षक किस्सों में शामिल हैं। वल्चर फंड के खिलाफ अभियान चलानेवाले जुबली डेट कैंपेन की मानें तो विश्व के करीब 12 देशों पर इन फंड्स का शिकंजा कसा है। इन फंड्स के तार टैक्स हैवेन से भी जुड़ते हैं, जहाँ की अदालतों के आदेश के सहारे ये फंड्स वसूली करते हैं। इसलिए देशों ने अपने यहाँ वल्चर फंड को अदालतों की मदद लेने पर रोक लगा दी है। अलबत्ता जैसे-जैसे यूरोप की मुसीबतें बढ़ेंगी, कर्ज राहत पैकेज आएँगे, वल्चर फंड्स के लिए मौके बढ़ते जाएँगे। हालाँकि यूरोप अफ्रीका नहीं है, लेकिन यह क्या कम है कि वल्चर फंड्स अब वहीं शिकार के लिए निकल पड़े हैं, जहाँ उनका जन्म हुआ था।

यूरोजोन में इस समय थकान भरी शांति है। केंद्रीय बैंकों की तरफ से मिले पैसे और बेल आउट के सहारे बाजारों को ढाढ़स बँधा है। यूरोप की राजनीति फ्रांस, ग्रीस व स्पेन के चुनावों की तरफ देख रही है। निवेशक ब्रिटेन की रेटिंग में गिरावट अथवा पुर्तगाल और स्पेन के लिए नए सहायता पैकेज के झटकों के लिए साहस जुटा रहे हैं। यूरोप के बॉण्ड और शेयर सूचकांक स्थिर हैं, क्योंकि कर्ज संकट की सर्जरी शुरू हो गई है। संपत्तियों की बिक्री और घाटा कम करने के लिए जन-सुविधाओं में कमी सबसे बड़े इलाज हैं। यूरोप को भली प्रकार मालूम है कि इन उपचारों से कई सामाजिक-आर्थिक चुनौतियाँ पैदा होंगी और एक लंबी मंदी हाथ लगेगी। मगर कर्ज से फ्रांस को निकलने का और कोई दूसरा रास्ता भी तो नहीं है।

□

पछतावे की परियोजनाएँ

(यूरोप की आबादी मोटी पेंशन, सस्ती चिकित्सा और ढेर सारी दूसरी रियायतों के साथ कल्याणकारी राज्य का भरपूर आनंद ले रही थी कि अचानक मेला उखड़ गया।)

खरबूजा हमेशा से बदकिस्मत है। कभी तो वह खुद चाकू पर टपक जाता है, कभी चाकू को उस पर प्यार आ जाता है। लेकिन इससे नतीजे में कोई फर्क नहीं पड़ता। कटता खरबूजा ही है, ठीक उस तरह जैसे कि आर्थिक संकट में फँसे देशों के आम लोग कटते हैं। पहले वित्तीय आपदाएँ जनता को झुलसाती हैं और फिर इन संकटों के इलाज या प्रायश्चित्त खाल उतार लेते हैं। यूरोजोन में वित्तीय कंजूसी और टैक्स बढ़ाने की अभूतपूर्व मुहिम शुरू हो चुकी है। अमेरिका व शेष दुनिया भी इस पाठ को दोहराने वाली है। सरकारें ताजा संकट पर प्रायश्चित्त कर रही हैं, मगर पछतावे की ये परियोजनाएँ जनता की पीठ पर लाद दी गई हैं। मंदी की मारी जनता के जख्मों पर करों में बढ़ोतरी और वेतन-पेंशन में कटौती की तीखी मिर्च मली जा रही है। बुढ़ाते यूरोप के लिए तो यह एक ऐसा दर्दनाक इलाज है, जिसके सफल होने की कोई शर्तिया गारंटी भी नहीं है। इधर मंदी से घुटने तुड़वा चुकी दुनिया की अर्थव्यवस्था के लिए भी यह सबसे चिकने रास्ते के जरिए पहाड़ चढ़ने जैसा है। इस सफर में प्रोत्साहनों, सस्ते कर्ज, अच्छी खपत जैसी सुविधाओं पर सख्त पाबंदी है।

चादर तो बढ़ने से रही

कर्ज संकट में फँसे देशों का इलाज सिर्फ शायलॉकों के साथ सौदेबाजी यानी कर्ज पुनर्गठन से ही नहीं हो जाता। इस सौदेबाजी की साख के लिए उन्हें जनता पर नए टैक्स लादने होते हैं और वेतन-पेंशन जैसे खर्चों को क्रूरता के साथ घटाना होता है। दरअसल

कर्ज संकट चादरें छोटी होने और पैर बाहर होने का ही नतीजा है। बस, एक बार यह पता भर चल जाए कि अमुक देश में खर्च और कमाई का हिसाब-किताब ध्वस्त हो गया और कर्ज चुकाने के लाले हैं तो सरकारों के लिए संसाधनों के स्रोत सबसे पहले सूखते हैं। साख गिरते ही वित्तीय बाजार को उस देश से घिन आने लगती है। अपने ही बैंक सरकार को नखरे दिखाते हैं, यानी कि कर्ज मिलना मुश्किल हो जाता है। ग्रीस, स्पेन, पुर्तगाल इसके वर्तमान और अर्जेंटीना, रूस, पाकिस्तान, उरुग्वे हाल के ताजे उदाहरण हैं। जाहिर है कि संसाधन न मिलें तो सरकारी मशीनरी बंद हो जाएगी। इसलिए कर्ज संकट आते ही एक पीड़ादायक प्रायश्चित्त शुरू हो जाता है। नए और मोटे टैक्स लगाकर राजस्व जुटाया जाता है, वेतन व पेंशन काटे जाते हैं, सामाजिक सेवाओं पर खर्च घटता है। घाटा कम करने के आक्रामक लक्ष्य रखे जाते हैं। यह सब इसलिए होता है कि अब कम-से-कम चादर और तो न सिकुड़े और बाजार को यह भरोसा रहे कि पछतावा शुरू हो गया है।

अमेरिकी नौकरशाही

- पिछले साल नवंबर में अमेरिकी राष्ट्रपति बराक ओबामा ने प्रस्ताव किया था कि केंद्र सरकार के कर्मचारियों के वेतन में बढ़ोतरी दो साल के लिए रोक दी जाए, ताकि इस वित्त वर्ष में 2 अरब डॉलर और पाँच वर्षों में 28 अरब डॉलर बच सकें। घाटे की मार से अमेरिका का अपना सामाजिक सुरक्षा व सरकारी वेतन सिस्टम बोझ लगने लगा है। यूएस पर्सनल मैनेजमेंट ऑफिस का आँकड़ा कहता है कि वर्ष 2005 से 2010 के बीच अमेरिका में 1.5 लाख डॉलर से ऊपर सरकारी वेतनवाले कर्मचारियों की संख्या दोगुनी हो गई है। 'यूएसए टुडे' के विश्लेषण ने बताया कि अमेरिका में निजी कर्मचारियों के मुकाबले केंद्र सरकार के कर्मचारियों के वेतन व अन्य लाभ 55 फीसदी ज्यादा हैं।

*स्रोत : एनुअल प्राइवेटाइजेशन रिपोर्ट 2010-फेडरल गवर्नमेंट—
रीजन फाउंडेशन, अमेरिका*

तो पैर छोटे करो

ब्रिटेन के मंत्री अब पैदल या बस से दफ्तर जाएँगे! देश की सरकार बच्चों को तोहफे नहीं देगी! सरकारी यात्राओं में कटौती होगी! आदि-आदि। करीब 6.2 अरब पाउंड बचाने के लिए ब्रिटेन के नए प्रधानमंत्री डेविड कैमरून के इस नुस्खे पर आप बेशक मुसकरा सकते हैं, लेकिन इस तथ्य पर हँसना शायद मुश्किल है कि ग्रीस ने अपने यहाँ अगले तीन साल के लिए पेंशन-तनख्वाहें और त्योहारी बोनस व अन्य भत्ते रोक या घटा दिए हैं। यूरोजोन में

सरकारी भरतियों पर पाबंदी लग गई है। पुर्तगाल, स्पेन व आयरलैंड सरकारी कर्मचारियों के वेतन घटा रहे हैं। फ्रांस 10 फीसदी खर्च कम करने की तैयारी में है तो पुर्तगाल सरकारी उपक्रम बेचकर पैसा कमाने की जुगाड़ में है। इस तलवार की दूसरी धार और भी तीखी है। कर्ज चुकाने के लिए संसाधन तलाश रहे यूरो जोन में नए टैक्सों की बाढ़-सी आ गई है। पुर्तगाल, ग्रीस, स्पेन आदि ने सभी तरह के कर बढ़ा दिए हैं। ग्रीस कंपनियों पर नया कर थोप रहा है तो स्पेन ऊँची आयवालों पर टैक्स बढ़ा रहा है। पूरे यूरोजोन में सभी मौजूदा करों की दरें बढ़ गई हैं। वित्तीय कंजूसी और घाटे कम करने के नए लक्ष्य तय किए गए हैं। ब्रिटेन, फ्रांस सहित सभी प्रमुख देशों को अगले दो साल में अपने घाटे 3 से 5 फीसदी तक घटाकर इस इलाज की सफलता साबित करनी है। यह बात दीगर है कि यूरोप के लोग सरकारों की गलतियों का बिल भरने को तैयार नहीं हैं। पेंशन, वेतन कटने और टैक्स बढ़ने से खफा लोग ग्रीस में लाखों की संख्या में सड़कों पर हैं। इटली व पुर्तगाल के सबसे बड़े श्रमिक संगठनों ने हड़ताल की धमकी दे दी है। पूरे यूरोप में श्रमिक आंदोलनों का एक नया दौर शुरू हो रहा है।

वेलफेयर स्टेट के दुर्दिन

- सन् 1948 में ब्रिटेन की 2 फीसदी आबादी सरकारी मदद पर निर्भर थी, मगर अब पाँच में हर चार ब्रिटेन निवासी किसी-न-किसी तरह का सरकारी सामाजिक सुरक्षा लाभ उठाते हैं। यह दूसरे विश्व युद्ध के बाद यूरोप में तैयार हुए कल्याणकारी राज्य की देन थी, जो फ्रांस के एक नेता फ्रेडरिक बैस्टिएट के मुताबिक एक ऐसी व्यवस्था है, जिसमें हर कोई दूसरे के खर्चे पर जीना चाहता है।

जन-कल्याण का बोझ

देश	सामाजिक सुरक्षा पर खर्च (जीडीपी के अनुपात में प्रतिशत) 2007
फ्रांस	28.4
जर्मनी	25.2
ग्रीस	21.3
इटली	24.9
पुर्तगाल	22.5
यूनाइटेड किंगडम	16.2
अमेरिका	16.2
ओईसीडी कुल	19.2

स्रोत : ओईसीडी ऑर्ग

- कोटिलकॉफ और लीबफ्रिट्ज का शोध (इंटरनेशनल कंपरीजन ऑफ जेनरेशनल अकाउंट) कहता है कि ऑस्ट्रिया, फिनलैंड, फ्रांस, अमेरिका, जापान जैसे देशों को अपनी बुढ़ाती आबादी की सामाजिक सुरक्षा को बरकरार रखने के लिए 10 से 50 फीसदी तक टैक्स बढ़ाने होंगे।

स्रोत : द कैश नेक्सस— नील फर्ग्युसन/ ओईसीडी आँकड़े

गारंटी फिर भी नहीं

यूरोप के इन नाराज लोगों को लाटविया और आयरलैंड के ताजे उदाहरण दिख रहे हैं, जिनका मर्ज करों में बढ़ोतरी और खर्च में कटौती की तगड़ी सर्जरी के बाद भी ठीक नहीं हुआ। आयरलैंड ने वर्ष 2008 में वित्तीय कंजूसी शुरू की, लेकिन इसके बावजूद घाटा दो गुना हो गया, यानी कि मुरगी जान से गई और बात फिर भी नहीं बनी। यूरोप की चिंताएँ शेष दुनिया से कुछ अलग हैं। यूरोप बुजुर्ग हो रहा है। जहाँ 39 फीसदी आबादी 50 साल से ऊपर की उम्रवाली हो, उसके लिए पेंशन में कटौती और करों का बोझ बुढ़ापे में बड़ी बीमारी से कम नहीं है। विशाल बुजुर्ग आबादीवाले इटली जैसे मुल्कों के लिए तो यह संकट बहुत बड़ा है। इस पर तुर्रा यह कि आम जनता की यह कुरबानी तेज विकास की गारंटी नहीं है। यूरोप के परेशान हाल मुल्कों में अगले दो साल के दौरान विकास दर शून्य से नीचे ही रहनी है। जर्मनी, फ्रांस, ब्रिटेन जैसे बड़े मुल्कों सहित पूरे यूरोप में अगले दो साल के लिए आर्थिक विकास दर के आकलन 1.2 फीसदी से ऊपर नहीं जा रहे। यूरोप के देश जिन बॉण्ड निवेशकों को मनाने के लिए यह कठिन योग साध रहे हैं, उन देवताओं को भी भरोसा नहीं कि इलाज कारगर होगा; बल्कि उनकी राय में यूरोजोन की साख और कमजोर हो सकती है। अर्जेंटीना, यूक्रेन, रूस आदि के ताजे अतीत गवाह हैं कि कर्ज, मुद्रा और बैंकिंग संकटों का यह मिला-जुला महामर्ज तीन से पाँच साल तक सताता है। कुछ मामलों में यह आठ साल तक गया है। यूरोप की आबादी मोटी पेंशन, सस्ती चिकित्सा और ढेर सारी दूसरी रियायतों के साथ कल्याणकारी राज्य का भरपूर आनंद ले रही थी कि अचानक मेला उखड़ गया है।

मंदी और वित्तीय संकट जितनी तेजी से फैलते हैं, उनके इलाज भी उतनी ही तेजी से अपनाए जाते हैं। दुनिया भर की सरकारें अपनी लाड़ली जनता के लिए नए करों की कटारें तैयार कर रही हैं। अमेरिका का केंद्रीय बैंक फेड रिजर्व लोगों को करों के बोझ व खर्चों में कमी को सहने के लिए सतर्क कर रहा है। वहाँ के डिफॉल्टर राज्यों में टैक्स बढ़ने लगे हैं। भारत का ताजा कठोर बजट भी इसी तर्ज पर बना था। मंदी से कमजोर हुई अपनी अर्थव्यवस्थाओं को प्रोत्साहन का टॉनिक देते-देते सरकारें अचानक जनता से

रक्तदान माँगने लगी हैं। एक साल पहले तक लोग मंदी के कारण नौकरियाँ गँवा रहे थे, अब वे वित्तीय बाजारों में अपनी सरकारों की साख को बचाने के लिए वेतन और पेंशन गँवाएँगे। सजा हर हाल में आम लोगों के लिए ही मुकर्रर है।

हमको सितम अजीज, सितमगर को हम अजीज,
ना मेहरबाँ नहीं हैं, अगर मेहरबाँ नहीं।

— गालिब

□

(मई 2010)

शायलॉकों से सौदेबाजी

(शायलॉक याद है आपको? मर्चेंट ऑफ वेनिस का सूदखोर (लोन शार्क) महाजन, जो एंटोनियो से कर्ज के बदले उसके शरीर का एक हिस्सा माँगता है। कर्ज की दुनिया तब से आज तक लगभग वैसी ही निर्मम है।)

शुतुरमुर्ग एक समस्या का नाम भी है। इसके शिकार लोग अकसर लैला और कैटरीना जैसे चक्रवातों से बचने के लिए छतरी लगा लेते हैं। संप्रभु कर्ज संकट में फँसे देशों में यह रोग बहुत आम है। इन्हें कभी अंतरराष्ट्रीय मुद्रा कोष की ऑक्सीजन में जिंदगी नजर आती है तो कभी वे टैक्स से जनता को निचोड़कर ताकत जुटाने की कोशिश करते हैं। मगर इससे न तो संकट टलता है और न खत्म होता है। कर्ज में चूकना और देनदारी को नए सिरे से तय करने का दर्द भरा इलाज ही वस्तुतः इनकी नियति होती है। कर्जदार देशों को अंततः उस निर्मम दुनिया से निबटना होता है जिस पर दर्जनों शायलॉक (मर्चेंट ऑफ वेनिस—शेक्सपीयर) राज करते हैं। कर्ज देनेवाले बैंकों व देशों के साथ देनदारी के पुनर्गठन का मतलब ऐसी लंबी सुरंग से गुजरना है, जिससे क्षत-विक्षत हुए बिना बाहर आना मुश्किल है। हाल का सबसे बड़ा (2002 में 141 अरब डॉलर) डिफॉल्टर अर्जेंटीना पिछले आठ साल से इस सुरंग में भटक रहा है। इस खतरनाक रास्ते पर किसी अंतरराष्ट्रीय संधि या व्यवस्था की रोशनी भी नहीं है।

...और सूद में चिड़ियों की बीट

कर्ज व्यक्ति पर हो या देश पर, वसूली गलादाब ही होती है। वर्ष 1890 के करीब दक्षिण अमेरिकी देश पेरू जब कर्ज चुकाने में चूका तो कर्जदारों से सौदा 20 लाख टन गुआनो (चिड़ियों की उर्वर बीट), 66 साल के लिए रेलवे पर नियंत्रण और टिटिकाका

झील में बोट चलाने के अधिकारों के बदले छूटा। दुनिया के ताकतवर महाजन अभी पिछली सदी के मध्य तक कर्जों के बदले दक्षिण अमेरिकी व अफ्रीकी देशों के रेलवे, नौ वहन, टैक्स तंत्र जैसे आय के मुख्य स्रोत कुर्क करते रहे हैं।

मेक्सिको कर्ज न चुकाने के कारण सन् 1861 में फ्रांस के हमले (स्पेन व ब्रिटेन की मदद से) का शिकार होकर गुलाम बना था। वेनेजुएला के समुद्री परिवहन पर जर्मनी, ब्रिटेन व इटली का प्रतिबंध हो या निकारगुआ और डोमिनिकन रिपब्लिक के सीमा शुल्क प्रशासन पर अमेरिका का कब्जा, पिछली सदी की इन चर्चित घटनाओं के मूल में संप्रभु कर्जों से चूकने की ही कहानी है। वैसे ये बातें कुछ पुरानी-सी लगती हैं, क्योंकि आधुनिक दुनिया अब कर्ज के बदले चिड़ियों की बीट और रेलवे पर कब्जे जैसे सौदे नहीं करती। मगर यकीन मानिए, कर्ज में चूकनेवालों के प्रति वह उतनी ही निर्मम है। यही वजह है कि देशों को दिए जानेवाले कर्ज के बाजार में आज भी महाजनों का ही राज है।

कर्ज दो या गुलाम बनो

- कर्ज वसूलने के किस्से बड़े दर्दनाक हैं। पंद्रहवीं शताब्दी में जर्मनी के नगर राज्य मेंज को कर्ज में चूकने पर अपनी आजादी गँवानी पड़ी। संप्रभु दिवालिएपन का चैंपियन स्पेन अपनी पंद्रहवीं व सोलहवीं सदी के दौरान सिर्फ कर्ज के कारण राजनीतिक संकटों से जूझता रहा। एक दौर में स्पेन का पूरा राजस्व ब्याज चुकाने में जाने लगा था। सोलहवीं सदी में फ्रांस अपने राजस्व का 56 फीसदी हिस्सा कर्ज चुकाने पर खर्च कर रहा था। यहाँ तक कि पहले विश्व युद्ध के करीब ब्रिटेन और फ्रांस सरकार खर्च का 44 फीसदी हिस्सा कर्ज की सेवा में दे रहे थे।

महाजनों के क्लब

यूरोप के पिग्स (पुर्तगाल, इटली, ग्रीस, स्पेन आदि) अगर कर्ज देने में चूके तो हो सकता है कि दुनिया को एक बार फिर संप्रभु कर्ज की समस्या के अंतरराष्ट्रीय तंत्र (सॉवरिन डेट रिस्ट्रक्चरिंग मेकेनिज—एसआरडीएम) की याद आए; लेकिन हकीकत यह है कि पिछली दो सदियों से संप्रभु कर्ज के बाजार पर महाजनों का ही राज है। दुनिया चाहे जितनी काबिल हो गई हो, लेकिन वह कर्ज के फेर में बरबाद होनेवाले देशों को पारदर्शी ढंग से कर्ज चुकाने का तंत्र नहीं दे सकी है। इसके बदले दुनिया को मिले हैं पेरिस क्लब और लंदन क्लब। यकीनन, यही नाम हैं कर्ज देनेवाले पक्षों के दो समूहों के। लंदन क्लब सातवें दशक में बना, जबकि पेरिस क्लब उससे बीस साल

पहले बन चुका था। ये समूह तदर्थ हैं। इनका कोई कानूनी आधार नहीं है; लेकिन कर्ज देनेवाले इनके जरिए ही सौदेबाजी करते रहे हैं। लंदन क्लब वाणिज्यिक कर्जों के लिए सौदेबाजी करता है। जबकि पेरिस क्लब सरकारों के स्तर से दिए गए संप्रभु कर्जों की। संप्रभु कर्ज के खेल में विश्व बैंक व आईएमएफ की भूमिका केवल परेशान देश को ऑक्सीजन देने तक है। कर्ज देनेवाले अपनी शर्तों पर कर्ज का पुनर्गठन करते हैं।

वर्ष 2002 में अर्जेंटीना के कर्ज संकट के बाद दुनिया संप्रभु कर्जों को लेकर कुछ सतर्क हुई है। संप्रभु बॉण्ड जारी करनेवाले देशों के अधिकारों की फिक्र होने लगी है और निर्मम हेज फंड (वल्चर फंड) की मनमानी को रोकने के कुछ नए नियम बनाए गए हैं; लेकिन यह सब कोई अंतरराष्ट्रीय संधि या कानून नहीं है। अर्जेंटीना का इतिहास बताता है कि वह अपना 75 फीसदी कर्ज ही पुनर्गठित कर सका। 20 अरब डॉलर के मूल धन, 10 अरब डॉलर का ब्याज और कुछ अन्य विवादित कर्ज दक्षिण अमेरिका के इस मुल्क के हलक में अभी भी फँसा है।

कर्ज का '*हेयर कट*' साख का मुंडन

डिफॉल्टर देश जब कर्ज देनेवालों के सामने लेन-देन पूरा करने के लिए कर्ज घटाने का प्रस्ताव करता है तो उसे वित्तीय बाजार हेयर कट कहता है। मगर कर्ज पुनर्गठन की यह प्रक्रिया उस देश की साख का मुंडन कर देती है। अर्जेंटीना के 141 अरब डॉलर के डिफॉल्ट में करीब 82 अरब डॉलर मूल धन था और हेयर कट कर्ज समायोजन प्रस्ताव का हिस्सा था। संप्रभु कर्ज के पुनर्गठन की लंबी व पेचीदा सौदेबाजी के बाद कर्जों की देनदारी आगे खिसकाई जाती है और कर्जदारों को नए बॉण्ड दिए जाते हैं, जिसमें कर्ज देनेवाले पक्षों को नुकसान भी होता है।

कई देश वाणिज्यिक कर्जदारों को अपनी कंपनियों में इक्विटी देकर स्वैप करते हैं। चिली इसका ताजा और सफल उदाहरण है। मगर पूरी प्रक्रिया डिफॉल्टर देश को वित्तीय बाजार में दागी कर देती है। अर्जेंटीना ने इसी अप्रैल में अपने कर्जदारों को हेयर कट का नया प्रस्ताव दिया है। अर्जेंटीना की पेशकश है कि कर्जदार पिछले कर्ज के बदले नए बॉण्डों को डिस्काउंट पर खरीदकर बात नक्की करें। अर्जेंटीना अंतरराष्ट्रीय पूँजी बाजार में अभी भी कालेपानी की सजा झेल रहा है। वह निर्वासन दूर करने और सामान्य देश बनने के लिए गिड़गिड़ा रहा है।

शायलॉक याद है आपको? शेक्सपीयर के मशहूर नाटक 'मर्चेंट ऑफ वेनिस' का खलनायक सूदखोर (लोन शार्क) महाजन, जो एंटोनियो से कर्ज के बदले उसके शरीर का एक हिस्सा माँगता है। कर्ज की दुनिया शेक्सपीयर के जमाने से आज तक लगभग वैसी ही बेढंगी है। यहाँ रंग और ढंग बदला है, लेकिन तासीर नहीं। अब तो यूरोपीय

सेंट्रल बैंक ने खुद बाजार से यूरोपीय देशों के कचरा रेटिंगवाले बॉण्ड (16 अरब डॉलर के सौदे) खरीद रहा है। यह यूरो जोन के केंद्रीय बैंक का (बाजार की भाषा में न्यूक्लियर ऑप्शन) ब्रह्मास्त्र है।

इसके बावजूद वित्तीय बाजार मान रहा है कि यूरोपीय बैंक का मंत्र, आईएमएफ की मदद और जर्मनी की दया ग्रीस को उबार नहीं सकती। महाजनों की दुनिया 130 अरब डॉलर के कर्जदार ग्रीस को कर्ज पुनर्गठन की कीलों भरी कुरसी पर बैठाने के लिए बेताब है। स्पेन, पुर्तगाल भी शायद इसी कतार में हैं।

□

(मई 2010)

महात्रासदी का ग्रीक कोरस

(ग्रीस अपनी क्षमता से अधिक इतिहास बनाता है। संप्रभु दिवालिएपन की शायद सबसे पहली घटना ईसा पूर्व चौथी शताब्दी में ग्रीस में ही घटी थी।)

आग व धुएँ में घिरे एथेंस के मार्फिन बैंक की खिड़की पर एक महिला का शव टँगा है। ग्रीस के शहरों में अराजकता दौड़ रही है, दंगे जानलेवा हो चले हैं। इस देश पर आतंकवाद, युद्ध या प्रकृति का कहर नहीं टूटा है। एक चुनी हुई सरकार भी है, लेकिन लोकतंत्र और ओलंपिक का जन्मदाता देश जल रहा है। सड़कों पर दंगा करती भीड़ को समझ में नहीं आता कि उनके प्यारे फलते-फूलते ग्रीस (यूनान) में अचानक क्या हो गया है! यही बात तो वर्ष 2001 में ब्यूनस आयर्स (अर्जेंटीना) की सड़कों पर मरते-मारते लोग भी समझ नहीं पा रहे थे कि वे नौकरियाँ गँवाकर अचानक सड़कों पर कचरा क्यों बीनने लगे? पूरा विश्व देख रहा है कि देशों का कर्ज संकट में फँसना या देनदारी में चूकना (सॉवरिन डिफाल्ट) कितनी दर्दनाक विपत्ति है। एक ऐसी आपदा जो गुस्साई प्रकृति, सिरफिरे आतंकी या युद्धखोर राजनेताओं के चलते नहीं, बल्कि सरकारों और स्मार्ट व ज्ञानी-गुणी वित्तीय कारोबारियों के चलते आती है। देशों का कर्ज संकट गलतियों का पीड़ादायक दोहराव है, जिसने सिर्फ कुछ महीनों में एक संपन्न देश को वस्तुतः भिखारी बना दिया है। ऊपर से दुनिया यह मान रही है कि ग्रीस दरअसल वित्तीय महात्रासदी का कोरस (ग्रीक रंगमंच की परंपरा में ट्रेजडी से पहले गाया जानेवाला सहगान) मात्र है। इस ट्रेजडी के कई अंक अभी बाकी हैं।

जब देश डूबते हैं…

अंतरिक्ष में मानव की पहली उड़ान (अपोलो 8) के कमांडर फ्रैंक बोरमैन मजाक

में कहते थे कि नरक की संकल्पना के बिना जैसे ईसाइयत नहीं रह सकती, ठीक उसी तरह दिवालिएपन के बिना पूँजीवाद भी मुश्किल है। अमेरिकी मानते रहें कि व्यक्ति के लिए दिवालिया होना नई शुरुआत का मौका है, मगर जरा ग्रीस से पूछिए, वह किस नई शुरुआत के बारे में सोच रहा है? किसी देश के लिए संप्रभु कर्ज संकट दरअसल घोर नरक है, जो देश की वित्तीय साख, उपभोक्ताओं की क्रय शक्ति, वित्तीय तंत्र की मजबूती और देश में निवेश की उम्मीदें आदि सबकुछ लील जाता है। दरअसल जब देश डिफॉल्टर होते हैं, और वह भी विदेशी बाजारों से लिये गए कर्जों में, तो ग्रीस जैसे उदाहरण बनते हैं। एक बार बस बाजार को पता भर चले कि देश की हालत नरम-गरम है तो कर्ज की रेटिंग गिरने लगती है और बात नए कर्जों पर रोक, बैंकों की बरबादी से होती मुद्रा अवमूल्यन व दिवालिएपन तक आ जाती है। अंततः अंतरराष्ट्रीय मुद्रा कोष जैसी संस्थाएँ अनुदान देती हैं और देश संकट की एक लंबी सुरंग में चला जाता है। इस महाव्याधि का इलाज भी कम मारक नहीं होता; लेकिन उस पर चर्चा फिर कभी। फिलहाल तो यह देखें कि ग्रीस ने यह नया इतिहास कैसे बनाया?

ग्रीक व्यथा की अंतःकथा

यूरोप में कहावत है कि ग्रीस अपनी क्षमता से अधिक इतिहास बनाता है। संप्रभु दिवालिएपन की शायद सबसे पहली घटना ईसा पूर्व चौथी शताब्दी में ग्रीस में ही घटी थी, जब इसकी दस नगरपालिकाएँ कर्ज चुकाने में चूक गई थीं। वैसे ग्रीस के ताजा इतिहास में ज्यादा रोमांच है। अमीर देशों में शुमार ग्रीस वर्ष 2000 से 2007 तक यूरो जोन की सबसे तेज दौड़ती (4.2 फीसदी विकास दर) अर्थव्यवस्थाओं में एक था। मगर 2008 की मंदी ने ग्रीस के दो सबसे बड़े उद्योगों पर्यटन व शिपिंग को तोड़ दिया और सरकार का राजस्व बुरी तरह घट गया। पर इसमें अचरज क्या? यह तो लगभग हर देश के साथ हुआ था। दरअसल ग्रीस में असली लोचा यहीं पर था। घाटा बढ़ने के बावजूद ग्रीस कर्ज लेता रहा और अपना वित्तीय सच दुनिया से छिपाता रहा। पिछले साल के अंत में दुनिया को पता चला कि ग्रीस में घाटे व कर्ज के आँकड़े झूठ हैं। इस मुल्क ने 216 अरब यूरो का कर्ज ले रखा है, जो कि उसके जीडीपी का 120 फीसदी है। दुनिया को पता था कि ग्रीस सरकार के बॉण्डों में 70 फीसदी निवेश विदेशी है, इसलिए वर्ष 2009 के अंत से ग्रीस में महासंकट की उलटी गिनती शुरू हो गई थी। इस साल मार्च में जब ग्रीस की सरकार ने वित्तीय पाबंदियों का कानून बनाकर खतरे का बटन दबाया तो वित्तीय बाजार में ग्रीस के बॉण्डों की रेटिंग जंक यानी कचरा होने लगी और दुनिया समझ गई कि ग्रीस तो अब गया।

बॉण्ड बाजार का खौफ

- सन् 1830 में लंदन के बॉण्ड बाजार में लैटिन अमेरिकी देशों के बॉण्डों की भरमार हो गई थी। पुर्तगाल, स्पेन के बॉण्ड भी निवेशकों को लुभा रहे थे। मगर वित्तीय बाजार के पुरोधा रॉथ्सचाइल्ड को यूरोप में राजनीतिक भविष्य डाँवाँडोल दिख रहा था। रॉथ्सचाइल्ड ने अपने भाई को बॉण्ड बाजार से दूर हटने का संकेत दिया। 1837 आते-आते न केवल स्पेन के राज्य दिवालिया हुए बल्कि अमेरिका के आठ राज्य भी खाली हो गए और बॉण्ड बाजार ध्वस्त हो गया। रॉथ्सचाइल्ड का आकलन राजनीतिक जोखिमों की रोशनी में बॉण्ड बाजार को देखने की शुरुआत थी। आज का बॉण्ड बाजार हर राजनीतिक हलचल पर डगमगाता है। दुनिया का बॉण्ड बाजार का आकार सभी देशों के कुल जीडीपी से भी ज्यादा बड़ा है और बाजारों में सूचीबद्ध आधे से ज्यादा बॉण्ड सरकारों या सरकारी कंपनियों के हैं। अमेरिकी राष्ट्रपति बिल क्लिंटन के सलाहकार जेम्स कार्वाइल ने कहा था कि यदि मेरा पुनर्जन्म हो तो मैं बॉण्ड मार्केट बनना चाहूँगा, जो किसी को भी डरा सकता है।

स्रोत : द कैश नेक्सस— मनी ऐंड पॉवर ऑफ मॉडर्न वर्ल्ड (2001)— नील फर्ग्युसन

फिर भी तो नहीं सीखते!!

वर्ष 2010 का पहला सूरज चढ़ने तक दुनिया यह जान गई थी कि ग्रीस डूबेगा, लेकिन यह अब भी एक रहस्य है कि डूबते ग्रीस के बॉण्ड इस साल की शुरुआत में ओवर सब्सक्राइब कैसे हो गए? दरअसल दुनिया ने कभी वक्त पर उस पूर्व चेतावनी तंत्र की नहीं सुनी है, जिसे इतिहास कहा जाता है। वित्तीय बाजार के विस्तार के साथ देशों का कर्ज में चूकना तेजी से बढ़ा है। वर्ष 1824 से 2006 के बीच दुनिया में संप्रभु दिवालिएपन की 257 घटनाएँ हुई थीं, लेकिन अकेले 1981 से 1990 के बीच देशों के कर्ज में चूकने की 74 और 1998 से 2004 के बीच 16 घटनाएँ हुईं। 1500 से 1900 ईसवी के बीच फ्रांस 8 बार और स्पेन 13 बार दिवालिया हुआ। हालाँकि इतना पीछे जाने की जरूरत नहीं है। अर्जेंटीना, मेक्सिको, रूस, थाइलैंड इस मर्ज के सबसे ताजे उदाहरण हैं। पिछले करीब 220 साल में छह बार दिवालिया हुआ अर्जेंटीना तो दुनिया के अर्थशास्त्रियों के बीच मजाक का विषय है। देशों के दिवालिएपन पर आर्थिक शोध का अंबार लगा है, लेकिन इसे पढ़े बिना भी यह जाना जा सकता है कि यह आर्थिक नरक जब भी बना है तब बेतहाशा खर्च, राजकोषीय असंतुलन और वित्तीय अपारदर्शिता व विदेशी बाजारों से अंधाधुंध कर्ज इसके मूल में रहे हैं। शोध बताते हैं कि बैंकों व

मुद्राओं के संकट अंततः देशों के दिवालिएपन पर आकर रुके हैं। अर्जेंटीना, उरुग्वे, यूक्रेन, इंडोनेशिया और ग्रीस के ताजे संकट इसकी नजीर हैं। जानकार कहेंगे कि ग्रीस तकनीकी तौर पर डिफॉल्टर नहीं है, क्योंकि वह आईएमएफ की ऑक्सीजन पर है; लेकिन बाजार मुतमईन है कि ग्रीस व्यावहारिक रूप से डिफॉल्टर है। जैसे ही ग्रीस अपने कर्ज की देनदारी को टालेगा या कर्जों का पुनर्गठन करेगा, उस पर आधिकारिक डिफॉल्टर की मुहर लग जाएगी।

➢ इस ग्रीक चित्त में बहुत कुछ छिपा है। झूठ उनका असली व्यापार है। पूरा यूरोपीय मनोविज्ञान ग्रीस के नकलीपन के कारण बीमार है। ...फ्रांज ओवरबेक को नीत्शे की चिट्ठी

स्रोत : इस खिड़की से (2010), रमेश चंद्र शाह

ग्रीस की रंगमंचीय परंपरा में दशकों से मार्च-अप्रैल के महीनों में थिएटरों में ट्रेजडी का मंचन होता है। ग्रीस ने अपनी यह परंपरा नहीं छोड़ी। इस समय वहाँ एक सुपर ट्रेजडी का मंचन हो रहा है। यह बात दीगर है कि ग्रीस के लोग इस त्रासदी का हिस्सा बनना कतई नहीं चाहते थे, लेकिन वे करें भी क्या? सरकारें हमेशा मनमाना कर गुजरती हैं, बाद में आम जनता मरती व भरती है। ग्रीस जैसे संकट की कल्पना भी किसी देश के लिए डरावनी है, लेकिन हकीकत बड़ी जालिम है। वित्तीय बाजार ग्रीस को महात्रासदी का पहला अध्याय मान रहे हैं। ग्रीस यूरोप में अकेला बीमार नहीं है और जो दूसरे बीमार हैं उन्होंने ही ग्रीस को कर्ज भी दे रखा है। यानी कि त्रासदी के लिए अगले मंच तैयार हो रहे हैं। ऊपर से इस संप्रभु कर्ज संकट का इलाज भी किसी आपदा से कम नहीं है। यूरोप के समृद्ध देश कर्ज के खेल में देशों की बरबादी को तीसरी दुनिया की आपदा बताते थे, मगर इस अपशकुन ने अब उनका घर भी देख लिया है। दूसरे विश्व युद्ध के बाद पहली बार कोई अमीर देश इस तरह डूब रहा है। ***मेरे डूब जाने का बाइस तो पूछो, किनारे से टकरा गया था सफीना।***

□

(मई 2010)

डूबे तो उबरेंगे

(मिल्टन फ्रीडमैन सही साबित होते दिख रहे हैं। यूरो मुद्रा के जन्म के समय उन्होंने कहा था कि यह क्लब पहला वित्तीय संकट नहीं झेल पाएगा।)

दुनिया के वित्तीय बाजारों में इस समय एक अजीब सी गंध तैर रही है, कुछ जलने की गंध! ताजे वित्तीय संकट की आँच पर यूरोप की अनोखी बेमेल (मौद्रिक एकता) खिचड़ी शायद जलने लगी है। यूरोप में अलग आकार और स्वरूप की अर्थव्यवस्थाओं को 'यूरो' नामक एकल मुद्रा का जो अनोखा परिधान पहनाया गया था वह छोटों की गरदन पर कसने और बड़ों के बदन पर ढीला होने लगा है। ओलंपिक के मुल्क ग्रीस में वित्तीय संकट सुलग रहा है, जिसमें सोलह यूरोपीय देशों की एकता घुलने लगी है। बाजार घुसफुसा रहा है कि एक से अधिक यूरोपीय देश दिवालिया हो सकते हैं। देश अलग, अर्थव्यवस्थाओं के आकार अलग, बजट अलग, वित्तीय कायदे अलग, राजनीति अलग; मगर मुद्रा यानी करेंसी एक। सवाल दस साल पहले भी उठे थे, लेकिन संकट अब उठा है। वित्तीय बाजारों के महासंकट ने अपारदर्शी वित्तीय प्रणालीवाले ग्रीस, आयरलैंड जैसे कमजोरों के पैर उखाड़ दिए। सोलह यूरोपीय देशोंवाला यूरो क्लब ग्रीस को उबारने पर बँट गया है। बीते सप्ताह ब्रुसेल्स की बैठक में यूरोजोन के बड़ों (फ्रांस व जर्मनी) के बीच दरारें साफ दिख गईं। यूरो की साख टूट रही है। यूरो क्लब की एकता पर ही बन आई है। यह माननेवाले अब बहुत से हैं कि यूरो क्लब डूबकर ही उबर सकता है।

परेशान 'पिग्स'

'पिग्स' से मतलब है कि यूरोप के पाँच परेशान देश—अर्थात् पुर्तगाल, इटली,

आयरलैंड, ग्रीस व स्पेन। इनकी समस्या है इनका भारी कर्ज। यूरोप की इन छोटी अर्थव्यवस्थाओं को ताजा मंदी और वित्तीय बाजारों के हाहाकार ने बेदम कर दिया। रही-सही कसर इनके वित्तीय कुप्रबंध ने पूरी कर दी है। ग्रीस (यूनान) सबसे बुरी हालत में है, जहाँ सरकार का कुल कर्ज देश के जीडीपी का 125 फीसदी हो गया है। ग्रीस की सरकार का डिफॉल्टर होना तय है। इसे बचाने के तरीकों पर यूरोप में चख-चख जारी है। बात सिर्फ ग्रीस की ही नहीं, इस समूह में जन्मों का कर्जदार इटली, दिवालिएपन के लिए कुख्यात और अभी तक मंदी से जूझ रहा स्पेन, प्रॉपर्टी मार्केट टूटने से बदहाल हुआ आयरलैंड (जीडीपी के अनुपात में कर्ज 82 फीसदी) और कर्ज में दबा पुर्तगाल (कर्ज जीडीपी अनुपात 85 फीसदी) भी हैं। दरअसल यूरो क्लब में होना या यूरो मुद्रा अपनाना इस गाढ़े वक्त में इन्हें बहुत साल रहा है। अगर इनकी स्वतंत्र मुद्राएँ होतीं तो अब तक ये अवमूल्यन करके अपने कर्ज को घटाने का जुगाड़ बिठा चुके होते। मगर ऐसा होना नामुमकिन है और क्योंकि यूरो की कीमत गिरने से यूरोप के बड़ों का बहुत बड़ा नुकसान है।

दिवालिएपन का यूरोपीय अतीत : कुछ प्रमुख वर्ष

ऑस्ट्रिया	इंग्लैंड	फ्रांस	जर्मनी (प्रशिया)	ग्रीस	हॉलैंड	पुर्तगाल	स्पेन
1796	1340	1558	1683	1826	1814	1560	1557
1938	1472	1624	1807	1843		1828	1575
1940	1594	1648	1813	1860		1837	1596
1945		1661	1932	1893		1841	1607
		1701	1939	1932		1845	1627
		1715				1852	1647
		1770				1890	1809
		1788					1820
		1812					1831
							1834
							1851
							1867
							1872
							1882
							1936

1937

1938

1939

स्रोत : क्रेडिट सुइस फिक्स्ड इन्कम स्ट्रेटजी, रीनहार्ड ऐंड रोगोफ, दिस टाइम इज डिफरेंट

और हैरान दिग्गज

पिग्स परिवार को मदद का चारा देने में भी कम नुकसान नहीं है। यूरो क्लब में जबरदस्त ऊहापोह है। अगर पिग्स को नहीं उबारा जाता तो यूरो जोन दिवालिया मुल्कों का जोन बन जाएगा; लेकिन इनको उबारने का मतलब होगा कि बड़े अपने खजाने से इसका बिल चुकाएँ। यानी कि जर्मनी व फ्रांस जैसे बड़े यूरोपीय देश इनके कर्ज की जिम्मेदारी उठाएँ। यूरो क्लब की बुनियादी संधि (स्टेबिलिटी ऐंड ग्रोथ पैक्ट) किसी तरह के बेल आउट या उद्धार पैकेजों की छूट नहीं देती। इसी संधि के जरिए सभी सदस्यों के लिए कर्ज व घाटा कम करने की कड़ी शर्तें भी तय की गई थीं, मगर छोटों ने ये बंदिशें कायदे से नहीं मानीं। बड़े अगर मदद कर भी दें तो भी इस बात की गारंटी नहीं है कि कमजोर और बदहाल पिग्स अपनी राजकोषीय सेहत सुधारने के लिए खर्च में कमी कर सकेंगे। मंदी व महँगाई के बाद वेतन और खर्चों में कटौती कठिन राजनीतिक फैसला है। यूरोप के बड़े अगर अपने बजट से इनका कर्ज उठाते हैं तो उनकी अपनी और यूरो की साख टूटेगी, लेकिन अगर मुल्क दिवालिया हुए तो भी यूरो टूटने से नहीं बचेगा। तीसरा विकल्प आईएमएफ को बीच में लाने का है; लेकिन इससे बुरा विकल्प कोई नहीं है। आईएमएफ की मदद का मतलब एकल यूरोपीय मुद्रा का असफल होना है, क्योंकि तब दुनिया की दूसरी सबसे बड़ी मुद्रा किसी छोटे देश की कमजोर मुद्रा जैसी हो जाएगी, जो बाहरी मदद की बैसाखियों पर टिकी होगी।

क्या अब लौट चलें?

चर्चा तो वापस लौटने की ही है। वित्तीय संकट ने यूरो क्लब को तोड़ दिया है। अब जर्मनी, फ्रांस, ऑस्ट्रिया, फिनलैंड, नीदरलैंड जैसे मजबूत मुल्क एक तरफ हैं तो पिग्स जैसे कर्ज में दबे दक्षिण यूरोप के मुल्क दूसरी तरफ। कहा यह भी जा रहा है कि दक्षिण के छोटों ने यूरो क्लब का हिस्सा बनने और एकल मुद्रा के फायदे पाने के लिए अपनी वित्तीय असलियत दुनिया से छिपाई। ग्रीस को लेकर तो यह चर्चा काफी प्रामाणिक है। दक्षिण के मुल्कों की साख ध्वस्त है। वित्तीय बाजार उनके बॉण्डों से बिदक रहा है। यूरोप में ऐसा माननेवाले बहुत से हैं कि यूरो मुद्रा इन घायल पिग्स सिपाहियों के सहारे

वित्तीय दुनिया में जंग में टिक नहीं सकती। क्या जर्मनी व फ्रांस के नेतृत्व में एक नया मौद्रिक ब्लॉक बनना चाहिए? जैसा वर्ष 1999 के पहले था, जब यूरोप में ड्यूश मार्क, पौंड और फ्रैंक तीन बड़ी मुद्राएँ थीं। दरअसल यूरो क्लब सातवें व आठवें दशक की मंदी और मुद्रास्फीति यानी महँगाई की बुनियाद पर बना था। नतीजतन कड़े मौद्रिक नियंत्रण व महँगाई पर काबू इस एकता की बुनियाद थे। अब वह एकता बिखर चुकी है। क्या यूरो क्लब से कमजोर मुल्कों की निकासी होगी या एक नया मौद्रिक ब्लॉक बनेगा? अथवा दुनिया एक कमजोर और लुढ़कते यूरो के साथ जिएगी? इन सवालों के फिलहाल कोई जवाब नहीं हैं। वैसे चाहे यूरोप में कुछ देश दिवालिया हों या फिर यूरो क्लब में टूट हो, यूरो का जलवा अब ढलने वाला है।

मशहूर अर्थविद् मिल्टन फ्रीडमैन सही साबित होते दिख रहे हैं। एकल यूरोपीय मुद्रा के जन्म के समय वर्ष 1999 में उन्होंने कहा था कि यह क्लब पहला वित्तीय संकट नहीं झेल पाएगा। कहाँ तो बात डॉलर का विकल्प बनने से शुरू हुई थी और अब यूरो की साख के लाले हैं। दुनिया ताजा वित्तीय बदहाली में अपना चेहरा देखकर पहले से ही हैरत में थी, इस बीच यूरो क्लब का शीराजा भी दरकने लगा है। ***हैराँ थे अपने अक्स पर घर के तमाम लोग, शीशा चटख गया तो हुआ एक काम और।***

□

(अप्रैल 2010)

इतिहास से किसने सीखा

(न्यूटन ने कहा था कि वह ग्रहों की चाल की गणना कर सकते हैं, लेकिन आदमी के पागलपन की नहीं। न्यूटन ने भी ब्रिटेन में सन् 1711 के 'साउथ सी बबल' नाम के मशहूर शेयर घोटाले में हाथ जलाए थे।)

इतिहास से हम क्या सीखते हैं? यही न कि हमने इतिहास से कुछ नहीं सीखा है। इतिहास दरअसल खुद को नहीं दोहराता, बल्कि गलतियों का इतिहास स्वयं को दोहराता है। नहीं तो लेहमैन ब्रदर्स सहित शताधिक बैंकों को गँवाने के बाद दुनिया बदल न जाती! चौंकिए और झुँझलाइए! दुनिया ने वर्ष 2008 की शुरुआत से लेकर अब तक शेयर बाजारों में 30 खरब डॉलर गँवाए हैं और घरों आदि अचल संपत्तियों में 11 खरब डॉलर का चूना लगा है। यह पूरा नुकसान दुनिया के जीडीपी यानी कुल आर्थिक उत्पादन का 75 फीसदी है। मगर रत्ती भर बदलाव दिखा है कहीं? दुनिया के मुल्कों ने तो उन कारणों का इलाज तक नहीं किया, जिनके कारण यह विपदा फट पड़ी थी। बैंक व निवेश संस्थाएँ फिर उसी पुराने ढर्रे पर हैं। नियामक पहले की तरह लड़ रहे हैं। राजनेताओं के एजेंडे पर अब वित्तीय संकट के कारणों का इलाज है ही नहीं। यानी सबकुछ हस्ब-मामूल है। खैर मनाइए, क्योंकि मंदी के बाद की दुनिया जोखिमों से भरपूर है।

बड़ा हुआ तो क्या हुआ?

टू बिग टु फॉल—यही तो मुहावरा इस्तेमाल करती थी न्यूयॉर्क की वाल स्ट्रीट, लेहमैनों जैसे नामचीन महाकाय निवेश बैंकों के बारे में जिन्हें वित्तीय संकट के सैलाब ने इतिहास के गटर में डाल दिया। अचरज इस बात पर नहीं कि संकट से पहले दुनिया यह

समझती थी कि वित्तीय दिग्गज अपराजेय हैं, आश्चर्य इस बात पर है कि आज भी ऐसा ही माना जा रहा है। इसलिए ही तो सुधार के नाम पर दुनिया ने अपने बैंकों को और बड़ा कर दिया। मेरिल लिंच बैंक ऑफ अमेरिका में घुस गया। अब बैंक ऑफ अमेरिका 2.7 खरब डॉलर की संपत्तिवाला भीमकाय वित्तीय संस्थान है। अमेरिका के वेल्स फार्गो ने 12.7 अरब डॉलर खर्च कर वाचोविया बैंक को निगल लिया। अमेरिका के केमिकल बैंक को चेज मैनहट्टन पचा गया तो यूरोप ड्रेसनर बैंक को ड्यूश बैंक।

मंदी के बाद अमेरिका से लेकर ऑस्ट्रेलिया तक और जापान से लेकर ब्राजील तक वित्तीय संस्थाएँ छोटी नहीं बल्कि बड़ी हुई हैं और वह भी संकट के मौके पर मिली सरकारी व केंद्रीय बैंकों की मदद के सहारे। ध्यान दीजिए, मेरिल लिंच का उद्धार बैंक ऑफ अमेरिका ने अमेरिकी खजाने व फेड रिजर्व की कृपा से किया। दरअसल लेहमैनों, वाचोविया, फेनी मे आदि की बरबादी के बाद दुनिया ने यह माना कि बड़ी वित्तीय संस्थाओंवाले मॉडल में जोखिम ज्यादा है, क्योंकि इनकी बरबादी बड़ी तबाही लाती है; लेकिन सुधारों के नाम पर वित्तीय बाजारों के गले में और बड़े पत्थर बाँध दिए गए। अब अगर किसी संकट में बैंक ऑफ अमेरिका डूबा तो तबाही देखकर दुनिया डर जाएगी।

दुनिया की पहली कंपनी भारत के लिए

- दुनिया में जॉइंट स्टॉक या कई मालिकों अथवा शेयर होल्डिंगवाली पहली कंपनी और पहले शेयर बाजार के तार भारत से जुड़े हैं। डच सरकार ने भारत से कारोबार करनेवाली छह ईस्ट इंडिया कंपनियों को मिलाकर सन् 1602 में एक कंपनी बनाई। 'यूनाइटेड डच चार्टर्ड ईस्ट इंडिया' नाम की यह कंपनी केप ऑफ गुड होप से पूर्व में पूरे डच कारोबार पर एकाधिकार रखती थी। दुनिया का पहला आईवीओ इसी कंपनी का था यानी जनता को शेयर खरीदने की छूट मिली। एम्सटर्डम में इस कंपनी के करीब 1,200 शेयरधारक थे। इस कंपनी में कारोबार के लिए एम्सटर्डम एक्सचेंज बैंक व एम्सटर्डम स्टॉक मार्केट बना। ब्रिटिश ईस्ट इंडिया कंपनी इससे दो साल बाद बनी।

स्रोत : एक्सेंट ऑफ मनी— नील फर्ग्युसन

संहार का सामान

इस मंदी में अगर आपने शेयर बाजार में पैसा गँवाया है या बाजार में रोजगार तो आपका पूरा हक बनता है दुनिया के कर्णधारों से यह पूछने का कि मंदी के बाद क्या सुधरा है ? अब तक तो वित्तीय दुनिया यह कायदे से जान गई है कि जटिल और हवाई

वित्तीय उपकरणों ने उसे तबाह कर दिया, लेकिन इन उपकरणों का इस्तेमाल कहीं बंद नहीं हुआ। सबकुछ पैसा ही है—खतरनाक, अपारदर्शी और विस्फोटक। वित्तीय जन-संहार के हथियारों के नाम से परिभाषित वित्तीय डेरीवेटिव्स फल-फूल रहे हैं। अपनी जेब सँभालिए, क्योंकि वर्ष 2009 की दूसरी पहली छमाही तक अमेरिका के पाँच बैंकों ने करीब 190 खरब डॉलर के डेरीवेटिव्स सँजो रखे थे। ये घोर सट्‌टेबाजी पर आधारित डेरीवेटिव्स हैं और इस तरह के कुल डेरीवेटिव्स की मालकियत में इन पाँच बैंकों का हिस्सा करीब 25 फीसदी है।

आइए, आपका डर और बढ़ाते हैं। दुनिया के बैंकों ने निवेश के लिए ओवर ड्राफ्ट देना जारी रखा हुआ है। वर्ष 2009 में दुनिया भर के प्रमुख बैंक अकेले ओवर ड्राफ्ट फीस से करीब 38 अरब डॉलर कमाएँगे। ध्यान दीजिए, 2008 के संकट के बाद दुनिया ने गंगाजली उठाकर यह माना था कि अगर कर्ज के धन से अति निवेश या सट्‌टेबाजी होती है तो वह सिर्फ तबाही लाती है। मगर किससे पूछें कि दुनिया के शेयर बाजारों में हाल के महीनों में जो तेजी दिखी, यह फिर उसी गलती का दोहराया जाना नहीं है? आखिर बतानेवाला है कौन?

कौन चाहे सुधरना?

जी 20 के मंचों पर चिंता जताते, ओबामाओं, गॉर्डन ब्राउनों और मनमोहन सिंहों को देखकर आप किसी भुलावे में तो नहीं पड़ गए? क्या आपको मालूम है कि लेहमैन के ढहने के बाद अमेरिका की संसद् ने वित्तीय नियमों को चुस्त करने के कितने कानून पारित किए हैं? एक भी नहीं। जी हाँ, सच में एक भी नहीं। दरअसल अमेरिका में संपत्ति मॉर्टगेज की समस्या के हल के लिए एक छोटा सा कानूनी प्रयास भी बैंकों की लामबंदी के कारण अमेरिकी संसद् में इस तरह हारा कि एक सदस्य को कहना पड़ा कि बैंकों ने अमेरिकी कांग्रेस पर कब्जा कर लिया है।

अमेरिका में कंज्यूमर फाइनेंशियल प्रोटेक्शन एजेंसी बनाने का प्रस्ताव भी मर चुका है। वर्ष 2008 के संकट के बाद पूरी दुनिया में सिस्टमिक रेगुलेटर बनाने की बहस शुरू हुई थी, मगर यह कहीं नहीं पहुँची। किसी देश में वित्तीय नियमन में न कोई बड़ा बदलाव आया है और न ही कहीं कोई ऐसा नियामक बना, जो कि दुनिया को आगाह करे कि पूरी प्रणाली में कहाँ खतरा है। भारत को ही देखिए, इस संकट के बाद यहाँ भी कुछ नहीं बदला। वित्तीय तंत्र को मिली नसीहतें लागू करने के लिए कोई ठोस उपाय पिछले एक साल में नजर नहीं आए हैं।

मंदी खुद में बहुत बड़ी नसीहत थी; लेकिन अब एक साल बाद की हालत देखकर लगता है कि मंदी जाते हुए शायद ज्यादा बड़ी नसीहतें छोड़ रही है। दुनिया

अपनी रवानी में है। हम वही सबकुछ फिर करने लगे हैं, जिसे हम एक साल पहले कोस रहे थे।

न्यूटन ने कहा था कि वह ग्रहों की चाल की गणना कर सकते हैं, लेकिन आदमी के पागलपन की नहीं। न्यूटन ने भी ब्रिटेन में 1720 के साउथ सी बबल नाम के मशहूर शेयर घोटाले में हाथ जलाए थे, जिसमें लोगों ने फर्जी कंपनियों के शेयर एक-दूसरे को बेच दिए थे। न्यूटन से लेकर आज तक की दुनिया शायद कई मामलों में एक जैसी है। इसलिए सतर्क रहिए, तबाही फिर मारेगी। क्योंकि इतिहास से हमने यही सीखा है कि इतिहास से हमने कुछ नहीं सीखा।

□

(अक्तूबर 2009)

ये जो अमेरिका है

(…चर्चिल ने ठीक ही कहा था कि अमेरिका पर इस बात के लिए भरोसा किया जा सकता है कि वह सही काम करेगा, लेकिन कई गलतियों के बाद।)

याद कीजिए इस अमेरिका को आपने पहले कब देखा था। दुनिया को पूँजी, तकनीक, निवेश, सलाहें, बहुराष्ट्रीय कंपनियाँ और सपने बाँटनेवाला अमेरिका नहीं बल्कि बेरोजगार, गरीब, मंदी-पीड़ित, सब्सिडीखोर, कर्ज में डूबा, बुढ़ाता और हाँफता हुआ अमेरिका। न्यूयॉर्क, सिएटल, लॉस एंजेलिस सहित 70 शहरों की सड़कों पर फैले आंदोलन में एक दूसरा ही अमेरिका उभर रहा है। चीखते, कोसते और गुस्साते अमेरिकी लोग (आकुपायी वॉल स्ट्रीट आंदोलन) अमेरिकी बाजारवाद और पूँजीवाद पर हमलावर है। राष्ट्रपति ओबामा डरे हुए हैं। उनकी निगाह में शेयर बाजार व बैंक गुनहगार हैं। न्यूयॉर्क के मेयर माइकल ब्लूमबर्ग को अमेरिका की सड़कों पर कैरो व लंदन जैसे आंदोलन उभरते दिख रहे हैं। इन आशंकाओं में दम है, अमेरिका से लेकर कनाडा व यूरोप तक 140 शहरों में जनता सड़क पर आने की तैयारी में है। आर्थिक आँकड़ों से लेकर सामाजिक बदलावों तक और संसद् से लेकर वित्तीय बाजार तक अमेरिका में उम्मीद की रोशनियाँ अचानक बुझने लगी हैं। लगता है, मानो दुनिया के सबसे ताकतवर मुल्क में कोई तिलिस्म टूट गया है या किसी ने परदा खींचकर सबकुछ उघाड़ दिया है। महाशक्ति की यह तसवीर महादयनीय है।

बेरोजगार अमेरिका

अमेरिकी बहुराष्ट्रीय कंपनियाँ करीब दो ट्रिलियन डॉलर की नकदी पर बैठी हैं! लेकिन रोजगार नहीं हैं। सस्ते बाजारों में उत्पादन से मुनाफा कमाने के मॉडल ने अमेरिका को तोड़ दिया है। अमेरिका के पास शानदार कंपनियाँ तो हैं, मगर रोजगार चीन, भारत, थाइलैंड को मिल रहे हैं। देश में बेकारी की बढ़ोतरी दर पिछले दो साल से 9 फीसदी पर बनी हुई है। इस समय अमेरिका में करीब 140 लाख लोग बेकार हैं। अगर आंशिक बेकारी को शामिल कर लिया जाए तो इस अमीर मुल्क में बेकारी की दर 16.5 हो जाती है। लोगों को औसतन 41 हफ्तों तक कोई काम नहीं मिल रहा है। वर्ष 1948 के बाद बेकारी का यह सबसे भयानक चेहरा है। बेरोजगारी भत्ते के लिए सरकार के पास आवेदनों की तादाद कम नहीं हो रही है। बैंक ऑफ अमेरिका ने 30,000 नौकरियाँ घटाई हैं, जबकि अमेरिकी सेना ने पाँच वर्षीय भरती कटौती अभियान शुरू कर दिया। आलम यह है कि कर्मचरियों को बाहर का रास्ता दिखाने की रफ्तार 212 फीसदी पर है। पिछले माह अमेरिका में करीब 1.25 लाख लोगों की नौकरियाँ गई हैं। इस बीच नौकरियाँ बढ़ाने के लिए ओबामा का 447 अरब डॉलर का प्रस्ताव प्रतिस्पर्धी राजनीति में फँसकर संसद् में (इसी शुक्रवार को) गिर गया है, जिसके बाद रही-बची उम्मीदें भी टूट गई हैं। अमेरिका अब गरीब (अमेरिकी पैमानों पर) मुल्क में तब्दील होने लगा है।

कॉलेज प्रीमियम

- अमेरिका में आय की असमानता चरम पर है। वहाँ एक बैचलर डिग्री धारक की आय एक अंडर ग्रेजुएट की तुलना में 72 फीसदी ज्यादा है। प्रोफेशनल डिग्री धारक की आय तो और भी ऊँची है। इसे कॉलेज प्रीमियम कहते हैं। पिछले 25 साल में अमेरिका को यह एहसास हुआ है कि वह उच्च शिक्षा में पिछड़ गया है। अमेरिका में युवकों में 1940 से 1980 में कॉलेज ग्रेजुएशन की दर नहीं बढ़ी, जबकि रोजगार बाजार बदल गया और तकनीकी जरूरतों के कारण प्रोफेशनल डिग्री धारकों की माँग बढ़ गई। वर्ष 2008 का अमेरिकी सेंसस बताता है कि ग्रेजुएट डिग्री न रखनेवाले दस में सात अमेरिकियों की आय या तो घटी है या स्थिर है।

स्रोत : फॉल्ट लाइंस (2010), रघुरामजी राजन

गरीब अमेरिका

अमेरिकी यूँ ही नहीं गुस्साए हैं। दुनिया के सबसे अमीर मुल्क में 460 लाख लोग बाकायदा गरीब (अमेरिकी पैमाने पर) हैं। अमेरिका में गरीबी के हिसाब-किताब की

52 साल पुरानी व्यवस्था में निर्धनों की इतनी बड़ी तादाद पहली बार दिखी है। अमेरिकी सेंसस ब्यूरो व श्रम आँकड़े बताते हैं कि देश में गरीबी बढ़ने की दर वर्ष 2007 में 2.1 फीसदी थी, जो अब 15 फीसदी पर पहुँच गई है। मध्य वर्गीय परिवारों की औसत आय 6.4 फीसदी घटी है। 25 से 34 साल के करीब 9 फीसदी लोग (पूरे परिवार की आय के आधार पर) गरीबी रेखा से नीचे हैं। यदि व्यक्तिगत आय को आधार बनाया जाए तो आँकड़ा बहुत बड़ा होगा। लोगों की गरीबी कर्ज में डूबी सरकार को और गरीब कर रही है। अमेरिका के करीब 48.5 फीसदी लोग किसी-न-किसी तरह सरकारी सहायता पर निर्भर हैं। अमेरिका का टैक्स पॉलिसी सेंटर कहता है कि देश के 46.5 फीसदी परिवार केंद्र सरकार को कोई टैक्स नहीं देते, यानी कि देश की आधी उत्पादक व कार्यशील आबादी शेष आधी जनसंख्या से मिलनेवाले टैक्स पर निर्भर है। यह एक खतरनाक स्थिति है। अमेरिका को इस समय उत्पादन, रोजगार और ज्यादा राजस्व चाहिए; जबकि सरकार उलटे टैक्स बढ़ाने व खर्च घटाने जा रही है।

बेबस अमेरिका

इस मुल्क की कंपनियाँ व शेयर बाजार देश में उपभोक्ता खर्च का आँकड़ा देखकर नाच उठते थे। अमेरिका के जीडीपी में उपभोक्ता खर्च 60 फीसदी का हिस्सेदार है। बेकारी बढ़ने व आय घटने से यह खर्च कम घटा है और अमेरिका मंदी की तरफ खिसक गया। अमेरिकी बचत के मुरीद कभी नहीं रहे, इसलिए उपभोक्ता खर्च ही ग्रोथ का इंजन था। अब मंदी व वित्तीय संकटों से डरे लोग बचत करने लगे हैं। अमेरिका में बंद होते रेस्टोरेंट और खाली पड़े शॉपिंग मॉल बता रहे हैं कि लोगों ने हाथ सिकोड़ लिये हैं। किसी भी देश के लिए बचत बढ़ना अच्छी बात है, मगर अमेरिका के लिए बचत दोहरी आफत है। कंपनियाँ इस बात से डर रही हैं। अगर अमेरिकी सादा जीवन जीने लगे और बचत दर 5 से 7 फीसदी हो गई तो मंदी बहुत टिकाऊ हो जाएगी। दिक्कत इसलिए पेचीदा है, क्योंकि अमेरिका में सन् 1946 से 1964 के बीच पैदा हुए लोग (बेबी बूम पीढ़ी) अब बुढ़ा रहे हैं। इनकी कमाई व खर्च ने ही अमेरिका को उपभोक्ता संस्कृति का स्वर्ग बनाया था। यह पीढ़ी अब रिटायरमेंट की तरफ है, यानी की कमाई व खर्च सीमित और चिकित्सा-पेंशन आदि के लिए सरकार पर निर्भरता। टैक्स के जरिए अमेरिकी सरकार को चलानेवाली यह पीढ़ी अब सरकार की देखरेख में अपना बुढ़ापा काटेगी। मगर इसी मौके पर सरकार कर्ज में डूबकर दोहरी हो गई है।

अमेरिकन ड्रीम का सच

कुल आबादी	31,26,13,889
कुल करदाता	11,24,80,521
कुल बेरोजगार	1,38,96,778
कुल कर्मचारी	14,00,62,755
सेवानिवृत्त	6,62,31,779
दिवालिएपन के मामले	15,59,539
प्रति परिवार कुल कर्ज	6,60,975 यूएस डॉलर
क्रेडिट कार्ड कर्ज	7,84,6398,73,400 यूएस डॉलर

स्रोत : यूएस डेट क्लॉक— 13 नवंबर, 2011, सुबह 11 बजे

अमेरिका आंदोलनबाज देश नहीं है। 1992 में लॉस एंजलिस में दंगों (अश्वेत रोडनी किंग की पुलिस पिटाई में मौत) के बाद पहली बार देश इस तरह आंदोलित दिख रहा है। अमेरिकी शहरों को मथ रहे आंदोलनों का मकसद और नेतृत्व भले ही अस्पष्ट हो, मगर पृष्ठभूमि पूरी दुनिया को दिख रही है। मशहूर अमेरिकन ड्रीम मुश्किल में है। बेहतर, समृद्ध और संपूर्ण जिंदगी व बराबरी के अवसरों (इविक ऑफ अमेरिका— जेम्स ट्रुसलो एडम्स) का बुनियादी अमेरिकी सपना टूट रहा है। इस भयानक संकट के बाद दुनिया को जो अमेरिका मिलेगा, वह पहले जैसा बिलकुल नहीं होगा। अपनी जनता की आँखों में अमेरिकन ड्रीम को दोबारा बसाने के लिए अमेरिका को बहुत कुछ बदलना पड़ेगा। चर्चिल ने ठीक ही कहा था कि अमेरिका पर इस बात के लिए भरोसा किया जा सकता है कि वह सही काम करेगा, लेकिन कई गलतियों के बाद।''अमेरिका का प्रायश्चित्त शुरू हो गया है।

□

(अक्तूबर 2011)

महाबली का महामर्ज

(...वित्तीय बाजार का महाशिखर दरक रहा है। यह ध्वंस देखने के काबिल है। इतनी नसीहतें मिलेंगी कि कंप्यूटरों की मेमोरी कम पड़ जाएगी।)

2 अगस्त को आप किस तरह याद करते हैं—जर्मनी में हिटलर की ताजपोशी की तारीख के तौर या फिर भारत में कंपनी राज की जगह ब्रिटिश राज की शुरुआत के तौर पर।...इस सप्ताह से 2 अगस्त, 2011 को वित्तीय दुनिया में एक नई ऐतिहासिक करवट के लिए भी याद कीजिएगा। 2 अगस्त को अमेरिका डिफाल्ट (कर्ज चुकाने में चूक) शायद नहीं होगा, क्योंकि सरकार के पास दसियों जुगाड़ हैं। मगर इससे कोई फर्क नहीं पड़ता। महाबली का यह मर्ज इतिहास बनाने की तरफ बढ़ चुका है। अमेरिकी सरकार के लिए कर्ज की सीमा बढ़ने की आखिरी तारीख 2 अगस्त है। रिपब्लिकन व डेमोक्रेट चाहे जो इलाज निकालें यानी कि अमेरिका डिफॉल्ट हो या फिर बचने के लिए टैक्स लगाए, मगर विश्व के सबसे बड़े निवेशक और सबसे बड़े बाजार की सबसे ऊँची साख का कीमा बन चुका है। रेटिंग एजेंसियों, बैंकों, हेज फंड, शेयर निवेशकों के विश्वव्यापी समुदाय ने भविष्य को भाँप लिया है और अपनी मान्यताओं, सिद्धांतों, रणनीतियों व लक्ष्यों को नए तरह से लिखना शुरू कर दिया है। सुरक्षा के लिए सोने (रिकॉर्ड तेजी) से लेकर स्विस फ्रैंक (इकलौती मजबूत मुद्रा) तक बदहवास भागते निवेशक बता रहे हैं कि वित्तीय दुनिया अब अपने भगवान् की गलतियों की कीमत चुकाने को तैयार हो रही है।

डूबने की आजादी

अमेरिका की परंपराओं ने उसे अनोखी आजादी और अजीब संकट दिए हैं।

अमेरिका में सरकार का बजट और कर्ज अलग-अलग व्यवस्थाएँ हैं। हर साल बजट के साथ कर्ज की सीमा बढ़ाने के लिए संसद् की मंजूरी जरूरी नहीं है। इस साल अमेरिका की सीनेट ने बजट खारिज कर दिया तो ओबामा ने उसे वापस मंजूर कराने को भाव ही नहीं दिया; क्योंकि कर्ज में डूबकर खर्च करने की छूट उनके पास थी। 1990 के दशक के बाद से अमेरिका ने अपने बजट व कर्ज में संतुलन बनाने की कोशिश की थी, जो इस साल टूट गई और मई में 14 खरब डॉलर के सरकारी कर्ज की संवैधानिक सीमा भी पार हो गई। अब 2 अगस्त को खजाने खाली हो जाएँगे और वेतन व पेंशन देने के लिए पैसा नहीं बचेगा। तकनीकी तौर पर यह डिफॉल्ट की स्थिति है। अमेरिकी कर्ज पर संसद् के नियंत्रण की तारीफ की जाती है; मगर यही प्रावधान अमेरिकी संसद् में ताकतवर विपक्ष का हथियार बन गया है। ओबामा सिर के बल खड़े हैं। अमेरिका में 1960 से अब तक 78 बार (49 बार रिपब्लिकन राष्ट्रपति और 29 बार डेमोक्रेट) कर्ज की सीमा बढ़ चुकी है। लेकिन इस बार मामला अलग है। कर्ज का पहाड़ बहुत ऊँचा (जीडीपी के अनुपात में 75 फीसदी) है। वित्तीय तंत्र घायल है। कई सांसद यह शपथ लेकर संसद् पहुँचे हैं कि वे कर्ज की सीमा नहीं बढ़ने देंगे यानी कि कर्ज भावनात्मक व राजनीतिक मुद्दा है। ओबामा के पास न खर्च घटाने की योजना है और न राजनीतिक ताकत, इसलिए बात उलझ गई है। राष्ट्रपति थॉमस जैफरसन ने इतिहासकार सैमुअल केर्शवेल को लिखा (1816) था कि "सतर्क रहना, कहीं हमारे शासक हमें पीढ़ियों तक चलनेवाले कर्ज से न लाद दें।" जेफरसन का डर सच हो रहा है।

15, 791, 998, 245, 9191

- यानी 15 ट्रिलियन अर्थात् भारत, चीन, कनाडा, यूके, सहित करीब एक दर्जन देशों के कुल जीडीपी से भी ज्यादा। अमेरिकी कर्ज का यह आँकड़ा 18 जून, 2012 का है। अमेरिकी डेब्ट क्लॉक से डरावना दृश्य और कोई नहीं हो सकता। न्यूयॉर्क में मैनहट्टन की 43वीं स्ट्रीट पर लगी यह घड़ी अमेरिका के नेशनल डेट कर्ज के आँकड़ों को चौदह अंकों में बताती है और कर्ज लगातार बढ़ रहा है। इंटरनेट (www.usdebtclock.org) पर इस घड़ी में प्रति सेकंड बदलते नंबरों को एक साथ गिन पाना असंभव है। इस घड़ी में अमेरिका व अमेरिकियों पर हर तरह के कर्ज दर्ज हैं और लगातार बढ़ रहे हैं। अमेरिका के हर नागरिक पर करीब 50,331 डॉलर का कर्ज है। जबकि हर अमेरिकी करदाता को 1,38,774 डॉलर का कर्ज चुकाना है।

असंभव वापसी

संसद् से कर्ज की सीमा बढ़ने से समस्याओं का समाधान नहीं बल्कि शुरुआत होनी है। बात बकाया कर्ज का ब्याज चुकाने की नहीं है, मूल भी गले में फँसा है। अमेरिकी सरकार का घरेलू कर्ज इतना ज्यादा है कि हर सप्ताह करीब 90 अरब डॉलर की देनदारी (अगस्त में 500 अरब डॉलर) निकल रही है। अमेरिका को अपने जीडीपी के अनुपात में करीब 18 फीसदी राशि बकाया कर्ज के पुनर्वित्त (रिफाइनेंस) के लिए चाहिए। यानी कि अमेरिका क्लासिक ऋण जाल (डेट ट्रैप) में फँस चुका है। बैंकरों, निवेशकों व रेटिंग एजेंसियों को अमेरिका के कर्ज का राई-रत्ती मालूम है। अमेरिका के लिए वापसी अब नामुमकिन है और उबरने का हर इलाज महाबली को कमजोर ही करेगा। विपक्ष की चली तो ओबामा खर्च घटाएँगे और टैक्स बढ़ाएँगे, जो सुस्त अमेरिकी अर्थव्यवस्था के लिए दम-घोंट साबित होगी। कर्ज की सीमा बढ़े या अमेरिका चूके, दोनों ही हालत में अमेरिका की चट्टानी ट्रिपल ए रेटिंग घट जाएगी। अमेरिका की रेटिंग में कमी एक ऐतिहासिक फैसला होगा, क्योंकि अमेरिकी बॉण्ड कर्ज के बाजार में सोने से ज्यादा खरे और सबसे मजबूत जमानत माने जाते हैं। रेटिंग घटते ही अमेरिका में ब्याज दरें बढ़ेंगी जो कर्ज के पहाड़ को काटने की राह और मुश्किल कर देंगी। किसी देश के लिए भारी राष्ट्रीय कर्ज तथा ऊँचे टैक्स से ज्यादा नपी-तुली त्रासदी और कोई नहीं हो सकती। अंग्रेज पत्रकार विलियम कोबेट की 200 साल पुरानी यह बात अब अमेरिका का वर्तमान बन गई है।

सामूहिक त्रासदी

वित्तीय बाजारों पर दुहरी-तिहरी आपदा है। अमेरिका की बैंकिंग विफलता (लेहमैन संकट) अरबों ले डूबी। यूरोप का संप्रभु कर्ज संकट तेल निकाल ही रहा है और अब अमेरिका भी डूब रहा है। निवेशकों के लिए सिर फोड़ने का ठिकाना भी नहीं बचा है। प्रलय का हिसाब रखनेवालों ने भी कभी यह नहीं सोचा होगा कि अमेरिका डिफॉल्ट होने की कगार पर पहुँच जाएगा, यानी कि दुनिया के सबसे सुरक्षित बाजार का भविष्य ही खतरे में पड़ जाएगा। ओबामा का खर्च घटाओ अभियान अमेरिका की ठप पड़ी अर्थव्यवस्था को मंदी में धकेल सकता है। दुनिया के सबसे बड़े बाजार में मंदी बहुतों की कंपनियाँ बंद कर सकती है। और अगर विपक्ष ओबामा की बात मानता है तो फेडरल रिजर्व डॉलर छापकर कर्ज जुटाएगा, जिससे अमेरिका में हाइपरइन्फ्लेशन (महामुद्रास्फीति) आ जमेगी। दोनों स्थितियों में दुनिया के बाजार तबाह होंगे। अमेरिका के इस हाल के बाद डॉलर की ताकत घटना तय है, जो दुनिया में निवेश व कारोबार के प्रचलित तौर-तरीके ही बदल देगी। जॉन मेनार्ड केंज ने कहा था कि अगर मेरे पास 1

पाउंड का कर्ज है तो यह मेरी समस्या है, लेकिन अगर मेरे पास 10 लाख पाउंड का कर्ज है तो यह आपकी (कर्ज देनेवाले की) समस्या है। अमेरिका का कर्ज अब पूरी दुनिया की समस्या है।

अमेरिका ने दुनिया को भारी निवेश, निर्यातकों को विशाल बाजार और वित्तीय प्रणाली को गहराई दी है। लेकिन दुनिया को यह देर से पता चला कि अमेरिकी सफलता के पीछे दरअसल कर्ज की एक महान् परंपरा है, जो अब खत्म हुआ चाहती है। वित्तीय दुनिया की अगुआई के दंभ और बेफिक्री में अमेरिका ने कई गलतियाँ की हैं, जिनकी कीमत वह अकेला नहीं बल्कि दुनिया चुकाएगी; क्योंकि बड़ों की तबाही भी सामूहिक होती है। वित्तीय बाजार का महाशिखर दरक रहा है। यह ध्वंस देखने के काबिल है। इतनी नसीहतें मिलेंगी कि कंप्यूटरों की मेमोरी कम पड़ जाएगी।

□

(अगस्त 2011)

मुद्रास्फीति की महादशा

(हाइपरइन्फ्लेशन देश की मुद्रा यानी करेंसी को ले डूबती है। शास्त्रीय अर्थों में मुद्रास्फीति की मासिक दर का 50 फीसदी ऊपर जाना हाइपरइन्फ्लेशन की शुरुआत है, जो मुद्रा के अभूतपूर्व अवमूल्यन पर जाकर रुकती है।)

सड़क पर से बैंक नोट बटोरे जा रहे हैं। (हंगरी 1946) लाख व करोड़ मूल्यवाले के नोट लेकर लोग जगह-जगह भटक रहे हैं। (जर्मनी 1923) बाजार में कीमतें घंटों की रफ्तार से बढ़ रही हैं। (जिंबाब्वे 2007)।···अमेरिका के लोगों के सपनों में ये दृश्य आजकल बार-बार आ रहे हैं। अंकल सैम का वतन, दरअसल, भविष्य के क्षितिज पर हाइपरइन्फ्लेशन का तूफान घुमड़ता देख रहा है। एक ऐसी विपत्ति, जो पिछले सौ सालों में करीब तीन दर्जन से अधिक देशों में मुद्रा, वित्तीय प्रणाली और उपभोक्ता बाजार को बरबाद कर चुकी है। आशंकाएँ मजबूत हैं, क्योंकि ढहती अमेरिकी अर्थव्यवस्था को राष्ट्रपति बराक ओबामा और बेन बर्नांकी (फेडरल रिजर्व के मुखिया) मुद्रा प्रसार की अधिकतम खुराक (क्यूई-क्वांटीटिव ईजिंग) देने पर आमादा हैं। फेड रिजर्व की डॉलर छपाई मशीन ओवर टाइम में चल रही है और डरा हुआ डॉलर लुढ़कता जा रहा है। बर्नांकी इस घातक दवा (क्यूई) के दूसरे और तीसरे डोज बना रहे हैं, जिनका नतीजा अमेरिका को महा-मुद्रास्फीति में ढकेल सकता है और अगर दुनिया में अमेरिका के नकलची समूह ने भी यही दवा अपना ली तो यह आपदा अंतरदेशीय हो सकती है।

क्यूई उर्फ डॉलरों का छापाखाना

माँग, उत्पादन, निर्यात और रोजगार में बदहाल अमेरिका डिफ्लेशन (अवस्फीति) के साथ मंदी के मुहाने पर खड़ा है। ब्याज दरें शून्य पर हैं, यानी कि अर्थव्यवस्था को पटरी पर लाने के लिए ब्याज दरें घटाने जैसी दवाएँ फेल हो चुकी हैं। अब क्वांटीटिव

ईजिंग की बारी है। अर्थात् ज्यादा डॉलर छापकर बाजार में मुद्रा की क्वांटिटी यानी मात्रा बढ़ाना। नोट वस्तुतः भले ही न छपें, लेकिन व्यावहारिक मतलब यही है कि फेड रिजर्व के पास मौजूद बैंकों के रिजर्व खातों में (मसलन भारत में सीआरआर) ज्यादा धन आ जाएगा। इसके बदले बैंक बॉण्ड व प्रतिभूतियाँ फेड रिजर्व को दे देंगे। क्यूई की दूसरी खुराक इस साल दिसंबर तक आएगी। तीसरी की बात भी चल रही है। अमेरिका में इस खतरनाक दवा के इस्तेमाल के बाद से फेड रिजर्व की बैलेंस शीट 2008 के सितंबर में 900 अरब डॉलर से बढ़कर अब 2.3 ट्रिलियन डॉलर पर आ गई है। फेड हर माह करीब 14.5 अरब डॉलर बाजार में छोड़ने की तैयारी में है। बर्नांकी समझ रहे हैं कि बाजार में पैसा बढ़ने से औद्योगिक कर्ज, उत्पादन और डॉलर की कमजोरी से निर्यात व रोजगार बढ़ेंगे। मगर दुनिया यह मान रही है कि इससे डॉलर की साख चौपट हो जाएगी, जो कि अमेरिका और पूरी दुनिया पर भारी पड़ेगा।

महा-महँगाई की पदचाप

हंगरी की सड़क पर सन् 1946 में जो पेंगो (हंगरी की मुद्रा) झाड़ू से बटोरकर किनारे किए गए, उनमें ज्यादातर नोट दस के आगे 20 शून्यवाले (क्विनटिलियन) वाले थे और महँगाई की दैनिक दर 207 फीसदी पर थी। हाइपरइन्फ्लेशन एक जटिल परिस्थिति है। यह वित्तीय आपदा किसी देश की कानूनी मुद्रा (फिएट करेंसी अर्थात् सरकार से गारंटी प्राप्त मुद्रा, मसलन कागजी नोट या सिक्के) को ले डूबती है। शास्त्रीय अर्थों में मुद्रास्फीति की मासिक दर का 50 फीसदी ऊपर जाना हाइपरइन्फ्लेशन की शुरुआत है, जो मुद्रा के अभूतपूर्व अवमूल्यन पर जाकर रुकती है। पिछले सौ वर्षों में जर्मनी, जापान, रूस, टर्की, चीन, ब्राजील, अर्जेंटीना सहित 36 से ज्यादा देशों के नागरिकों ने इस महा-महँगाई को झेला है, जिसमें उनकी मुद्रा रद्दी में बदल (लाख-करोड़ के नोट) गई और महँगाई सबकुछ लूट ले गई। 11,000 फीसदी की मुद्रास्फीति और 100 ट्रिलियन डॉलर के नोटवाला 2007 का जिंबाब्वे दुनिया के जहन में सबसे ताजा याद है। इस आपदा की पृष्ठभूमि में युद्ध, मुद्रा संकट, राजनीतिक अव्यवस्था कुछ भी हो सकते हैं; लेकिन इसकी वजह है सिर्फ तर्कहीन मुद्रा प्रसार, यानी नोट छापकर बाजार में फेंकने की आदत, जो अंततः घरेलू मुद्रा को कचरे में बदल देती है। अधिकांश मामलों में हाइपरइन्फ्लेशन मौद्रिक सुधारों और नई मुद्रा के जन्म के साथ विदा हुई हैं। अमेरिका भी इस खतरे की दहलीज पर खड़ा है। फेड रिजर्व जितने डॉलर छोड़ेगा, अमेरिकी डॉलर उतना कमजोर होता जाएगा और डॉलर की कमजोरी के अपने व्यापक असर हैं। मुद्रा प्रसार (क्यूई) कार्यक्रम को देखकर विशेषज्ञ मान रहे हैं कि मुद्रास्फीति की यह महादशा 18 महीने में अमेरिका को घेर सकती है।

मुद्रास्फीति 182 अरब फीसदी

- हाइपरइन्फ्लेशन से खौफजदा लोग जर्मनी के वाइमर गणराज्य (1923) की वह छवि याद करते हैं जब लोगों ने 100 ट्रिलियन मार्क के बैंक नोटों से दीवारें सजाई थीं। महँगाई की दर 182 अरब फीसदी हो गई थी और मुद्रा पूरी तरह ढह गई थी। 20 अरब मार्कवाले नोट प्रचलन में थे और कीमतें 1913 के मुकाबले 1.26 ट्रिलियन गुना ज्यादा थीं। *स्रोत : एक्सेंट ऑफ मनी (2008), नील फर्ग्युसन*

सबसे बड़ा दाँव

अमेरिकी डॉलर अर्जेंटीना का पेसो, हंगरी का पेंगो, बल्गीरिया का लेव या ग्रीस का ड्राचा नहीं है। हर देश के विदेशी मुद्रा भंडार इस रिजर्व करेंसी की खूँटी पर टँगे हैं। उसका अवमूल्यन बहुतों की साँस उखाड़ सकता है। यह समझने के बाद ही अमेरिका ने यह नपा-तुला जोखिम लिया है। वित्तीय संकट से निबटने के लिए यह अमेरिका का अब तक का सबसे बड़ा दाँव है। जीडीपी के अनुपात में शत-प्रतिशत कर्ज और 10 फीसदी के राजकोषीय घाटे पर बैठे अमेरिका, इस कदम के नतीजे के तौर पर, कर्ज का बोझ बढ़ना और डॉलर का कमजोर होना तय है। फिर भी यह माननेवाले कम नहीं हैं, इसके बावजूद दुनिया डॉलर को डूबने नहीं देगी, क्योंकि यह रिजर्व करेंसी अगर धराशायी हुई तो जिंसों की कीमतें आसमान छूकर दुनिया को संकट में ढकेल देंगी। इस दूसरे तर्क के सहारे अमेरिका अपनी गलतियों की कीमत शेष दुनिया से वसूल रहा है। वैसे कई मायनों में यह परिस्थिति बिलकुल नई है। कोई नहीं जानता कि निर्यात बढ़ाने के लिए प्रतिस्पर्धात्मक मुद्रा अवमूल्यन में उलझी दुनिया के कुछ और बड़े देशों ने अगर अमेरिका का नुस्खा आजमाया तो क्या दशा होगी? ऐसा होना बहुत हद तक मुमकिन है, क्यों अमेरिका जैसी मंदी ने बहुतों को घेर रखा है।

अमेरिका ने एक ऐसी दवा चुनी है, जिसके न प्रभावी होने की गारंटी है और न सुरक्षित होने की। क्योंकि जापान जैसे कुछ एक उदाहरणों को छोड़कर ज्यादातर को यह इलाज गर्त में ही ले गया है। लेकिन अमेरिका करे भी क्या? जिसके पास हथौड़ा ही एकलौता औजार हो उसे हर समस्या कील नजर आती है। फेड रिजर्व इसी कहावत का मुरीद है और अर्थव्यवस्था को उबारने के लिए डॉलर छापने के एकलौते विकल्प का इस्तेमाल रहा है। खुद अमेरिका भी यह नहीं जानता कि क्यूई यानी मुद्रा प्रसार का यह खतरनाक मंत्र उसके अनिष्ट को दूर करेगा या नए बड़े संकट में ढकेल देगा। लेकिन इतना तय है कि कमजोर डॉलर बहुत सी जरूरी चीजों की कीमतों को बेतहाशा बढ़ाने जा रहा है। अर्थात् दुनिया को तत्काल महँगाई की कुछ कठिन अंतरदशाओं के लिए तैयार हो जाना चाहिए।

□

(नवंबर 2010)

मुक्त बाजार का मर्सिया

(…पूरी दुनिया अचानक कछुआ कॉलोनी नजर आने लगी है। मंदी से डरे मुल्क संरक्षणवाद के कठोर खोल में सिमट रहे हैं। उदार व्यापार का संसार अपने महागुरु अमेरिका का एक नया ही चेहरा देख रहा है।)

अमेरिका और इक्वाडोर में क्या समानता है? करीब एक–तिहाई गरीब आबादीवाला नन्हा सा दक्षिण अमेरिकी मुल्क इक्वाडोर और अमीरों का सरताज अमेरिका, दोनों ही दुनिया को यह बता रहे हैं कि दुर्बलता और कठोरता एक–दूसरे के विलोम नहीं बल्कि पूरक हैं। मंदी से कमजोर हुए दोनों देश उदारता छोड़कर अपने बाजारों के दरवाजे बंद कर रहे हैं। इक्वाडोर जैसों का डरना चलता है, मगर जब मुक्त बाजार के गुरुकुल का महाआचार्य दुनिया को बाजार बंद करने के फायदे बताने लगे तो अचरज लाजिमी है। जरा देखिए तो, बस एक झटका लगा और उदारता की कसमें टूट गईं। पूरी दुनिया अचानक कछुआ कॉलोनी नजर आने लगी है। मंदी से डरे मुल्क संरक्षणवाद के कठोर खोल में सिमट रहे हैं। पिछले एक साल के दौरान अमेरिका, यूरोप और एशिया व लैटिन अमेरिका के प्रमुख देशों ने 150 से अधिक ऐसे उपाय किए हैं, जो गैरों के माल व सेवाओं को अपने बाजार में आने से रोकते हैं। बीस सालों तक उदार बाजारों का महासागर देखनेवाली दुनिया यह पोखर प्रवृत्ति देखकर हैरत में है। डब्ल्यूटीओ पैरोकारों को काठ मार गया है। खोल में छिपते कछुए मुक्त बाजार का मर्सिया (शोक गीत) पढ़ रहे हैं।

बराक (हूपर) ओबामा

बात केवल आउटसोर्सिंग के खिलाफ ओबामा के ताजे संसदीय संबोधन की ही

नहीं है। अमेरिका के वर्तमान मुखिया में लोगों को पूर्व राष्ट्रपति जेम्स हूपर का अक्स काफी समय से नजर आ रहा है। राष्ट्रपति बनने के बाद पिछले साल फरवरी में ओबामा ने अमेरिका को मंदी से उबारने के लिए जिस रिकवरी ऐंड रिइन्वेस्टमेंट ऐक्ट को मंजूरी दी थी, उसमें सिर्फ अमेरिका माल को खरीदने की शर्त रखनेवाला कुख्यात प्रावधान (बाई–अमेरिकन) भी था। यह कानून अमेरिका में '30 के दशक के बदनाम स्मूट हाउले ऐक्ट की याद दिलाता है।

ब्रा वार

> वर्ष 2005 की गरमियों में यूरोपीय आयोग ने चीन में बने महिला अंतःवस्त्रों के लिए अपने बाजार को अचानक बंद कर दिया। यूरोपीय आयोग मानता था कि चीन की सस्ती होजरी उनके उद्योग को मार रही है। लंदन, पेरिस, मिलान के स्टोर खाली होने लगे। ब्रिटेन के मीडिया ने इसे 'ब्रा वार' कहा। बाद में एक समझौता हुआ और यूरोपीय महिलाओं की उलझन दूर हुई।
>
> *स्रोत : फाल्स इकोनॉमी, एलन बियाटी*

आयात शुल्क बढ़ाकर अपने बाजार बंद कर दिए और दुनिया में व्यापारिक संरक्षणवाद की बाढ़ आ गई थी, जिसे महा मंदी के बाद का ट्रेडवार या व्यापार युद्ध कहा गया। इस दौर में प्रत्येक देश अपने बाजार में दूसरे का प्रवेश रोक रहा था। नतीजतन 1929 से 1934 के बीच दुनिया का व्यापार दो–तिहाई घट गया। वैसे यह तबाही नई विश्व व्यापार व्यवस्था की शुरुआत भी थी। यहीं से दुनिया में बहुपक्षीय वित्तीय संस्थाएँ बनाने की शुरुआत हुई। ब्रेटन वुड्स के मुद्रा समझौते हुए और दुनिया को विश्व बैंक व अंतरराष्ट्रीय मुद्रा कोष (आईएमएफ) मिले, जिन्हें ब्रेटन वुड्स की जुड़वाँ संतानें कहा जाता है। इसी मौके पर गैट यानी ग्लोबल एग्रीमेंट ऑन ट्रेड ऐंड टैरिफ की बुनियाद पड़ी थी, जो आज के डब्लूटीओ का पूर्वज है। एक बार फिर मंदी आते ही इतिहास जी उठा है। पिछले साल नवंबर में जब ओबामा ने चीन से टायरों के आयात पर 35 फीसदी का शुल्क थोप दिया तो यह साफ हो गया कि हूपर की आत्मा ह्वाइट हाउस में भटक रही है। चीन ने अमेरिकी चिकन और ऑटो पुरजों पर शुल्क बढ़ाकर जवाब दे दिया। ओबामा प्रशासन ने पिछले कई माह में ऐसा बहुत कुछ किया है, जो कि मुक्त बाजार के अमेरिकी शास्त्र के खिलाफ है। गुजरे हफ्ते अपनी संसद् को संबोधित करते हुए ओबामा बता रहे थे कि पुरानी आदतें आसानी से नहीं जातीं।

कच्छप साधना शिविर

जब उदार बाजार के उस्ताद की आदत नहीं बदली तो फिर दुनिया की कैसे बदल जाएगी। बीते एक साल में दुनिया में मानो बाजारों के दरवाजे बंद करने और संरक्षणवाद के खोल में घुसने की मुहिम-सी चल पड़ी है। आयात शुल्क, डंपिंग रोधी शुल्क, गैर-तट कर प्रतिबंध, स्वदेशी के इस्तेमाल की सरकारी मुहिम और निर्यात सब्सिडी। बीते एक साल में हर दाँव खेला गया है अर्थात् मुक्त बाजार के परिंदे अचानक संरक्षणवाद के सरीसृप बन गए हैं। उदाहरण हाजिर है। अर्जेंटीना ने कपड़े, टायर सहित 1,000 सामानों पर आयात लाइसेंसिंग थोप दी है। ब्राजील ने तमाम उत्पादों पर एंटी डंपिंग शुल्क लगा दिए हैं। चीन आयरिश मांस सहित कई आयातों पर पाबंदी लगा चुका है तो यूरोपीय समुदाय थोक में आयात शुल्क बढ़ा रहा है। इंडोनेशिया ने गैर-तट कर बाधाएँ खड़ी कीं तो जापान आटा, खाद्य उत्पाद आदि के आयात पर प्रतिबंध लगा रहा है। इस फेहरिस्त में मलेशिया, न्यूजीलैंड और हम भी यानी भारत भी हैं। पिछले एक साल में दुनिया के देशों ने 172 संरक्षणवादी उपाय किए, जिनमें 121 सीधे तौर पर विदेशी वाणिज्यिक हितों को सीमित करने के थे, जबकि अन्य शुल्क दरें बढ़ाने आदि से संबंधित थे। अमेरिका, ब्रिटेन, जर्मनी, स्पेन, फ्रांस और पोलैंड जैसे बड़े मुल्कों में प्रत्येक ने पिछले बारह माह में संरक्षणवादी उपायों से अपने कम-से-कम सौ व्यापार भागीदार देशों का नुकसान किया है।

दूर तक जानेवाली बात

इस बाजार में हर ग्राहक विक्रेता है और हर विक्रेता ग्राहक। खुले बाजार में दुनिया की आदतें इतनी बदल चुकी हैं कि इस नए कछुआ कानून में तो कुछ परिंदों के लिए दाना-पानी ही खत्म हो जाएगा। दुनिया के बहुत से देशों का आधा जीडीपी निर्यात से आता है। इसलिए अब तैयार हो जाइए एक नई होड़ के लिए। निर्यातक मुल्क आयातों को महँगा करने के कदमों का जवाब अपनी मुद्राओं के अवमूल्यन से देंगे, ताकि वे बाजार में टिके रह सकें। जिन्हें मुद्राएँ अवमूल्यन करने का विकल्प नहीं मिलेगा। वे सब्सिडी झोंककर निर्यातों को सस्ता करेंगे। यूरोपीय समुदाय ने हाल में अपने कई निर्यातों पर सब्सिडी बढ़ाकर इसका रास्ता खोल दिया है। इन पैंतरों से बाजारों में बराबरी का पूरा विधान ही बदल सकता है। दुनिया मंदी के बाद की महँगाई से डरी है। सस्ते आयात मुद्रास्फीति की सबसे बड़ी काट होते हैं, लेकिन दुनिया के देश तो कच्छप मुद्राओं में आकर बाजार सिकोड़ रहे हैं, इसलिए महँगाई मजबूत हो सकती है।

दुनिया का व्यापारिक माहौल बदलने में काफी वक्त लगा है। पिछले तीन दशक विश्व व्यापार के लिए अभूतपूर्व दशक रहे हैं। वर्ष 1991 के बाद से तो दुनिया के बाजार

में अद्‌भुत बदलाव हुए। '90 की शुरुआत में दुनिया के केवल एक-तिहाई उत्पादन का व्यापार होता था, लेकिन आज लगभग 65 फीसदी अंतरराष्ट्रीय उत्पादन व्यापार का हिस्सा है। बहुराष्ट्रीय कंपनियों का विस्तार, एशियाई प्रभुत्व, उदार अधिग्रहण, बहुल देशीय उत्पादन, आयात शुल्कों में समानता और पूरी दुनिया में जबरदस्त खपत—यह सबकुछ पिछले दो दशकों की ही उपलब्धि है। उदार बाजार की यह लहर ओबामा के मुल्क से उठी थी और जब भारत व चीन की महाद्वीपीय आकारवाली अर्थव्यवस्थाएँ खुलीं तो मुक्त बाजार का जुलूस झूम उठा। लेकिन उदार व्यापार की यही दुनिया हैरत के साथ अपने महागुरु का एक नया ही चेहरा देख रही है!...सबकी निगाहों में सवाल है कि अरे कठोर! आप तो ऐसे न थे?

□

(फरवरी 2010)

बेसुरी बैंकिंग

यूरोप का खौफ खाता

(अमेरिकी लेखक एडवर्ड एबे ने ठीक ही कहा था कि यदि आपके शहर में सबसे ऊँची, चमकदार इमारतें बैंकों की हों तो समझ लीजिए कि आपका शहर मुश्किल में है।)

स्पेन के वित्त मंत्री क्रिस्टोबाल मोंटेरो कार से उतरकर वित्त मंत्रालय की इमारत की तरफ बढ़े ही थे कि पत्रकारों व सुरक्षाकर्मियों की भीड़ को चीरते हुए एक अधेड़ महिला आगे आई ओर मोंटेरो से हाथ मिलाते हुए बोली, ''मि. फाइनेंस मिनिस्टर, मैं स्पेन की नागरिक हूँ। बहुत डरी हुई हूँ। मेरा पैसा बैंकिया (प्रमुख स्पेनी बैंक) में जमा है। क्या मुझे पूरा पैसा निकाल लेना चाहिए?''

''नहीं!'' वित्त मंत्री मोंटेरो ने जवाब दिया।

''क्या आप पूरी तरह आश्वस्त हैं?'' महिला ने जोर देकर पूछा।

''हाँ-हाँ, बिलकुल!'' मोंटेरो ने जवाब दिया।

''मैंने पूरी जिंदगी काम किया है। अगर कोई मेरा पैसा ले लेगा तो मैं किसी को मार डालूँगी।'' महिला ऊँची आवाज में बोली। मोंटेरो तब तक आगे बढ़ गए थे।

एक निवेशक को यू ट्यूब पर यह ताजा वीडियो दिखाते हुए वह विश्लेषक बोला, ''बेचारा यूरोप! बस इसी का तो खौफ था।'' यूरोप के समृद्ध इतिहास में दर्ज बैंकों की तबाही के किस्से स्पेन और ग्रीस के शहरों में खुद को दोहराने लगे हैं। बैंकों का डूबना यूरोपीय समाज का सबसे गहरा मनोवैज्ञानिक डर इसलिए है, क्योंकि बैंकों से जमा निकालने के लिए जनता की अफरा-तफरी (बैंक रन) कुछ घंटों में एक ताकतवर मुल्क को पिद्दी-सा देश (बनाना रिपब्लिक) बना देती है। यूरोपीय सरकारें भी अब सुधार व उद्धार छोड़कर आपदा प्रबंधन में लग गई हैं। खौफ जायज भी है, क्योंकि जब सरकारें दिवालिया हों और बैंक तबाह तो उबरने की उम्मीदें भी खत्म हो जाती हैं। यही वजह है कि दुनिया मेक्सिको में दुनिया के 20 दिग्गजों (जी20) के जुटान को नहीं बल्कि ग्रीस के चुनाव को देख रही है। ग्रीस के चुनाव परिणाम इसी सप्ताह यूरो का भविष्य तय कर देंगे।

भरोसे का डूबना

150 साल में करीब सत्रह बैंकिंग कर्ज मुद्रा संकटों के धनी स्पेन के बैंकों को जब बीते सप्ताह 100 अरब यूरो का कर्ज मिला तो यूरोप में बैंकों के फायर अलार्म बज उठे। यूरोजोन की चौथी सबसे बड़ी अर्थव्यवस्था (स्पेन) के ऑक्सीजन लगने के बाद अब यूरोप की सेहत बैंकों में जमा व निकासी के आँकड़े से परखी जा रही है। इस साल में अब तक स्पेन के बैंकों से करीब 50 अरब यूरो निकाले जा चुके हैं। स्पेन का प्रमुख बैंक बैंकिया ताजा राष्ट्रीकरण से पहले करीब 1 अरब यूरो की जमा गँवा चुका था। इधर 14 व 15 मई को दो दिन में लोगों ने ग्रीस के बैंकों से 180 करोड़ यूरो निकाल लिये। आयरलैंड, पुर्तगाल और इटली के हाल भी ऐसे ही हैं। बैंकिंग उद्योग मान रहा है कि यूरोप में एक स्लो बैंक रन (जमा की लगातार निकासी) शुरू हो गई है और साथ में पूँजी पलायन भी। स्पेन से करीब 100 अरब यूरो और इटली के बाजारों से करीब 10 फीसदी पूँजी हाल में बाहर गई है। इस पूँजी के ठिकाने जर्मनी-अमेरिका और स्विट्जरलैंड के बैंक या बाजार हैं, जिनकी अर्थव्यवस्थाएँ कमोबेश सुरक्षित हैं। लेकिन इतने यूरो की आवक को देखकर स्विस व जर्मन सरकारें नई पाबंदियाँ लगाने वाली हैं। बैंक ऑफ इंग्लैंड के वर्तमान गवर्नर मर्विन किंग ने एक बार कहा था कि बैंक रन (डर में जमा की निकासी) की शुरुआत गलत है, मगर एक बार जब यह शुरू हो जाए तो इसमें भाग लेना ही समझदारी है। ग्रीस के यूरोजोन से अलग होते ही बैंकों पर आफत टूटेगी। इसलिए यूरोप की सरकारें बैंक व एटीएएम से जमा की निकासी, देश से बाहर पैसा ले जाने की सीमाएँ और इलेक्ट्रॉनिक फंड ट्रांसफर की सीमाएँ तय करने की तैयारी में हैं।

केंद्रीय बैंक के बगैर 73 साल

- यह विश्वास करना मुश्किल है कि अमेरिका के पास 73 साल तक कोई केंद्रीय बैंक नहीं था। इतिहास बताता है कि यह सबकुछ अमेरिकी राष्ट्रपति थॉमस जेफरसन की वजह से हुआ, जो कि बैंकों से घृणा करते थे। मगर उनके विरोधी अलेक्जेंडर हैमिल्टन केंद्रीय बैंक बनाने के बड़े पक्षधर थे। हैमिल्टन ने 1792 में बैंक ऑफ यूनाइटेड स्टेट्स स्थापित किया, जबकि राष्ट्रपति जेम्स मैडिसन ने 1812 में दूसरा बैंक बनाया; मगर जेफरसन के प्रबल समर्थक एंड्र्यू जैक्सन ने सत्ता में आते ही बैंकों को खत्म कर दिया। इसके बाद अगले 73 साल तक अमेरिका में कोई केंद्रीय बैंक नहीं था। 19वीं सदी के मुश्किल भरे वर्षों में अमेरिका के सबसे बड़े निजी बैंक जेपी मोर्गन ने देश के केंद्रीय बैंक का काम किया। अमेरिका फेड रिजर्व 1913 में स्थापित हुआ।

स्रोत : ए शॉर्ट बैंकिंग हिस्टरी ऑफ यूनाइटेड स्टेट्स—
जॉन स्टेल गॉर्डन, वॉल स्ट्रीट जर्नल (अक्तूबर 2008)

दिवालिया मददगार

यूरोप को ब्रिटेन का नॉर्दर्न रॉक बैंक याद आ रहा है, जो अमेरिकी आवास कर्ज (मॉर्गेज) संकट का पहला शिकार था और 2007(अमेरिकी लीमैन बैंक से पहले) में डूबा था। वह सितंबर का शुक्रवार था जब नार्दर्न रॉक के संकट में फँसने की खबर आई और तीन दिन में लोगों ने 2 अरब पाउंड निकाल लिये। सौ साल के इतिहास में इस पहली बैंक आपदा ने वित्तीय कारोबार के पुरोधा ब्रिटेन को हिला दिया। नॉर्दर्न रॉक का राष्ट्रीयकरण (2008) होने तक बैंक से करीब 24 अरब पाउंड निकल चुके थे। नॉर्दर्न रॉक बाद में पुनर्गठित होकर बिक गया। बैंकिया (सात क्षेत्रीय बैंकों को मिलाकर बना स्पेन का सबसे बड़ा बैंक) के साथ भी पिछले माह यही हुआ है। जमीन-जायदाद को कर्ज देकर बरबाद हुए बैंकिया पर जमाकर्ता पिल पड़े और सरकार को 19 अरब यूरो के निवेश के साथ इसका राष्ट्रीयकरण करना पड़ा। मगर स्पेन और यूरोप की दिवालिया सरकारें बैंकिया का प्रयोग दोहराने की स्थिति में नहीं हैं। पूँजी की रीढ़ मजबूत करने के लिए यूरोजोन के बैंकों को 115 अरब यूरो चाहिए। संकट से फँसे इटली के प्रमुख बैंक यूनीक्रेडिट को 8 अरब यूरो चाहिए। इटली सरकार का 40 फीसदी कर्ज इसी बैंक ने खरीद रखा है। पूरे यूरोजोन का कर्ज अपने खातों में लिये बैठे जर्मन (का मर्ज, डाएगा आदि) और फ्रांस के बैंकों को भी पूँजी की जरूरत है। लेकिन जब यूरोजोन में सरकारों के कर्ज जीडीपी के अनुपात में 81 से लेकर 198 फीसदी तक हों तो बैंकों को नई पूँजी देने की बात ही बेमानी है। 1930 की महामंदी में अमेरिका में 9,000 बैंकों की बरबादी के बाद अमेरिकी राष्ट्रपति फ्रैंकलिन रूजवेल्ट ने जमा बीमा की पद्धति शुरू की थी। यूरोप में भी सरकारें यह सुरक्षा देती हैं, लेकिन जब सरकारों के खजाने खाली हों तो इस गारंटी पर भी भरोसा मुश्किल है।

जमीन-जायदाद और प्रतिभूतियों के खेल के सहारे पश्चिम में बैंकों के लालच की इमारतें जितनी ऊँची उठी हैं, यह संकट उतना ही गहरा है। सन् 1773 से लेकर 2012 तक करीब 40 बड़े बैंकिंग संकटों से गुजर चुकी दुनिया यह जान चुकी है कि बैंकिंग के बिना चलना मुश्किल है, लेकिन वित्तीय जगत् को डुबाने की कुव्वत भी सिर्फ बैंकों में ही मौजूद है।...यूरोप का डूबना और उबरना अब सिर्फ इस पर निर्भर है कि यूरोप अपने बैंकों का क्या करता है। बैंकों को लगनेवाला अगला झटका यूरोजोन के लिए आखिरी झटका हो सकता है। 'शुक्र है कि आम लोग बैंकिंग और मुद्रा प्रणाली को नहीं समझते, नहीं तो अगले ही दिन क्रांति हो जाती।' उद्योगपति हेनरी फोर्ड की यह बात सोलह आने सच है, क्योंकि जब लोग बैंकिंग को समझ जाते हैं तो फिर बैंकिया या नॉर्दर्न रॉक से कम पर बात नहीं बनती।...यूरोप के नेताओं व बैंकरों की यही तो मुसीबत है कि यूरोपीय लोग बैंकिंग को समझने लगे हैं।

□

हमको भी ले डूबे

(…आधुनिक वित्तीय प्रणाली को हमेशा इस खतरे के साथ जीना होगा कि वह बैंकों के हवाले है, जो उसे कभी भी डुबो सकते हैं।)

"तुम नरक में जलो! सत्यानास हो तुम्हारा!! दुनिया याद रखे कि तुमने कुछ भी अच्छा नहीं किया!!" डबलिन में एंग्लो आयरिश बैंक के सामने चीखती एक बूढ़ी महिला के पोस्टर पर यह बद्दुआ लिखी है।…बैंकों से नाराज लोगों का गुस्सा एक बड़ा सच बोल रहा है। बैंकों ने दुनिया का कितना भला किया, यह तो पता नहीं मगर मुश्किलों की महागाथाएँ लिखने में इन्हें महारत हासिल है। आधुनिक वित्तीय तंत्र का यह जोखिम-पसंद, मनमाना और बिगड़ैल सदस्य दुनिया की हर वित्तीय त्रासदी का सूत्रधार या अभिनेता रहा है। बैंक हमेशा डूबे हैं और हमको यानी हमारे जैसे लाखों को भी ले डूबे हैं। इनके पाप बाद में सरकारों ने अपने बजट से बटोरे हैं। अमेरिका सिर्फ अपने बैंकों के कारण औंधे मुँह बैठ गया है। इन्हीं की मेहरबानी से यूरोप के कई देश दिवालिया होने की कगार पर हैं। इसलिए तमाम नियामक बैंकों को रास्ते पर लाने में जुट गए हैं। डरा हुआ यूरोप छह माह में दूसरी बार बैंकों को स्ट्रेस टेस्ट (जोखिम परीक्षण) से गुजारने जा रहा है। बैंकिंग उद्योग के लिए नए बेहद सख्त कानूनों से लेकर अंतरराष्ट्रीय नियमों (बेसिल-तीन) की नई पीढ़ी भी तैयार है, मगर बैंक हैं कि मानते ही नहीं। अब तो भारत के बैंक भी प्रॉपर्टी बाजार (ताजा बैंक-बिल्डर घोटाला) में हाथ जलाने लगे हैं।

डूबने की फितरत

गिनती किसी भी तरफ से शुरू हो सकती है। चाहें आप पिछले दो साल में डूबे

315 अमेरिकी बैंकों और यूरोप में सरकारी दया पर घिसट रहे बैंकों को गिनें या फिर 19वीं शताब्दी का विक्टोरियन बैंकिंग संकट खँगालें, हर कहानी में बैंक नाम का एक चरित्र जरूर मौजूद है, खुद डूबना व सबको डुबोना जिसकी फितरत है। सन् 1970 से लेकर 2007 तक दुनिया में 124 बैंकिंग संकट आए हैं और कई देशों में तो यह तबाही एक से ज्यादा बार आ चुकी है। बीसीसीआई से लेकर बेअरिंग्स बियर स्टर्न्, लेहमैन और एंग्लो आयरिश बैंक तक, वित्तीय तंत्र की किसी दूसरी संस्था का अतीत बैंकों जितना दागदार नहीं है। अव्वल तो ज्यादातर संकट बैंकों ने खुद गढ़े हैं और अगर संकट यदि कहीं और भी पैदा हुआ है तो बैंकों ने बला की तेजी के साथ उसे दुनिया को बाँट दिया। सन् 1929 की मंदी दुनिया के सभी वित्तीय संकटों की रानी है। शेयर बाजार से उठे इस संकट को बैंक ले दौड़े और खुद भी डूब गए। बताते हैं, यह मंदी 9,000 अमेरिकी बैंकों को पचाकर शांत हुई थी। ताजा अमेरिकी-यूरोपीय संकट लेहमैन, वाचोविया, फेनी मे, एंग्लो आयरिश जैसे सैकड़ों बैंकों ने पैदा किया, जिसमें वे खुद डूबे और इसे यूरोप तक फैलाकर ग्रीस व आयरलैंड को डुबो दिया।

बैंकिंग के अपराधी पुरखे

- अचरज नहीं कि दुनिया को आधुनिक बैंकिंग देनेवाले इटली के मेडिची परिवार पूर्वज छँटे हुए अपराधी थे, जिनमें से पाँच तो फाँसी पर लटकाए गए। अलबत्ता बैंकिंग की शुरुआत किसी आर्थिक जरूरत से नहीं बल्कि क्रिश्चियनिटी के तीर्थ वेटिकन के कारण हुई। वेटिकन को तीर्थयात्रियों से मिलनेवाली अलग-अलग देशों की मुद्राओं के विनिमय के लिए करेंसी एक्सचेंज की जरूरत थी। गिवोवानी डि मेडिची ने यह काम शुरू किया और 15वीं शताब्दी में बैंकिंग अस्तित्व में आई। मेडिची परिवार बाद में यूरोप का इतना महत्त्वपूर्ण परिवार बना कि इस परिवार से दो पोप, फ्रांस की दो रानियाँ और तीन ड्यूक निकले और इस परिवार का इतिहास खुद मैकियावेली ने लिखा।

स्रोत : एक्सेंट ऑफ मनी, नील फर्ग्युसन

गलतियों की लत

डेरीवेटिव्स, क्रेडिट डिफाल्ट स्वैप, टेल रिस्क, सिक्यूरिटाइजेशन, मॉर्टगेज लेंडिंग, टॉक्सिक सिक्योरिटीज जैसी जटिल गुत्थियों से उलझे बिना भी बैंकों के डूबने व डुबोने को समझा जा सकता है। आधुनिक वित्तीय प्रणाली के इन नुमाइंदों को जमीन-जायदाद का धंधा कभी नहीं फला। सन् 1997 के पूर्वी एशियाई मुद्रा संकट से लेकर अमेरिका के होम लोन बाजार और आयरलैंड तक बैंकों ने अचल संपत्ति में ही अपनी कब्रें खोदी

हैं। अमेरिकी बैंकों ने अपने जोखिम भरे हाउसिंग लोन बॉण्डों में बदलकर बेच डाले तो आयरिश बैंक हाउसिंग गुब्बारा फूटते ही उड़ गए। प्रॉपर्टी की लत के साथ अपारदर्शी बैंकिंग बारूद और चिनगारी जैसी है। झूठी अकाउंटिंग, बेसिर-पैर के जोखिम, अंधे कर्ज और उधार, फर्जी मुनाफे, हर जोखिम को बेचने की कोशिश''बुरी बैंकिंग के हजार उदाहरण बिखरे पड़े हैं। स्विस बैंक यूबीएस 2005 में जोखिम प्रबंधन में दुनिया में अव्वल था। लेकिन अगले ही साल बैंक को 44 अरब डॉलर की चपत लगी। पिछले कुछ वर्षों में बैंकों को यह लगने लगा था कि हर जोखिम को कुछ शानदार प्रतिभूतियों में पैक कर दुनिया के बाजार में बेचा जा सकता है। इस नई लत में परिभाषाएँ तक बदल गईं। शेयर बाजार व कारोबारी निवेश जोखिम भरा हो गया, जबकि जमीन-जायदाद पर आधारित प्रतिभूतियाँ सुरक्षित, मानो हाउसिंग बाजार में कभी गिरावट नहीं आएगी। अमेरिका के बैंक तो जमा का बीमा की सुरक्षा (फेडरल डिपॉजिट इंश्योरेंस कॉरपोरेशन) के दायरे से भी बाहर खेल रहे थे। सबप्राइम मॉर्टगेज की अत्यंत जटिल गणित को समझने के बाद कोई भी इस नतीजे पर पहुँच सकता है कि अमेरिकी बैंक दरअसल बेईमान नहीं बल्कि बौड़म थे। जोखिम को अवसर समझने की गफलत और हर जोखिम को बेचने के लिए जो तंत्र उन्होंने बनाया, उसने ही उनका दम घोंट दिया।

जगत् सेठ–मुगलों के बैंकर

- नमक का एक कारोबारी पूरे बंगाल के लिए सिक्के तैयार करता था। 16वीं-17वीं सदी का यह ओसवाल जैन परिवार तब दुनिया के प्रमुख बैंकरों में एक था। बंगाल, बिहार और उड़ीसा से राजस्व वसूल कर दिल्ली के मुगल दरबार में (हर साल 2 करोड़ रुपए) पहुँचाने के जिम्मेदार इस परिवार को बंगाल के मुगल नवाब मुर्शिद कुली खान ने बंगाल के लिए सिक्के बनाने की इजाजत दे दी थी। मुगल सम्राट् फर्रुखशियर ने इस ओसवाल को कुनबे सेठ की उपाधि दी थी। मुर्शिद कुली को हटाकर बंगाल के कुरसी कब्जानेवाले अलीवर्दी खान को इसी परिवार के फतेहचंद की पूरी मदद मिली। इस परिवार के महताब राय को जगत् सेठ कहा गया, जिन्होंने बंगाल के नवाब सिराजुद्दौला को 3 करोड़ का कर्ज देने से मना कर दिया। नवाब ने जगत् सेठ का भरे दरबार में अपमान किया और गुस्साए जगत् सेठ अंग्रेजों से मिल गए। प्लासी की लड़ाई के बाद जगत् सेठ ने मीर जाफर की मदद की थी। मगर मीर जाफर को हराने के बाद मीर कासिम ने 1764 में बक्सर में जगत् सेठ महताब राय व स्वरूप चंद की हत्या कर दी और इस तरह मुगलिया भारत के सबसे बड़े बैंकर परिवार का अंत हो गया।

बचाने की आदत

बैंक अगर गलतियों के लती और डूबने के फितरती हैं तो सरकारें इन्हें बचाने की आदत से मजबूर हैं। दरअसल बैंकों को गलतियाँ करने और न सुधरने का मौका सरकारें देती हैं। दुनिया के विशेषज्ञ यह मानने लगे हैं कि बैंक एक समझदार ब्लैकमेलर हैं। वे हर धतकरम करने के बाद सरकार के पीछे छिप जाते हैं, क्योंकि उन्हें मालूम है कि सरकारें हजारों जमाकर्ताओं की बरबादी नहीं देख सकती या बैंकों को डूबने देकर बॉण्ड बाजार को गर्त में नहीं धकेल सकती। लेहमैन के डूबने से उपजा संकट गवाह है कि सरकारों को बैंकों को सभी पाप अपने सिर लेकर इन्हें बचाना होगा, क्योंकि इनका डूबना इनके बने रहने से ज्यादा मारक है। बैंक इसी मजबूरी पर मौज करते हैं कि उन्हें बचा लिया जाएगा। यूरोप व अमेरिका की सरकारें 1.5 ट्रिलियन डॉलर के पैकेजों से बैंकों की गंदगी समेटकर अपना घाटा बढ़ा रही हैं। डरा हुआ यूरोप छह माह के भीतर बैंकों का दूसरा जोखिम् परीक्षण करने वाला है, ताकि पता चल सके कि किस देश के करदाताओं को बैंकों का कितना पाप धोना पड़ेगा। दुनिया अब बैंकिंग की कुछ बुनियादी कमजोरियों को समझ रही है। केंद्रीय बैंकों की नोट छपाई के कारण बाजार में ज्यादा पैसा होना खतरनाक माना जा रहा है। बैंकों के जोखिम की एक सीमा तय होनेवाली है। बैलेंस शीट से अलग निवेशों पर पहरे बिठाए जा रहे हैं। ताजे वित्तीय संकट के इलाज की कोशिशें हकीकत में बैंकों को सुधारने के प्रयास हैं, हालाँकि कोई गारंटी नहीं है कि बैंक इसके बाद भी कायदे पर आ जाएँगे।

डबलिन की सड़क पर एंग्लो आयरिश बैंक को श्राप रही बूढ़ी महिला अपना भरोसा गँवा चुकी है, क्योंकि एक बैंक ढेर सारा भरोसा (बैंक का अर्थ ही है भरोसा) लेकर डूबता है। मगर कोसने से भी होगा क्या?…हमारे पास इस कमबख्त बैंकिंग का कोई विकल्प भी तो नहीं है। इसलिए आधुनिक वित्तीय प्रणाली को हमेशा इस खतरे के साथ जीना होगा कि वह बैंकों के हवाले है, जो उसे कभी भी डुबो सकते हैं।

□

(दिसंबर 2010)

इंस्पेक्टर राज इंटरनेशनल

(वित्तीय बाजार आजादी पाकर बौरा गया था। अब उसे पाबंदियों की पाँत में चलना होगा।...बस, एक चूक और पुनर्मूषको भव!!)

मौसम अचानक बिलकुल बदल गया है। वित्तीय कारोबार पर कड़े नियमों की धुआँधार बारिश होने वाली है। पूँजी बाजारों में बेलौस और बेपरवाह पानर लीला कर रहे वित्तीय कारोबारियों पर कठोर पहरे की तैयारी हो गई है। बैंक, इन्वेस्टमेंट बैंक, हेज फंड, बॉण्ड फंड, म्यूचुअल फंड व इस जाति के सभी प्रतिनिधियों को सख्त पहरे में साँस लेनी होगी। अमेरिका में ताजा पीढ़ी के सबसे कठोर वित्तीय नियमन कानून को राष्ट्रपति बराक ओबामा ने अपने दस्तखत से नवाज दिया है। वित्तीय कारोबार पर एक समग्र यूरोपीय सख्ती के लिए यूरोप की सरकारें भी बीते सप्ताह ब्रुसेल्स में सहमत हो चुकी हैं। यूरोप के नामी 91 बैंकों को एक अभूतपूर्व परीक्षा स्ट्रेस टेस्ट से गुजारकर उनकी कुव्वत परख ली गई है। भारत में नियामकों का नियामक यानी सुपर रेगुलेटर (बजट में घोषित आर्थिक स्थायित्व व विकास परिषद्) आने को तैयार है। आपस में झगड़ते भारत के वित्तीय नियामक इसकी राह आसान कर रहे हैं। हर तरफ एक नया इंस्पेक्टर राज तैयार हो रहा है। नौकरशाह नियामकों की फौज हर जगह वित्तीय बाजार व इसके खिलाड़ियों की आठों पहर निगरानी करेगी।

...और फ्यूनरल प्लान भी

आपके अंतिम संस्कार का प्लान क्या है? सवाल बेहूदा हो सकता है, लेकिन ताजा कानून के तहत अमेरिका के वित्तीय कारोबारियों को इसका जवाब देना होगा। बैंकों व वित्तीय कंपनियों से पूछा जाएगा कि यदि संकट में फँसकर बरबाद हुए तो

वे अपनी दुकान किस तरह बंद करना चाहेंगे? सन् 1930 के बाद अमेरिका में वित्तीय कानूनों में सबसे बड़ा बदलाव हो गया है। वॉल स्ट्रीट पर शिकंजा कसनेवाला डॉड-फ्रैंक बिल तमाम दहलीजें पार करते हुए बीते सप्ताह लागू हो गया। 2,300 पेज का यह भीमकाय कानून अपनी सख्ती और पाबंदियों के लिए दुनिया में नजीर बनेगा। अमेरिका के लोग एफएसओसी, फिनरेग और वोल्कर रूल जैसे नए शब्द सीख रहे हैं। एफएसओसी बोले तो''फाइनेंशियल स्टेबिलिटी ओवरसाइट काउंसिल। एक सुपर रेगुलेटर यानी सबसे बड़ा नियामक। यह काउंसिल वित्तीय तंत्र के लिए जोखिम बननेवाली कंपनियों की लगातार पहचान करेगी। मतलब यह कि एफसीओसी ने जिसे घूरा, उसका काम पूरा। बेफिक्र और मस्तमौला हेज फंड हों या निवेश बैंक सबके लिए कानून में कड़ी शर्तें हैं। बैंकों को जमा के बीमा पर ज्यादा रकम लगानी होगी, ताकि अगर बैंक डूबें तो जमाकर्ता भी न डूब जाएँ। वोल्कर रूल तय करेगा कि बैंक कौन से कारोबार और कहाँ निवेश न करें। 615 ट्रिलियन डॉलर के डेरिवेटिव्स कारोबार को पहली बार लगाम का स्वाद मिलेगा। क्रेडिट रेटिंग, बीमा, ब्रोकर, मॉरगेज, निवेशक आदि सब इस कानून के दायरे में हैं। सबसे अहम यह है कि अमेरिका की सरकार डूबनेवाले एआईजी (बीमा कंपनी, जिसे अमेरिकी सरकार ने उबारा था) जैसों का पाप अपने सिर नहीं लेगी। हर कंपनी अपने अंतिम संस्कार की योजना पहले घोषित करेगी, ताकि अगर वह बरबाद हो तो उसे शांति से विदा किया जा सके। इस कानून पर हस्ताक्षर करते हुए तालियों की गूँज के बीच ओबामा ने कहा, ''अब अमेरिका की जनता वॉल स्ट्रीट की गलतियों का बिल नहीं चुकाएगी। उदारता से पूरी दुनिया को ईर्ष्या से भर देनेवाला अमेरिकी बाजार अब सख्ती का आदर्श बनेगा।

बैंकों की अग्निपरीक्षा

27 देश, 91 बैंक और एक परीक्षा! बेचैनी, रोमांच, असमंजस! इस 23 जुलाई को पूरी दुनिया के वित्तीय बाजारों में समय मानो ठहर-सा गया था। यूरोप के बैंक स्ट्रेस टेस्ट से गुजर रहे थे, यह साबित करने के लिए अगर संकट आया तो कौन सा बैंक बचेगा और कौन निबट जाएगा? पैमाना गोपनीय था, अलबत्ता परीक्षा मोटे तौर पर कर्ज का बोझ, जोखिम भरे निवेश का हिसाब-किताब और पूँजी की स्थिति आदि के आधार पर ही हुई। शुक्रवार की रात भारत में जब लोग सोने की तैयारी कर रहे, तब इस परीक्षा का रिजल्ट आया। यूरोप के सात बैंक फेल हो गए—पाँच स्पेन के और एक-एक जर्मनी व ग्रीस का। इन्हें अब अपनी सेहत सुधारने के लिए 3.5 अरब यूरो जुटाने होंगे, जो आसान नहीं है। फेल का रिपोर्ट कार्ड लेकर

निकलनेवाले इन बैंकों के साथ वित्तीय बाजार नरमी नहीं बरतेगा। मगर जो बैंक इस आग के दरिया से निकल आए हैं, उनके स्वागत के लिए एक नया सख्त समग्र यूरोपीय नियामक तैयार है। यूरोपीय समुदाय नया वित्तीय दो स्तरीय नियामक ढाँचा बना रहा है। वित्तीय बाजार पर दैनिक नियंत्रण देशों के पास होगा, लेकिन व्यापक नियंत्रण एक बड़े यूरोपीय नियामक के हाथ में रहेगा। बैंकों के लिए अभी कई और स्ट्रेस टेस्ट तैयार हो रहे हैं।

नियामकों का नियामक

अमेरिका की फाइनेंशियल स्टेबिलिटी ओवरसाइट काउंसिल, यूरोप की वैन यूरोपियन अथॉरिटी या फिर भारत की प्रस्तावित आर्थिक स्थायित्व व विकास परिषद् आदि सब उसी सुपर रेगुलेटर के अलग-अलग नाम-रूप हैं, जो अब आ ही पहुँचा है। दरअसल वित्तीय दुनिया में कई नियामक हैं, सो खूब गफलत भी है। अमेरिका में डेरिवेटिव और हेज फंड को लेकर नियामक ठीक उसी तरह उलझते रहे हैं, जैसे कि यूलिप को लेकर भारत में इरडा और सेबी लड़ रहे हैं। घोटालेबाज इस भ्रम पर खेलते हैं। भारत संकट से बाल-बाल बच गया, लेकिन नसीहत के तौर पर सुपर रेगुलेटर न होने की गलती जल्द ही दूर की जा रही है। दरअसल तीसरी दुनिया के लिए सिर्फ नियम-कानून चाक-चौबंद करने की ही झंझट नहीं है, उन्हें एक और झटके से निबटना होगा। फिलहाल यह कहना मुश्किल है कि वित्तीय निवेशक इस नए कानूनी माहौल के बाद कैसा व्यवहार करेंगे; लेकिन जब निवेश की आजादी पर दर्जनों पहरे होंगे तो निवेश की आदत में कुछ फर्क तो आएगा ही। उभरते बाजारों को इस असर से निबटने की तैयारी भी करनी होगी।

सफाई अभियान

➤ यूरोप का बैंकिंग उद्योग अपनी सबसे बड़ी उठा-पटक के लिए तैयार है। बैंकों साटेंडर (स्पेन), डाएचे बैंक जर्मनी सहित यूरोप के सभी बड़े बैंक मुश्किल में फँसी और जोखिमवाली कर्ज संपत्तियाँ बेचने के लिए बाजार में उतर रहे हैं। प्राइस वाटरहाउस कूवर्स के अनुसार, अगले एक दशक में यूरोप के बैंक करीब 1.8 ट्रिलियन डॉलर की संपत्तियाँ व लोन पोर्टफोलियो बेचेंगे। यह पिछले एक दशक की सबसे बड़ी बैंक संपत्ति बिक्री है। इसके मुकाबले वर्ष 2003 से 2010 के बीच बैंकों ने केवल 97 अरब डॉलर की संपत्तियाँ बेची थीं। नकदी से भरपूर सॉपरिन वेल्थ फंड बैंकों के ग्राहक हैं। कतर इन्वेस्टमेंट अथॉरिटी टर्की व लक्जमबर्ग के बैंकों में हिस्सा खरीद रहे हैं। कतर के इस फंड को वहाँ के

सुल्तान का परिवार नियंत्रित करता है। इसने अगस्त 2011 में ग्रीस के अल्फा बैंक व यूरो बैंक में निवेश किया था।

स्रोत : डीलबुक न्यूयॉर्क टाइम्स (नवंबर 2011)

भारत जैसी अधखुली अर्थव्यवस्थाएँ तो बचे-खुचे इंस्पेक्टर राज के विदा होने की मन्नत माँग रही थीं, मगर यहाँ तो इंस्पेक्टर राज ताजा अंतरराष्ट्रीय अवतार में वापस लौट आया है। अमेरिका, यूरोप व एशिया के वित्तीय बाजारों की लगाम नए किस्म की ब्यूरोक्रेसी के हाथ आने जा रही है। बाजार के खिलाड़ियों को वित्तीय नौकरशाह या नियामक नौकरशाहों की एक नई पीढ़ी के नाज-नखरे उठाने होंगे। वित्तीय बाजार आजादी पाकर बौरा गया था। अब उसे पाबंदियों की पाँत में चलना होगा।...बस, एक चूक और पुनर्मूषको भव!

□

(जुलाई 2010)

ऊँटों के सिर पर पहाड़

(दो साल पहले तक वित्तीय सौदों पर टैक्स व सख्ती की बात करनेवाले गँवार और पिछड़े कहलाते थे, मगर आज हर तरफ पाबंदियों की पेशबंदी है।)

यूरोपीय बैंकरों के सपने में आजकल रॉबिन हुड आता है—घोड़े पर सवार, टैक्स का चाबुक फटकारता हुआ! हेज फंड मैनेजरों को पिछले कुछ महीनों से बार-बार टोबिन टैक्सवाले जेम्स टोबिन (विदेशी मुद्रा कारोबार पर टैक्स) की आवाजें सुनाई पड़ने लगी हैं! नया कर लगाकर ओबामा अमेरिकी बैंकों के लिए उद्धारक की जगह अब मारक हो गए हैं! भारतीय रिजर्व बैंक भी विदेशी निवेशकों को टोबिन टैक्स का खौफ दिखाता है! और पूरी दुनिया की वित्तीय संस्थाओं के प्रमुख तो अब आईएमएफ का नाम सुनकर सोते से जाग पड़ते हैं। अंतरराष्ट्रीय मुद्रा कोष विश्व के महाकाय वित्तीय कारोबार पर टैक्स की कटार चलाने को तैयार है। यह बदलाव हैरतअंगेज है। उदार पूँजी के आजाद परिंदों के लिए पूरी दुनिया मिलकर तरह-तरह के जाल बुनने लगी है। हर कोई मानो वित्तीय संस्थाओं से उनकी गलतियों और संकटों की कीमत वसूलने जा रहा है। वित्तीय बाजार के सम्राट् कठघरे में हैं और खुद को भारी जुर्माने व असंख्य पाबंदियों के लिए तैयार कर रहे हैं। यकीनन, एक संकट ने बहुत कुछ बदल दिया है।

और बिल कौन चुकाएगा?

वित्तीय बाजार के ऊँट अब पहाड़ के नीचे हैं। दुनिया के दिग्गज बैंकों व वित्तीय संस्थाओं की पारदर्शिता कसौटी पर है। इनके ढहते समय राजनीतिक नुकसान देखकर सरकारों ने इन्हें जो संजीवनी दी थी, अब उसका बिल वसूलने की बारी है। ताजा

हिसाब बताता है कि दुनिया भर के बैंकों व वित्तीय संस्थाओं ने डेरीवेटिव्स के खेल में करीब 1.5 ट्रिलियन डॉलर गँवाए हैं। जबकि बैलेंस शीट से बाहर जटिल वित्तीय सौदों का नुकसान 10 ट्रिलियन डॉलर तक आँका जा रहा है। एक आकलन के मुताबिक, संकट से पहले तक दुनिया भर के बैंकों की शेयर पूँजी 2 ट्रिलियन डॉलर के करीब थी। यानी कि बैंकों के पास घाटा है, पूँजी नहीं। वित्तीय विश्लेषक मान रहे हैं कि बैंकों को उबारने पर दुनिया की सरकारें 9 ट्रिलियन डॉलर तक खर्च कर चुकी हैं। इस रकम को उँगलियों पर गिनना (डॉलरों के हिसाब में ट्रिलियन बारह शून्यवाली रकम है। रुपए में बदलने के बाद यह और बड़ी हो जाती है) बहुत मुश्किल है। बेचैनी इसलिए है कि बैंकों के साथ देश भी दिवालिया होने लगे हैं। आइसलैंड ढह गया है, संप्रभु कर्जों में डिफॉल्टर बरबाद ग्रीस को यूरोपीय समुदाय और आईएमएफ ने रो-झींककर 60 अरब डॉलर की दवा दी है। सरकारों को यह पता नहीं कि आगे कितनी और कीमत उन्हें चुकानी होगी। इसलिए वित्तीय खिलाड़ियों या संकट के नायकों पर नजला गिरनेवाला है। दिलचस्प है कि जिस अमेरिका ने पिछले साल नवंबर में जी 20 देशों की बैठक में इस टैक्स को खारिज कर दिया था, उसी ने बैंकों पर नया कर थोपकर करीब 90 अरब डॉलर निकाल लिये हैं। अमेरिका को देखकर अब पूरी दुनिया वित्तीय कारोबार पर तरह-तरह के करों का गणित लगाने लगी है।

हमको रॉबिन हुड माँगता!

यूरोप के लोग वित्तीय संस्थाओं के लिए रॉबिन हुड छाप इलाज चाहते हैं। अमीरों से छीनकर गरीबों को बाँटनेवाला इलाज। ऑक्सफैम जैसे यूरोप के ताकतवर स्वयंसेवी संगठनों ने वित्तीय संस्थाओं पर रॉबिन हुड टैक्स लगाने की मुहिम चला रखी है। माँग है कि बैंकों व वित्तीय संस्थाओं के आपसी सौदों पर 0.05 फीसदी की दर से कर लगाकर हर साल करीब 400 अरब डॉलर जुटाए जाने चाहिए। पूरे प्रसंग में रॉबिन हुड का संदर्भ प्रतीकात्मक मगर बेहद अर्थपूर्ण है। दरअसल आँकड़ोंवाली वित्तीय दुनिया भी नैतिकता के सवालों में घिरी है। अमेरिकन एक्सप्रेस, सिटी ग्रुप, एआईजी, गोल्डमैन, मोरगन, बैंक ऑफ अमेरिका, वेल्स फार्गो से लेकर यूरोप के आरबीएस, लॉयड्स और बरबादी के नए प्रतीक ग्रीस के एप्सिस बैंक तक पूरी दुनिया का लगभग हर बड़ा बैंक दागदार है और कर्जदार है अपने देश की आम जनता का, जिसके टैक्स की रकम से इन्हें उबारा गया है। मुनाफे तो इनके अपने थे, लेकिन इनकी बरबादी सार्वजनिक हो गई है। जाहिर है, कोई सरकार आखिर कब तक इनकी गलतियों का बोझ ढोएगी? इसलिए ये सवाल अब बड़े होने लगे हैं कि बैंक दुनिया में सबसे ज्यादा मुनाफा कमाते हैं। यहाँ अन्य उद्योगों की तुलना में प्रति कर्मचारी मुनाफा 26 गुना ज्यादा है। तो फिर इन्हें अपनी

बरबादी से बचाने का बिल चुकाना चाहिए। रॉबिन हुड टैक्स का आंदोलन चलानेवाले कहते हैं कि यह संकट एक अवसर है। इनके अकूत मुनाफे से कुछ हिस्सा निकलेगा तो भूखे-गरीबों और बिगड़ते पर्यावरण के काम आएगा। यह वित्तीय सूरमाओं से प्रायश्चित्त कराने की कोशिश है।

चाबुक के पैरोकार

- माइक्रोसॉफ्ट के संस्थापक बिल गेट्स, ब्रिटिश फिल्म स्टार बिल में, आर्क बिशप ऑफ कैंटरबरी, ब्रिटेन के चांसलर जॉर्ज ऑसबर्न में क्या समानता है। नवंबर 2011 की कांस बैठक में ये सभी उन हस्तियों में शामिल थे, जो बैंकों पर एक खास कर लगाना चाहती हैं। स्वयंसेवी संगठन ऑक्सफैम से जुड़े अभिनेता बिल ने तो बैंकों पर रॉबिन हुड टैक्स लगाने का अभियान पूरी दुनिया में छेड़े हुए हैं। जी20 की बैठक में यही एक प्रस्ताव था; जिस पर सहमति बनती नजर आई; क्योंकि यूरोप के बड़े यानी फ्रांस व जर्मनी भी बैंकों पर टैक्स का चाबुक चलाने के पैरोकार थे।

गलती करने का, तो टैक्स भरने का

वित्तीय अस्थिरता का इलाज निकालने के लिए अधिकृत आईएमएफ ने ताजा रिपोर्ट में अपना फंडा साफ कर दिया है। मतलब यह कि जो गलती करें, वे टैक्स भरें; क्योंकि सरकारों के पास खैरात नहीं है। मुद्रा कोष दो तरह के टैक्स लगाने की राय दे रहा है। पहला कर इस मकसद से कि आगे अगर कोई बैंक डूबे तो उसे उबारने के लिए पहले से इंतजाम हो। यह कर बैंकों की कुल देनदारियों पर लगेगा। बकौल आईएमएफ इससे हर देश को अपने जीडीपी आकार के कम-से-कम 2 फीसदी के बराबर की राशि जुटानी होगी। अमेरिका में इससे 300 अरब डॉलर मिलने का आकलन है। जबकि दूसरा कर वित्तीय कामकाज कर कहा जा रहा है। यह बैंकों के अंधाधुंध मुनाफों और अधिकारियों को दिए जानेवाले मोटे बोनस पर लगेगा। इसके अलावा विभिन्न देशों में वित्तीय कारोबार पर कर से लेकर विदेशी मुद्रा वापस ले जाने पर रोबिन टैक्स जैसी कई तरह की चर्चाएँ हैं। अंतरराष्ट्रीय वित्तीय कारोबार का आकार (बैंक ऑफ इंटरनेशनल सेटलमेंट के आँकड़े के अनुसार, सालाना 60 ट्रिलियन डॉलर का शेयर, 900 ट्रिलियन डॉलर की विदेशी मुद्रा, 2,200 ट्रिलियन डॉलर का डेरीवेटिव्स, 950 ट्रिलियन डॉलर का ओटीसी डेरीवेटिव्स और स्वैप कारोबार) इतना बड़ा है कि छोटा सा टैक्स भी बहुत बड़ा हो जाता है। हिसाब-किताब लगानेवाले कहते हैं कि विश्व का सालाना वित्तीय कारोबार पूरी दुनिया के जीडीपी से 11 गुना ज्यादा है!!! एक तो इतना बड़ा कारोबार,

ऊपर से खतरे हजार और डूबने पर सरकार से मदद की गुहार…ओबामा से लेकर गॉर्डन ब्राउन और एंजेला मार्केल तक सब कह रहे हैं…बहुत नाइनसाफी है।

वित्तीय बाजार में ग्रीस की साख जंक यानी कचरा हो गई है। दिवालिएपन की दंतकथाएँ बना चुका मशहूर स्पेन फिर आँच महसूस कर रहा है। इसलिए वित्तीय संस्थाएँ भले ही कुनमुनाएँ, लेकिन माहौल उनके हक में नहीं है, क्योंकि देशों का दिवालिया होना बहुत बड़ी आपदा है। मुमकिन है कि एक माह बाद जून में कनाडा में होनेवाली बैठक में जी 20 देशों के अगुआ मिलकर वित्तीय जगत् के सम्राटों के लिए टैक्स की सजा मुकर्रर कर दें। कोई नहीं जानता कि बैंकों को मिलनेवाली सजा बाजारों को उबारेगी या डुबोएगी? पता नहीं बैंक इन करों का कितना बोझ खुद उठाएँगे और कितना उपभोक्ताओं के सिर डालकर बच जाएँगे?…दो साल पहले तक वित्तीय सौदों पर टैक्स व सख्ती की बात करनेवाले गँवार और पिछड़े कहलाते थे, मगर आज हर तरफ पाबंदियों की पेशबंदी है। पता नहीं तब का खुलापन सही था या आज की पाबंदी। असमंजस में फँसी दुनिया अपने नाखून चबा रही है। ***"देखे हैं हमने दौर कई अब खबर नहीं, पैरों तले जमीन है या आसमान है।"***

□

(मई 2010)

उभरती दुनिया

संकट मेड इन चाइना

(दुनिया की सबसे बड़ी ग्रोथ स्टोरी जमीनों के खेल की वजह से संकट में फँस रही है। आँकड़ों के गड़बड़झाले और लोकतंत्र की नामौजूदगी के बीच चीन की ग्रोथ का फलसफा सवालों, संदेहों और आशंकाओं में घिरा है।)

अंतरराष्ट्रीय वित्तीय संकट की डरावनी कथा अभी पूरी नहीं हुई है। इसका नया अध्याय ठीक पड़ोस में यानी चीन में लिखा जा रहा है। ग्रोथ की दंतकथाएँ बना चुका चीन का अचल संपत्ति बाजार बस फटने को तैयार है। अमेरिका, दुबई और आयरलैंड में प्रॉपर्टी बाजार में तबाही क्षत-विक्षत हो चुके निवेशक अब आँखें फाड़े ड्रैगन को देख रहे हैं। चीन की ग्रोथ में करीब 15 फीसदी का हिस्सेदार भवन निर्माण क्षेत्र का डूबना विश्वव्यापी मंदी की ताल ठोंक गारंटी होगी। विकीलीक्स के ताजे खुलासों से चीन को लेकर पारदर्शिता के पुराने शक फिर उभर आए हैं। चीन के कुछ वरिष्ठ नेता अपने देश की शानदार ग्रोथ के आँकड़ों की प्रामाणिकता पर संदेह करते हुए पाए गए हैं। बदकिस्मती देखिए कि जब दुनिया मंदी से बचने के लिए चीन की ग्रोथ के कवच का इस्तेमाल करना चाहती है तो ड्रैगन नए संकट की भयानक आग उगलने वाला है।

प्रॉपर्टी का भस्मासुर

चीन भवन निर्माण का महासागर है। चीन के उप नगरीय इलाकों की एक हालिया और चर्चित उपग्रह तसवीर ने दुनिया को दिखाया कि ग्रोथ की झोंक में चीन किस तरह शहर पर शहर बसा रहा है। आकाश चूमती क्रेनें, विशालकाय भवन और निर्माण के करिश्मे चीन के नगरों की पहचान हैं। दुनिया यह जानकर हैरत में है कि विश्व का

सबसे जोखिम भरा कारोबार दरअसल चीन की ग्रोथ में सबसे बड़ा हिस्सेदार है। यह मुगालता अब टूट गया है कि चीन की ग्रोथ मैन्युफैक्चरिंग से आ रही है। भवन निर्माण गतिविधियाँ चीन के जीडीपी में करीब 15 फीसदी (1990 के मुकाबले दोगुना) की प्रत्यक्ष हिस्सेदार हैं। सभी संबंधित परोक्ष आर्थिक गतिविधियों को जोड़ने पर यह हिस्सेदारी 35 फीसदी हो जाती है। कुछ शहरों की 50 फीसदी ग्रोथ इसी धंधे से आ रही है। यह तो बम पर बैठकर आग से खेलने जैसा है। शंघाई व बीजिंग में पिछले साल अचल संपत्ति की कीमत 2,200 से 2,700 डॉलर प्रति वर्ग मीटर थी, जो अब दुनिया के सबसे महँगे प्रॉपर्टी बाजार हैं। चीन अन्य आठ प्रमुख शहरों (झेझियांग, हेनान, तियानजिन, गुएनडांग, फुजियान, जिआंग्सू, लियानिंग और चोंगचिंग) में वर्ष 2005 से 2010 के बीच प्रॉपर्टी की कीमतें 150 से 400 फीसदी तक बढ़ चुकी हैं। बीजिंग में यह बढ़ोतरी 800 फीसदी तक है। 1998 में चीन सरकार ने पहली बार आवास निर्माण को निजी क्षेत्र को सौंपा था। उसके बाद से सस्ते कर्ज के सहारे चीन के शहरों में जमीन-जायदाद की खरीद व कीमतों ने रिकॉर्ड बना दिए। मगर महँगाई दस्तक के साथ अब कीमतें गिरने लगी हैं और प्रॉपर्टी का बम सुलगने लगा है। चीन की राष्ट्रीय आँकड़ा एजेंसी एनबीएस के अनुसार चीन के 70 शहरों में प्रॉपर्टी की कीमतें 12 फीसदी गिर चुकी हैं। बैंक कर्ज देने से हिचक रहे हैं। बैंकों के लिए प्रॉपर्टी फाइनेंस की शर्तें सख्त हो गई हैं और ब्याज दर बढ़ने से माँग अचानक घट गई है। निवेशकों को '90 के दशक का एशियाई संकट याद आ रहा है, जो इसी तरह शुरू हुआ था।

हैनान की कथा

- चीन के ताजा अतीत में (1988 से 1992) हैनान द्वीप के प्रॉपर्टी बाजार की तबाही सबक की तरह दर्ज है। दक्षिण चीन के इस खूबसूरत द्वीप में विदेशी वित्त मंत्री बैठक करने आते थे। 1998 में रियल एस्टेट डेवलपर यहाँ पहुँचे और कीमतें 300 युआन प्रति मीटर से बढ़कर 1992 में 7,500 युआन हो गईं। 1993 में ब्याज दर बढ़ते ही कीमतें छह गुना गिरीं और फिर हैनान की सरकार को यह कीचड़ बटोरने में दस साल लग गए। बार्कलेज कैपिटल की एक ताजा रिपोर्ट के मुताबिक, चीन का प्रॉपर्टी बाजार जापान (1982-1991) और अमेरिका (1996-2006) की राह पर जा रहा है। दोनों देशों में प्रॉपर्टी बाजार का गुब्बारा फूटते ही बड़ी समस्याएँ फट पड़ीं। जापान का पूरा एक दशक मंदी में गुजर गया और अमेरिका का वित्तीय तंत्र इस धमाके में उड़ गया।

स्रोत : फोर्ब्स डॉट कॉम (नवंबर 2011)

यह भी डूबेंगे

चीन का संकट अमेरिका, दुबई या आयरलैंड की अचल संपत्ति मुसीबतों से अलग है। ग्रोथ में प्रत्यक्ष रूप से 15 फीसदी (परोक्ष 35 फीसदी) से अधिक का हिस्सेदार निर्माण उद्योग चीन की जान है। दुनिया का लगभग आधा स्टील, सीमेंट और कोयला चीन में खपता है। चीन में इस्तेमाल होनेवाला 40 फीसदी स्टील यही उद्योग खाता है। इस उद्योग में मंदी का मतलब चीन की ग्रोथ थमना, अचल संपत्ति में पैसा लगाए बैंकों का डूबना और बेकारी का बढ़ना है। चीन के प्रॉपर्टी संकट को देखकर ब्राजील से लेकर ऑस्ट्रेलिया तक खौफ की ठंडी लहर दौड़ रही है। ब्राजील व दक्षिण अफ्रीका (औद्योगिक धातु), ऑस्ट्रेलिया (कोयला, गैस, लोहा), चिली (ताँबा), वियतनाम, थाईलैंड (रबड़) की निर्यात सफलताएँ ड्रैगन की पीठ पर सवार हैं। अर्थात् चीन का गिरता इमारती उद्योग बहुतों को ले डूबेगा। प्रॉपर्टी चीन में सामाजिक तनाव की वजह भी है। बीजिंग में एक अपार्टमेंट की औसत कीमत 2.5 लाख डॉलर है, जो कि एक औसत बीजिंगवासी की 57 साल की कुल आय के बराबर है। चीन के प्रॉपर्टी बाजार ने असमानता के नए मानक तैयार कर दिए हैं। भवन निर्माण उद्योग जमीनें निगल रहा है, जबकि लोग हिंसक होकर जमीन बचा रहे हैं। पिछले पाँच सालों में 30 लाख लोगों ने जमीनें गँवाई हैं। जमीन को लेकर दंगे सुरक्षा का बड़ा सिरदर्द हैं।

ग्रोथ पर शक

"चीन की जीडीपी के आँकड़े आदमी ने ही बनाए हैं, जो केवल संदर्भ के लिए हैं।" वर्ष 2007 में तत्कालीन उप-प्रधानमंत्री ली केक्वांग ने यह बात अमेरिकी राजदूत क्लानर्क रैंडिट से कही थी। विकीलीक्स पर हाल में ही जारी इस केबल के बाद चीन में ग्रोथ कहानी संदेहों में घिर गई है। चीन के आँकड़ों पर शक पहले से रहा है। इस खुलासे के बाद कुछ तथ्यों की रोशनी में चीन की ग्रोथ के आँकड़ों की चीर-फाड़ चल रही है। कुछ स्वतंत्र विशेषज्ञ मानते हैं कि अगर चीन के सीमेंट, बिजली उत्पादन, आयात और वायु यातायात में बढ़ोतरी को आधार बनाया जाए तो वर्ष 1995 से 2005 के चीन ने अपनी ग्रोथ को बढ़ा-चढ़ाकर बताया था। खासतौर से 1998 में जब एशिया की अन्य अर्थव्यवस्थाओं में विकास दर गिरी थी तब चीन में भी यही हाल था; मगर दुनिया को गलत आँकड़ा दिया गया। चीन में राष्ट्रीय ग्रोथ का आँकड़ा राज्यों की आर्थिक विकास दर पर आधारित है। राज्यों के आँकड़े को लेकर हमेशा शक रहा है। खुद चीन के विशेषज्ञ इन आँकड़ों पर भरोसा नहीं करते। बताते हैं कि विकीलीक्स केबल में उप-प्रधानमंत्री ली केक्वांग का इशारा इन्हीं स्थानीय आँकड़ों की तरफ था।

अभिशप्त स्काई स्क्रैपर

- 'इकोनॉमिस्ट' (अक्तूबर 2011) का एक लेख बताता है कि बहुमंजिला इमारतों का मंदी से सीधा रिश्ता है। मानव इतिहास की पहली गगनचुंबी इमारत इक्विटेबल लाइफ बिल्डिंग न्यूयॉर्क में 1870 में बनी, जिसके ठीक बाद ही अमेरिका में वित्तीय समस्या आ गई। इंपायर स्टेट बिल्डिंग-1931 की महामंदी, वर्ल्ड ट्रेड सेंटर -1972 के तेल संकट, कुआलालंपुर का पेट्रोनास टॉवर (1998-पूर्वी एशिया मुद्रा संकट), दुबई बुर्ज खलीफा (2010-दुबई का डिफॉल्ट) कुछ बड़े उदाहरण हैं।

सस्ते कर्ज के नशे के कारण जमीनों का कारोबार हमेशा बारूदी हो जाता है। इसलिए ग्रोथ की सभी शानदार ताजा कथाओं की कब्र जमीन के बाजार में ही बनी है। '90 के दशक में एशिया के शेरों को जमीन बाजार के बुलबले ने बिल्ली बना दिया था। 2009 में दुबई की चमक को प्रॉपर्टी संकट ने डुबाया था। अमेरिका में बैंकिंग संकट आवास बाजार की बदहाली से शुरू हुआ। सेल्टिक टाइगर यानी आयरलैंड के बैंक जमीन के कारोबार में देश की साख को डुबो बैठे और अब दुनिया की सबसे बड़ी ग्रोथ स्टोरी प्रॉपर्टी के कारण संकट में फँस रही है। प्रॉपर्टी के जोखिम, आँकड़ों का गड़बड़झाला और लोकतंत्र की नामौजूदगी!!...चीन की ग्रोथ का फलसफा बहुत गलत वक्त पर सवालों, संदेहों और आशंकाओं में घिर रहा है। मंदी की तरफ बढ़ती दुनिया को उबरने के लिए चीन के कंधों का बड़ा भरोसा था, मगर दुनिया की दूसरी सबसे बड़ी अर्थव्यवस्था तो महासंकट की हॉरर स्टोरी का क्लाइमेक्स लिख रही है।

□

(सितंबर 2011)

डॉलर राज से बगावत

(उभरती अर्थव्यवस्थाएँ अमेरिकी डॉलर की पालकी ढोने को तैयार नहीं हैं। दुनिया को प्रसिद्ध चिंतक जॉन मेनार्ड केंज की सुझाई अंतरराष्ट्रीय मुद्रा 'बैंकॉर' फिर याद आ रही है।)

मौद्रिक बाजार के बादशाह के खिलाफ बगावत हो गई है। दुनिया की नई आर्थिक ताकतों (ब्रिक्स) ने मिलकर अमेरिकी डॉलर के खिलाफ विद्रोह का झंडा बुलंद कर दिया है और यूरो सेना को सदमे में डाल दिया है। विकसित दुनिया को इसकी उम्मीद नहीं थी। ब्राजील, रूस, भारत, चीन और दक्षिण अफ्रीका का यह अनोखा गुट अपने जन्म के दो साल (2009 में येकतरिनबर्ग से शुरुआत) के भीतर अपनी मुद्राओं में आपसी कारोबार का अद्‌भुत पैंतरा चल देगा। मतलब यह कि दुनिया के उभरते बाजारों से अमेरिकी डॉलर अब लगभग बेदखल हो जाएगा। 4.6 ट्रिलियन डॉलर के साझा उत्पादनवाले इन नए सूरमाओं ने यह मुनादी कर दी है कि उभरती अर्थव्यवस्थाएँ अमेरिकी डॉलर की पालकी ढोने को तैयार नहीं हैं। ब्रिक्स ने दरअसल दुनिया को एक नई रिजर्व करेंसी देने की बहस को जड़, जमीन व आसमान दे दिया है।

डगमग डॉलर

विश्व के सरकारी विदेशी मुद्रा भंडारों में 61 फीसदी अमेरिकी डॉलर हैं, जबकि 85 फीसदी विदेशी विनिमय सौदे, 45 फीसदी अंतरराष्ट्रीय निवेश और लगभग 50 फीसदी निर्यात डॉलर में होता है, यानी डॉलर बेशक दुनिया रिजर्व करेंसी व मौद्रिक प्रणाली का आधार है। डॉलर को यह ताज किस्मत से मिला था। दूसरे विश्व युद्ध के बाद ब्रिटेन की मुद्रा धराशायी थी और दुनिया का 50 फीसदी उत्पादन अमेरिका के हाथ में था, इसलिए डॉलर कारोबार की प्रमुख मुद्रा बन गया और क्रमशः अपने वित्तीय बाजारों की गहराई व

मजबूत वैश्विक मुद्राओं की कमी ने इसे दुनिया की रिजर्व करेंसी बना दिया। विकसित होती दुनिया को ऐसी मुद्रा चाहिए थी, जो हर जगह चल सके और सभी उससे अपनी मुद्रा बदलने को तैयार हों। यह काम अमेरिकी डॉलर ने बखूबी किया। रिजर्व करेंसी का मालिक होने के नाते अमेरिका हमेशा विनिमय दर के जोखिम से महफूज रहा और इसके लिए आयात (मुद्रा छापकर) सस्ता और कर्ज जुटाना सहज रहा। लेकिन वक्त के साथ जापान, यूरोप और नई अर्थव्यवस्थाओं में उत्पादन बढ़ा और दुनिया के जीडीपी में अमेरिका का हिस्सा 25 फीसदी रह गया। जबकि अमेरिका का घाटा जीडीपी अनुपात में 93 फीसदी हो गया। यानी अमेरिकी डॉलर अब उस जोखिम में पहुँच गया है, जिसे 1960 में रॉबर्ट ट्रिफिन ने पकड़ा था। ट्रिफिन डिलेमा सिद्धांत के अनुसार दुनिया की रिजर्व करेंसी होने के नाते अमेरिका को हमेशा अपने चालू खाते में ऊँचा घाटा रखना पड़ता है, ताकि दुनिया की मुद्रा जरूरत पूरी हो सके। अमेरिका के ताजे हाल को देखकर यह माननेवाले बहुत से हैं कि अमेरिका कर्ज घटाने के लिए डॉलर का अवमूल्यन करेगा, जो पूरे विश्व में विदेशी मुद्रा भंडारों का मूल्य घटा देगा। इसलिए अब नई रिजर्व करेंसी की जरूरत है, मगर दूसरी करेंसी है कहाँ?

विकल्पों का अँधेरा

नई अंतरराष्ट्रीय रिजर्व करेंसी की बहस अँधेरे में गुम हो जाती है। यूरो की तैयारी देखकर डॉलर का विकल्प तलाश रहे लोगों को बाँछें खिल गई थीं। यूरो दूसरी सबसे बड़ी विश्व मुद्रा है और विभिन्न देशों के विदेशी मुद्रा भंडारों में 20 फीसदी हिस्सा रखती है; लेकिन यूरोप के पास अमेरिकी ट्रेजरी बिल जैसा अंतरराष्ट्रीय स्वीकृत वित्तीय उपकरण नहीं है। पिछले दो साल में यूरोजोन के देशों का दिवालियापन, बैंकों की बदहाली और उथले वित्तीय बाजारों के कारण अब यूरो रिजर्व करेंसी की होड़ से लगभग बाहर है। कमजोर अर्थव्यवस्था तथा वित्तीय संकट के कारण येन को अब कोई नहीं गिनता। तीसरी मुद्रा चीन का युआन है, लेकिन निर्यात बढ़ाने के लिए कमजोर बनाए गए युआन में दुनिया की नई रिजर्व करेंसी का सफर बहुत लंबा है। पूँजी खाते का उदारीकरण, वित्तीय बाजारों का विस्तार, पारदर्शी राजनीतिक व्यवस्था, मजबूत विनियमन जैसे कई क्रांतिकारी बदलावों का जोखिम उठाने के बाद ही युआन इस दौड़ में शामिल होगा और चीन फिलहाल ऐसा कोई जोखिम नहीं लेगा। वैकल्पिक रिजर्व मुद्रा की बहस में सोना की चर्चा बेकार है, क्योंकि आधुनिक व जटिल वित्तीय दुनिया गोल्ड स्टैंडर्ड और एक धातु को मौद्रिक प्रणाली का आधार बनाने से बहुत आगे निकल चुकी है। अंतरराष्ट्रीय मुद्रा कोष के विशेष निकासी अधिकार (एसडीआर) को रिजर्व करेंसी मानने का सुझाव भी बहस में है। अमेरिकी डॉलर, यूरो, पाउंड व येन से मिलकर बनी

यह मौद्रिक इकाई आईएमएफ के नियंत्रण में है और सदस्य देश आमतौर पर विदेशी मुद्रा संकट के समय इसका इस्तेमाल करते हैं। एसडीआर प्रचलित मुद्रा नहीं है और इसमें कोई वित्तीय उपकरण भी नहीं है तथा कोई देश इस मुद्रा के पीछे नहीं है, इसलिए इसका बाजार व विनिमय शुरू होना मुश्किल है। मगर विकल्पों के सूखे के बावजूद दुनिया डॉलर से पीछा छुड़ाने को तैयार है।

पूँजी की उड़ान

➢ दूसरे विश्व युद्ध के बाद दुनिया के आर्थिक माहौल को ठीक करने के लिए अमेरिका के ब्रेटन वुड्स शहर से जो अंतरराष्ट्रीय सहमति निकली थी, वह पूँजी की आवाजाही के सख्त खिलाफ थी। इसी सहमति के तहत विश्व बैंक व अंतरराष्ट्रीय मुद्रा कोष का जन्म भी हुआ। सन् 1930 की मंदी से लेकर 1960 के अंत तक दुनिया में पूँजी की आवाजाही पर कठोरतम पाबंदियाँ आयद थीं। केवल सरकारें ही एक-दूसरे को पूँजी देती थीं। सख्ती इस कदर थी कि 1963 में अमेरिका ने एक कानून पारित कर दिया, जिसे इंट्रेस्ट इक्विलाइजेशन ऐक्ट कहते थे। यह कानून अमेरिकियों के विदेश में निवेश को हतोत्साहित करता था।

स्रोत : एक्सेंट ऑफ मनी (2008)— नील फर्ग्युसन

ब्रिक्स का *'दूसरा'*

ब्रिक्स ने तो दरअसल 'दूसरा' मार दिया है। इनकी कोशिशों को दुनिया सामान्य ऑफ ब्रेक गेंदों की तरह हलके में ले रही थी। मगर इन पाँच ताकतों ने तो नई रिजर्व करेंसी की बहस को नया रास्ता दिखा दिया है। ब्रिक्स के देशों के बीच उनकी अपनी मुद्रा में कारोबार के बाद करीब 250 अरब डॉलर के सालाना व्यापार से अमेरिकी डॉलर बाहर हो जाएगा। नई व्यवस्था में अब भारत, चीन व अफ्रीका से आयात पर रुपए में भुगतान करेगा और अफ्रीका व ब्राजील रैंड व रियल में। इस नई कोशिश से ब्रिक्स देशों के बैंक बहुमौद्रिक विनिमय प्रणाली के लिए तैयार होंगे और वित्तीय बाजारों में निवेश कई मुद्राओं में होगा। काम थोड़ा जटिल है और इसमें आनेवाले जोखिम व पेचीदगी का अंदाज अभी नहीं है, लेकिन यह तय है कि ब्रिक्स देश अस्थिर डॉलर के जोखिम से बच जाएँगे। ब्रिक्स के मॉडल पर आसियान सहित दुनिया के व्यापार गुटों में अपनी मुद्राओं में कारोबार का प्रयोग शुरू होना लगभग तय है।

युआन की शान

चीन ने युआन को अंतरराष्ट्रीय करेंसी बनाने की मुहिम वर्ष 2009 से शुरू कर दी

थी। युआन में भुगतानवाले बॉण्ड जारी करना और विदेशी बैंकों के साथ युआन स्वैप अनुबंध इसका हिस्सा थे। हांगकांग में युआन आधारित डिपॉजिट स्कीमें तेजी से बढ़ रही हैं। एचएसबीसी (हांगकांग शंघाई बैंक) ने यह आकलन किया था कि डॉलर और यूरो के बाद युआन दुनिया की तीसरी प्रमुख सेटलमेंट (कारोबारी सौदों में इस्तेमाल के लिए) मुद्रा बन जाएगा।

स्रोत : चाइना डेली (मई 2011)

बात उसी ब्रेटन वुड्स बैठक (न्यू हैंपशायर अमेरिका) की है, जिससे दुनिया को नई मौद्रिक प्रणाली व विश्व बैंक तथा आईएमएफ मिले थे। दूसरी बड़ी लड़ाई के बाद जुलाई 1944 में हुई इस बैठक में ब्रिटेन की नुमाइंदगी खुद जॉन मेनार्ड केंज (ताजा इतिहास के सबसे बड़े आर्थिक चिंतक) कर रहे थे। केंज को मालूम था कि किसी एक देश की मुद्रा से पूरे दुनिया की मौद्रिक प्रणाली को बाँध देना खतरे का सौदा है, इसलिए उन्होंने इसी बैठक में 'बैंकॉर' नाम की एक अंतरराष्ट्रीय मुद्रा का प्रस्ताव रखा, मगर अमेरिका (ट्रेजरी एडवाइजर हैरी डेक्स्टर व्हाइट) ने सिरे से नकार दिया। आज 67 साल बाद भारत, चीन, रूस, ब्राजील और दक्षिण अफ्रीका ने नई अंतरराष्ट्रीय मुद्रा तलाश का बिगुल फूँक दिया है। दुनिया को बैंकॉर फिर याद आ रहा है। लगता है, जॉन मेनार्ड केंज के सपनों की मंजिल इस बार मिल ही जाएगी।

□

(अप्रैल 2011)

बुरा न मानो बजट है

बजट नहीं संकट

(जब अपनी जेब को कटते और सरकार को महँगाई से जूझते देखें, तब यह याद रखिएगा कि यह तोहफा 2012 के बजट ने दिया था।)

सरकारें दुर्भाग्य भी ला सकती हैं, सियासत अभिशाप भी बन सकती है और बजट संकटों की शुरुआत भी कर सकते हैं। अब से छह माह बाद जब देश में महँगाई की दर दहाई को छू रही होगी, ग्रोथ यानी आर्थिक विकास की दर अपनी एड़ियाँ रगड़ रही होगी और बजट का संतुलन बिखर चुका होगा, तब हमें यह समझ में आएगा कि बजट कितने बदकिस्मत होते हैं। उम्मीदें टूटने का गम भूलकर बस यह देखिए कि सरकार कितनी जल्दी इस बजट के बुरे असर को कम करने के लिए मोरचे पर लगती है। यह हाल के वर्षों का पहला बजट होगा, जिससे मुसीबतों के समाधान की नहीं बल्कि समस्याओं के नए दौर की शुरुआत होती दिख रही है। लड़खड़ाती अर्थव्यवस्था, थके उपभोक्ता और हताश निवेशक बजट से बेहद तर्कसंगत सुधार (रियायतें नहीं) चाहते थे, तब प्रणव मुखर्जी के बजट ने उपभोक्ताओं की कमर और ग्रोथ की टाँगें तोड़ दी हैं। सियासत और सरकार दोनों ने मिलकर अब अर्थव्यवस्था को अंधी गली में धकेल दिया है, जहाँ से बाहर आने में कम-से-कम तीन वर्ष लगेंगे।

भयानक मार

आप जिंदा मक्खी निगल सकते हैं, मगर जिंदा मेढक नहीं। 45,000 करोड़ रुपए के नए अप्रत्यक्ष करों (पिछले एक दशक में सर्वाधिक) के बाद महँगाई नहीं तो और क्या बढ़ेगा। टैक्स बुरे नहीं हैं, क्योंकि इनसे देश चलता है; मगर जब ग्रोथ डूब रही हो तो सिर पर टैक्स का बोझ रख देना पता नहीं कहाँ की समझदारी है। समझना मुश्किल

है कि वित्त मंत्री इस कदर टैक्स बढ़ाकर आखिर हासिल क्या करना चाहते हैं। अगर वित्त मंत्री घाटे को थामने के लिए इतने टैक्स लगा रहे थे तो फिर घाटे के अनुमान को 5 फीसदी से नीचे होना चाहिए था; मगर वर्ष 2012-13 का राजकोषीय घाटा 5.1 फीसदी (जीडीपी के अनुपात में) पर है, यानी कि राजकोषीय असंतुलन कायम है और बढ़ेगा। अगर महँगाई सरकार की सबसे बड़ी चिंता है तो फिर एकमुश्त टैक्स से बचना चाहिए था। अगर ग्रोथ की जरूरत थी तो माँग बढ़ाने का इंतजाम होना चाहिए था। अब टैक्स व कीमतें बढ़ने के बाद माँग बढ़ने की बात मजाक ही है। बजट में पेट्रो सब्सिडी के मद में करीब 25,000 करोड़ रुपए की कमी की गई है। स्पष्ट है, संसद् का सत्रावकाश होते ही पेट्रो पदार्थ महँगे होंगे। यह बजट अपने पैर पर कुल्हाड़ी मारने की कला सिखाता है। पिछले तीन साल से सता रही महँगाई बस इसी दिसंबर से कुछ कम होना शुरू हुई थी, जो अगले तीन माह में नई ताकत के साथ लौट आएगी। जब अपनी जेब को कटते और सरकार को महँगाई से जूझते देखें, तब यह याद रखिएगा कि यह तोहफा इस बजट ने दिया था।

ग्रोथ बिना सब सून

- भारत की सफलता उद्यमिता से निकली है। चीन की ग्रोथ सस्ती मुद्रा और सरकारी हस्तक्षेप से आई। भारत की 30 से 40 फीसदी जीडीपी ग्रोथ उत्पादकता बढ़ने की देन है। भारत में सबकुछ ग्रोथ पर निर्भर रहा है—कंपनियों के निवेश से लेकर लोगों की आय और बचत तक। 1998-99 से 2009-10 के बीच जीडीपी के अनुपात में बचत 24.13 फीसदी से बढ़कर करीब 35 फीसदी सिर्फ इसलिए हो गई, क्योंकि लोगों की आय बढ़ी। इसी दौरान निजी निवेश (जीडीपी के अनुपात में कैपिटल फॉर्मेशन) करीब 8 फीसदी से 15 फीसदी हो गया। यानी 29 अरब डॉलर से 153 अरब डॉलर। मगर 2012 के बजट के पहले तक सभी पैमाने उलट गए हैं। बचत जीडीपी अनुपात 32.3 फीसदी पर आ गया, जबकि पूँजी निवेश 35 फीसदी पर। ग्रोथ गिर रही है, इसलिए कई तरह की समस्याएँ सामने हैं।

स्रोत : सरकार की आर्थिक समीक्षाएँ व अध्ययन

संभावनाओं पर वार

कोई खौलते पानी से खेल सकता है, मगर उसमें बर्फ नहीं जमा सकता। फिर भी इस बजट के बाद रिजर्व बैंक से कुछ ऐसी ही उम्मीद की जाएगी। यानी कि ब्याज दर घटे, बाजार में रुपया बढ़े, कर्ज सस्ते हों और उद्योग जगत् निवेश का ईंधन डालकर ग्रोथ का जहाज उड़ा ले जाएँ। लेकिन इस बजट ने महँगाई के नाखूनों में जहर लगाकर

ब्याज दर कम होने की संभावनाएँ खत्म कर दी हैं। बजट के बाद रिजर्व बैंक वापस वहीं खड़ा है जहाँ वह पिछले साल जुलाई में था। वित्तीय संतुलन का दम भरनेवाली सरकार नए वित्त वर्ष में 4,79,000 करोड़ रुपए का रिकॉर्ड कर्ज लेगी, अर्थात् रिजर्व बैंक को अब महँगाई थामने के साथ सरकार के लिए बाजार में पैसा भी रखना है। अर्थात् अगर बाजार में पैसा बढ़ा भी तो वह सरकार के कर्ज कार्यक्रम को मिलेगा। इस बजट से सस्ते कर्ज और बाजार में पूँजी दोनों की उम्मीद खत्म हो गई है। टैक्स की मार और मरी हुई माँग के बाद महँगे ब्याज पर निवेश की हिम्मत कोई सिरफिरा ही दिखाएगा। इस बजट के बाद अगर आपको महँगाई और महँगा होम लोन दोनों की मार खानी पड़े तो समझिएगा कि बजट ने अपना असर दिखाना शुरू कर दिया है।

ग्रोथ का शिकार

अगर बजट भाषणों से ग्रोथ रीझ जाती तो अमेरिका-यूरोप के वित्त मंत्री जादूगर हो गए होते। ग्रोथ बड़े जतन से सँवरती है और नाजों पर पलती है। इस बजट ने बड़ी बेरहमी के साथ तेज विकास दर की बची-खुची उम्मीदों का शिकार कर लिया है। माँग और सस्ती पूँजी के बाद नीतियाँ ग्रोथ का तीसरा कच्चा माल हैं। यह शायद पहला ऐसा बजट होगा, जिसमें किसी भी क्षेत्र में बेहतरी की उम्मीदों की एक किरण भी नहीं है। खेती बैंकों के कर्ज से चलेगी, जो पहले ही किसानों के गले में फँसा है। बुनियादी ढाँचा तब बनेगा जब विदेशी वाणिज्यिक ऋण (ईसीबी) मिलेंगे। औद्योगिक निवेश कम होना आर्थिक समीक्षा के मुताबिक सबसे बड़ी मुसीबत है; मगर इस बजट को सुनने और रेल बजट का हश्र देखने के बाद कौन सा निवेशक नई इकाई लगाने की बात करेगा। इसमें तो जमीन अधिग्रहण, कानूनों की कमजोरी, विभिन्न सरकारी स्वीकृतियों जैसी उन बुनियादी मुसीबतों पर चिंता तक नहीं दिखी, जिन्हें लेकर उद्योग (बकौल आर्थिक सर्वेक्षण) पस्त हो चुके हैं। वित्त मंत्री की सियासी मजबूरियाँ सबको मालूम थीं, मगर यह किसी को नहीं मालूम था कि सरकार अपने सहयोगियों से इतनी डर जाएगी कि वह सुधारों की बात भी न कर सके। इससे तो यूपीए-एक वाले मनमोहन अच्छे थे, जो नाभिकीय संधि पर करो या मरो के लिए तैयार हो गए थे। वित्त मंत्री से किसी क्रांति की अपेक्षा नहीं थी, बस कुछ ऐसे साहसी कदमों की दरकार थी, जिसे यह तो महसूस हो कि देश में एक सरकार काम कर रही है। यदि अगले कुछ माह में विकास दर तेजी से गिरे, गवर्नेंस का शून्य बढ़े, जल्दी चुनावों की चर्चा हो और सरकार की साख ढहती दिखे तो इसके लिए इस बजट को जरूर बिसूरिएगा। यह चौतरफा ग्रोथ-तोड़ बजट है।

इस बजट में साहस, सूझ और संकल्प का घाटा सबसे बड़ा है और इसका सबसे ताकतवर असर यह है कि भारत के लिए 10 फीसदी की ग्रोथ का लक्ष्य अब बहुत दूर

हो गया है। अगले कुछ वर्षों में अब 8 फीसदी तक पहुँचना भी असंभव है। यह बजट हमें महँगाई, महँगा कर्ज, भारी घाटा, कम उत्पादन और घटती ग्रोथ के दुश्चक्र में धकेल रहा है। ऐसे दुश्चक्र खत्म होने में कम-से-कम दो साल लेते हैं। वर्ष 2007 के बाद से इस देश को नीतियों या सुधारों के मामले में कुछ भी नया नहीं हुआ। यूपीए की पहली सरकार के आखिरी दो साल चुनावों की तैयारी में गए, जबकि पिछले तीन साल नीतियों के शून्य और भ्रष्टाचार में। अगला बजट चुनावी होगा और अगले दो साल कई राज्यों व अंत में बड़े चुनावों के नाम होंगे। हमें इन नीतियों के शून्य की साढ़ेसाती से जब तक मुक्ति (2014) मिलेगी तब तक देश बहुत कीमती सात साल गँवा चुका होगा। हमें एक घटिया सियासत और कमजोर सरकार से एक आत्मघाती बजट मिला है, जिसकी मार से बच पाना मुश्किल ही नहीं, नामुमकिन है।

□

(19 मार्च, 2012)

बजट का जनादेश

(भारत का वोटर अब रफ्ता-रफ्ता सियासत नहीं बल्कि सरकार चुनने की कला सीख रहा है। करिश्माई सियासत ढल रही है और स्पष्ट स्वीकार व दो-टूक इनकार नए वोटरों का स्वभाव बन रहे हैं।)

ग्रोथ भी गई और वोट भी गया! क्या खूब भूमिका बनी है बारह के बजट की। आर्थिक नसीहतें तो मौजूद थीं ही, अब राजनीतिक सबक का ताजा परचा भी वित्त मंत्री की मेज पर पहुँच गया है। पाँच राज्यों के महाप्रतावी वोटरों ने पारदर्शिता और भ्रष्टाचार से लेकर ग्रोथ तक और स्थिरता से लेकर बदलाव तक हर उस पहलू पर ऐसा बेजोड़ फैसला दिया है, जो किसी भी समझदार बजट का कच्चा माल बन सकते हैं। भ्रष्टाचार पर उत्तर प्रदेश के वोटर सत्ता-विरोधी हो गए हैं तो ग्रोथ के सबूतों के साथ पंजाब के वोटर बादल को दोबारा आजमाने जा रहे हैं। वित्त मंत्री यदि बजट को इन चुनाव नतीजों की रोशनी में लिखेंगे तो उन्हें केवल आज की नहीं बल्कि बीते और आनेवाले कल की मुसीबतों के समाधान भी देने होंगे; क्योंकि सरकार की असफलताओं के सियासी तकाजे शुरू हो गए हैं। कांग्रेस के प्रति वोटरों का यह समग्र इनकार यूपीए सरकार के खाते में जाता है। चुनावी इम्तहानों का पूरा कैलेंडर (दो वर्षों में कई राज्यों के चुनाव) सामने है, इसलिए एक खैराती नहीं बल्कि खरा बजट देश की जरूरत और कांग्रेस की राजनीतिक मजबूरी बन गया है।

बीते कल का घाटा

अगर वित्त मंत्री उत्तर प्रदेश के नतीजों को पढ़कर बजट बनाएँगे तो उनका बजट बहुत दम-खम के साथ उस घाटे को खत्म करने की बात करेगा, जिसने उत्तर प्रदेश में

राहुल गांधी की मेहनत पर पानी फेर दिया। अगली चुनावी फजीहत से बचने के लिए एक पारदर्शी सरकार की कौल इस बजट की बुनियाद होनी चाहिए, क्योंकि केंद्र सरकार के भ्रष्टाचार ने कांग्रेस की राजनीतिक उम्मीदों का वध कर दिया है। माया राज में यूपी की ग्रोथ इतनी बुरी नहीं थी। कानून व्यवस्था भी कमोबेश ठीक ही थी। जातीय गणित भी मजबूत थी, लेकिन बहनजी का सर्वजन दरअसल विकट भ्रष्टाचार के कारण उखड़ गया। कांग्रेस अपने दंभ में यह भूल गई कि वोटर को कालिख की दोनों (कांग्रेस व बसपा) फैक्टरियाँ दिख रही थीं। इसलिए उत्तर प्रदेश में अभूतपूर्व दोहरा इनकार आया और बसपा व कांग्रेस दोनों खेत रहीं। उत्तराखंड के वोटर भाजपा के प्रायश्चित्त (मुख्यमंत्री बदलने) से कुछ संतुष्ट हुए और उन्होंने अपने सबक का तीखापन घटा दिया। लेकिन उत्तर प्रदेश के भ्रष्टों में सियासी फायदा देखने पर वोटरों ने भाजपा को भी किनारे टिका दिया। पारदर्शिता की नामौजूदगी एक आर्थिक संकट है, जो निवेशकों की लागत बढ़ाता है और व्यवस्था की साख चौपट करता है। देश की सियासत अब शिक्षित, संचार तंत्र से लैस और मध्य वर्गीय जनता से मुखातिब है, इसलिए पारदर्शिता वोट के सवालों में बदल रही है। यह बजट अगर काले धन, कर पारदर्शिता और आर्थिक अपराधों को लेकर मौन रहा तो मान लीजिए कि कांग्रेस आत्मघाती जिद की चपेट में है।

आज की ग्रोथ

वित्त मंत्री अगर पंजाब के नतीजे देखकर बजट का मजमून लिखेंगे तो उन्हें भारत में सकारात्मक जनादेश के ताजे इतिहास से बहुत मदद मिलेगी। जनता की नब्ज समझनेवाली, मौके पर चेत जानेवाली, ग्रोथ पर दाँव लगानेवाली और पारदर्शी होने की कोशिश करनेवाली दंभ-रहित सरकारों को वोटर दोबारा मौका देने में संकोच नहीं करते। हर पाँच साल में सरकारें फेंट देनेवाला पंजाब अब बिहार, गुजरात, छत्तीसगढ़ और मध्य प्रदेश जैसे कुछ उन राज्यों में शामिल हो गया है, जहाँ वोटरों ने सत्ता-विरोधी सोच को सिर के बल खड़ा दिया है। बादल सरकार में ऐसे कौन से सुर्खाब के पर लगे थे कि वोटर फिर रीझ गए? दरअसल नेता वक्त पर नसीहत लें तो वोटर पिघल जाते हैं। पंजाब में प्रकाश सिंह बादल ने मूड भाँप कर, परिवार से ही सही मगर, सत्ता का चेहरा बदलने के लिए बेटे को आगे किया। सुखबीर ने पंजाब की खजाना-लुटाऊ सियासत की जगह विकास के एजेंडे पर बात शुरू की और खुशकिस्मती से बड़ा राजनीतिक भ्रष्टाचार नहीं उभरा। हालाँकि खानदानी सियासत के गढ़ पंजाब में राजनीति की सभी बुराइयाँ मौजूद हैं, मगर पंजाब में बुनियादी विकास ने कई छोटी बुराइयों, राजनीतिक अंतर्विरोध को ढक लिया। केंद्र में अपनी लगातार दूसरी पारी वाली यूपीए सरकार के

वित्त मंत्री से बेहतर और कौन यह समझ सकता है कि ग्रोथ और बुनियादी विकास वोटरों का सत्ता विरोधी स्वभाव बदलने की कुव्वत रखते हैं। इसके बाद भी बजट में अगर ठोस व संतुलित ग्रोथ को पोसने की कोशिश नहीं की तो समझिए कि कांग्रेस ने कोई सियासी नसीहत नहीं ली है।

कल की उम्मीद

यदि भविष्य की सियासत के लिए बजट में कुछ आवंटन करना हो तो वित्त मंत्री को शहरों को साधना चाहिए। शहर ग्रोथ का इंजन हैं, मध्य वर्ग का गढ़ हैं, उम्मीदों की मंजिल हैं और आनेवाले वक्त की सियासत तय करनेवाले हैं। देश में शहरों और शहरी कस्बों की तादाद पिछले एक दशक में 50 फीसदी बढ़ गई है। अगर टाउन एरिया, नगर निगमों और नगर परिषदों को जोड़ा जाए तो यह आँकड़ा काफी बड़ा हो जाता है। ताजा जनगणना रिपोर्ट के मुताबिक, देश की करीब 32 फीसदी आबादी शहरी है; लेकिन अर्ध शहरी इलाकों और शहरों में अपना अधिकांश दिन बितानेवाले ग्रामीणों को जोड़ लिया जाए तो शहर संस्कृति को अपनानेवालों की आबादी का हिस्सा करीब 55 फीसदी हो जाता है। शहर एक नया राजनीतिक समीकरण बनाने हैं, जहाँ जातीय, लोक-लुभावन और वोटरों को बुड़बक माननेवाली सियासत नहीं चलती। शहरों का शिक्षित मध्य वर्ग नेताओं का भाग्य-विधाता बन रहा है, जो अब वोट देने के लिए भी आगे आने लगा है। भविष्य की ग्रोथ और सियासत दोनों की ही उम्मीदें शहरों पर टिकी हैं। बजट अगर शहरों को हलके में लेता है तो कांग्रेस के लिए सियासत का अगला दाँव उलटा पड़ सकता है।

बीस साल पहले

- 24 जुलाई, 1991 शाम पाँच बजे जब डॉ. मनमोहन सिंह देश का पहला सुधार बजट पेश कर रहे थे, तब देश में एक भी मोबाइल फोन नहीं था। एक भी शॉपिंग मॉल कहीं नहीं था। केबल टीवी, बोतलबंद पानी, कोक-पेप्सी, पिज्जा हट, मैकडोनॉल्ड, एटीएम कुछ भी नहीं थे। देश का विदेशी मुद्रा भंडार केवल 1.2 अरब डॉलर था, जिससे देश का काम तीन हफ्ते तक चल सकता था और भारत का जीडीपी केवल 300 अरब डॉलर था। आज विदेशी मुद्रा भंडार 300 अरब डॉलर है और जीडीपी 1.3 ट्रिलियन डॉलर।

भारत की राजनीति अभी भी पुराना माल बेच रही है। यही वजह है कि ताजा चुनावों में देश के राष्ट्रीय दल (कांग्रेस, भाजपा) क्षेत्रीय दलों के मुकाबले ज्यादा

दकियानूसी (आरक्षण, जाति, धर्म के मुद्दे) दिखे हैं। तेज ग्रोथ के पिछले डेढ़ दशक में जनादेशों का मिजाज बदला है। वोटरों ने जितनी सरकारों को बेदखल किया है, उससे कहीं ज्यादा सरकारों को दोबारा सत्ता भी दी है। भारत का वोटर अब रफ्ता-रफ्ता सियासत नहीं, बल्कि सरकार चुनने की कला सीख रहा है। करिश्माई सियासत ढल रही है और स्पष्ट स्वीकार व दो-टूक इनकार नए वोटरों का स्वभाव बन रहे हैं। इसलिए यह बजट चूका तो न केवल ग्रोथ बिखर जाएगी, बल्कि कांग्रेस की सियासत भी बहुत कुछ गँवाएगी। मौका कहें या मजबूरी, मगर वित्त मंत्री के लिए यह कुछ कर दिखाने का वक्त है। 'करो या मरो' टाइप के बजट ऐसे ही मौके पर बनते हैं।

□

(मार्च 2012)

सरकार गारंटी योजना

(अर्थव्यवस्था घाटेवाले बजटों, ऊँचे टैक्स और महँगे ब्याज को बरदाश्त कर सकती है, मगर एक नाकारा और बदहवास व्यवस्था को नहीं।)

बजट से कुछ महँगा-सस्ता होता है क्या? टैक्स में कमी-बेशी का रोमांच भी अब कितना बचा है? घाटे की खिच-खिच भी बेमानी है। बारह का बजट इन पुराने पैमानों का बजट होगा ही नहीं। इस बजट में तो पूरी दुनिया भारत की वह सरकार ढूँढ़ेगी, जो पिछले तीन साल में कहीं खो गई है और सबकुछ ठप-सा हो गया है। देश में गरीबों की तादाद, उद्योगों के लिए जमीन मिलने में देरी, टैक्स हैवेन में रखा पैसा, हसन अलियों का भविष्य, हाथ पर हाथ धरे बैठी नौकरशाही, नए कानूनों का टोटा, नियामकों की नाकामी, नीतियों का शून्य!!! यही नामुराद सवाल ही इस साल का असली बजट है। क्योंकि हमारी ताजा मुसीबतों की पृष्ठभूमि पूरी तरह से गैर-बजटीय है। कुछ पुरानी गलतियाँ नई चुनौतियों से मिलकर बहुआयामी संकट गढ़ रही हैं। इससे बहुत फर्क नहीं पड़ेगा कि यह बजट सरकारी स्कीमों में मुँह में कितना चारा रखता है, अंतर इस बात से पड़ेगा कि वित्त मंत्री सरकार (गवर्नेंस) गारंटी योजना कितनी ठोस नीतियों का आवंटन करते हैं। या सरकार के साखकोषीय घाटे के कम करने के लिए क्या फॉर्मूला लाते हैं। यह राजकोष का बजट है ही नहीं। यह तो राजकाज यानी नीतियों का बजट है।

साख की मद

हमारी ताजा मुसीबतें बजट के फॉर्मेट से बाहर पैदा हो रही हैं। कोयले की कमी के कारण प्रधानमंत्री के दरबार में बिजली कंपनियों की गुहार, जमीन अधिग्रहण कानून के कारण लटकी परियोजनाएँ, पर्यावरण मंजूरी में फँसे निवेश, राज्य बिजली बोर्डों को कर्ज

देकर डूबते बैंक, फॉरच्यून 500 कंपनी ओएनजीसी के लिए निवेशकों का टोटा—इनमें से एक भी मुसीबत बजट के किसी घाटे से पैदा नहीं हुई। 2जी पर अदालत के फैसले के बाद सरकार को आवंटन की प्रक्रिया शुरू करनी चाहिए थी, मगर सरकार एक साल का वक्त माँग रही है, यानी एक लंबी अनिश्चितता की बुनियाद रखी जा रही है। भूमि अधिग्रहण, खानों के आवंटन, औद्योगिक पुनर्वास जैसे तमाम कानून अधर में हैं। समझदार निवेशक भारत में कानून के राज पर भरोसा नहीं कर पा रहे हैं, बल्कि सबको यह डर है कि सरकार के ज्यादातर नियामक विवादित या निष्क्रिय हैं। राजनीतिक भष्टाचार चरम पर है, इसलिए अदालतें सरकार के फैसलों को सिर के बल खड़ा कर रही हैं और कंपनियों के बिजनेस प्लान चौपट हो रहे हैं। भारत में योग्य कानूनों का घाटा पारदर्शिता के सवाल और बड़े कर रहा है। लोकपाल, काला धन, टैक्स हैवेन, मनी लॉण्ड्रिंग, वित्तीय अपराधों पर सरकार की भौंचक मुद्राएँ सबूत हैं कि सरकार में खुद को साफ-सुथरा बनाने की हिम्मत नहीं है। कानूनों का शून्य, भ्रष्टाचार की फाँस, गठबंधन धर्म की साँसत, कांग्रेस की सुधार विरोधी लोक-लुभावन सियासत और नौकरशाही की निष्क्रियता ने मिलकर एक ऐसा गैर-बजटीय भयानक घाटा तैयार किया है जिसे राजस्व में वृद्धि या खर्च में कमी से भरा ही नहीं जा सकता। राजकोषीय घाटे के लिए तो आगे भी वक्त मिल जाएगा। इस बजट की सबसे बड़ी चिंता यही गवर्नेंस घाटा है, जिसे घटाने के लिए ही वित्त मंत्री का बुद्धि-विवेक इस बार दाँव पर है।

सरकार की साख

➢ ग्लोबल इंटेग्रिटी रिपोर्ट सरकारों की साख का चर्चित पैमाना है। इस रिपोर्ट ने वर्ष 2009 में भारत को लेकर दिलचस्प निष्कर्ष दिए थे। ग्लोबल इंटेग्रिटी इंडेक्स भारत में सरकार की साख को बहुत कमजोर बताती है। कानूनों के क्रियान्वयन में कमजोरी इसकी सबसे बड़ी वजह है। जन-सेवा से जुड़ा प्रशासन, सरकारी खरीद, राजनीतिक दलों का वित्तीय हिसाब, न्यायिक पारदर्शिता की कमी भारत की साख को लगातार कमजोर करते हैं। वर्ष 2010-11 में घोटालों के खुलने के बाद यकीनन भारत की साख व सिस्टम पर भरोसा और कम हुआ है।

स्रोत : ग्लोबल इंटेग्रिटी रिपोर्ट, इंडिया (2009)

आदतों का संकट

खालिस बजटीय मुसीबतें भी अब बजट के दायरे से बाहर निकलकर गवर्नेंस के दायरे में पहुँच गई हैं। इस देश में कुल कितने गरीब हैं ? 1.25 अरब लोगों में किसकी आय कितनी है ? किसे कितनी सब्सिडी की जरूरत है ? इन सवालों का बजट से सीधा रिश्ता नहीं मिलता, मगर बजट की पुरानी बीमारियाँ इन्हीं सवालों से जुड़ती हैं। किसी देश की सरकारें इतनी

बेफिक्र कैसे हो सकती हैं कि इतने वर्षों में उन लोगों के नाम व चेहरे तक न मिल सकें, जान पाएँ जिन्हें लेकर हर बजट में संसाधन लुटते हैं। भारत में कुछ बेहद बुनियादी किस्म के आँकड़ों के बिना पिछले 65 साल से सब्सिडी बाँटी जा रही है और स्कीमों के नाती-पोते अब अरबों के बिल बना रहे हैं। सामाजिक स्कीमों पर राज्य सरकारों का खर्च जोड़ने के बाद यह समझना मुश्किल नहीं है कि इस अंधे कुएँ में कितना पैसा झोंका जा चुका है। तकनीक का अगुआ एक मुल्क देश में गरीबी का स्तर तय करने के लिए या उसकी पहचान के लिए ऊर्जा की खपत यानी कैलोरी जैसे अबूझ किस्म के फॉर्मूलों का सहारा लेता है। जो काम सिर्फ तकनीक और सर्वेक्षण कर्मचारी कर सकते हैं उसके लिए अर्थशास्त्री फॉर्मूले बनाते हैं। यह शक करने की पूरी वजह बनती है कि सरकार शायद जान-बूझकर सब्सिडी के लायकों की पहचान नहीं करना चाहती है, ताकि सरकारी लूट का विशाल तंत्र फलता-फूलता रहे। आय के आँकड़ों और सब्सिडी लेनेवाले चेहरों को जाने बिना सरकार पूरे अनाज को, बाजार और बजट को खाद्य सुरक्षा कानून के पत्थर से बाँधने जा रही है। इसलिए सब्सिडी को लेकर वित्त मंत्री और सरकारी अर्थशास्त्रियों का स्यापा सिर्फ कॉमेडी लगता है। भारत में आय के आँकड़े न होना बजटों की सबसे बड़ी मुसीबत है। मगर इस मुसीबत को पोसना सरकार की आदत बन गई है। टैक्स का आधार बढ़ाने की कोशिशों से लेकर देश को उचित योजना देने तक सबकुछ सिर्फ एक जगह इसलिए अटका या बरबाद हो रहा है, क्योंकि हमारे पास अपने लोगों का कोई ठोस आँकड़ा नहीं है। अगर सरकार अपनी आदत को छोड़ने (लाभार्थियों की युद्ध स्तर पर पहचान और आय के आँकड़ों का संग्रह) को तैयार नहीं है तो यह समझिए कि बजट हमारे लिए राहत नहीं बल्कि गंभीर मुश्किलों का अगला चरण लेकर आ रहा है।

यह बजट बहुत संवेदनशील है। इस बार वित्त मंत्री कितना घाटा दिखाते हैं, टैक्स में क्या कतर-ब्योंत करते हैं या कितने आवंटनों से किन स्कीमों की मुट्ठी गरम करते हैं, इससे बहुत कुछ बदलने वाला नहीं है। इस बजट में आँकड़े नहीं बल्कि इसकी भाषा महत्त्वपूर्ण होगी। न केवल इसके आवंटन बल्कि इसके आह्वान (सुधारों के) गौरतलब होंगे। अर्थव्यवस्था घाटेवाले बजटों, ऊँचे टैक्स और महँगे ब्याज को बरदाश्त कर सकती है (करती रही है), मगर एक नाकारा और बदहवास व्यवस्था को नहीं। यह बजट तो बस एक कसौटी पर कसा जाएगा कि वित्त मंत्री अपनी संज्ञाशून्य सरकार के लिए कितनी सार्थक ऊर्जा लेकर आते हैं और साख को उबारने के लिए कौन से फॉर्मूले पेश करते हैं। अर्थव्यवस्था को नकद के नहीं, नीतियों के आवंटन की जरूरत है। संसाधनों की कमी नहीं है, गवर्नेंस को सुधारने के लिए साहस और सूझ की कमी है। इस बजट में सरकार को तलाशिए और राज-काज कोषीय घाटे में कमी की दुआ कीजिए। □

(मार्च 2012)

सूझ कोषीय घाटा

(जन-कल्याण के कार्यक्रमों में नयापन नदारद है। हर बजट बस नई लूट का रास्ता खोल देता है। इतने दशकों के बाद भी हम भरोसे से यह नहीं कह सकते कि इन स्कीमों से गरीबी दूर करने में ठोस मदद मिली है, क्योंकि सरकार के पास कोई ईमानदार अध्ययन तक उपलब्ध नहीं है।)

बधाई! हमने अपने बजट की पुरानी मुसीबतों को फिर खोज लिया है। सब्सिडी का वही स्यापा, सरकारी स्कीमों के असफल होने का खानदानी मर्ज, खर्च बेहाथ होने का बहुदशकीय रोना और बेकाबू घाटे का ऐतिहासिक दुश्चक्र। लगता है कि हम घूम-घामकर वहीं आ गए हैं, करीब बीस साल पहले जहाँ से चले थे। उदारीकरण के पूर्वज समाजवादी बजटों का दु:खदायी अतीत जीवंत हो उठा है। हमें नास्टेल्जिक (अतीतजीवी) होकर इस पर गर्व करना चाहिए। इसके अलावा हम कर भी क्या सकते हैं। बजट के पास जब अच्छा राजस्व, राजनीतिक स्थिरता, आम लोगों की बचत, आर्थिक उत्पादन में निजी निवेश आदि सबकुछ था, तब हमारे रहनुमा बजट की पुरानी बीमारियों से गाफिल हो गए, इसलिए असंतुलित खर्च जस-का-तस रहा और जड़ों से कटी व नतीजों में फेल सरकारी स्कीमों में कोई नई सूझ नहीं आई । दरअसल हमने तो अपनी ग्रोथ के सबसे अच्छे वर्ष बरबाद कर दिए और बजट का ढाँचा बदलने के लिए कुछ भी नया नहीं किया। हमारे बजट का सूझ-कोषीय घाटा इसके राजकोषीय घाटे से ज्यादा बड़ा है।

बजट स्कीम फैक्टरी

बजट में हमेशा से कुछ बड़े और नायाब टैंक रहे हैं। हर नई सरकार इन टैंकों पर अपने राजनीतिक पुरखों के नाम का लेबल लगाकर ताजा पानी भर देती है। यह देखने

की फुरसत किसे है कि इन टैंकों की तली नदारद है। इन टंकियों को सरकार की स्कीमें कह सकते हैं। बजट में ग्रामीण गरीबी उन्मूलन व रोजगार, खाद्य सुरक्षा, शिक्षा, स्वास्थ्य, पेयजल और ग्रामीण आवास को मिलाकर कुल पाँच बड़ी टंकियों, माफ कीजिए, स्कीमों का कुनबा है। देश में जन-कल्याण की हर स्कीम की तीन पीढ़ियाँ बदल गई हैं, मगर हर स्कीम असफलता व घोटाले में समाप्त हुई। गरीबी उन्मूलन और ग्रामीण रोजगार स्कीमें तो असफल प्रयोगों का अद्‌भुत इतिहास बन गई हैं। सरकार ने गरीबी हटाने के लिए स्वरोजगार, वेतन सहित रोजगार और रोजगार के बदले अनाज के तीन मॉडलों को फिर-फिर आजमाया, मगर नतीजे सिफर रहे। एकीकृत ग्रामीण विकास योजना (1970) से शुरू हुआ सफर नाम बदलते हुए नेशनल रूरल इंप्लायमेंट प्रोग्राम, लैंडलेस इंप्लायमेंट गारंटी प्रोग्राम और बाद में जवाहर रोजगार योजना (1989), रोजगार आश्वासन योजना (1993), स्वर्ण जयंती ग्राम स्वरोजगार योजना (1999), जवाहर ग्राम समृद्धि योजना (1999) और संपूर्ण ग्रामीण रोजगार योजना (2001) से होता हुआ रोजगार गारंटी योजना (2006) पर आ टिका है। मगर पहले तीन वर्षों में साबित हो गया कि मनरेगा से भ्रष्टाचारियों को नया रोजगार मिल गया है और इसने ग्रामीण क्षेत्र में श्रमिकों का बाजार बिगाड़ दिया। ठीक ऐसी ही कहानियाँ ग्रामीण आवास, पेयजल और ग्रामीण स्वास्थ्य की हैं। लोगों को सेहत देने का मिशन घोटाला मिशन बन गया है। राशन प्रणाली अनाज व सब्सिडी की बरबादी का ऐतिहासिक सबूत है। केंद्र सरकार की अपनी रिपोर्टें इन स्कीमों को असफल या आंशिक सफल बताती हैं, मगर सरकार में एक हाथ रिपोर्ट लिखता है और दूसरा हाथ क्रियान्वयन से बेफिक्र होकर स्कीमें गढ़ता रहता है। बजट की दशकों पुरानी स्कीम फैक्टरी अब जन-कल्याण की नहीं, भ्रष्टाचार की गारंटी हैं। जन-कल्याण के कार्यक्रमों में नयापन नदारद है। बस हर बजट नई लूट का रास्ता खोल देता है। इतने दशकों के बाद भी हम भरोसे से यह नहीं कह सकते कि इन स्कीमों से गरीबी दूर करने में ठोस मदद मिली है, क्योंकि सरकार के पास कोई ईमानदार अध्ययन तक उपलब्ध नहीं है। वित्त मंत्री सब्सिडी को लेकर अगर सच में बेचैन हैं तो उन्हें इस बजट से स्कीमों के असर की पड़ताल तो शुरू करनी चाहिए, ताकि एक नई बहस को जमीन मिल सके। वित्त मंत्रीजी, हिम्मत दिखाइए, आपको करदाताओं के पैसे की सौगंध है।

साढ़े तीन आना

- बात 1950 की है। लोकसभा में एक बहस के दौरान समाजवादी नेता डॉ. राममनोहर लोहिया ने कहा कि भारत की बड़ी आबादी के पास रोज साढ़े तीन आने भी नहीं होते। इससे ज्यादा तो प्रधानमंत्री पं. नेहरू के कुत्ते पर रोज खर्च

होता है। आरोप का असर हुआ। प्रधानमंत्री नेहरू ने छह विशेषज्ञों की एक समिति बनाई। इस समिति ने योजना आयोग को बताया कि भारत के लोगों को औसतन प्रतिदिन 20 रुपए का खर्च चाहिए, ताकि वे गरीबी रेखा से ऊपर रह सकें। इस आकलन का आधार नहीं उपलब्ध है। 1971 में 'इकोनॉमिक ऐंड पॉलिटिकल वीकली' में प्रकाशित अपने अध्ययन में नीलकंठ रथ और पी.एम. दांडेकर ने गरीबी की गणना के लिए कैलोरी मॉडल का इस्तेमाल किया। यह अध्ययन प्रख्यात सांख्यिकीविद् वी.वी. सुखात्मे के अध्ययन पर आधारित था, जो बताता था कि एक भारतीय को जीने के लिए औसतन 2,250 कैलोरी प्रतिदिन चाहिए। '90 के दशक में यह पैमाना बदला है। टी.डी. लकड़ावाला समिति ने गाँवों के लिए 2,400 और शहरों के 2,100 कैलोरी का हिसाब किया। वर्ष 2000 की शुरुआत में बनी सुरेश तेंदुलकर समिति ग्रामीण व शहरी लोगों के लिए क्रमशः 1,800 और 2,000 कैलोरी का पैमाना लेकर आई थी, जिससे 32 रुपए प्रतिदिन के खर्चवाली विवादित गरीबी रेखा निकली। अक्तूबर 2011 में भारत के सुप्रीम कोर्ट में इस गरीबी रेखा का तर्क रखने पर सरकार को तीखी आलोचना झेलनी पड़ी।

सब्सिडी वितरण केंद्र

सब्सिडी की सफलता को किस तरह नाप सकते हैं। बस, यह देखिए कि जिन क्षेत्रों को सब्सिडी दी जा रही है वहाँ उत्पादन, सुविधाओं या जीवन स्तर में कितना सुधार आया है। भारत में यह सुधार जरा भी नहीं दिखता। बजट राजस्व के सबसे अच्छे पिछले आठ वर्षों में सब्सिडी का बिल 4,300 करोड़ रुपए से बढ़कर 1,60,000 करोड़ रुपए पर पहुँच गया। इसमें अधिकांश बढ़ोतरी खाद, अनाज और पेट्रो उत्पादों पर हुई। इतने खर्च से तीनों उत्पादों या सेवाओं की आपूर्ति सुधरनी चाहिए थी? मगर कृषि मंत्रालय मानता है कि खाद की किल्लत बढ़ी है। खेती के ताजा हाल से इस सब्सिडी को जायज ठहराना मुश्किल है। पेट्रो सब्सिडी की तो असफलता और बेजोड़ है। सब्सिडी जिस केरोसिन पर दी जा रही है, उसे कौन इस्तेमाल कर रहा है। सस्ता डीजल लेकर कितनी कारें दौड़ रही हैं और सस्ते गैस सिलेंडर किन होटलों में खप रहे हैं, इन सवालों का जवाब सरकार के पास नहीं है। हमारे ही टैक्स से सब्सिडी बाँटकर सरकार हमें सब्सिडीखोर होने की तोहमत से लज्जित कर रही है और दूसरी तरफ पेट्रो उत्पाद महँगे भी हो रहे हैं। खाद्य सब्सिडी का खेल तो अनोखा है। राशन प्रणाली में हर पाँच साल में बदलाव के बावजूद 60 फीसदी अनाज कालाबाजारिए खाते हैं, मगर इस मरियल व लूटग्रस्त राशन प्रणाली के सिर सरकार खाद्य सुरक्षा गारंटी रखने जा रही है, यानी करीब

1.2 खरब रुपए की ताजी सब्सिडी का बिल तैयार है। सब्सिडी अब हमारी जरूरत से ज्यादा, बल्कि मुसीबत बन गई है। यह एक ऐसी अपसंस्कृति तैयार कर चुकी है, जहाँ बाँटने का श्रेय लेने को हर कोई तैयार है, बरबादी रोकने का जिम्मेदार कोई नहीं है।

गरीबी कम करने या सेवाओं की आपूर्ति ठीक करने में सरकारी स्कीमों की सफलता गहराई से संदिग्ध है। गरीबी आर्थिक विकास से कम हुई, उदार बाजार से शिक्षा व सेहत की सुविधाएँ बढ़ी हैं और गाँवों के लिए रोजगार शहरों ने तैयार किए हैं। लेकिन सरकार के सामाजिक कल्याण कार्यक्रमों का पहाड़ा वर्षों से नहीं बदला। एक बड़ी आबादी के मुल्क में हर चीज का बाजार होता है, इसलिए सयानी सरकारें बाजार को कायदे से विनियमित करती हैं, सही कीमत पर सुविधाओं व फायदों का बँटवारा तय करती हैं और लोगों की आय बढ़ाने में मदद करती हैं। सरकारों के हस्तक्षेप सिर्फ वहीं जरूरी होते हैं, जहाँ या तो बाजार असफल हो जाता है या फिर उसके लिए संभावनाएँ नहीं होतीं। ऐसे किसी ऐतिहासिक रूप से पिछड़े बुंदेलखंड, कालाहाँडी या मेवात को चमकाने के लिए सरकार को कुछ वर्ष चाहिए, कई दशक नहीं। योजना आयोग और वित्त मंत्रालय अपने प्रागैतिहासिक फॉर्मूलों के मोह में फँसे हैं। एक विशाल, असंगत और बहुआयामी देश में जन–कल्याण के कार्यक्रमों और सब्सिडी की पूरी सोच ही बदलने की जरूरत है; क्योंकि इतने बड़े देश को एक मनरेगा, राशन प्रणाली या स्वास्थ्य मिशन में फिट नहीं किया जा सकता। हमें गरीबी, अशिक्षा, भूख दूर करने के कार्यक्रमों का नया आविष्कार चाहिए। देश को एक नए बजट की जरूरत है। नई सूझ के बजट की! क्या वित्त मंत्री ऐसा बजट देने जा रहे हैं? उम्मीद रखने में क्या हर्ज है!

□

(फरवरी 2012)

गफलत का टैक्स

(आर्थिक सुधारों के पिछले बीस साल बताते हैं कि कर प्रणाली को बदलने में हम सुस्त और अंदाजिया रहे हैं। टैक्स दरों में कमी या बढ़ोतरी को ही कर सुधार मान लिया गया; जबकि टैक्स का ढाँचा नवीनता, दूरदर्शिता, सजगता व पारदर्शिता की अपेक्षा कर रहा था।)

टैक्स की दुनिया का ताजा और सबसे बड़ा सबक क्या है, एक नौसिखुए वकील ने अपने सीनियर से पूछा। कोर्ट-कोर्ट का पानी पिए घाघ वरिष्ठ अधिवक्ता ने अपना मोटा चश्मा पोंछते हुए कहा कि डियर, जब सरकार बोदी और सुस्त हो और बाजार तेज तो टैक्स की दुनिया में गफलत की कीमत 11,000 करोड़ रुपए तक हो सकती है। वोडाफोन जब अदालत में जीतकर भारी राजस्व चुग गई, तब वित्त मंत्रालय सुप्रीम कोर्ट के सामने फैसला बदलने के लिए पछता और गिड़गिड़ा रहा है। तेजी से बदलते बाजार में टैक्स कानूनों को बदलने में देरी विस्फोटक और आत्मघाती हो चली है। पुराने कर कानूनों की तलवार हमें तीन तरफ से काट रही है। कंपनियाँ अस्थिर टैक्स प्रणाली से हलाकान हैं। कानूनों के छेद सरकारी राजस्व की जेब काट रहे हैं और टैक्स हैवेन से लेकर फर्जी कंपनियों तक स्याह-सफेद धंधोंवाले हर तरफ चाँदी कूट रहे हैं, क्योंकि टैक्स में सुधार का पूरा एजेंडा (प्रत्यक्ष कर कोड और गुड्स ऐंड सर्विसेज टैक्स) बैठकों में घिसट रहा है। इस बजट से यह पता चल जाएगा कि सरकार व सियासत टैक्स सुधार को कब तक टालेगी और कितनी कीमत चुकाएगी।

देरी की दर

डायरेक्ट टैक्स (आय कर, कंपनी आय कर आदि) कोड यानी नया कानून लागू

हो गया होता तो वोडाफोन के मुकाबले सरकार की इतनी बड़ी अदालती हार नहीं होती। डायरेक्ट टैक्स कोड में यह प्रावधान है कि यदि भारत में काम करनेवाली कोई कंपनी अपनी हिस्सेदारी (इक्विटी) की खरीद-बिक्री विदेश में करती है तो उस पर भारतीय टैक्स कानून लागू होगा। मगर कानून अधर में लटका है और लुटा-पिटा आय कर विभाग अब डायरेक्ट टैक्स कोड का इंतजार किए बगैर इस साल के बजट में ही यह छेद बंद करने को मजबूर हो गया है। वक्त पर कानून बदलने में देरी बहुत महँगी पड़ी है, क्योंकि यह फैसला केवल एक वोडाफोन-हच इक्विटी सौदे पर नहीं बल्कि इसी तरह के कई और लेन-देन को प्रभावित करेगा। दो साल से तैयार डायरेक्ट टैक्स कोड जिस तरह से केंद्र सरकार में नीतिगत फैसलों के शून्य का शिकार हुआ है, ठीक उसी तरह अप्रत्यक्ष करों में सुधार का अगला चरण यानी गुड्स ऐंड सर्विसेज टैक्स कमजोर केंद्र और ताकतवर राज्यों की राजनीति में फँस गया है। केंद्र सरकार जब आतंक के खतरे पर राज्यों को एकजुट नहीं कर पा रहा है तो गुड्स ऐंड सर्विसेज टैक्स सहमति दूर की बात है।

दो खूबसूरत बहनें

➢ ब्रिटेन के चांसलर (वित्त मंत्री) विलियम एवर्ट ग्लैडस्टोन (1809-1898) टैक्स के जबरदस्त विरोधी थे और हमेशा इन्कम टैक्स को खत्म करने का सपना देखते रहे; मगर हकीकत में यह कर नहीं सके। ग्लैडस्टोन ने एक बार कहा कि प्रत्यक्ष व परोक्ष कर दो खूबसूरत बहनें हैं, जो लंदन के समलैंगिक समाज से मिल-जुल रही हैं और इन दोनों का भविष्य बहुत उज्ज्वल है। इसे मेरी नैतिक कमजोरी समझिए या फिर वित्त मंत्री के तौर पर जिम्मेदारी, मगर इन दोनों बहनों को मुझे अपना पता बताना ही पड़ेगा।

स्रोत : द कैश नेक्सस, नील फर्ग्युसन

दोहरी मार

भारत में टैक्स के दोनों बड़े सुधार सियासी पेंच में फँस गए हैं, जिसकी प्रत्यक्ष व परोक्ष कीमत बहुत बड़ी है। प्रत्यक्ष रूप से इसका असर राजस्व पर दिखता है, जबकि परोक्ष रूप से कंपनियाँ व निवेशक इसकी कीमत चुकाते हैं। सिर्फ वोडाफोन के मुकाबले आय कर विभाग की हार ही नहीं, कर कानून में ऐसे तमाम छेद हैं जिनसे राजस्व का नुकसान होता है और पारदर्शिता खत्म होती है। फर्जी कंपनियाँ, बेहद पेचीदा मनी लॉण्ड्रिंग, टैक्स हैवेन का इस्तेमाल आदि कई ऐसे रास्ते हैं, जिनके जरिए निवेशक व कंपनियाँ कर चुराती हैं और हमारे पुराने कानून इन्हें बंद नहीं कर पाते। क्योंकि आतंक

के वित्त-पोषण और मनी लॉण्ड्रिंग रोकने के लिए कर कानूनों में बदलाव अधर में हैं, क्योंकि पूरे कर सुधार जहाँ-के-तहाँ ठहर गए हैं। अर्थव्यवस्था के लिए नुकसान तब और बड़ा हो जाता है जब गंभीर निवेशक कर कानूनों में बदलाव के इंतजार में अपने फैसले रोकने लगते हैं। कारोबारी निवेश दशकों का हिसाब-किताब लगाकर किए जाते हैं और किसी देश का कर ढाँचा इन फैसलों का सबसे बड़ा आधार होता है। जब टैक्स ढाँचे में दो अहम बदलाव लंबित हों, अदालतें कर कानूनों को लेकर अहम फैसले सुना रही हों तो निवेशकों का असमंजस समझा जा सकता है।

तदर्थ टैक्स

आर्थिक सुधारों के पिछले बीस साल बताते हैं कि कर प्रणाली को बदलने को हम सुस्त और अंदाजिया रहे हैं। या तो टैक्स दरों में कमी को कर सुधार मान लिया गया या फिर सरकार के राजस्व को बढ़ाने की कोशिशें कर सुधार समझ ली गईं; जबकि टैक्स का ढाँचा नवीनता, दूरदर्शिता, सजगता व पारदर्शिता की अपेक्षा कर रहा था। कर दर कम होने से राजस्व बढ़ा, मगर सरकार के खजाने में ज्यादा बढ़ोतरी दरअसल तेज आर्थिक विकास दर के चलते हुई। ग्रोथ के इस दौर में वित्त मंत्रियों ने कर ढाँचे को आधुनिक बनाने के बजाय व्यक्तिगत व कंपनी करदाताओं को मौके के मुताबिक रियायतें बाँटकर लोकप्रियता ही बटोरी, इसलिए पिछले डेढ़ दशक के बजटों का कर ढाँचा अस्थिरता व तदर्थवाद की कहानी बन गया है। सरचार्ज और सेस (सुरक्षा से लेकर शिक्षा उपकर तक) वित्त मंत्रियों की पसंदीदा सुइयाँ रहीं, जिन्हें बार-बार घोंपकर अर्थव्यवस्था से अचानक राजस्व निकाला गया या फिर लोकप्रियता के लिए इनकी चुभन कम कर दी गई। उत्पाद शुल्क दरें पहाड़ के मौसम की तरह बदलीं और पेट्रोल-डीजल पर टैक्स और लाभांश कर को जब चाहा, जैसे चाहा इस्तेमाल किया गया। मैट (मिनिमम आल्टरनेटिव टैक्स) और एफबीटी (फ्रिंज बेनीफिट टैक्स) दो नए प्रयोग थे, मगर असंगतियाँ व बदलावों ने अस्थिर कर दिया। यह तदर्थवाद ही तो था कि लंबी कवायद के बाद किसी तरह जब पूरे देश में वैट लागू हो पाया तब तक सरकार ने जीएसटी पर काम शुरू कर दिया, जो वैट, एक्साइज, सर्विस टैक्स की पुरानी प्रणाली को खत्म करते हुए एक नया समग्र अप्रत्यक्ष कर ढाँचा लाएगा। जीएसटी पूरी दुनिया में सफल हुआ है; मगर हमारे कर सुधारक दूरदर्शी नहीं थे, इसलिए कर प्रशासन (केंद्र व राज्य) और कारोबारी एक दशक में दूसरी बार कर ढाँचे का नया पहाड़ा पढ़ेंगे।

गदर और इन्कम टैक्स

➤ नेपोलियन से लड़ाई का खर्चा निकालने के लिए ब्रिटेन में पहली बार इन्कम

टैक्स की शुरुआत उन्नीसवीं शताब्दी में हुई। जबकि भारत में पहली बार इन्कम टैक्स 1857 की क्रांति के बाद शुरू हुआ। ब्रितानी सरकार के खाली खजाने भरने के लिए वाइस रीगल काउंसिल के वित्त मंत्री जेम्स विल्सन ने भारत के कर ढाँचे का पुनर्गठन किया और इन्कम टैक्स शुरू हुआ। वैसे दुनिया विल्सन को मशहूर आर्थिक पत्रिका 'इकोनॉमिस्ट' और स्टैंडर्ड ऐंड चार्टर्ड बैंक के संस्थापक के तौर पर जानती है। विल्सन ने 1860 में कलकत्ता में अंतिम साँस ली और उन्हें मौलिक बाजार के कब्रिस्तान में दफनाया गया। भारत में टैक्स के इतिहास पर शोध करते हुए आय कर अधिकारी सी.वी. भाटिया ने वर्ष 2007 में विल्सन की कब्र तलाशी और उसका पुनरुद्धार किया गया।

अच्छा टैक्स प्रशासन स्थिरता, सजगता और पारदर्शिता का समन्वय होता है। विकसित होते बाजार में चतुर सरकारें एक तरफ कर ढाँचे के जरिए ग्रोथ के अवसर बढ़ाती हैं और तेज ग्रोथ ज्यादा राजस्व लेकर आती है, जबकि दूसरी तरफ कर कानूनों के छेद बंद कर निवेशकों को यह संकेत दिया जाता है कि अवसरों से भरपूर बाजार में पारदर्शी और सख्त टैक्स कानूनों का राज चलता है। भारत के टैक्स ढाँचे से इस तरह संदेश देने का वक्त अब आ गया है, इसलिए आगामी बजट टैक्स सुधारों पर बहुत कुछ टिका है। इसलिए गौर से सुनिएगा कि टैक्स की चर्चा करते हुए वित्त मंत्री हसन अली से लेकर वोडाफोन तक और बचत निवेश से लेकर नए कर कानूनों पर क्या कहते हैं या फिर अगरबत्ती के बाँस, क्रूड पाम स्टीरियन, लैक्टोज, टैनिंग एंजाइन, सेनेटरी नैपकिन और रॉ सिल्क जैसी फालतू की चीजों पर टैक्स दरों में बदलाव गिनाते हुए बजट की आखिरी शायरी पढ़ने लगते हैं। इस बजट से सिर्फ ग्रोथ ही नहीं, पारदर्शिता की भी किस्मत बँधी है।

□

मैं कहता तू जागत रहियो...

(आर्थिक राजनीति, विकास की सियासत)

सियासत चुनेंगे या सरकार

(राज्यों की तरक्की खराब गवर्नेंस के कारण दागी और सीमित रह गई है। इम्तहान तो वोटरों की प्रगतिशीलता का होता है, क्योंकि सियासत की जात तो बदलने से रही।)

प्रकाश सिंह बादल कह सकते हैं, पुल-सड़कें गिनिए, पारदर्शिता के सवालों में क्या रखा है! मायावती कहेंगी कि स्थिरता दी न, दागी मंत्रियों को क्यों बिसूरते हैं। राहुल बोलेंगे कि घोटालों की फिक्र छोड़िए, मनरेगा और सस्ता मोबाइल मिल तो रहा है न। खंडूरी बताएँगे कि ग्रोथ देखिए, भ्रष्टाचार को क्या रोना। सियासत समझा रही है कि भ्रष्टाचार के पेड़ों पर सिर मत फोड़िए, तरक्की के आम खाइए। वोटरों का असमंजस लाजिमी है। तरक्की की रोशनी में स्याह और सफेद का फर्क धुँधला गया है, क्योंकि ग्रोथ की अखिल भारतीय छलाँगों का असर हर जगह है। ऊपर से जब चुनाव घोषणा-पत्रों के अच्छे-अच्छे वादे एक ही टकसाल से निकले हों तो नीतियों की क्वालिटी में फर्क और भी मुश्किल हो जाता है। तो वोट किस आधार पर गिरे? चतुर सुजान वोटर ऐसे माहौल में नेताओं की गुणवत्ता पर फैसला करते हैं, यानी कि सियासत नहीं बल्कि गवर्नेंस का चुनाव। पंजाब, उत्तर प्रदेश और उत्तराखंड तो वैसे भी ग्रोथ के नहीं बल्कि गवर्नेंस के मारे हैं। यहाँ की तरक्की खराब गवर्नेंस के कारण दागी और सीमित रह गई है। इसलिए इम्तहान तो वोटरों की प्रगतिशीलता का है, क्योंकि सियासत की जात तो बदलने से रही। पंजाब और उत्तराखंड के वोटर आज अपने लोकतांत्रिक प्रताप का इस्तेमाल करते हुए क्या यह ध्यान रखेंगे कि उनके सामने नीतियों की नहीं बल्कि लायक नेताओं की कमी है।

तरक्की का कमीशन

चालाक सियासत ने वोटरों की अपेक्षाओं के मुताबिक अपने भ्रष्टाचार को समायोजित

कर लिया है। पिछले दो दशकों के खुलेपन ने जनता को तरक्की के लिए बेचैन कर दिया, नतीजतन '90 के दशक में कई सरकारें उड़ीं तो लौटीं ही नहीं या फिर दस-दस साल बाद वापसी हुई। अपेक्षाओं के इस तूफान ने नेताओं को सड़क, पुल, बिजली, शहर जैसे विकास के पैमानों पर गंभीर होने के लिए मजबूर किया। वक्त ने साथ दिया, क्योंकि यही दौर भारत में तेज ग्रोथ का था। ग्रोथ अपने साथ सस्ती पूँजी (ईजी मनी), बढ़ती आय व उपभोक्ता खर्च और निजी निवेश व कारोबार में वृद्धि लेकर आई। पिछले पाँच साल में हर राज्य के राजस्व में अभूतपूर्व बढ़ोतरी हुई है, इसलिए सरकारों के खर्च भी बढ़े, जिससे विकास की उम्मीदों पर काम करने के लिए संसाधनों की किल्लत नहीं रही। बेहतरी का यह मौसम सियासत के लिए भ्रष्टाचार का वसंत, निजी कंपनियाँ निवेश करती हैं, मगर सबकी एक कीमत है, जो सियासत वसूलती है। ग्रोथ के एक रुपए से कालिख का दो रुपया निकलता है, इसलिए पिछले एक दशक में ग्रोथ जितनी बढ़ी है, गवर्नेंस उतनी गिरी है। सस्ते मोबाइल से लेकर चमकते शहरों तक विकास का हर प्रतिमान राजनीतिक भ्रष्टाचार का बेधड़क व पुख्ता बिजनेस मॉडल है, इसलिए टिकट लेने से लेकर चुनाव लड़ने तक सियासत में निवेश और कमाई का अचूक हिसाब लगाया जाता है। शुक्र है कि विकास की चमक के बावजूद हम सियासत के इस प्रॉफिट-लॉस अकाउंट को समझने लगे हैं। सरकारी संसाधनों की बहुतायत और निजी निवेश के होड़ में राजनीति माल कूट रही है। अब खूब पुल बनते हैं, सड़कें बिछती हैं। सियासत सब में कमीशन लेती है।

भ्रष्ट यानी संकटग्रस्त

- कर्ज संकट में फँसी यूरोप की कई अर्थव्यवस्थाएँ भ्रष्टाचार में भी सिरमौर हैं। पिछले साल दिसंबर में आए करप्शन परसेप्शन इंडेक्स ने बताया कि दिवालिया होने के करीब पहुँचे ग्रीस और भयानक कर्ज में फँसे इटली को वहाँ के राजनीतिक-प्रशासनिक भ्रष्टाचार व सार्वजनिक संस्थाओं के बुरे हाल ने बरबाद किया। इटली में निवर्तमान प्रधानमंत्री बर्लुस्कोनी और ग्रीस के निवर्तमान प्रधानमंत्री पॉविद्रू के कुशासन की कथाएँ कर प्रणाली से लेकर सरकारी कंपनियों और धार्मिक संस्थाओं तक फैली हैं। जन-क्रांति का निशाना बने इजिप्ट और ट्यूनीशिया भी भ्रष्टाचार सूचकांक में चमकते हैं। भारत में यदि राज्यों का इस तरह आकलन हो तो शायद पंजाब और उत्तर प्रदेश सिरमौर होंगे। ये राज्य देश में कर्ज में भी सिरमौर हैं और संकट के करीब हैं।

गवर्नेंस का गड्ढा

नीतियों की गुणवत्ता उतनी बड़ी चुनौती नहीं है, क्योंकि नसीहतें व जरूरतें खुद-

ब-खुद नीतियाँ बदल देती हैं। ये बदलाव भारत में भी हो रहे हैं। राजनीतिक दल विकास अब वंचितों को सीधे (नकद सहायता, सुविधाएँ) मदद देने और छोटे-छोटे लाभार्थी समूहों (बालिका, बुनकर, असंगठित मजदूर) के लिए नीतियों की बात कर रहे हैं। यह सामाजिक विकास स्कीमों के बदलते स्वरूप में बदलाव का प्रमाण है। गरीबी उन्मूलन और शिक्षा की योजनाओं की तीसरी पीढ़ी इन्हीं रास्तों पर चलकर हम तक आई है, जहाँ अब सरकार संवैधानिक गारंटी दे रही है। यानी नीतियों की फैक्टरी का हाल बुरा नहीं है, विसंगति कहीं दूसरी जगह है। पिछले एक दशक में इन स्कीमों के जरूरतमंद घटे हैं, मगर आवंटन कई गुना बढ़ चुका है। इन्हें चलानेवालों के आय व वेतन बढ़े हैं, मगर हर नई स्कीम के साथ भ्रष्टाचार की गारंटी बढ़ जाती है। यह समस्या गवर्नेंस की है। बुंदेलखंड, झारखंड सहित देश के अति पिछड़े इलाकों के लिए अब भरपूर संसाधन, दर्जनों नीतियाँ व श्रेष्ठतम तकनीक मौजूद हैं, मगर गवर्नेंस की जगह खाली है। भारत में आर्थिक उदारीकरण की हर सफल कहानी घोटालों से कलंकित है। हमें उदारीकरण के फायदे (सस्ता संचार, वित्तीय सेवाएँ, परिवहन, तेज उत्पादन, ऊँची आय) मिले, लेकिन भारी भ्रष्टाचार की कीमत पर; क्योंकि आर्थिक उदारीकरण ने सियासत को कमाई की नई स्कीमें समझा दीं। नेता आज हमें विकास के प्रमाण दे सकते हैं, इसलिए वे भ्रष्टाचार पर बेशर्म हो जाते हैं। मगर कोई भी समझदार देश भ्रष्टाचार में लिपटा विकास पचा नहीं सकता। उसे ग्रोथ व अच्छी गवर्नेंस दोनों ही चाहिए।

तरक्की बड़ी पेचीदा है। इसकी पहली छलाँग तेज व बेरोक-टोक होती है, मगर दूसरी उछाल बेहद मुश्किल हो जाती है। दबे-बँधे भारत की पहली बड़ी छलाँग तरक्की तो लेकर आई, मगर हमारी गवर्नेंस की पोल भी खुल गई। यह दागी गवर्नेंस हमारी छलाँग में सबसे बड़ी बाधा है। भारत को जल्द-से-जल्द दूसरी छलाँग लगानी है, नहीं तो अधिकांश राज्य मध्यम आय व मझोले विकास के दुश्चक्र (मिडिल इन्कम ट्रैप) में फँस जाएँगे, जिसमें ग्रोथ व कमाई एक औसत स्तर पर ठहर जाती है। लैटिन अमेरिका व पूर्वी एशिया के कुछ देश (चिली, थाईलैंड, ब्राजील) इसी दुश्चक्र में फँसे हैं। इस शिकंजे से निकलना मुश्किल होता है, क्योंकि कुछ दशकों में भारत के कामगारों की आबादी में युवा व बुजुर्ग का अनुपात भी बदलने लगेगा। सियासत तो पूरी दुनिया में एक जैसी है, उबाऊ और कुटिल; मगर एक तरक्की-पसंद वोटर सियासत को पीछे धकेल कर सरकार चुनते हैं, यानी एक ऐसा शासन जो उन्हें ग्रोथ की अगली सीढी पर ले जा सके। इसलिए वोट डालते हुए यह ध्यान रखना जरूरी है कि हमें अपने लिए सियासत नहीं, बल्कि एक सरकार चुननी है, जो अगर अच्छी न हुई तो हमें ऐसा डुबोएगी कि हम कहीं के नहीं रहेंगे।

□

नीतीश होने की मजबूरी

(भारत की सियासत तो जाति प्रमाण-पत्रों की दीवानी है। विकास के सहारे बढ़ती आय (कमाई) के प्रमाण-पत्रों की होड़ उसे नहीं सुहाती। इसलिए ठोस आर्थिक विकास से सिंझाई गई राजनीति को हमने कभी चखा ही नहीं।)

वोटर रीझता है, मगर सड़क से नहीं, (जातीय) समीकरण से; विकास से नहीं, (वोटों का) विभाजन से और काम से नहीं (व्यक्तित्व के), करिश्मे से! एक पराजित मुख्यमंत्री ने कुछ साल पहले ऐसा ही कहा था। यह हारे को हरिनाम था? नहीं! यह भारत में विकास की राजनीति के असफल होने का ईमानदार ऐलान था। नेता जी बज़ा फरमा रहे थे, भारत की सियासत तो जाति प्रमाण–पत्रों की दीवानी है। विकास के सहारे बदलते आय (कमाई) प्रमाण–पत्रों की होड़ उसे नहीं सुहाती। चुनावी गणित विकास के आँकड़ों से नहीं सधती, इसलिए ठोस आर्थिक विकास से सिंझाई गई राजनीति को हमने कभी चखा ही नहीं। भारत में सियासत अपनी लीक चलती है और विकास अपनी गति से ढुलकता है। सत्ता में पहुँचकर आर्थिक प्रगति दिखानेवालों का माल भी वोट की मंडी में कायदे से नहीं बिकता तो फिर विकास की राजनीति का जोखिम कौन ले? इसलिए आर्थिक विकास दलों के बुनियादी राजनीतिक दर्शन की परिधि पर टँगा रहता है। मगर इस बार कुछ हैरतअंगेज हुआ। जनता नेताओं से आगे निकल गई। पुरानी सियासत के अँधेरे में सिर फोड़ती पार्टियों को बिहार का गरीब–गुरबा वोटर धकेलकर नई रोशनी में ले आया है। बिहार के नतीजे राजनीति को उसका बुनियादी दर्शन बदलने पर मजबूर कर रहे हैं। चौंकिए मत! राजनीति हमेशा मजबूरी में ही बदली है।

प्रयोग जारी है

भारत का प्रौढ़ लोकतंत्र उदार अर्थव्यवस्था से रिश्ते को कई तरह से परख रहा है।

पूरा देश राजनीतिक-आर्थिक मॉडलों की विचित्र प्रयोगशाला है। राजनीतिक स्थिरता विकास की गारंटी है, लेकिन बंगाल का वोटर अब विकास के लिए ही स्थिरता से निजात चाहता है। दूसरी तरफ लंबी राजनीतिक स्थिरता के सहारे राजस्थान चमक जाता है। गठजोड़ की सरकारें पंजाब में कोई उम्मीद नहीं जगातीं, लेकिन बिहार में वोटरों को भा जाती हैं। बड़े राज्यों में पहिया धीरे घूमता है, मगर छोटे राज्य विकास का रॉकेट बनते भी नजर नहीं आते। अकूत प्राकृतिक संपदावाला झारखंड गिरोहबंद हिंसा और अस्थिरता की मिसाल है, लेकिन छत्तीसगढ़ हिंसा के बावजूद स्थिरता की। बहुमत के जनादेश पर सवार गुजरात चमक जाता है, मगर उत्तर प्रदेश को इससे कोई फर्क नहीं पड़ता। इन सब उलटबासियों के बीच जातिवादी राजनीति के रोम (बिहार) ने विकास की सियासत का राजतिलक कर देश को एक नया मॉडल सौंप दिया है। इसके बाद राजनेताओं को तो असमंजस में फँसना ही है। पता नहीं कहाँ कौन सा मॉडल चलेगा? वोटरों के स्वीकार व इनकार भी तो गजब के रहस्यमय हो चले हैं। सत्ता-विरोधी जनादेश के लिए कुख्यात भारतीय वोटर अब कुछ ठहरकर पुरानों को दोबारा आजमाने लगा है, मानो काम करने के लिए कुछ और मौका दे रहा हो। दरअसल चाहते न चाहते। हर राजनीतिक-आर्थिक मॉडल में विकास की उम्मीद सियासत के साथ चिपक ही गई है, यानी कि नेताओं को इस नई राजनीति के अखाड़े में उतरना ही पड़ेगा।

कमाई का हिसाब–राज्यों का प्रति व्यक्ति जीडीपी (2009-10)

राज्य	*प्रति व्यक्ति जीडीपी (रुपए में)*
हरियाणा	25,160
हिमाचल प्रदेश	23,551
जम्मू व कश्मीर	15,905
पंजाब	28,161
राजस्थान	15,188
चंडीगढ़	44,336
दिल्ली	41,956
बिहार	6,304
झारखंड	13,113
उड़ीसा	11,870
सिक्किम	17,432
प. बंगाल	17,142
अंडमान	26,905

छत्तीसगढ़	13,292
मध्य प्रदेश	13,658
उत्तर प्रदेश	10,890
उत्तराखंड	15,248
गोवा	48,064
गुजरात	22,395
महाराष्ट्र	26,257
आंध्र प्रदेश	17,156
कर्नाटक	18,811
केरल	21,830
तमिलनाडु	21,784

स्रोत : योजना आयोग, भारत सरकार

जोखिम भारी है

सियासत तो प्रतिस्पर्धी से अलग दिखने की कला है, मगर आर्थिक विकास तो सबको सबकी क्षमता के मुताबिक बराबर कर देता है। विकास निखालिस निर्मम, रूखे और खरे पैमानों में नपता है। एक टुटपूँजिया-सी सड़क, कुछ दर्जन स्कूल, कुछ घंटे की बिजली वर्षों के राजनीतिक दर्शन और समीकरणबाजी को ऐवईं उड़ा देती है। आर्थिक विकास का कोई चुनाव चिह्न नहीं होता, इसलिए विकास की रोशनी सबकी साझी होती है। जबकि सियासत तो कुछ को उपकृत और कुछ को उपेक्षित करने का खेल है। विकास का मतलब है—नीति बनाने से लेकर अंतिम छोर तक फायदे पहुँचाने की एक लंबी व कष्टप्रद कवायद और उसमें भी ढेरों अड़ंगे। सियासत जब जातिगत अस्मिता, धार्मिक आग्रह और व्यक्तित्वों की चमक जैसे अमूर्त मुद्दों से चुटकियों में सध जाती है तो फिर कौन ले इतना जोखिम और क्यों करे इतनी मेहनत?···यहाँ तो उम्मीद की चपेट में आने का खतरा भी है। दरअसल उम्मीद विकास का दूसरा नाम है। कच्ची सड़क से पक्की सड़क, हाई-वे से फ्लाई ओवर···बात ही खत्म नहीं होती। अपेक्षाओं के पैमाने ऊँचे और ऊँचे होते जाते हैं। राजनीति को जाति का अतीत कुरेदने की लत लगी हुई है, जबकि विकास इससे ठीक उलट उम्मीद भरे भविष्य की बात करता है। दरअसल भारतीय राजनीति उम्मीद से खेलने में डरती है, क्योंकि इसमें चूकने का बड़ा खतरा है। मगर नेता अब मजबूर हैं। जनता उन्हें उनके समीकरणों की सुविधाजनक छाँव से निकाल अपनी अपेक्षाओं की खुली सड़क पर खड़ा करने लगी है।

उम्मीदों की सवारी है

बिहार में पिछड़ेपन के विशाल काले फलक पर विकास के कुछ सफेद बिंदुओं को देखकर वोटर बिछ गया है, मगर यही सबसे बड़ा जोखिम भी है कि यह पूरा फलक विकास से रंगीन कैसे होगा? आर्थिक विकास प्रतीकों में नहीं, ठोस परिणामों में बात करता है, इसलिए अगला हिसाब-किताब वास्तविकता की जमीन पर होगा। बिहार विकास की एक अति विशिष्ट चुनौती है। इसे अपना मॉडल तत्काल चुनना होगा, क्योंकि इसके औद्योगिक अर्थव्यवस्था बनने की गुंजाइश सीमित है। खेती इतनी बड़ी आबादी को खींच नहीं सकती। आर्थिक संसाधनों का टोटा है और सरकार के राजस्व की गठरी फिलहाल खाली रहनी है। नीतीश को अपने अगले सफर में एक दोस्त केंद्रीय सरकार की कमी बहुत खलेगी। बिहार जैसे राज्यों के लिए यह दोस्ती बहुत जरूरी है। दूसरी पारी में राजनीतिक संयम की पिच भी टूटती है। सत्ता का लाभ लेने की कोशिश, भ्रष्टाचार व घोटाले बहुमत की सरकारों का चरित्र हैं। बिहार उदय में इन दागों का बड़ा खतरा है, क्योंकि बिहार के अतीत में ये बीमारियाँ सक्रिय रही हैं। सबसे अहम बात यह कि विकास की सियासत का स्वाद लेने के बाद वोटर का इनकार बहुत मुखर व निर्दयी हो जाता है। बिहार में विकास की उम्मीदें अब बढ़ेंगी नहीं बल्कि खौलेंगी और उबलेंगी। बिहार का वोटर अब हथेली पर पेड़ उगाना चाहेगा और नीतीश को ऐसा करते हुए दिखना होगा।

नीतीश भी उसी स्कूल के छात्र हैं, जहाँ से भारत की पारंपरिक जातिवादी राजनीति में मास्टर डिग्री मिलती है। नीतीश यूँ ही नहीं बदले। पुरानी सियासत के सामने विकास की राजनीति रखने के अलावा उनके सामने कोई दूसरी राह नहीं थी। अगर वह पुराना खोल नहीं तोड़ते तो वोटर उन्हें भी किसी कोने में टिका देता, क्योंकि आम लोग अब नेताओं को विकास के लिए झगड़ते देखना चाहते हैं। मजबूरी में ही सही, हमारे नेताओं को यह समझ में तो आया कि नए दौर का वोटर अपनी आय का प्रमाण-पत्र देखकर रीझता है, जाति का सर्टीफिकेट पढ़कर नहीं। इसलिए तत्काल दुआ कीजिए कि बिहार की यह वोटर वाणी पूरे मुल्क में गूँज जाए और नीतीश होना मजबूरी नहीं, बल्कि भारत की राजनीति का फैशन बन जाए।···सच मानिए, बड़ा मजा आएगा।

□

(नवंबर 2010)

जादू के बाद

(बंगाल आर्थिक विकास की एक बेढब ग्रंथि है। बिहार का पिछड़ापन तो अदूरदर्शी और भ्रष्ट नेताओं की देन है, मगर बंगाल को तो पढ़े-लिखे और विचारशील नेताओं की जिद ने बदहाल कर दिया।)

शुक्र मनाइए कि पश्चिम बंगाल कोई कंपनी नहीं है, अन्यथा इस पर कब्जे की नहीं बल्कि इससे पीछा छुड़ाने की होड़ हो रही होती। शुक्र मनाइए कि ममता वित्तीय बियाबान की रानी बनकर भी खुश हैं, क्योंकि सियासत उजाड़ में भी उम्मीद तलाश लेती है, मगर इसके आगे शुक्र मनाने के लिए कुछ नहीं है। तृणमूल का पहला कार्यकाल पूरा होने से पहले ही बंगाल शायद ममता से पूछ रहा होगा कि हम दिवालिया कैसे हो गए?…अगर कोई चमत्कार नहीं हुआ तो सोनार बांग्ला कर्ज के जाल में फँसकर तीन साल (2014-15) में दिवालिया हो जाएगा। केवल पिछले एक साल में रिजर्व बैंक से 62 बार ओवर ड्राफ्ट लेनेवाले बंगाल का यह भयानक भविष्य तेरहवें वित्त आयोग व केंद्रीय वित्त मंत्रालय दोनों को दिख रहा है। उदारीकरण बीस वर्षों के दौरान अखिल भारतीय तेज विकास को पश्चिम बंगाल दूर से बस टुकुर-टुकुर ताकता रहा है। बंगाल ने चौंतीस साल के कामरेड राज के खिलाफ जब विप्लव किया, तब तक ब्रांड बंगाल अपनी वित्तीय साख और निवेशकों के बीच प्रतिष्ठा दोनों गँवा चुका था। और मुश्किल यह है कि बदलाव का ताजा जादू भी उन्हीं साधनों से निकला है, निवेशक जिनके कारण बंगाल से बिदकते हैं। कामरेडों के काम तमाम से बंगाल की आर्थिक साख सुधरने की उम्मीद बाँधनेवाले माफ करेंगे, दीदी का राजनीतिक दर्शन भी (सिंगुर) उदारीकरण की आबोहवा से मेल नहीं खाता है। यानी कंगाल हुए बंगाल में 'बदोल' के लिए दीदी को भी अपनी सियासत बदलनी होगी।

पिछड़ने की जिद

बंगाल आर्थिक विकास की एक बेढब ग्रंथि है। बिहार का पिछड़ापन तो अदूरदर्शी और भ्रष्ट नेताओं की देन है, मगर बंगाल को तो पढ़े-लिखे और विचारशील नेताओं की जिद ने बदहाल कर दिया। आर्थिक विकास के तीन शुरुआती इंजनों (मुंबई, चेन्नई, कोलकाता) में शुमार बंगाल के पास रश्क करने लायक औद्योगिक अतीत था। निजी उद्यमिता की कई (मारवाड़ी-बिरला, गोयनका) कीर्ति कथाएँ बंगाल में ही लिखी गईं, जो बाद में लाल झंडों से डरकर महाराष्ट्र कूच कर गईं। कोयला और इस्पात की धुरी पर बैठे बंगाल को सरकारी औद्योगिकीकरण में भी बड़ा हिस्सा मिला था। दरअसल बंदरगाह, वित्तीय तंत्र व श्रमिकों से लैस बंगाल उन किस्मती राज्यों में था, जो उदारीकरण के घोड़े पर बैठकर हवा से बातें कर सकते थे, मगर पिछड़ेपन के धुनी हुक्मरानों के कारण बंगाल सुधारों के मेले में बिछड़ गया। आर्थिक सुधारों के खिलाफ मुर्दाबाद की जिद बंगाल में उदारीकरण का एक सुनहरा दशक चाट गई। जब देश निजीकरण की बस पकड़ रहा था तब बंगाल सुधारों के विरोध में बसें जला रहा था। वर्ष 2001 तक का बंगाल हड़तालों, आंदोलनों, तालाबंदी का राज्य था। 1991 से 2004 तक राज्यों में हुए निजी निवेश में बंगाल को केवल 4 फीसदी हिस्सा मिला। पिछले डेढ़ दशक में जिस खेती ने बंगाल को बचाया वह भी अंततः निचुड़ गई। कामरेडों के कुनबे ने पूरे देश से एक दशक बाद उदारीकरण को स्वीकार किया और बाद के सात-आठ साल सुधारों को चुनने-छोड़ने की उलझन में गँवा दिए। अंततः कामरेड जब काम पर लगे तब तक देर हो चुकी थी, बंगाल की वित्तीय साख कचरा हो गई थी और और सिंगुर जैसे उदार प्रयोगों पर सियासत छा गई थी।

सिटी ऑफ नो ज्वॉय

➢ ठीक सौ साल पहले वर्ष 1911 में भारत की राजधानी कलकत्ता पहुँची, जो स्वेज के पूर्व में सबसे अमीर शहर था। भारत के बँटवारे ने कलकत्ता को पहला झटका दिया, लेकिन 1960 तक कलकत्ता का उद्योग युवा अमिताभ बच्चन (बर्ड ऐंड कंपनी में पहली नौकरी) जैसे कइयों को रोजगार दे रहा था। मगर बाद के दशकों में सब बदल गया। बियानी, बिरला, गोयनका, थापर, डाबर, लक्ष्मी मित्तल की यादें आज भी कोलकाता में बसती हैं, मगर कारोबार कहीं और है। कोलकाता के हुगली पुल पर टहलते हुए कुछ लोग कहते हैं कि हमारे पीछे एक साम्राज्य के अवशेष हैं और सामने औद्योगिकीकरण का ध्वंस दिखाई देता है।

डूबने का शगल

अमेरिका से बिदकनेवाले कामरेड घाटे को लेकर राष्ट्रपति रोनाल्ड रीगन के हिमायती लगते हैं। रीगन ने कहा था कि मैं घाटे से नहीं डरता। वह इतना बड़ा है कि अपनी फिक्र खुद कर लेगा।...पिछले वित्त वर्ष में रिजर्व बैंक से 62 बार ओवर ड्राफ्ट और केंद्र सरकार से 109 बार आकस्मिक मदद! बंगाल वित्तीय प्रबंधन की कॉमेडी है। अकसर मुफलिस होनेवाली राज्य सरकार रिजर्व बैंक और केंद्र की मदद से चलती है। सभी राज्यों की वित्तीय स्थिति जब सुधरी है तो बंगाल कर्ज के जाल में फँसकर दिवालिया होने के करीब है। करीब 2 लाख करोड़ रुपए कर्ज के साथ बंगाल देश का सबसे कर्जदार (राज्य के घरेलू उत्पाद की तुलना में करीब 41 फीसदी) राज्य है और कमाई का एक-तिहाई से ज्यादा हिस्सा ब्याज चुकाने पर दे रहा है। बंगाल में राज्य के घरेलू उत्पादन व राजस्व घाटे का अनुपात भयानक रूप से ऊँचा है, जिसे देखकर ही वित्त आयोग को लग रहा है कि तीन साल बाद बंगाल के पास ब्याज चुकाने लायक कमाई भी नहीं होगी। वाम सरकार के बजट लोक-लुभावन राजनीति का चरम हैं। भारी सब्सिडी, दर्जनों तरह के भत्ते, जमीन तक मुफ्त बाँटने की स्कीमों से लैस बंगाल को वित्तीय संकट पर रिजर्व बैंक व केंद्र की चेतावनियाँ रोज की बात हैं। बंगाल में वेतन आदि बाँटने के लिए निजी कंपनियों से कर्ज लेने के प्रसंग दंतकथाएँ बन चुके हैं। बंगाल के लोगों को रियायतों व सब्सिडी से भरपूर बजटों की आदत पड़ी है। ममता को यह आदत बदलनी होगी, लेकिन (रेलमंत्री) ममता का प्रशासनिक अतीत उनके एक सख्त वित्तीय प्रशासक होने का भरोसा नहीं जगाता है।

बदलाव का भरोसा

लंबे इंतजार के बाद दीदी को मौका देनेवाला बंगाल सबसे पहले वित्तीय दिवालिएपन का इलाज माँगेगा, जो बेतरह कठिन है। वित्तीय साख बनने में वर्षों लगते हैं, जो कठोर फैसलों से आती है। ममता का राजनीतिक मिजाज ऐसे फैसलों की उम्मीद नहीं जगाता है। वैसे दीदी भरसक चाहेंगी कि उद्योग सिंगुर को भूल जाएँ तो उद्योग भी चाहेंगे कि दीदी सुधारों की चैंपियन बनकर इसका भरोसा दिलाएँ। मगर दीदी की राजनीतिक परिभाषा में तेज सुधार फिट कहाँ होते हैं। वह तो सुधारों पर सवाल उठाने के लिए मशहूर हैं। इसके अलावा बंगाल में गरीबी, नक्सल, विदेशी घुसपैठ, श्रम आंदोलन भी मौजूद हैं, जो नए निवेश की उम्मीदों को दागी कर सकते हैं। दरअसल बंगाल को एक लंबी, धैर्यपूर्ण, नीतिगत व वित्तीय सर्जरी चाहिए और वह भी बहुत तेजी से, अन्यथा बंगाल जब तक बदलेगा तब तक बाकी देश में बहुत कुछ बदल जाएगा। ममता चाहे जो राजनीतिक तुर्शी दिखाएँ, लेकिन इस ऑपरेशन थिएटर में उन्हें केंद्र सरकार की मदद

नहीं, कृपा चाहिए। बंगाल अगले कुछ वर्षों तक केंद्र और रिजर्व बैंक के रहम का मोहताज होगा। यह रहम जितना खुलकर बरसेगा, ममता पर भरोसा उतना जल्दी जमेगा।

बंगाल में सुधार इतने आसान भी नहीं हैं। वाम चुनाव हारा है, संगठन मौजूद है, जिसकी आंदोलन क्षमताएँ असंदिग्ध हैं। बंगाल में आंदोलनों का एक नया दौर शुरू होना तय है, जबकि ममता को अपना जादू स्थायी करने के लिए बंगाल की नीतियों और प्रशासन में गहराई तक पैठी वामपंथी सोच को साफ करना होगा। ब्रॉण्ड बंगाल को भरोसेमंद बनाने के लिए भी यह सफाई जरूरी है। अर्थात् बंगाल में टकराव की राजनीति का मैदान तैयार है, जो राज्य की साख को सुधारने का सफर मुश्किल करेगी। सिर्फ इतना ही नहीं, चुनौती तो यह भी है कि दीदी को वाम के चिह्नों को मिटाने से पहले सिंगुरवाले अपने उस राजनीतिक अतीत को भी पोंछना होगा, जिसका कामरेडी रंग निवेशकों को डराता है। निवेशकों का भद्रलोक देखना चाहेगा कि बंगाल रोकनेवाली ममता का बंगाल चलानेवाली ममता बनने में कितना वक्त लेती हैं। दरअसल ममता और उनके माँ, माटी व मानुष के लिए 'कोठिन पोरीबोर्तन' तो अब शुरू हुआ है। राइटर्स बिल्डिंग ममता की क्षमता का बेहद कड़ा इम्तहान लेने को बेचैन है।

□

(मई 2011)

सियासत के सलीब

(जनता अपनी कमजोर याददाश्त की वजह से सिर्फ हादसे या घोटाले और उनके उपचार या सजाएँ ही याद रख पाती है। इसलिए पश्चिम की सियासत का इनसाफ दुनिया को दिख जाता है। मगर भारत में दोषी नहीं, बल्कि पीड़ित ही सजा पाता है।)

दोषियों से दोस्ती भी और पीड़ितों की अगुआई भी—दोनों काम एक साथ। चिढ़ते रहिए आप, मगर यह विशेषाधिकार सिर्फ सियासत और सत्ता को मिला है। माहौल बदलते ही सियासत गलती करनेवालों से गलबहियाँ छोड़कर मुंसिफ बन जाती है। दुनिया भर की सरकारें आजकल इसी भूमिका में हैं। अमेरिका में व्हाइट हाउस से लेकर लंदन में टेन डाउनिंग स्ट्रीट और ऑस्ट्रेलिया तक सलीबों की सप्लाई अचानक बढ़ गई है। ब्रिटेन के नए प्रधानमंत्री डेविड कैमरून ने बैंकों को अरबों पौंड के नए टैक्स की सूली पर टाँग दिया है। अमेरिका, जर्मनी व फ्रांस भी बैंकों के लिए यही सजा मुकर्रर करने वाले हैं। व्हाइट हाउस ने पेट्रोल कंपनी बीवी को वित्तीय जुर्माने की सलीब पर चढ़ा दिया है। टोयोटा पहले से कठघरे में खड़ी है। दरअसल यह सूलियाँ सजाने का मौसम है, जिसमें बाजार के बादशाहों के खजाने निशाने पर हैं। मगर अपना मुल्क इस मामले में कुछ अलग है। घोटालों में झुलसे लोगों का दर्द गवाह है कि हम कायदे से सजा भी नहीं दे पाते। 26 साल पुराने भोपाल हादसे का दाग भी अपने ही बजट से धोने जा रहे हैं, यानी कि करदाता सूली पर चढ़ेंगे। शर्मिंदगी से बचने के लिए हम बस खुद को सजा दे लेते हैं।

बुरे फँसे बैंक

सरकारें इस समय ताजा वित्तीय संकट के मुजरिम तय करने में जुटी हैं। कोशिश

जल्द-से-जल्द सजा देने की है, ताकि अपना दामन बचा रहे। बैंक व वित्तीय संस्थाएँ पुराने पापी हैं। सरकारों की निगाह में इनका एडवेंचर दुनिया को महँगा पड़ा है। बैंकों को डूबने से बचाने पर सरकारें 9 ट्रिलियन (सोलह शून्यवाली संख्या) डॉलर तक खर्च कर चुकी हैं। इसलिए सजा भी माकूल होनी चाहिए। ब्रिटेन की नई सरकार के चांसलर जॉर्ज ऑसबोर्न ने ताजा बजट में बैंकों से 2 अरब पौंड वसूलने का इंतजाम कर दिया है। जर्मनी व फ्रांस के शिकंजे भी बन चुके हैं। अमेरिका में कानून तैयार है, हालाँकि लामबंदी जारी है; मगर टैक्स लगना तय है, क्योंकि बैंक व वित्तीय संस्थाएँ लामबंदी व रसूख में चाहे जितने मजबूत हों, सियासत में राजनेताओं को नहीं पछाड़ सकते। नेताओं ने बहुत सफाई के साथ टैक्स लगा भी दिया और टैक्स लगाने की सामूहिक (जी 20 की बैठक) तोहमत भी नहीं ली। अंतरराष्ट्रीय मंच से कर लगने का ऐलान शेयर बाजारों को तोड़कर बैंकों की चीख-पुकार को ऊँचा कर देता। इसलिए जी 20 ने बैंक टैक्स पर खुलकर बात ही नहीं की और देशों को टैक्स लगाने के लिए आजाद कर दिया। वैसे भी, अमेरिका व यूरोप के प्रमुख देशों में इसकी शुरुआत पहले ही हो चुकी थी। इसके बदले बैंकों पर दूसरा सामूहिक शिकंजा कसा जा रहा है। बैंकिंग के कामकाज को सख्त पाबंदियों में बाँधनेवाले बेसिल नियमों की तीसरी पीढ़ी तैयार है। टैक्स के बाद बचा हुआ काम ये नियम कर देंगे। इसके बाद बैंक व वित्तीय संस्थाओं के लिए जोखिम लेकर मुनाफा कमाने के रास्ते बहुत सँकरे हो जाएँगे।

वी आर 99%

- यही है वह नारा, जिसे लेकर गरीबी, मंदी, बेकारी, भ्रष्टाचार और सियासत से ऊबे लोग 2011 में पूँजीवाद पर चढ़ दौड़े। 82 देशों के 951 शहरों में लाखों लोगों को जोड़नेवाले आकुपायी वॉल स्ट्रीट अभियान का मूल मंत्र था—1 फीसदी बनाम 99 फीसदी। यह मंत्र एक अमेरिकी भारतीय अर्थशास्त्री रवि बत्रा की किताब 'द ग्रेट डिप्रेशन ऑफ 1990' से निकला। आय की असमानता पर केंद्रित इस बेस्ट सेलर किताब का निष्कर्ष था कि अमेरिका के सिर्फ 1 फीसदी लोग अमीर हैं। 2000 के अमेरिकी राष्ट्रपति चुनावों में अल गोर व जॉर्ज बुश ने इस बार 1 फीसदी की याद लोगों को दिलाई। 2006 में इस पर डॉक्यूमेंट्री फिल्म भी बनी। रवि बत्रा का 1 बनाम 99 का सिद्धांत वर्ष 2011 में दुनिया में एंटी कॉरपोरेट आंदोलन का नारा बन गया, जिसमें अमेरिका का शेयर बाजार वॉल स्ट्रीट हिकारत का प्रतीक था। 15 मई को मैड्रिड के केंद्रीय पार्क में शुरू हुआ यह अभियान इतना बढ़ा कि सरकारें भी कंपनियों के खिलाफ हो गईं। भारत की जेलों में बंद कंपनियों के अधिकारियों से लेकर मुकदमों में फँसे अमेरिकी

बैंकरों तक निजी कंपनियों को इतना गुस्सा पहली बार झेलना पड़ा।

माफी का मौका नहीं

अमेरिका नामक सबसे उदार बाजार ने पिछले कुछ महीनों में प्रमुख कार कंपनी टोयोटा के अध्यक्ष अकीयो टोयोदा को वस्तुतः आठ-आठ आँसू रुला दिए। शेयरधारकों ने बाकायदा बैठक में झिड़का कि टोयोदा महोदय, आप सुबकते हुए अच्छे नहीं लगते। टोयोटा की कारों के एक्सीलरेटर पैडल खराब थे। कारें अचानक तेज दौड़ पड़ती थीं। अमेरिका में हादसे हुए तो मामला गरमाया और टोयोदा को अपराधियों की तरह अमेरिकी संसद् की समिति के सामने पेश होना पड़ा। पूरी दुनिया से 1 करोड़ कारें वापस ली गईं। कंपनी मुकदमे लड़ रही है और हर्जाना दे रही है। कमाई को 2 अरब डॉलर की चपत लग चुकी है। टोयोटा के कर्मचारियों का वेतन 10 फीसदी घटाया गया है। मैक्सिको की खाड़ी में बहते तेल में डूब रही बीवी का किस्सा सबको मालूम है। ओबामा ने कंपनी की गरदन पकड़कर 20 अरब डॉलर का चेक ले लिया। बीवी अब लंबी मुकदमेबाजी के लिए तैयार हो रही है। सजा देने का यह मानसून ऑस्ट्रेलिया तक पहुँच चुका है। प्रधानमंत्री केविन रड ने मंदी को देखते हुए देश के सबसे ताकतवर खनन उद्योग पर 40 फीसदी टैक्स लगाया तो कुरसी खिसक गई। नई प्रधानमंत्री जूलिया गिलार्ड ने कुछ रियायत दी है, मगर टैक्स कायम है। बाजार को याद है कि जब मौका आया तो अमेरिका ने 246 अरब डॉलर का हर्जाना वसूल लिया और सिगरेट कंपनियाँ मिमियाती रह गईं।

सजा की सियासत

सिगरेट कंपनियों से वसूली गई मोटी रकम कितने लोगों की सेहत सुधारने पर खर्च हुई या बीवी से मिले 20 अरब डॉलर कहाँ जाएँगे, इस पर अमेरिका में भी दर्जनों सवाल हैं। आप बेशक कह सकते हैं कि अमेरिकी सरकार ने पिछले साल एआईजी, फेनी मे और फ्रेडी मैक जैसी कंपनियों को बचा लिया था। जबकि आज गोल्डमैन सैक्श, बीवी आदि को सजाएँ सुनाई जा रही हैं। जी हाँ, यही तो सियासत है। वक्त बदला तो दुनिया का सबसे उदार बाजार कंपनियों के लिए सबसे क्रूर हो गया। मगर भारत को तो सजा देते हुए दिखना भी नहीं आता। सबसे ताकतवर राजनीतिक परिवार को लपेट में आता देख हमारी सरकार ने अचकचाकर भोपाल का हर्जाना 26 साल बाद अपने ही गले बाँध लिया। कार्बाइड तो गई, अब गलती का बिल (1,500 करोड़ रुपए का पैकेज) बजट यानी करदाता चुकाएँगे। उदारीकरण के बाद भारत में एक दर्जन से ज्यादा बड़े घोटालों में हजारों लोगों ने अपने हाथ जलाए हैं, लेकिन हर्जाना दिलाने का

यहाँ कोई रिवाज नहीं है। दूसरी तरफ जमीन–मकान के बाजार में फर्जीवाड़ा खुलने और जनता के गुस्साने के बाद ओबामा का प्रशासन सब प्राइम प्रॉपर्टी बाजार में धोखाधड़ी करनेवालों के खिलाफ ऑपरेशन स्टोलेन ड्रीम चला रहा है। 191 मामले दर्ज हो चुके हैं और 14.7 करोड़ डॉलर की रिकवरी हो चुकी है। मतलब यह कि बात जब राजनीति के दामन तक पहुँचे, किसी को भी टाँगा जा सकता है।

दुनिया में कोई यह कभी नहीं जान पाएगा कि लेहमैन ब्रदर्स सहित दर्जनों बैंक अपनी गलती से डूबे या सरकारों अर्थात् नियामकों की लापरवाही से। बीवी के कुएँ से तेल का बहना कंपनी की चूक थी या सरकारी देखभाल की। जनता चाहे कहीं की भी हो, अपनी कमजोर याददाश्त की वजह से सिर्फ हादसे या घोटाले और उनके नतीजे या उपचार याद रख पाती है। यही वजह है कि पश्चिम की सियासत का इनसाफ बीवी, टोयोटा पर जुर्माने या बैंक टैक्स के तौर पर दुनिया को दिख जाता है; जबकि हमारे यहाँ दोषी नहीं, बल्कि पीड़ित ही सजा पाता है। दरअसल हम जरा कच्चे हैं। भारत की व्यवस्था न तो हादसे या घोटाले रोक पाती है और न ही इनसाफ देती नजर आती है। हमारी सियासत बस, पूरे मामले में अपने हाथ काले कर लेती है और बाद में उन्हीं हाथों के पीछे मुँह भी छिपा लेती है। हमें कुछ सीखना चाहिए।

□

(जून 2010)

सरकारें हैं कि मानतीं नहीं

(सरकारें समाज के विश्वास का चरम होती हैं। करोड़ों-अरबों लोग पूरे होशो-हवास में सरकार कहे जानेवाले महज कुछ लोगों को अपना सबकुछ सौंप देते हैं। आम लोगों की यह भीड़ अधिकार सौंपने के इस हक को हमेशा याद भी रखती है।)

उस ट्यूनीशियाई ने जुलूस में फूटा अपना सिर चीनी को दिखाया तो चीनवाले के चेहरे पर जमीन छिनने का दर्द उभर आया। इजिप्टियन ने कराहते हुए अपनी व्यथा सुनाई तो यमनवाले को भी पुलिस की मार याद आई। चुटहिल ग्रीक, हैरान आयरिश, नाराज सीरियाई, खफा स्पेनिश और गुस्साए भारतीय सभी एक साथ बड़बड़ाए कि सरकारें अगर गलत हों तो सही होना बहुत खतरनाक है। (वाल्तेयर)...यह सरकारों के विरोध का अंतरराष्ट्रीय मौसम है। एक-चौथाई दुनिया सरकार-विरोधी आंदोलनों से तप रही है। रूढ़िवादी अरब समाज ने छह माह में दुनिया को दो तख्ता-पलट (इजिप्ट और ट्यूनीशिया) दिखा दिए। चीन में विरोध अब पाबंदियों से नहीं डरता। अमीर यूरोप में जनता सड़क पर है तो पिछड़े अफ्रीका में लोग सामंती राज से भिड़े हुए हैं। लगभग हर महाद्वीप के कई प्रमुख देशों में आम लोगों की बद्दुआओं पर अब केवल सरकारों का हक है। सरकारों के ये भूमंडलीय दुर्दिन हैं और देशों व संस्कृतियों से परे सभी आंदोलन महँगाई व भ्रष्टाचार जैसी पुरानी समस्याओं के खिलाफ शुरू हुए हैं, जो बाद में किसी भी सीमा तक चले गए। लेकिन सरकारें कभी वक्त पर नसीहत नहीं लेतीं, क्योंकि उन्हें इतिहास बनवाने का शौक है।

चीन का भट्टा पारसौल

जमीनों में विरोध कई जगह उग रहा है। चीन फेसबुक या ट्विटर छाप विरोध

(जास्मिन क्रांति) से नहीं बल्कि हिंसक आंदोलनों से मुकाबिल है। जमीन बचाने के लिए चीन के किसान कुछ भी करने को तैयार हैं। जिआंग्शी प्रांत के फुझोउ शहर में जानलेवा धमाकों के बाद चीन में अचल संपत्ति पर कब्जे की होड़ का भयानक चेहरा सामने आ गया। फुझोउ से सटे ग्रामीण इलाकों में जमीन बचाने के लिए आत्महत्याओं से शुरू हुई बात सरकार पर जानलेवा हमलों तक जा पहुँची है। चीन का विकास हर साल करीब 30 लाख किसानों से जमीन छीन रहा है। विरोध से हिले बीजिंग ने जमीन अधिग्रहण के लिए नया कानून बना लिया, मगर लागू नहीं हुआ। अलबत्ता चीन में 'नेल हाउसहोल्ड' नाम का एक ऑनलाइन गेम मशहूर हो गया है, जो घर व जमीन बचाने के लिए जूझते लोगों पर बना है और सरकार के मकान-गिराऊ दस्ते से आम लोगों की हिंसक मुठभेड़ का रोमांच बाँटता है। महँगाई ने चीनी सरकार को कँपा दिया है। बीते माह शंघाई में ट्रकों की हड़ताल ने दुनिया के पसीने छुड़ा दिए, क्योंकि दुनिया अपनी बहुत बड़ी आपूर्ति के लिए चीन पर निर्भर है। इजिप्ट के आंदोलन के बाद अनहोनी को लेकर आशंकित चीन सरकार ताकत के सीधे इस्तेमाल से लेकर मीडिया व गूगल जैसे सर्च इंजनों पर प्रतिबंध तक सबकुछ कर रही है, मगर पाबंदी असर नहीं करती। आंदोलन बढ़ते जा रहे हैं। चीन के लिए तिएन-आन-मन की तरह लोगों पर टैंक दौड़ाना अब आसान नहीं है। दुनिया के सबसे सख्त मुल्क में माहौल तब्दील होने लगा है।

ट्विटर क्रांति

- इजिप्ट के शासक होस्नी मुबारक के खिलाफ क्रांति का आह्वान किसी स्टेज पर चढ़कर नहीं, बल्कि फेसबुक पर किया गया। काइरो के तहरीर चौक पर जुटी भीड़ पहले सोशल नेटवर्कों पर जुटी थी। भारत में अन्ना हजारे के भ्रष्टाचार-विरोधी आंदोलन में इस नए मीडिया ने बहुत काम किया, लेकिन दूसरी तरफ लंदन के दंगों में ब्लैकबेरी मैसेंजर के जरिए दंगे और लूट के संदेश बाँटे गए। 2010-11 का साल दुनिया में पहला साल था, जब स्मार्टफोन और टैबलेट की बिक्री डेस्कटॉप व लैपटॉप की बिक्री को पार गई।

विरोध का बवंडर

सरकारों के खिलाफ विरोध की यह नई लहर अनोखी है। शायद यह पहला मौका है जब महाद्वीपों की सीमाओं को तोड़ते हुए कई मुल्कों की जनता लगभग एक जैसे मुद्दों पर अपनी सरकारों से भिड़ गई। महँगाई आश्चर्यजनक रूप से ताजे जन-आंदोलनों के केंद्र में है। महँगाई रोकने के लिए चीन विकास गँवाकर कीमतें थामने को तैयार है। इजिप्ट के लोग बढ़ती कीमतों के खिलाफ विरोध जताने के लिए तहरीर चौक पर आए

थे और मुबारक को लेकर हटे। दूसरे अरब देशों में बात महँगाई से शुरू होकर बेकारी, शोषण, कम आय तक गई और विरोध की बिजली सरकारों पर भारी पड़ी। अरब व अफ्रीकी देशों में विरोध प्रदर्शनों को विशेषज्ञ अरब का बसंत (अरब स्प्रिंग) कहते हैं; मगर दरअसल सरकारों के खिलाफ बगावत का सबसे बड़ा बवंडर है। सामंती, सख्त धार्मिक ताने-बाने से बुने अरबी और अफ्रीकी मुसलिम देशों में सरकारें जनता-घृणा से घिर गई हैं। दिसंबर में ट्यूनीशिया खौला और जनवरी में इजिप्ट। और बस कुछ ही हफ्तों में बेन अली व होस्नी मुबारक बेदखल हो गए। यमन (राष्ट्रपति अब्दुल्ला सालेह का पलायन) की क्रांति नतीजे के करीब है और विरोध की आग बढ़कर सीरिया, बहरीन, अल्जीरिया, लेबनान, जॉर्डन, ओमान, सूडान, मोरक्को , लीबिया, कुवैत और पश्चिम सहारा तक फैल गई है। दुनिया की युवा पीढ़ी सरकारों के खिलाफ पहली बार इतने ताबड़तोड़ जन-विप्लव देख रही है, जो 15,000 से ज्यादा लोगों की कुरबानी ले चुके हैं।

गुस्से का विस्फोट

सुविधा-संपन्न और संतुलित यूरोप से लोकतांत्रिक भारत और सामंती अरब तक हर जगह लोग सरकार के भ्रष्टाचार से भन्नाए हुए हैं। ताजे आंदोलनों की यह दूसरी सबसे अहम वजह भ्रष्टाचार है। ग्रीस के लोग एक दिन जब सोकर उठे तो पता चला कि सरकार ने उन्हें दिवालिया बना दिया। ग्रीस में घाटे व भ्रष्टाचार से सरकारी झूठ का परदा जब उठा तो ग्रीस की साख चिंदी-चिंदी होकर बिखर गई। इधर आयरलैंड के बैंकों ने सरकार के साथ मिलकर देश को डुबो दिया। पिछले छह माह में आयरलैंड, ग्रीस, इटली, स्पेन, पुर्तगाल, ब्रिटेन से लेकर पूर्वी यूरोप तक दर्जनों जन-आंदोलन हो चुके हैं, भागीदारी लाखों में है और नागरिक सुविधाएँ हड़तालों की चपेट में हैं। यूरोप की जनता उबली हुई है। पहले सरकारों ने आफत बुलाई और पछतावे के लिए आम लोगों को टैक्स की मशीन में निचोड़ा जा रहा है। सरकारों के भ्रष्टाचार की कथाएँ यूरोप में भी छोटी नहीं हैं। आंदोलनों का नया दौर इस बात का प्रमाण है कि सिर्फ तानाशाही ही नहीं लोकतंत्र की छाया में पनपनेवाला भ्रष्टाचार भी लोगों को सड़क पर उतरने पर मजबूर करता है।

भ्रष्टाचार व महँगाई जैसे पुराने मुद्दों पर नए आंदोलनों की इतनी बड़ी संख्या रहस्यमय ढंग से सनसनीखेज है। लगता है कि सरकारें विकास के कीर्तिमानों में व्यवस्था की सड़न को ढक नहीं पाई हैं और विरोध से मुकाबिल हैं। सरकारें समाज के विश्वास का चरम होती हैं। करोड़ों-अरबों लोग पूरे होशो-हवास में सरकार कहे जानेवाले महज कुछ लोगों को अपना सबकुछ सौंप देते हैं और उम्मीद करते हैं कि वे इस बहुत बड़े

भरोसे की हिफाजत करेंगे। सरकारें अकसर भूल जाती हैं कि आम लोगों की यह भीड़ अधिकार सौंपने के इस हक को हमेशा याद भी रखती है। यह हक जताया उस समय जाता है जब सरकारें सुशासन और प्रशासन छोड़कर केवल शासन करने लगती हैं। काइरो के तहरीर चौक से बीजिंग के तिएन–आन मन चौक तक और एथेंस के सिंटाकगमा स्क्वेयर से दिल्ली के राजघाट तक तनी मुट्ठियाँ और नाराज चेहरे अपनी–अपनी सरकारों को यह याद दिला रहे हैं कि वह भी (सरकारें) परिवर्तन की किसी लहर पर बैठकर ही सत्ता में आए थे। बदलाव की ये लहरें कभी भी बन सकती हैं और इन पर कोई धारा 144 लागू नहीं होती। मगर सरकारें हैं कि मानतीं ही नहीं। कोई तो इन्हें समझाए!

□

(जून 2011)

इस घट अंतर सात समंदर

(गरमी–सर्दी, आँकड़े–सोना, ग्रोथ–आतंक)

आँकड़ों का अधिकार

अँधेरे में निशाना लगाने की विद्या द्रोणाचार्यों और अर्जुनों के बाद समाप्त हो गई थी। विक्रमादित्य का वह अद्‌भुत सिंहासन भी फिर किसी को नहीं मिला, जिस पर बैठनेवाला गलत फैसले कर ही नहीं सकता। यही वजह है कि दुनिया के नीति-निर्माता कई टन आँकड़ों की रोशनी में नीति का निशाना लगाते हैं और सूझ व शोध के सहारे देश के बेशकीमती संसाधन बाँटते हैं, ताकि कोई गफलत न हो। दुनिया के हर देश आर्थिक व सामाजिक नीतियों के पीछे भरोसमंद और व्यापक आँकड़ों की बुनियाद होती है, मगर भारत में ऐसा नहीं होता। भारत में आर्थिक-सामाजिक आँकड़ों का पूरा तंत्र इस कदर लचर, बोदा, आधी-अधूरी, लेट-लतीफ और गैर-भरोसेमंद है कि इनसे सिर्फ भूमंडलीय बदनामी (औद्योगिक उत्पादन व निर्यात के ताजे आँकड़े) निकलती है। इन घटिया आँकड़ों पर जो नीतियाँ बनती हैं वे गरीबी या बेकारी नहीं हटातीं, बल्कि संसाधन पचाकर भ्रष्टाचार को फुला देती हैं। जब हमारे पास इतना भरोसेमंद आँकड़ा भी नहीं है कि किससे टैक्स लिया जाना है और किसे सब्सिडी दी जानी है तो रोजगार, खाद्य और शिक्षा के अधिकार बस केवल बरबादी की गारंटी बन जाते हैं। भरोसेमंद और पारदर्शी आँकड़े किसी स्वस्थ व्यवस्था का पहला अधिकार हैं, जो पता नहीं हमें मिलेगा भी या नहीं।

रॉन्ग नंबर

हँसिए, मगर शर्मिंदगी के साथ। पता नहीं हम कितनी ज्यादा चीनी और कॉपर कैथोड बनाते हैं, इसका सही हिसाब ही नहीं लगता। सरकार ने चीनी का उत्पादन 5.81 लाख टन के बजाय 13.05 लाख टन मान लिया और जनवरी में औद्योगिक उत्पादन सूचकांक में 6.8 फीसदी की बढ़ोतरी दर्ज की गई। जब गलती पकड़ी गई तो उत्पादन वृद्धि दर घटकर 1.1 फीसदी पर आ गई। इसके साथ भारत में आँकड़ों की साख भी

ढह गई, क्योंकि इस आँकड़े से पूरी दुनिया भारत की ग्रोथ नापती है। कॉपर कैथोड के निर्यात का भी खेल निराला था, वर्ष 2011 में इसका निर्यात 444 फीसदी बढ़ता दिखाया गया, जिससे निर्यात 9.4 अरब डॉलर उछल गया। बाद में उछाल झूठ निकली और निर्यात का करिश्मा जमीन सूँघ गया। दरअसल भारत का पूरा आँकड़ा-संग्रह ही मुगलकालीन टाइप का है, इसलिए किसी भी सामाजिक-आर्थिक आँकड़े पर शक करना लाजिमी है। खेती को ही लीजिए। गिरदावरी और पटवारी आधारित कृषि उपज आँकड़ा संग्रह अधूरा और अंदाजिया है। फलों, छोटी फसलों, मांस उत्पादन के आँकड़े ही नहीं हैं। जमीन के इस्तेमाल और पैदावार के आँकड़े हकीकत से उलटे होते हैं, ऊपर से खेती के आँकड़ों को मिलने में देरी ऐतिहासिक है। हालत यह है कि वर्ष 2007 का 18वाँ पशुधन सर्वेक्षण अब हो रहा है। औद्योगिक उत्पादन सूचकांक के आँकड़ों की ताजा गफलत हम देख ही रहे हैं। यह आँकड़ा शुरुआत से अधूरा और लचर है। इसमें लघु उद्योगों के उत्पादन की तसवीर नहीं दिखती; जबकि सरकार मानती है कि छोटे उद्योग रोजगार की सबसे बड़ी फैक्टरी हैं। उद्योगों का सालाना सर्वेक्षण बंद और चालू सभी फैक्टरियों को गिन लेता है। सेवा क्षेत्र के आँकड़ों का कोई अधिकृत स्रोत नहीं है, जबकि निर्यात व आयात के मामले में रिजर्व बैंक के विदेशी मुद्रा आँकड़े वाणिज्य मंत्रालय के आँकड़ों से मेल नहीं खाते। महँगाई के आँकड़ों का झोल सर्वविदित है। राष्ट्रीय आय के आँकड़े नेशनल सैंपल सर्वे के प्रति व्यक्ति उपभोग खर्च से फर्क पाए जाते हैं और गरीबों को गिनने की गणित तो गजब की हास्यास्पद है। शिक्षा, स्वास्थ्य, बीमारियों, जीवन-स्तर, आदतों, मनोरंजन आदि सामाजिक-आर्थिक आँकड़ों की तो पूछिए ही मत। बाल मृत्यु दर, जन्म दर, मृत्यु दर के जिलावार आँकड़े आज भी अधूरे हैं। आँकड़ों में दरिद्रता की यह कथा अनंत है। हम तो अभी मोटे-मोटे (मैक्रो) आँकड़ों तक के मोहताज हैं, जबकि नीतियों को अब बेहद जमीनी और सूक्ष्म (माइक्रो) आँकड़ों की जरूरत है। अधूरे आँकड़े और अंदाजिया नीतियाँ हमारी सबसे रद्दी विरासत हैं।

अकाल और आँकड़े

- ब्रिटिश इंडिया के दौरान अगर भारत में अकाल न पड़ते तो शायद खेती के आँकड़ों के संग्रह को अलग करने की बात देर में ही सूझती। इंडिया फेमाइन (अकाल) कमीशन की सिफारिश के बाद पहली बार वर्ष 1881 में राज्यों में कृषि कार्यालय खोले गए, जिनका काम खेती के आँकड़े जुटाना था। इस तरह 1886 में ब्रितानी भारत का पहला कृषि आँकड़ा-संग्रह प्रकाशित हुआ। हालाँकि ब्रिटिश सरकार का पहला आँकड़ा-संग्रह इससे पहले 1868 में आ गया। आर्थिक विशेषज्ञों बाउल ऐंड रॉबर्टसन की सिफारिश के बाद भारत का केंद्रीय आँकड़ा

विभाग 1934 में बना। इन विशेषज्ञों ने प्रत्येक राज्य में एक सांख्यिकीविद् तैनात करने की सिफारिश की थी।

मूल्यांकन की सूझ

पैंसठ साल का देश यह तय नहीं कर पाया कि उसे अपने प्राकृतिक संसाधनों का आर्थिक मूल्यांकन कैसे करना चाहिए और किस तरह बाँटना चाहिए। इसलिए घोटाले, खुले और अनिश्चितता के एक जहरीले रसायन ने देश की अधिकांश आर्थिक गतिविधियों को पंगु कर दिया। दूरसंचार, बिजली, खनन, बुनियादी ढाँचा, औद्योगिक परियोजनाओं तक हर जगह निवेशक हाथ-पर-हाथ धरे बैठे हैं और प्राकृतिक संसाधनों में आवंटन की नीति में स्पष्टता का इंतजार कर रहे हैं। निजी कंपनियों को मनमाने ढंग से कोयला खदानों के आवंटन पर जब सीएजी ने 10.67 लाख करोड़ रुपए का नुकसान बताया तो सरकार बिफर गई। सीएजी की गणित तो एक सीधे फॉर्मूले पर आधारित थी कि कोल इंडिया की खदानों में कोयले का रिजर्व कितना है और कोयले के बाजार मूल्य पर उसकी कीमत क्या है। सीएजी ने ऐसा इसलिए किया, क्योंकि प्राकृतिक संसाधनों की आर्थिक कीमत तय करने का कोई पैमाना ही नहीं बना है। अरसे से भारत में स्पेक्ट्रम, गैस व तेल क्षेत्र, खदानें व जमीनें 'पहले आओ पहले पाओ' के आधार बँटती रही हैं। दरअसल जब थ्री जी स्पेक्ट्रम की नीलामी हुई तो पता चला अदृश्य तरंगें भी 67,000 करोड़ की बिकती हैं। नीलामी की एक प्रक्रिया तेल क्षेत्र (एनईएलवी) में अपनाई गई, मगर वहाँ प्रमुख उत्पाद (गैस और तेल) की कीमत तय करने को लेकर गफलत थी। प्राकृतिक संसाधनों का आर्थिक मूल्यांकन जटिल है। इसलिए समझदार सरकारें शोध, अर्थव्यवस्था की जरूरतों, दूरगामी अपेक्षाओं, संसाधनों के इस्तेमाल के तरीकों, पर्यावरण को नुकसान, रोजगार और ग्रोथ में योगदान आदि को आधार बनाकर गहरी सूझ के आधार पर किसी संसाधन की आर्थिक कीमत तय करती हैं, ताकि संसाधनों की जमाखोरी न हो। भारत में इस मगजमारी की फुरसत किसे है, इसलिए सबकुछ तदर्थ है। न पहले आओ पहले पाओ के पक्ष में मजबूत आर्थिक तर्क हैं और न ही नीलामी के फायदे आँके गए हैं। एक में भ्रष्टाचार की बदबू है और दूसरे में आवंटित संसाधन पर आधारित सेवा महँगी होने का डर। अब सरकार अदालत से पूछ रही है कि उसे बिजली कंपनियों को खदानें और टेलीकॉम कंपनियों को स्पेक्ट्रम कैसे देना चाहिए। देश बीच राह में खड़ा होकर अदालतों से नीतियाँ बनता देख रहा है।

अच्छे आँकड़े नीतियों की सबसे बड़ी खुराक हैं। इनके बिना नीतियाँ और कानून पैदाइशी तौर पर विकलांग होते हैं। यह अपंगता हमारी हर छोटी-बड़ी नीति का स्थायी चरित्र है और करदाताओं के पैसे की लूट का जरिया है। जबकि प्राकृतिक संसाधनों के

अपारदर्शी मूल्यांकन व बँटवारे के कारण मुट्ठी भर लोगों को जमीन, पानी, खदानों का जमाखोरी का लाइसेंस मिल गया है। हमें इस बात पर गर्व नहीं करना चाहिए कि हमारे पास ग्रोथ है, बल्कि दुनिया को हमारी पीठ इस बात के लिए ठोंकनी चाहिए कि व्यवस्था की पैदाइशी विकलांगताओं के बावजूद हम तेज दौड़ गए हैं। मगर कब तक बचते! आँकड़ों, कानूनों और नीतियों की कमी से उपजी जेनेटिक बीमारियों ने आखिर हमें दबोच ही लिया। इनके इलाज के बिना न (आर्थिक) सुधार होगा और न उद्धार, बस हम गँवाते जाएँगे। □

सोने का क्या होना है ?

(वित्तीय कारोबार की दुनिया सोने को बहुत पीछे छोड़ आई है। विश्व का विशालकाय मौद्रिक तंत्र अब चाहकर भी इस पीली धातु की तरफ नहीं लौट सकता।)

सोने के सिक्कों का प्रचलन!! फिर से??...अमेरिका के राज्य यूटॉ ने बीते माह एक कानून पारित कर सोने व चाँदी के सिक्कों का इस्तेमाल कानूनी तौर पर वैध कर दिया!!! सरकारें यकीनन बदहवास हो चली हैं। मगर हमें बेचैन होने से पहले दूसरी तसवीर भी देख लेनी चाहिए। बीते सप्ताह सोना ऐतिहासिक ऊँचाई पर जाने के बाद ऐसा टूटा (तीन दिन में 200 डॉलर) कि नया इतिहास बन गया। निवेशक कराहते हुए नुकसान गिनते रह गए।...वित्तीय संकटों के तूफान में सोना अबूझ हो चला है। अनोखी तेजी व गिरावट, माँग व आपूर्ति की पेचीदा गणित और सरकारों की ऊहापोह ने सोने की गति को रोमांचक और रहस्यमय बना दिया है। डॉलर, यूरो, येन की साख घटते देख निवेशक सोने पर दाँव लगाए जा रहे हैं और सोने का उत्पादन तलहटी पर है और यह धातु वर्तमान मौद्रिक प्रणाली में फिट भी नहीं होती। इसलिए असमंजस चरम पर है। सोने का इतिहास जोखिम भरा है, भविष्य अनिश्चित है; मगर संकटों का वर्तमान इसे चमका रहा है। दुनिया में सोना नहीं बल्कि यह सवाल ज्यादा चमक रहा है कि सोने का अब क्या होना है?

अतीत की परछाईं

सोने को अतीत की रोशनी में परखना जरूरी है। आधुनिक होती दुनिया सोने से दूरी बढ़ाती चली गई है। 15 अगस्त, 1971 को अमेरिकी राष्ट्रपति रिचर्ड निक्सन ने अमेरिकी डॉलर को सोने की करीब 2,000 वर्ष पुरानी गुलामी से आजाद किया था।

अमेरिका में गोल्ड स्टैंडर्ड खत्म होते सरकारों की गारंटीवाली बैंक मुद्रा का जमाना आ गया। गोल्ड स्टैंडर्ड का मतलब था कि कागज की मुद्रा के मूल्य के बराबर सोना लेने की छूट। जबकि इनकी जगह आए बैंक नोट (तकनीकी भाषा में फिएट करेंसी या लीगल टेंडर) सरकार की गारंटीवाले दस्तावेज हैं, जिनको नकारना गैर-कानूनी है। चीन के तांग व सोंग (607 से 1200 ईपू) शासनकालों के दौरान आई नोटों की यह सूझ बॉण्ड, शेयर से होती हुई इलेक्ट्रॉनिक मुद्रा तक फैल गई और वित्तीय तंत्र की सूरत ही बदल गई। यह लाजिमी भी था, क्योंकि कारोबार, कर्ज, खर्च, भुगतानों और निवेश की विशालकाय व फैलती व्यवस्था एक जिंस (कमोडिटी) पर चल नहीं सकती थी। इसलिए वर्ष 1971 के बाद से 2000 तक हर जगह सोना मौद्रिक प्रणाली से रिटायर होकर जेवरात तक सिमट गया। यूँ तो दुनिया के दस प्रमुख देशों (भारत इनमें शामिल) के भंडारों में करीब 22,000 टन सोना अभी भी है, मगर इसका मौद्रिक महत्त्व अब नगण्य है। सन् 1970 व 1980 में सोने की तेजी के दो उफान और तेल संकटों (खाड़ी युद्धों) के दौरान सोना खूब चमका, मगर इसे लेकर आज जितना असमंजस कभी नहीं था। इसलिए एक दशक पहले बैंक ऑफ इंग्लैंड ने सोना बेचकर इस पीली धातु का जलवा खत्म कर दिया था। अगर यह वित्तीय संकट न आता तो वित्तीय बाजारों के लिए सोना लगभग सो चुका था।

सोने का हिसाब-किताब

- वर्ष 2010 में सोने का कुल उत्पादन 2,689 टन था। उत्पादन पिछले दस साल से इसी स्तर पर स्थिर है। सोने के एक्सचेंज ट्रेडेड फंड 2001 में नगण्य थे, मगर इनमें 2,200 टन सोने का कारोबार हो रहा है। भारत में सोने की खपत 963 टन के करीब है, जिसमें करीब 745 टन सोना आभूषणों में जाता है। 2005 से 2011 के बीच सोने की कीमतें तीन गुना बढ़ीं और सोना निकालनेवाली कंपनियों के शेयरों की कीमत दो गुना बढ़ गई।

वर्तमान की बेचैनी

संकटों में सोना पहले भी चमका है, लेकिन इस बार बात कुछ अलग है। यूटॉ (अमेरिकी राज्य) सोने के सिक्के चला रहा है। अमेरिकी सरकार की आधिकारिक टकसाल चाँदी के सिक्कों की माँग से परेशान है। अमेरिका के पारंपरिक निवेश फंड, जिनमें बीमा व पेंशन कंपनियाँ शामिल हैं, अब सोने में निवेश कर रही हैं। दुनिया के सबसे बड़े गोल्ड ईटीएफ (एक्सचेंज ट्रेडेड फंड), एसवीडीआर गोल्ड शेयर्स में निवेश 58 अरब डॉलर से ऊपर है, जो कि दुनिया के कई बैंकों के सोने भंडार की कीमत से भी

ज्यादा है। सबसे ज्यादा तो हैरत यह है कि कई बड़े हेज फंड सोने में निवेश कर रहे हैं। यह अनदेखी 'गोल्ड रश' है, जिसे कुछ सैद्धांतिक चर्चाएँ भी हवा दे रही हैं। विश्व बैंक के मुखिया रॉबर्ट जोएलिक सुझाव दे चुके हैं कि मुद्रास्फीति व अंतरराष्ट्रीय मुद्राओं के मूल्यांकन में अब सोने को आधार बनाया जाना चाहिए, अर्थात् 1971 से पहले गोल्ड स्टैंडर्डवाले दौर की वापसी। यह सूझ दरअसल डॉलर, यूरो की गिरावट व कर्ज संकट से निकली है। यकीनन डॉलर के अलावा विश्व के पास दूसरी रिजर्व करेंसी नहीं है। जोएलिक के समर्थक कह रहे हैं कि सोने को मुद्राओं के मूल्यांकन का सूचनात्मक आधार तो बनाया ही जा सकता है।

भविष्य का असमंजस

वैसे विश्व बैंक के मुखिया की सूझ खारिज हो चुकी है, क्योंकि सोने की माँग व आपूर्ति का परिदृश्य मौद्रिक प्रणाली में सोने की वापसी के माफिक नहीं है। अब तक निकाला गया सारा सोना दुनिया में मौजूद है, जिसकी कीमत 8,000 अरब डॉलर आँकी जाती है, जबकि विश्व कुल विदेशी मुद्रा भंडार (9,600 अरब डॉलर) के हैं। निजी लोगों के पास उपलब्ध सोना सरकारी भंडारों से ज्यादा है। वर्ष 2001 के बाद से दुनिया में सोने के खनन या उत्पादन में कोई बढ़ोतरी नहीं हुई। उत्पादन अब अमेरिका, दक्षिण अफ्रीका, ऑस्ट्रेलिया और कनाडा जैसे देशों से निकलकर अफ्रीका व एशिया के अस्थिर व जोखिम भरे देशों में केंद्रित हो रहा है। बाजार को आपूर्ति सिर्फ जेवरात के स्क्रैप से मिल रही है। मौद्रिक प्रणाली सोने से इसलिए परहेज करती है, क्योंकि अगर इस धातु की मौद्रिक अहमियत बढ़ी तो इसकी आपूर्ति माँग को पूरा नहीं कर पाएगी। सोने का मानक अपनाते ही सरकारों की नोट छापने की ताकत सीमित हो जाएगी, जो कि आर्थिक ग्रोथ को रोकेगी।

सबसे बड़ी तिजोरी

- आमतौर पर यह माना जाता है कि अमेरिका में केंटकी की किलाबंद तिजोरी में सबसे ज्यादा सोना जमा है। एक आकलन के मुताबिक, यह करीब 4,577 टन सोना है, जो पृथ्वी पर मनुष्य के इतिहास में निकाले पूरे सोने का करीब 2.5 फीसदी है। मगर न्यूयॉर्क में फेडरल रिजर्व की तिजोरी में इससे भी ज्यादा सोना बताया जाता है। दुनिया के कई देश यहाँ अपना सोना रखते हैं। फोर्ट नॉक्स की तिजोरी में जमा सोने का आधिकारिक आँकड़ा कभी नहीं बताया जाता, मगर दिलचस्प यह है कि इतिहास में अलग मौकों पर इस तिजोरी में दुनिया के सबसे अहम ऐतिहासिक दस्तावेज की वास्तविक प्रतियाँ भी रखी गई

हैं। इनमें मैग्ना कार्टा, अमेरिकी आजादी का घोषणा-पत्र और अमेरिकी संविधान भी है।

सोना एक मनोवैज्ञानिक सुरक्षा है। सोने का अपना कोई मूल्य, रिटर्न या विनिमय नहीं है। अन्य संपत्तियों की कीमत घटने पर ही इसकी कीमत बढ़ती है। यह हमेशा संकट में चमकता है और यह संकट तो अभूतपूर्व है, इसलिए चमक बेजोड़ है। कागजी नोटों की गारंटी देनेवाली सरकारों के बदहाल साख के कारण सोने के भविष्य की बहस निवेश से निकलकर नीतियों तक आ गई है। मगर हकीकत यह है कि तमाम दीवानगी के बावजूद सोना विश्व के कुल पूँजी निवेश में 2 फीसदी से भी कम का हिस्सेदार है। वित्तीय कारोबार की दुनिया सोने को बहुत पीछे छोड़ आई है। विश्व का विशालकाय मौद्रिक तंत्र अब चाहकर भी इस पीली धातु की तरफ नहीं लौट सकता। इसलिए दुनिया को ताजे संकट का हल सोना नाम की इस आदिम विरासत (बारबेरिक रेलिक—बकौल जॉन मेनार्ड केंज) में नहीं, बल्कि अपनी आधुनिक सूझ से निकालना होगा। रही बाजार की तो वहाँ जोखिम भरी तेजी सुलग रही है। बुलबुला कभी भी फूट सकता है। सोने के खेल में अब हाथ क्या कंधे तक जलने का खतरा है।

□

(सितंबर 2011)

ग्रोथ पर हमला

(पिछले पाँच वर्ष में भारत ने करीब 21 बड़े आतंकी हमले झेले हैं। हमारी करीब 3 फीसदी ग्रोथ को आतंक हर साल चाट जाता है।)

लहूलुहान मुंबई के जीवट को सराहिए, अपनी लाचारी व खिसियाहट छिपाने के लिए यही एक रास्ता है। मुंबई के लोग मजबूरी के मरजी पड़े हैं, क्योंकि रोजी छिनने का खौफ मौत के खौफ से ज्यादा बड़ा है। मुंबई के साहस में यह सच कतई नहीं छिपता कि हम एक असुरक्षित और लचर मुल्क हैं, इसलिए आतंक हमारी ग्रोथ को चबाने लगा है। जान-माल की हिफाजत है ही नहीं, इसलिए आर्थिक विकास बारूद पर बैठा है। किस्मत से हम एक बड़े मुल्क हैं, नहीं तो इतना खून किसी भी अर्थव्यवस्था को (पाकिस्तान नजीर है) जड़ से उखाड़ सकता है। जिस देश की आर्थिक नब्ज अठारह साल में सोलह धमाके और छह साल में 400 मौतें झेल चुकी हो, वहाँ जान देकर कारोबार करने का जीवट कौन दिखाना चाहेगा।

आतंक का आर्थिक असर

यदि हम देश व राज्यों की तरह शहरों का आर्थिक उत्पादन नाप (9/11 के बाद न्यूयॉर्क के ग्रॉस सिटी प्रोडक्ट की गणना) रहे होते तो मुंबई की आर्थिक तबाही आँकड़ों में बोलती। काबुल व कराची के बाद आतंक से सबसे ज्यादा मौतें देखनेवाली मुंबई की कारोबारी साख बिखर रही है। हम मौतों पर सियासत करते हैं, जबकि दुनिया ग्रोथ पर आतंक के असर से काँप रही है। वर्ष 2001 से 2003 के बीच आतंकी हमलों के कारण इजराइल ने आर्थिक विकास में 10 फीसदी की गिरावट भी झेली थी। सैंटा मोनिका (अमेरिका) के मिल्केन इंस्टीट्यूट का आँकड़ाशुदा निष्कर्ष है कि एक आतंकी हमला

किसी देश की जीडीपी वृद्धि दर को 0.57 फीसदी तक घटा देता है। यानी कि भारत की करीब 3 फीसदी ग्रोथ को आतंक हर साल चाट जाता है, क्योंकि पिछले पाँच वर्ष में हमने करीब 21 बड़े आतंकी हमले झेले हैं। मिल्केन इंस्टीट्यूट ने आर्थिक विकास पर आतंक के असर को नापने के लिए हमलों को प्रति 10 लाख आबादी या 1 अरब डॉलर के जीडीपी के औसत पर बाँटा है। भारत में (1968 से 2004) प्रति 10 लाख आबादी पर 1.5 आतंकी हमले और करीब 10 मौतें या घायल का हिसाब बैठता है, जबकि प्रति 1 अरब डॉलर जीडीपी पर 14 मौतें और दो हमलों का औसत है। पिछले पाँच साल में भारत में प्रति आतंकी हमला मौतें 20 से ऊपर निकल गई हैं। मिल्केन की रिसर्च मानती कि निजी लोगों पर जितने ज्यादा हमले होते हैं, अर्थव्यवस्था में प्रति व्यक्ति पूँजी निर्माण उतना ही घटता है। हर साल सैकड़ों आतंकी हमले झेलनेवाला पाकिस्तान आतंक-ध्वस्त विकास की जिंदा नजीर है। पिछले एक दशक में पाकिस्तान तबाह (2004-09 के बीच 2,000 अरब डॉलर का नुकसान) व दिवालिया हो गया है। जम्मू-कश्मीर व उत्तर-पूर्व आतंक के कारण बदहाली का देशी प्रमाण हैं। पंजाब की ग्रोथ आज भी लँगड़ा रही है। महाराष्ट्र (राज्य में आतंक से छह साल से 500 मौतें) और मुंबई का आर्थिक विकास अब जोखिम में है।

तबाही का चरम

- श्रीलंका को पिछले 25 साल के आतंक और गृह-युद्ध ने तोड़ दिया है। बजट का करीब 30 फीसदी हिस्सा युद्ध पर खर्च करनेवाले श्रीलंका का युद्ध बिल पिछले कुछ वर्षों में 200 अरब डॉलर के करीब रहा है, जो तमिल चीतों से लड़ने पर खर्च हुआ। एशियाई इकोनॉमिक इंस्टीट्यूट का एक अध्ययन बताता है कि श्रीलंका विश्व की वित्तीय संस्थाओं से युद्ध के लिए लगातार कर्ज लेता रहा है। देश का व्यापार चरम पर है। अब आतंक खत्म होने के बाद पुनर्निर्माण की लागत सिर पर खड़ी है। तेल अवीव विश्वविद्यायल का एक अध्ययन बताता है कि अगर वर्ष 1994 के आतंक के हमले न हुए होते तो इजराइल की विकास दर 8.6 फीसदी के करीब होती। दोतान वेरित्स के इस अध्ययन के अनुसार कि आतंक न होता तो एक औसत इजराइली की आय में करीब 12.2 फीसदी की बढ़ोतरी हो सकती थी।

त्रासदी का हिसाब

मुंबई में नागरिक संतुष्टि सर्वेक्षण (लाइफ सैटिस्फेक्शन सर्वे) बता सकता है कि आतंक का खौफ कितने गहरे तक पैठा है। आतंकी हमलों के शिकार पेरिस (1975 से

'90 के अंत तक विमान अपहरण, मेट्रो पर हमले, बंधक समस्या आदि) और धमाकों से हलकान उत्तरी आयरलैंड में कुछ सर्वेक्षणों से आतंक के मनोवैज्ञानिक असर को आँका गया था और डरी हुई जिंदगी के आश्चर्यजनक चेहरे सामने आए थे। जीवन की कीमत बताना असंगत व क्रूर है, लेकिन आतंक के आर्थिक असर नापने के लिए यह निष्ठुर गणित भी लगाई जा रही है। वर्ष 2005 में अंतरराष्ट्रीय आतंक में हुई 550 मौतों की आर्थिक कीमत करीब 27 लाख डॉलर थी। औसत आयु के आधार पर यह भी आँका गया कि ये लोग यदि जीवित होते तो अपने पूरे जीवन में करीब 4.3 करोड़ डॉलर का आर्थिक योगदान करते। अमेरिका में 9/11 के हमले के बाद आकलन किया गया था कि मारे गए लोगों के रूप में करीब 8.7 अरब डॉलर की आय संभावनाओं का नुकसान हुआ। बुधवार के धमाकों में जान गँवानेवाले 21 लोग अगर जीवित रहते तो एक आर्थिक इकाई के रूप में मुंबई को बहुत कुछ देते। आतंक के आर्थिक असर और भी गहरे हैं। अकसर संपत्ति के सीधे नुकसान की बात होती है, बीमा की लागत में बढ़ोतरी, चीजों की आपूर्ति में असंतुलन, सुरक्षा संबंधी जाँच में उत्पादक समय की बरबादी को तो हम गिनते ही नहीं। आतंकी खतरा बढ़ने के बाद दुनिया के हवाई अड्डों पर जाँच में प्रति व्यक्ति एक घंटा अधिक समय लगता है। इस कामकाजी घंटे की कीमत करीब 20 डॉलर है। दुनिया के जीडीपी के 1.5 फीसदी के बराबर का हिस्सा आतंक की परोक्ष लागत (फॉरच्यून 2002-फ्रिक्शन इकोनॉमी) में जा रहा है। भारत में इस आर्थिक असर की कोई गणना ही नहीं है।

असुरक्षा का अभिशाप

आतंक से हिफाजत मुश्किल होने की बात राहुल गांधी जैसा कोई 'समझदार' नेता ही कह सकता है। सुरक्षा को लेकर हमारा असमंजस ऐतिहासिक है। आतंक हमें निचोड़ रहा है, आंतरिक असुरक्षा जानलेवा है और हम किसी मुल्क से एक काल्पनिक युद्ध की तैयारी में अरबों फूँक रहे हैं। बजट हर साल 2 लाख करोड़ सेनाओं को देता है, आंतरिक सुरक्षा पर खर्च इसका चौथाई भी नहीं है। पिछले एक दशक में पूरी दुनिया ने अपनी आंतरिक सुरक्षा तैयारी सिरे से बदल दी। वर्ल्ड ट्रेड सेंटर पर हमले के बाद अमेरिका ने 29 अरब डॉलर लगाकर ऑपरेशन नोबल ईगल के जरिए खुद को अभेद्य बना लिया। हम अपने नेताओं की अमेरिका में जामा-तलाशी पर बयान फेंकते रह गए, मगर अमेरिका ने तय कर दिया कि आतंक दोबारा उनके यहाँ न पहुँचे। चीन आंतरिक सुरक्षा पर फौज से ज्यादा खर्च कर रहा है। ताजे बजट के तहत पुलिस पर सालाना 95 अरब डॉलर खर्च होंगे, जबकि सेना पर 91 अरब डॉलर। भारत ने सुरक्षित होने की फिक्र शुरू करने के लिए 26/11 का इंतजार किया, अब फाइलें सुरक्षित की जा रही हैं।

आतंक ने पिछले पैंतीस सालों में पूरी दुनिया में करीब 21,000 हमले किए हैं और 1,00,000 जानें ली हैं। इसलिए आतंक के खिलाफ हर सफल रणनीति बेहद सख्त सुरक्षा, आतंक को आतंकित करनेवाले कानून और निर्मम काररवाई पर आधारित होती है। अफगान, पाक, इजराइल के हालात अलग हैं। इनके अलावा अन्य देश एक-दो तजुर्बों के बाद आतंक के खिलाफ विवादों की हद तक कठोर हो गए हैं, नतीजतन जिंदगी महफूज है। मगर हमारे यहाँ कभी किसी भी चौराहे पर मौत नाच सकती है। पुलिस सुरक्षा में नहीं, शव प्रबंधन में माहिर है। राजनीति कफन को झंडा बना देती है। हम सिर्फ लाशें गिनते हैं और अपने आत्मघाती जीवट पर न्योछावर हो जाते हैं।'''ग्रोथ क्या खाक बचेगी!

□

(जुलाई 2011)

आतंक का अकाउंट

(दो दुश्मनों को मारने पर 57 लाख करोड़ रुपए खर्च करना हर किसी के बस का नहीं है। दुनिया आतंक नाम के दुश्मन से अंधी गली में अंदाज से लड़ रही है।)

आदमी 2 और खात्मे का खर्च 57 लाख करोड़ रुपए (1.3 ट्रिलियन डॉलर, अमेरिकी सरकार के मुताबिक)!!! और अगर स्वतंत्र आकलनों (अर्थशास्त्री जोसफ स्टिगलिज) की मानें तो ओसामा-सद्दाम निबटान परियोजना की लागत बैठती है 120 लाख करोड़ रुपए (3 ट्रिलियन डॉलर)। अर्थात् दूसरे विश्व युद्ध के बाद सबसे कीमती लड़ाई। यकीनन यह इनसाफ बला का महँगा है। दस साल और कई देशों के जीडीपी से ज्यादा पैसा झोंकने के बाद अंकल सैम जिस न्याय पर झूम उठे हैं, वह दरअसल आतंक पर जीत को नहीं बल्कि इस अदृश्य दुश्मन की ताकत को ज्यादा मुखर करता है। आतंक की आर्थिक कीमत का मीजान लगाते ही यह बात आईने की तरह साफ हो जाएगी कि आतंक को पोसना (पाकिस्तान, अफगानिस्तान) या आतंक से बचना (भारत) या फिर आतंक से आर-पार करना (अमेरिका, इजराइल में) सफलताओं का खाता नुकसानों के सामने पिद्दी-सा है। आतंक कब का एक आर्थिक विपत्ति भी बन चुका है, मगर दुनिया इस दुश्मन से अंधी गली में अंदाज से लड़ रही है। उस पर तुर्रा यह कि इस जंग को किसी फतह पर खत्म नहीं होना है। इसलिए ओसामा व सद्दाम पर जीत से दुनिया निश्चिंत नहीं बल्कि और फिक्रमंद हो गई है। भारी खर्च और नए खतरों से भरपूर यह जीत दरअसल हार जैसी लगती है।

इंसाफ का हिसाब

अगर अमेरिका न होता तो ओसामा पाक डॉक्टरों की देख-रेख में किडनी की बीमारी

से मरा होता और सद्दाम बगदाद के महल में आखिरी साँस लेता! दो दुश्मनों को मारने पर 57 लाख करोड़ रुपए खर्च करना किस नत्थू खैरे के बस का है! इसके बावजूद आतंक ने अमीर अमेरिका से कम कीमत नहीं वसूली। 1 ट्रिलियन डॉलर अर्थात् 44 लाख करोड़ रुपए की चोट (संपत्ति की बरबादी, मौतें और बीमा नुकसान आदि) देनेवाले 9/11 के जिम्मेदार को सजा देने के लिए अमेरिका को 10 साल और 444 अरब डॉलर फूँकने पड़े। दरअसल आतंक के खिलाफ 1.3 ट्रिलियन डॉलर की अंतरराष्ट्रीय अमेरिकी मुहिम तीन अभियानों से बनी थी। टारगेट ओसामा यानी ऑपरेशन इंड्योरिंग फ्रीडम (ओईएफ), जो अफगानिस्तान पर केंद्रित था और फिलीपींस से जिबाउटी (पूर्वी अफ्रीका) तक आतंकियों के खिलाफ काररवाई भी इसी मुहिम में शामिल थी। दूसरी मुहिम टारगेट सद्दाम यानी ऑपरेशन इराकी फ्रीडम (ओआईएफ) थी, जबकि तीसरा अभियान ऑपरेशन नोबल ईगल था, जिसके तहत अमेरिका ने अपनी घरेलू सुरक्षा चुस्त की। लेकिन जब व मंदी व घाटे अमेरिका के अमीर होने की परिभाषा बदल दी तो यह महँगी जंग व्हाइट हाउस के गले में फँसने लगी। दो साल पहले अर्थशास्त्री जोसेफ स्टिगलिज ने इस जंग के खर्च को कठघरे में खड़ा किया तो व्हाइट हाउस के पास सिर्फ सुरक्षा की दुहाई थी। मगर दबाव तो था ही, इसलिए ओसामा को खात्मे से एक माह पहले ही अमेरिकी कांग्रेस ने आतंक के खिलाफ अभियान पर खर्च की पड़ताल की थी, जिसके मुताबिक अफगान युद्ध पर 444 अरब डॉलर, इराक युद्ध पर 806 अरब डॉलर और घरेलू सुरक्षा पर 29 अरब डॉलर लगे थे। खर्च का ब्योरा यह कहते हुए दुनिया के सामने रखा गया कि राष्ट्रपति ने जुलाई 2011 से अफगानिस्तान से फौजों की वापसी का ऐलान कर दिया है। अर्थात् इस महँगे अभियान से ओबामा आजिज आ गए थे और लादेन को हासिल करने से पहले ही अफगानिस्तान से वापसी का ऐलान कर चुके थे।

कर्ज लेकर जंग

➢ आतंक के खिलाफ युद्ध अमेरिकी इतिहास की दूसरी ऐसी लड़ाई थी, जिसके लिए जनता पर कोई टैक्स नहीं लगा, यानी पूरी तरह कर्ज के सहारे जंग। इससे पहले अमेरिकी क्रांति के दौरान भी फ्रांस से कर्ज के सहारे युद्ध हुआ था। इस युद्ध के बीच जॉर्ज बुश ने वर्ष 2001 से 2003 के बीच अमेरिका में टैक्स भी घटाए। करीब 2.5 ट्रिलियन डॉलर का युद्ध अमेरिका के कर्ज संकट की एक वजह में गिना जा रहा है। लादेन के मरने से अमेरिका की मुश्किलों का अंत नहीं हुआ है। अमेरिका को युद्ध में शामिल लोगों के इलाज व पेंशन आदि पर अगले कुछ वर्षों में 600 से 900 अरब डॉलर खर्च करने होंगे।

स्रोत : जोसेफ स्टिगलिज, लॉस एंजल्स टाइम्स (सितंबर 2011)

बदहाली का बिल

आतंक को पोसने का आर्थिक नुकसान और भी भयानक है। आतंक का शेर अब पाकिस्तान का मांस नोच रहा है। स्वात, बुनेर, शांगला, निचली डीर और मलाकंद इलाकों को एक-डेढ़ दशक पहले तक दुनिया मीठे आड़ुओं, लजीज खुबानियों, रसीले बेरों और स्वादिष्ट आलूबुखारों के लिए जानती थी; लेकिन वहाँ अब हर साल औसत 2000 आतंकी हमले होते हैं, बम व बारूद उगते हैं और आतंक निर्यात होता है। पश्चिमी सीमांत (एनडब्लूएफवी) और फाटा (फेडरली एडमिनिस्टर्ड ट्राइबल एरिया) के इन इलाकों में आतंक के कारण 35 अरब (पाकिस्तानी) रुपए की खेती बरबाद हो चुकी है। स्वात, गिल्गिट, बाल्टिस्तान में 60 अरब रुपए का पर्यटन उद्योग तबाह है। उद्योग तबाह हैं, दुनिया के तमाम देशों का पाकिस्तान में निवेश शून्य हो गया है और भारत का पड़ोसी हर साल करीब 6 अरब डॉलर का निर्यात गँवा रहा है। विभिन्न आकलनों के मुताबिक, आतंक से दोस्ती में पाकिस्तान, 2004-09 के बीच, 2,083 अरब रुपए की तबाही का बिल भर चुका है। वर्ष 2008 में लगभग दिवालिया हो गया पाकिस्तान आईएमएफ से मिली 9 अरब डॉलर की मदद से बच पाया था। दहाई में महँगाई और केवल 2.5 फीसदी की विकास दर के साथ पाकिस्तान आतंक को पाल कर बदहाल होने की अप्रतिम दास्तान है।

नुकसान की दर

ब्रितानी राजनीतिक विशेषज्ञ पॉल विल्किंसन की यह बात भारत के लिए बड़ी मौजूं है कि आतंक से लड़ना गोलकीपर जैसा काम है। कितने भी अच्छे बचाव किए हों, मगर गोलकीपर को छकाकर जाल में चिपक जानेवाली किक ही याद रखी जाती है। आतंकी हमलों की गिनती में भारत दुनिया में बहुत ऊपर है, लेकिन सरकारों के पास आतंक के आर्थिक असर का कोई हिसाब नहीं है। आतंक ने सन् 1993 में घाटी से बाहर निकलकर जब मुंबई में धमक दर्ज कराई, तब कश्मीर विकास की पटरी से पूरी तरह उतर चुका था। घाटी में आतंक के आर्थिक असर का इतिहास हर तरह की तबाही, पलायन से लेकर बैंक लूट तक फैला है। दरअसल आतंक का आर्थिक असर हमने पहली बार 26/11 को समझा, जब इस हमले ने अकेले बीमा उद्योग को ही 500 करोड़ की चोट दी। यह बात अलग है कि आतंक के मारे पंजाब और असम आज तक विकास की मुख्यधारा में कायदे से तैर नहीं पाए हैं और कश्मीर कब सामान्य होगा, यह कोई नहीं जानता। अलबत्ता यह सब जानते हैं कि नक्सलवाद देश के कई राज्यों को गहरे आर्थिक घाव दे रहा है। भारत आतंक से जूझनेवाला अपनी तरह का अनोखा देश है। हम अरबों फूँककर किसी काल्पनिक महायुद्ध के लिए हथियार जुटा रहे हैं, जबकि

एक परोक्ष युद्ध हमें प्रतिदिन घायल कर रहा है।

आतंक के असर की आर्थिक बैलेंस शीट इससे लड़ाई के तरीकों और नतीजों पर गहरे संदेह पैदा करती है। इस लड़ाई में अब तक तो आतंक का ही आतंक रहा है। इस जंग में दुश्मन अदृश्य है। लड़ाई की वजहें पेचीदा हैं। आम लोग निशाना हैं। बस, लड़ते जाना है, यानी कि जंग खत्म होने का मौका पता नहीं कब आना है। तभी तो हिसाब-किताब के माहिर वारेन बफेट ने कहा था कि आतंक से लड़ाई कभी जीती नहीं जा सकती। बात भी सही है। ओसामा को निबटाकर जंग खत्म कहाँ हुई है। ओबामा के ड्रोन अब अब्दुल्ला औलाकी की तलाश में यमन पर मिसाइलें न्योछावर कर रहे हैं।...ओसामा और ओबामा की इस जंग में आखिर जीता कौन? पता चले तो जरूर बताइएगा!

□

(मई 2011)

गरीबी बनाम गरमी

(तीसरी दुनिया की दिक्कत यह है जब तक वह विकास की गणित समझ पाती तब तक उसे इसके नुकसान दिखने लगे। वह सूडान और सुनामी के बीच खड़ी है। एक तरफ भुखमरी व गरीबी है और दूसरी तरफ पर्यावरण की फिक्र।)

यह इस सदी की शायद सबसे पेचीदा गुत्थी है, जो दुनिया के वर्तमान और भविष्य से जुड़ी है। बेजोड़ उलझन से भरा यह विमर्श अब तक की सबसे जटिल व सनातन बहसों पर भारी है। यह असमंजस है 'हरे' बनाम 'भरे' का। तलाश एक ऐसी दुनिया की, जो पर्यावरण से हरी हो मगर समृद्धि से भी भरी हो। हरे और भरे को एक-दूसरे का पूरक समझने की गलती मत कर बैठिएगा। ये दुनिया के दो नए ध्रुव हैं। एक तरफ पिघलते हिमशैलों, उफनते सागरों, सूखती नदियों और बौराते मौसम की गंभीर चिंताएँ हैं तो दूसरी तरफ बेहतर जीवन-स्तर, समृद्धि और सुविधाओं की जायज अपेक्षाएँ हैं। दोनों फिलहाल आसानी से एक साथ नहीं हो सकते, क्योंकि दुनिया में समृद्धि का अतीत कोयले, बिजली, तेल के कार्बनी धुएँ से निकले जीडीपी ने बनाया है। यानी कि बीता हुआ कल भी इस पेंच को खोलने का कोई सूत्र नहीं देता। दुनिया के कुछ हिस्सों ने पिछली सदी में जिस तरह हरियाली चाटकर खुद को समृद्धि से भरा था, नई सदी में दुनिया के दूसरे हिस्से भी यही करना चाहते हैं। इन्हें अमीरी की अहमियत और गरीबी दूर करने का जो रास्ता दिखा है वह कार्बन फेंकनेवाली औद्योगिक प्रगति से ही निकलता है। गैर-पारंपरिक ऊर्जा में उम्मीदें जरूर हैं, मगर वक्त लगेगा और पिछड़ी हुई दुनिया जरा जल्दी में है। इसलिए क्या विकसित और क्या विकासशील? किसी को नहीं मालूम कि आर्थिक प्रगति और कार्बन उत्सर्जन की इस जोड़ी को कैसे तोड़ा जाए!

जोड़ी अनोखी, मेल अनोखा

कारें और उद्योग बिजली व तेल जैसे जीवाश्म ईंधन पचाकर कार्बन परिवार की गैसें उगलते हैं, जिनसे मौसम गरमा रहा है। सारी जद्दोजहद कार्बन के इस वमन को रोकने की है। बुनियादी तौर पर तलाश उस सूत्र की है, जिसके जरिए आर्थिक विकास को कार्बन उत्सर्जन से अलग (डिकवलिंग ऑफ इकोनॉमिक ग्रोथ फ्रॉम कार्बन एमीशन) किया जा सके। मगर यह जोड़ी तोड़ना बहुत कठिन है। दुनिया अपनी अमीरी आर्थिक उत्पादन यानी जीडीपी को बढ़ाकर ही नापती है। पिछले कई दशकों का इतिहास कार्बन की खपत और जीडीपी में बढ़ोतरी का स्पष्ट रिश्ता बताता है। लगभग हर देश ने ईंधन व ऊर्जा पर आर्थिक प्रगति हासिल की है। हाल के वर्षों में दुनिया की औसत सालाना विकास दर 3.6 फीसदी रही है, मगर वर्ष 2000 से 2006 के दौरान दुनिया में कार्बन उत्सर्जन भी 3.1 फीसदी की सालाना गति से बढ़ा है। 1990 से 1999 के दौरान भी कार्बन उत्सर्जन का जीडीपी और प्रति व्यक्ति आय से सीधा वृद्धिपरक रिश्ता रहा है। पिछली करीब एक-चौथाई सदी में दुनिया की अर्थव्यवस्था का आकार दोगुना हो गया, मगर 1990 (क्योटो समझौते) के बाद से दुनिया को गरमाने वाली गैसों का उत्सर्जन भी 40 फीसदी बढ़ गया। कोई शक नहीं कि इस प्रगति से दुनिया ने 60 फीसदी पर्यावरण गँवाया है, मगर यह बहस पूरी तरह थकाऊ है कि कौन कितना कार्बन छोड़ रहा है। पिछले आधे दशक में जब दुनिया में तेल की कीमतें रिकॉर्ड पर थीं, तब भी तो खूब तेल फूँका गया। अमेरिका, ब्रिटेन, जापान अगर ऊर्जा के इस्तेमाल को बेहतर करने का दावा कर रहे हैं तो क्या फर्क पड़ता है कि उनके इस्तेमाल का सामान बनाने के लिए अब चीन या भारत कार्बन उगल रहे हैं। क्यों, उन्हें भी तो उत्पादन बढ़ाने व अमीर होने का हक है!

कीमती नुकसान

- स्विट्ज़रलैंड की रिइंश्योरेंस कंपनी स्विस री कहती है कि मौसमी आपदाओं से दुनिया हर साल करीब 200 अरब डॉलर की संपत्ति गँवा रही है। एसोसिएशन ऑफ ब्रिटिश इंश्योरर्स ने आँका है कि बढ़ती गरमी के असर से इस सदी के अंत तक समुद्रों का जल-स्तर अगर 1 मीटर बढ़ गया तो करीब 1.5 खबर डॉलर की संपत्ति समुद्री तूफानों के सीधे खतरे में पहुँच जाएगी। भारत के संदर्भ में तो यह गुणा-भाग काफी भयानक है। अकेला महाराष्ट्र एक साल के सूखे में राज्य का करीब 30 फीसदी कृषि उत्पादन गँवा देता है।

हरा भी और भरा भी

हरे विकास की बहस उभरने से पहले तक दुनिया को यही मालूम था कि तेज

विकास ही गरीबी का इलाज है। भारत को अगले कई दशकों तक लगातार 8 फीसदी विकास दर चाहिए, ताकि गरीबी मिटे। दुनिया के कई देशों को और भी तेज दौड़ना होगा; मगर खेती हो या उद्योग, परिवहन हो या सेवा, सबको तेल, कोयला जैसे ईंधन चाहिए। दिल्ली, ढाका और बैंकॉक को लॉस एंजेलिस में अपना भविष्य दिखता है। पिछड़े देशों को आधुनिक शहर, ढेर सारा उत्पादन और भरपूर रोजगार चाहिए। मगर अचानक बदलता मौसम बताने लगा कि पर्यावरण की बरबादी से आनेवाली गरीबी ज्यादा गहरी है।...दुनिया में 1 अरब से अधिक की गरीब आबादी दोनों तरफ से साँसत में फँस गई है। उसकी गरीबी आर्थिक विकास से मिटेगी, मगर यही विकास सूखा, बाढ़ जैसी आपदाओं के जरिए उसे मारने आ रहा है। हालाँकि तेज और निरंतर विकास तो बड़ी अर्थव्यवस्थाओं को भी चाहिए, खासतौर पर मंदी के बाद। दुनिया के देश कार्बन उत्सर्जन घटाने को तो तैयार हैं, मगर विकास गँवाने को नहीं। नतीजतन टोपियाँ घुमाई जा रही हैं और सब सिर झटक रहे हैं। विकासशील देश विकसित देशों को उनका अतीत दिखाते हैं, जबकि विकसित देश कहते हैं कि पर्यावरण बिगड़ा तो गरीब मुल्क सबसे ज्यादा गँवाएँगे।

समाधानों पर संदेह

यह बहस तब और गुँथ जाती है जब समाधान नहीं दिखते। विकास को गंदे धुएँ से अलग करने की बहस में हरी तकनीकों या गैर-पारंपरिक ऊर्जा स्रोतों की तरफ उम्मीद की नजर जाती है। सौर ऊर्जा से लेकर पवन ऊर्जा तक सफलता की बड़ी कहानियाँ भी हैं; मगर भरोसा नहीं जमता, क्योंकि दुनिया को ढेर सारी ऊर्जा चाहिए सस्ती और निरंतर। इस पैमाने पर यह विकल्प सिर्फ प्रायोगिक हैं। भारत सहित पूरी दुनिया तेल व कोयले जैसे जीवाश्म ईंधनों पर भारी सब्सिडी देती है। अमेरिका के एन्वायरमेंटल लॉ इंस्टीट्यूट ने बताया कि अमेरिका ने वर्ष 2008 तक आठ साल में जीवाश्म ईंधनों पर 72 अरब डॉलर की सब्सिडी दी, जबकि गैर-पारंपरिक ऊर्जा के लिए महज 29 अरब डॉलर की। आयल चेंज जैसी संस्थाएँ कहती हैं, जब दुनिया तेल, कोयले, गैस जैसे ईंधनों पर 250 अरब डॉलर सालाना की सब्सिडी दे रही हैं तो फिर किस बात की हरी तकनीक? डर सबको है, मगर किसी को किसी की नीयत पर भरोसा भी नहीं है।

सुधार का बाजार

- संयुक्त राष्ट्र की समिति अर्थात् यूएनएफसीसी ने आँका था कि जलवायु परिवर्तन को रोकने के लिए वर्ष 2030 तक दुनिया को 40 से 170 अरब डॉलर खर्च करने

होंगे। यह आकलन लगातार बढ़ और बदल रहा है। यूएनएफसीसी के मुताबिक बाढ़ रोकने पर करीब 11 अरब डॉलर खर्च होंगे, मगर ताजा आकलन कहता है कि पानी की कमी दूर करने की लागत इसमें जोड़ने पर खर्च बहुत बढ़ जाएगा। इसी तरह मौसम के असर से पैदा होनेवाली बीमारियों से बचने का खर्च 5 अरब डॉलर से बहुत ज्यादा होगा। इस तरह जलवायु परिवर्तन के हिसाब से बुनियादी ढाँचा ठीक करने पर 1,000 अरब डॉलर, समुद्र-तटीय क्षेत्र को बचाने पर 33 अरब डॉलर और पारिस्थितिकी को बचाने पर 350 अरब डॉलर तक खर्च हो सकता है। यानी कि गलतियों के सुधार का यह बाजार काफी बड़ा होने वाला है।

पर्यावरण के कुजनेत्स कर्व का सिद्धांत कहता है कि एक निश्चित समृद्धि के बाद विकास कार्बन की खपत खुद घटा देता है। सुनने में बहुत अच्छा लगता है, लेकिन दुनिया में बहुतों का यह कहना है कि उन्होंने तो विकास ही नहीं देखा। जो विकसित हैं वे इस कर्व को पहले सही साबित करें। बहस भारी है। दुनिया को मौजूदा मॉडल के खतरे दिख गए हैं, लेकिन उसे छोड़ा कैसे जाए? कोपेनहेगन में मेज पर अरबों डॉलर और दसियों प्रस्ताव हैं, मगर कोई सर्वस्वीकार्य रास्ता नहीं। सौ टके की बात यह कि दुनिया को विकास के लिए साफ ईंधन चाहिए और उसके आने तक सबकुछ गोल-मोल है।

तीसरी दुनिया की दिक्कत यह है कि जब तक वह विकास की गणित समझ पाती तब तक उसे इसके नुकसान दिखने लगे। उसे नहीं समझ में आता कि वह पहले गरीबी घटाए या फिर गरमी। वह सूडान और सुनामी के बीच खड़ी है। एक तरफ भुखमरी है और दूसरी तरफ पर्यावरण। दुनिया फिलहाल अंधी गलियों में भटक रही है। कोपेनहेगन से उम्मीदों की हरियाली नहीं, उलझनों का धुआँ ही निकलेगा।

□

(कोपेनहेगन बैठक, दिसंबर 2009)

मन मस्त हुआ अब···

आनंद का अर्थशास्त्र

(दुनिया अब खुश आदमी की कमीज तलाशने निकल पड़ी है। वैसे कौन जाने कि हमें ऐसा खुश आदमी मिले, जिसके पास कमीज ही न हो! लेकिन खुशी तो होगी और इस खुशी का राज भी होगा।)

2 अप्रैल, 2011 की रात यानी भारत की क्रिकेट विश्व कप जीत के वक्त अगर भारत के किसी भी शहर में अगर कोई प्रसन्नता का राष्ट्रीय उत्पादन नाप रहा होता तो हम उस समय दुनिया में खुशी के सबसे बड़े उत्पादक साबित होते। यह सौ टंच सामूहिक खुशी थी, यानी कि नेशनल हैपीनेस इंडेक्स में अभूतपूर्व उछाल। हैपीनेस इंडेक्स या सकल राष्ट्रीय प्रसन्नता जैसे शब्द जीत के जोश में नहीं गढ़े गए हैं, बल्कि हकीकत में पूरी दुनिया प्रसन्नता की पैमाइश को विधियों और आँकड़ों की बोतल में कैद करने को बेताब है। कसरत कठिन है, क्योंकि समाज की प्रसन्नता का यह शास्त्र बड़ा मायावी है। आय व खर्च के आर्थिक आँकड़ों में इसका आधा ही सच दिखता है। प्रसन्न समाज का बचा हुआ रहस्य गुड़ खाए गूँगे की खुशी की तरह गुम हो जाता है। प्रसन्नता दरअसल आनंद के गहरे दार्शनिक स्तरों से शुरू होकर समृद्धि प्रगति के आर्थिक पैमानों, सुविधाओं के सामाजिक सरोकारों और संतुष्टि व समर्थन के राजनीतिक मूल्यों तक फैली है, जिसका गुप्त मंत्र साधने की कोशिश अब सरकारें कर रही हैं। मनोविज्ञान, समाजशास्त्र, अर्थशास्त्र, सांख्यिकी, जन-नीति व प्रशासन और राजनीति सबको एकसार कर सामूहिक प्रसन्नता को अधिकतम बनानेवाला फॉर्मूला तैयार करने की कोशिश शुरू हो चुकी है। इस समय आधा दर्जन से अधिक बड़े देश अपने लोगों की प्रसन्नता का स्तर ठोस ढंग से चाहते हैं। क्योंकि हर व्यक्तिगत, सामाजिक, आर्थिक और राजनीतिक उपक्रम का अंतिम मकसद तो एक संतुष्ट व

प्रसन्न समाज ही है और यह कतई जरूरी नहीं कि प्रसन्न समाज बहुत समृद्ध भी हो।

खुशी का हिसाब-किताब

आर्थिक समृद्धि खुशी की गारंटी नहीं है, यह बहस तो तब से ही शुरू हो गई थी जब विश्व में पहली बार राष्ट्रीय आय की गणना शुरू हुई। सन् 1930 की महामंदी के बाद अमेरिका को राष्ट्रीय आय नापने का ढाँचा देनेवाले प्रख्यात अर्थविद् सिमोन कुजनेत्स ने ही कहा था कि किसी देश की खुशहाली केवल राष्ट्रीय आय के आँकड़ों से नहीं नापी जा सकती। मगर दुनिया 1970 के अर्थशास्त्री रिचर्ड ईस्टरलिन के सनसनीखेज खुलासे के बाद इस पर गंभीर हुई कि तेज विकास और ऊँची कमाई से लोगों की खुशी या संतुष्टि बढ़ना जरूरी नहीं है। ईस्टरलिन के पास एक अनूठा शोध (ईस्टरलिन पैराडॉक्स) था, जिसके मुताबिक अमेरिका में वर्ष 1946 के मुकाबले 1970 में लोगों की खुशी में कोई इजाफा नहीं हुआ। जबकि इस दौरान कमाई और सुविधाएँ खूब बढ़ी थीं। राष्ट्रीय आय के आँकड़े राष्ट्रीय प्रसन्नता से तालमेल नहीं कर रहे थे। यूरोप व जापान में ऐसे अध्ययनों के बाद सवाल और गहरे हो गए। 37 देशों पर आधारित ईस्टरलिन का ताजा अध्ययन पिछले साल दिसंबर में आया, जिसने समृद्धि बनाम सामाजिक संतुष्टि की विसंगति को मजबूत कर दिया। करीब 50 साल तक इस मुद्दे से मगजमारी करने के बाद दुनिया निष्कर्ष पर पहुँच रही है कि गरीबी दूर होना खुशी की पहली शर्त है, मगर अमीरी से खुशी नहीं आती। विशेषज्ञ मानते हैं कि प्रति व्यक्ति आय के 10,000 पाउंड (7.20 लाख रुपए) सालाना पर पहुँचने के बाद वह नौबत आ जाती है, जहाँ कि पैसे व खुशी का रिश्ता टूट जाता है और लोग हर जरूरी चीज होने पर भी खुश नहीं महसूस करते।

मुसकान की नाप-जोख

प्रसन्नता अमूर्त है, नापना मुश्किल है; मगर विज्ञान और अर्थशास्त्र कोशिश में हैं, क्योंकि नाप-जोख कर यह ही तय होगा कि खुशी बढ़ाने के लिए क्या किया जाए। मनोविज्ञानियों व अर्थशास्त्री सैकड़ों प्रयोगों के जरिए यह जाँचने में जुटे हैं कि कहाँ, कौन, कितना खुश है और किस किस वजह से। एक सीधा तरीका लोगों से पूछने का है कि वे कितने खुश हैं। वर्ल्ड वैल्यूज सर्वे, अमेरिका का जनरल सोशल सर्वे, ब्रिटिश हाउसहोल्ड पैनल सर्वे इसी तरह से सीधे सवाल पूछते हैं; जबकि एक दूसरे तरीके (अर्थशास्त्री क्रूगर और मनोविद् शवार्त्ज व केमैन) में लोगों से उनके पिछले दिन की घटनाओं और उनसे उपजे भावों—तनाव, आराम, खुशी, मोहभंग को याद करने को

कहा जाता है, जिसे डे रिकंस्ट्रक्शन मेथड (डीआरएम) कहते हैं। इन सर्वेक्षणों में निजी संबंधों, परिवार व मित्र से लेकर सरकारी नीतियों, सुविधाओं, सार्वजनिक जीवन, आर्थिक स्तर को शामिल किया जाता है। नतीजे चौंकानेवाले हैं। स्कैंडीनेविया के लोग खुशी नापनेवाले सर्वेक्षणों में ज्यादा प्रसन्न निकले हैं; जबकि फ्रांस, ब्रिटेन, अमेरिका के लोग अपेक्षाकृत कम। खुशी नापने की बात अब शोध व बौद्धिक बहस विमर्श से बाहर निकल रही है, क्योंकि सरकार और राजनीतिज्ञ इनमें रुचि ले रहे हैं। आखिर उनका तो पूरा खेल ही लोगों की प्रसन्नता पर टिका है।

ट्रस्ट गेम

- दुनिया को इतना स्वार्थी मत समझिए। पारस्परिक विश्वास, नैतिकता और ईमानदारी पर आधारित समाज बेहतर प्रगति करते हैं, यह बात केंटरबरी (न्यूजीलैंड-होकाडो मोरिता और मारोस सर्वातका) विश्वविद्यालय के ट्रस्ट गेम शोध से साबित हो चुकी है। मगर डेविड ह्यूम ने तो अपनी क्लासिक रचना 'ट्रीटीज ऑन ह्यूमन नेचर' (1739) में रेखांकित कर दिया था। ह्यूम ने लिखा कि छलोगों के बीच कारोबार केवल जिंसों के विनिमय तक सीमित नहीं, बल्कि जिसके तहत हम आपसी भरोसे व लाभों का लेन-देन करते हैं। आज मेरी फसल तैयार, कल तुम्हारी होगी। आज मैं तुम्हारे लिए काम करूँ, कल तुम मेरी लिए करना; क्योंकि यह हम दोनों के लिए फायदेमंद है। इसके विपरीत यदि मैं तुम्हारी चिंता न करूँ और न तुम मेरी फिक्र करो; मैं तुम्हें तुम्हारे हाल पर छोड़ दूँ और तुम मुझे मेरे हाल पर तो क्या होगा? मौसम बदलेगा, हम दोनों की फसल मारी जाएगी, क्योंकि हमने दूसरे की फिक्र नहीं की।''

स्रोत : आर्थिक समीक्षा, 2010–11, भारत सरकार

प्रसन्नता की गारंटी

सरकारों को सकल राष्ट्रीय प्रसन्नता (ग्रॉस नेशनल हैपीनेस—जीएनएच) नापने का रास्ता 1972 में भूटान-नरेश जिग्मे सुंग वांगचुक ने दिखाया था। भूटान स्टडीज सेंटर के मुखिया करमा उपा और कनाडियन डॉक्टर माइकल पेनॉक ने राष्ट्रीय प्रसन्नता नापने का एक फॉर्मूला निकाला, जो संशोधित होते-होते अब अमेरिका के राष्ट्रपति बराक ओबामा, ब्रिटेन के प्रधानमंत्री डेविड कैमरून, फ्रांस के राष्ट्रपति निकोलस सरकोजी के दफ्तरों तक जा पहुँचा है। दुनिया के कम-से-कम आधा दर्जन देशों की सरकारें लोगों की खुशी नापने का उचित फॉर्मूला तलाश रही हैं। अमेरिका श्रम आँकड़ा ब्यूरो डे रिकंस्ट्रेशन मेथड के जरिए यह जानने की कोशिश करेगा कि लोग अपना समय कैसे

बिताते हैं। कोशिश लोगों को खुश रखनेवाले कामों को पकड़ने की है। कैमरून तो कहते हैं कि सरकार का काम केवल लोगों की जेब में पैसा रखना ही नहीं, बल्कि लोगों के दिल में खुशी भरना है। ब्रिटेन टोनी ब्लेयर के जमाने से हैपीनेस पॉलिसी पर बहस कर रहा है। अगले कुछ वर्षों में ब्रिटेन सहित कुछ देशों ने नेशनल हैपीनेस इंडेक्स या चियर मीटर जैसी नीतियाँ आ सकती हैं, क्योंकि आर्थिक व सामाजिक विकास के प्रयासों को प्रामाणिक बनाने के लिए राजनेताओं को इसकी जरूरत है। हो सकता है, इस दशक के अंत तक शानदार सकल घरेलू उत्पाद (जीडीपी) वाले देश नहीं, बल्कि शानदार सकल राष्ट्रीय प्रसन्नता (जीएनएच) वाले देश नीति बनानेवालों के आदर्श बन जाएँ।

प्रसन्नता की खोज का यह आयोजन बड़ा अद्‌भुत है। इसमें एक तरफ प्रसन्नता का अर्थ ही जीवन (अरस्तू) या शब्दातीत परम आनंद जैसे गूढ़ दार्शनिक पहलू हैं तो दूसरी तरफ आइंस्टीन की बेफिक्री है, जिसे खुश रहने के लिए बस एक कुरसी-मेज, एक कटोरा फल, वायलिन चाहिए। तो तीसरी तरफ एक बड़े समाज को सभी सुविधाओं से लैस कर खुश रखने की जद्‌दोजहद है। दुनिया अब एक खुश आदमी की कमीज तलाशने निकल पड़ी है। वैसे कौन जाने कि हमें ऐसा खुश आदमी मिले, जिसके पास कमीज ही न हो! लेकिन खुशी तो होगी और इस खुशी का राज भी होगा, जिसकी हमें तलाश है, क्योंकि लोगों का खुश रहना एक सामाजिक जरूरत है, राजनीतिक अनिवार्यता है और एक बड़ा कारोबार भी है। विश्व कप की जीत के बाद रविवार की रात उमड़ा सामूहिक उल्लास दरअसल इन्हीं व्यक्तिगत, कारोबारी, सामाजिक और राजनीतिक तत्त्वों से मिलकर बना था।···इंडिया खुश हुआ!!!!

(अप्रैल 2011)

□□□